suhrkamp taschenbuch 2346

Ingeborg Bachmann, 1926 in Klagenfurt geboren, gestorben 1973 in Rom. Ihre wichtigsten Veröffentlichungen: *Die gestundete Zeit*, 1953; *Anrufung des Großen Bären*, 1956; *Der gute Gott von Manhattan*. Hörspiel, 1958; *Das dreißigste Jahr*. Erzählungen, 1961; *Ein Ort für Zufälle*, 1965; *Gedichte*, 1966; *Malina*. Roman, 1971; *Simultan*. Neue Erzählungen, 1972, u. a.

Malina, der erste und einzige Roman der Lyrikerin Ingeborg Bachmann, ist das Buch einer Beschwörung, eines Bekenntnisses, einer Leidenschaft. *Malina* ist wohl die denkbar ungewöhnlichste Dreiecksgeschichte: weil zwei der Beteiligten in Wahrheit eine Person sind, ›eins sind‹ und doch jede Person ›doppelt‹ ist.

»*Malina* hat gerade in den exzentrischen Phasen etwas von einem Protokoll«, schrieb Joachim Kaiser in der *Süddeutschen Zeitung*, »von einem Dokumentationstext über eine schwierige Seele . . . Man kann dieses bekenntnishafte, oft auch variationsreiche literarische Buch wohl nur angemessen lesen, wenn man sich stets den schwindelerregenden Abstand vor Augen hält, in dem es zur gegenwärtigen literarischen Produktion steht. Ein Liebesroman, der vollkommen verzichtet auch auf die winzigste erotische Gewagtheit . . . In einer Sprache, die sich den direkten, großen Gefühlen zu stellen sucht. Ein aufregendes, schönes, antimodisches Buch. Poetisch im Sammeln menschlicher Möglichkeit.«

Ingeborg Bachmann

Malina

Roman

Suhrkamp

Umschlag: Hermann Michels
Illustration: Hans-Jörg Brehm

suhrkamp taschenbuch 2346
Erste Auflage dieser Ausgabe 1994

Druck: Ebner Ulm · Printed in Germany

1 2 3 4 5 6 – 99 98 97 96 95 94

Malina

Die Personen:

Ivan — geboren 1935 in Ungarn, Pécs (vormals Fünfkirchen). Lebt seit einigen Jahren in Wien und geht einer geregelten Arbeit nach, in einem Gebäude, das am Kärntnerring liegt. Um keine unnötigen Verwicklungen für Ivan und seine Zukunft heraufzubeschwören, soll es als ein Institut für äußerst notwendige Angelegenheiten bezeichnet werden, da es sich mit Geld befaßt. Es ist nicht die Creditanstalt.

Béla
András — die Kinder, 7 und 5 Jahre alt

Malina — Alter, dem Aussehen nach, unbestimmbar, heute vierzig Jahre alt geworden, Verfasser eines ›Apokryph‹, das im Buchhandel nicht mehr erhältlich ist und von dem in den späten fünfziger Jahren einige Exemplare verkauft wurden. Aus Gründen der Tarnung Staatsbeamter der Klasse A, angestellt im Österreichischen Heeresmuseum, wo es ihm ein abgeschlossenes Studium der Geschichte (Hauptfach) und Kunstgeschichte (Nebenfach) ermöglichten, unterzukommen und einen günstigen Platz einzunehmen, auf dem er vorrückt, ohne sich zu bewegen, ohne sich je bemerkbar zu machen durch Einmischungen, Ehrgeiz, Forderungen oder unlautere Verbesserungsgedanken an den Prozeduren und schriftlichen Vorgängen zwischen dem Verteidigungsministerium am Franz-Josefs-Kai und dem Museum im Arsenal, das, ohne besonders aufzufallen, zu den merkwürdigsten Einrichtungen unserer Stadt gehört.

Ich Österreichischer Paß, ausgestellt vom Innenministerium. Beglaubigter Staatsbürgerschaftsnachweis. Augen br., Haare bl., geboren in Klagenfurt, es folgen Daten und ein Beruf, zweimal durchgestrichen und überschrieben, Adressen, dreimal durchgestrichen, und in korrekter Schrift ist darüber zu lesen: wohnhaft Ungargasse 6, Wien III.

Zeit Heute

Ort Wien

Nur die Zeitangabe mußte ich mir lange überlegen, denn es ist mir fast unmöglich, ›heute‹ zu sagen, obwohl man jeden Tag ›heute‹ sagt, ja, sagen muß, aber wenn mir etwa Leute mitteilen, was sie heute vorhaben – um von morgen ganz zu schweigen –, bekomme ich nicht, wie man oft meint, einen abwesenden Blick, sondern einen sehr aufmerksamen, vor Verlegenheit, so hoffnungslos ist meine Beziehung zu ›heute‹, denn durch dieses Heute kann ich nur in höchster Angst und fliegender Eile kommen und davon schreiben, oder nur sagen, in dieser höchsten Angst, was sich zuträgt, denn vernichten müßte man es sofort, was über Heute geschrieben wird, wie man die

wirklichen Briefe zerreißt, zerknüllt, nicht beendet, nicht abschickt, weil sie von heute sind und weil sie in keinem Heute mehr ankommen werden.
Wer je einen schrecklich flehentlichen Brief geschrieben hat, um ihn dann doch zu zerreißen und zu verwerfen, weiß noch am ehesten, was hier unter ›heute‹ gemeint ist. Und kennt nicht jeder diese beinahe unleserlichen Zettel: ›Kommen Sie, wenn überhaupt, wenn Sie können, wollen, wenn ich Sie darum bitten darf! Um fünf Uhr im Café Landmann!‹ Oder diese Telegramme: ›bitte ruf mich sofort an stop noch heute.‹ Oder: ›heute nicht möglich.‹
Denn Heute ist ein Wort, das nur Selbstmörder verwenden dürften, für alle anderen hat es schlechterdings keinen Sinn, ›heute‹ ist bloß die Bezeichnung eines beliebigen Tages für sie, eben für heute, ihnen ist klar, daß sie wieder nur acht Stunden zu arbeiten haben oder sich freinehmen, ein paar Wege machen werden, etwas einkaufen müssen, eine Morgen- und eine Abendzeitung lesen, einen Kaffee trinken, etwas vergessen haben, verabredet sind, jemand anrufen müssen, ein Tag also, an dem etwas zu geschehen hat oder besser doch nicht zu viel geschieht.
Wenn ich hingegen ›heute‹ sage, fängt mein Atem unregelmäßig zu gehen an, diese Arhythmie setzt ein, die jetzt auch schon auf einem Elektrokardiogramm festzustellen ist, es geht nur nicht hervor aus der Zeichnung, daß die Ursache mein Heute ist, ein immer neues, bedrängendes, aber den Beweis für die Störung kann ich erbringen, im fahrigen Code der Mediziner verfaßt, für etwas, das dem Angstanfall vorausgeht, mich disponiert macht, mich stigmatisiert, heute noch funktionell, so sagen sie, meinen sie, die Beweiskundigen. Nur ich fürchte, es ist ›heute‹, das für mich zu erregend ist, zu maßlos, zu ergreifend, und in dieser pathologischen Er-

regung wird bis zum letzten Augenblick für mich ›heute‹ sein.

Wenn ich also wenig zufällig, sondern unter einem furchtbaren Zwang zu dieser Einheit der Zeit gekommen bin, so verdanke ich die Einheit des Ortes einem milden Zufall, denn nicht ich habe sie gefunden. In dieser viel unwahrscheinlicheren Einheit bin ich zu mir gekommen, und ich kenne mich aus in ihr, oh, und wie sehr, denn der Ort ist im großen und ganzen Wien, daran ist noch nichts sonderbar, aber eigentlich ist der Ort nur eine Gasse, vielmehr ein kleines Stück von der Ungargasse, und das hat sich daraus ergeben, daß wir alle drei dort wohnen, Ivan, Malina und ich. Wenn man die Welt vom III. Bezirk aus sieht, einen so beschränkten Blickwinkel hat, ist man natürlich geneigt, die Ungargasse herauszustreichen, über sie etwas herauszufinden, sie zu loben und ihr eine gewisse Bedeutung zu verleihen. Man könnte sagen, sie sei eine besondere Gasse, weil sie an einer fast stillen, freundlichen Stelle am Heumarkt beginnt und man von hier aus, wo ich wohne, den Stadtpark sehen kann, aber auch die bedrohliche Großmarkthalle und das Hauptzollamt. Noch sind wir zwischen würdigen, verschlossenen Häusern, und erst kurz nach Ivans Haus, mit der Nummer 9 und den beiden Löwen aus Bronze am Tor, wird sie unruhiger, ungeordneter und planloser, obwohl sie sich dem Diplomatenviertel nähert, es aber rechts liegen läßt und wenig Verwandtschaft mit diesem ›Nobelviertel‹ – wie es vertraulich heißt – von Wien zeigt. Mit kleinen Kaffeehäusern und vielen alten Gasthäusern macht sie sich nützlich, wir gehen zum Alten Heller, dazwischen gibt es eine brauchbare Garage, Automag, die auch sehr brauchbare Neue Apotheke, eine Tabaktrafik auf der Höhe der Neulinggasse, nicht zu vergessen die gute Bäckerei an der Ecke Beatrixgasse und zum Glück die Münzgasse, in der wir unsre Autos parken können, auch wenn sonst nirgends mehr Platz ist. Streckenweise, etwa auf der Höhe des Consolato Italiano, mit dem Istituto Italiano di Cultura kann man ihr ein gewisses Air nicht absprechen, und doch hat sie nicht zuviel davon, denn spätestens beim Heranrollen des O-Wagens oder bei einem Blick auf die ominöse Garage für Postautos, an der zwei Tafeln sich nicht aussprechen und kurz sagen ›Kaiser Franz Joseph I. 1850‹ und ›Kanzlei und Werkstätte‹, vergißt man ihre Anstrengungen, sich zu nobilitieren, und sie erinnert an ihre ferne Jugend, an die alte Hungargasse, in der die aus Ungarn einreisenden Kaufleute, Pferde-, Ochsen- und Heuhändler hier ihre Herbergen hatten, ihre Einkehrwirtshäuser, und so verläuft sie nur, wie es amtlich heißt, ›in großem Bogen Richtung Stadt‹. Im Beschreiben ihres großen Bogens, den ich an manchen Tagen vom Rennweg herunterfahre, hält sie mich auf, mit immer neuen Einzelheiten, beleidigenden Neuerungen, Geschäften, die heißen Modernes Wohnen, die mir aber wichtiger sind als alle über sie triumphierenden Plätze und Straßen der Stadt. Sie ist auch nicht unbekannt zu nennen, denn man kennt sie schon, aber ein Fremder wird sie nie zu Gesicht bekommen, weil es in ihr nichts zu besichtigen gibt und man hier nur wohnen kann. Ein Besichtiger würde am Schwarzenbergplatz oder spätestens am Rennweg, beim Belvedere, umkehren, mit dem wir gemeinsam nur die Ehre haben, den Titel ›III. Bezirk‹ zu führen, und nähern könnte der Fremde sich vielleicht von der anderen Seite, vom Eislaufverein her, wenn er in dem neuen Steinkasten logiert, dem Vienna Intercontinental Hotel, und zu weit in den Stadtpark spaziert. Aber in diesen Stadtpark, über dem für mich ein kalkweißer Pierrot mit überschnappender Stimme angetönt hat,

kommen wir höchstens zehnmal im Jahr, weil man ja in fünf Minuten dort sein kann; und Ivan, der prinzipiell nicht zu Fuß geht, trotz meiner Bitten, Schmeicheleien, kennt ihn gar nur vom Vorüberfahren, denn der Park ist einfach zu nah, und zum Luftholen und mit den Kindern fahren wir in den Wienerwald, auf den Kahlenberg, bis zu den Schlössern Laxenburg und Mayerling, bis nach Petronell und Carnuntum ins Burgenland. Zu diesem Stadtpark, zu dem wir nicht fahren müßten, haben wir eine abstinente und unherzliche Beziehung, und ich erinnre mich an nichts mehr aus Märchenzeit. Manchmal bemerke ich noch beklommen den Magnolienbaum mit den ersten Blüten, aber man kann nicht jedesmal ein Aufhebens machen davon; und wenn ich, wie heute, wieder einmal zu Malina einfallslos sage, übrigens, die Magnolien im Stadtpark, hast du gesehen? so wird er mir, weil er höflich ist, antworten und nicken, aber er kennt den Satz mit den Magnolien schon.

Es gibt, und das ist leicht zu erraten, viel schönere Gassen in Wien, aber die kommen in anderen Bezirken vor, und es geht ihnen wie den zu schönen Frauen, die man sofort ansieht mit dem schuldigen Tribut, ohne je daran zu denken, sich mit ihnen einzulassen. Noch nie hat jemand behauptet, die Ungargasse sei schön, oder die Kreuzung Invalidenstraße–Ungargasse habe ihn bezaubert oder sprachlos gemacht. So will ich nicht erst anfangen, über meine Gasse, unsre Gasse unhaltbare Behauptungen aufzustellen, ich sollte vielmehr in mir nach meiner Verklammerung mit der Ungargasse suchen, weil sie nur in mir ihren Bogen macht, bis zu Nummer 9 und Nummer 6, und mich müßte ich fragen, warum ich immer in ihrem Magnetfeld bin, ob ich nun über die Freyung gehe, am Graben einkaufe, zur Nationalbibliothek schlendere, auf dem Lobkowitzplatz stehe und denke, hier, hier müßte man eben wohnen! Oder Am Hof! Selbst wenn ich trödle in der Inneren Stadt und vorgebe, nicht nach Hause zu wollen, mich eine Stunde lang in ein Kaffeehaus setze und in Zeitungen blättere, weil ich insgeheim schon auf dem Weg und zurücksein möchte, und wenn ich einbiege in meinen Bezirk, von der Beatrixgasse her, in der ich früher gewohnt habe, oder vom Heumarkt aus, dann ist es nicht wie mit dem Kranksein an der Zeit, obwohl die Zeit plötzlich mit dem Ort zusammenfällt, aber nach dem Heumarkt steigt mein Blutdruck und zugleich läßt die Spannung nach, der Krampf, der mich in fremden Gegenden befällt, und ich werde, obwohl ich schneller gehe, endlich ganz still und dringlich vor Glück. Nichts ist mir sicherer als dieses Stück der Gasse, bei Tag laufe ich die Stiegen hinauf, in der Nacht stürze ich auf das Haustor zu, mit dem Schlüssel schon in der Hand, und wieder kommt der bedankte Moment, wo der Schlüssel sperrt, das Tor aufgeht, die Tür aufgeht, und dieses Gefühl von Nachhausekommen, das überschwemmt mich in der Gischt des Verkehrs und der Menschen schon in einem Umkreis von hundert, zweihundert Metern, in dem alles mir mein Haus ankündigt, das nicht mein Haus ist, sondern natürlich einer A.G. gehört oder irgendeiner Spekulantenbande, die dieses Haus wiederaufgebaut hat, zusammengeflickt vielmehr, aber darüber weiß ich so gut wie nichts, denn in den Reparaturjahren habe ich zehn Minuten entfernt gewohnt, und die längste Zeit ging ich an der Nummer 26, die lange auch meine Glücksnummer war, bedrückt und schuldbewußt vorüber, wie ein Hund, der seinen Herrn gewechselt hat, seinen alten wiedersieht und nun nicht weiß, wem er mehr Anhänglichkeit schuldet. Aber heute gehe ich an der Beatrixgasse 26 vorbei, als wäre da nie etwas gewesen, beinahe nichts, oder ja, es war einmal an dieser Stelle, ein Duft aus alter Zeit, er ist nicht mehr zu spüren.

Meine Beziehung zu Malina hat jahrelang aus mißlichen Begegnungen, den größten Mißverständnissen und einigen dummen Phantastereien bestanden – ich will damit sagen, aus viel größeren Mißverständnissen als die zu anderen Menschen. Ich war allerdings von Anfang an *unter* ihn gestellt, und ich muß früh gewußt haben, daß er mir zum Verhängnis werden müsse, daß Malinas Platz schon von Malina besetzt war, ehe er sich in meinem Leben einstellte. Es ist mir nur erspart worden, oder ich habe es mir aufgespart, zu früh mit ihm zusammenzukommen. Denn schon an der Straßenbahnhaltestelle E 2, H 2, am Stadtpark, fehlte nicht viel einmal, und es hätte angefangen. Dort stand Malina mit einer Zeitung in der Hand, und ich tat, als bemerkte ich ihn nicht, und starrte über den Rand meiner Zeitung unentwegt zu ihm hinüber und konnte nicht herausfinden, ob er wirklich in seine Zeitung so vertieft war oder merkte, daß ich ihn fixierte, hypnotisierte, ihn zum Aufschauen zwingen wollte. Ich, und Malina zwingen! Ich dachte mir, wenn der E 2 zuerst kommt, dann wird alles gut, wenn nur, um Himmels willen, nicht der unsympathische H 2 oder gar der seltenere G 2 zuerst kommen, und dann kam wirklich der E 2, aber als ich aufgesprungen war auf den zweiten Wagen, verschwand Malina, aber nicht im ersten

Wagen, nicht in meinem, und zurückgeblieben war er auch nicht. Er konnte nur plötzlich in die Stadtbahnstation hineingelaufen sein, als ich mich umdrehen mußte, in Luft aufgelöst haben konnte er sich doch nicht. Weil ich keine Erklärung fand, nach ihm suchte und ausschaute und auch keinen Grund wußte für sein und für mein Verhalten, hatte es der ganze Tag in sich gehabt. Aber das liegt weit zurück in der Vergangenheit, und es ist nicht mehr genug Zeit, darüber heute zu reden. Jahre später ist es mir mit ihm noch einmal so ergangen, in einem Vortragssaal in München. Er stand auf einmal neben mir, ging dann ein paar Schritte vor, zwischen drängelnden Studenten, suchte einen Platz, ging zurück, und ich hörte, vor Aufregung am Ohnmächtigwerden, einen eineinhalbstündigen Vortrag an, ›Die Kunst im Zeitalter der Technik‹, und ich suchte und suchte in dieser zum Stillsitzen und zur Ergriffenheit verurteilten Masse nach Malina. Daß ich mich weder an die Kunst noch an die Technik noch an dieses Zeitalter halten wollte, mich mit keinem der öffentlich abgehandelten Zusammenhänge, Themen, Probleme je beschäftigen würde, wurde mir spätestens an diesem Abend klar, und gewiß war mir, daß ich Malina wollte und daß alles, was ich wissen wollte, von ihm kommen mußte. Am Ende klatschte ich mit den anderen ausgiebig, zwei Leute aus München führten und dirigierten mich nach hinten aus dem Saal hinaus, einer hielt mich am Arm, einer redete klug auf mich ein, Dritte redeten mich an, und ich sah zu Malina hinüber, der auch zum Ausgang nach hinten wollte, aber langsam, und so konnte ich schneller sein, und ich tat das Unmögliche, ich stieß ihn an, als hätte man mich gegen ihn gestoßen, als fiele ich gegen ihn, und ich fiel ja wirklich auf ihn zu. So konnte er nicht anders, er mußte mich bemerken, aber ich bin nicht sicher, daß er mich wirklich gesehen hat, doch

damals hörte ich zum erstenmal seine Stimme, ruhig, korrekt, auf einem Ton: Verzeihung.
Darauf fand ich keine Antwort, denn das hatte noch nie jemand zu mir gesagt, und ich war nicht sicher, ob er mich um Verzeihung bat oder mir verzieh, die Tränen kamen so schnell in meine Augen, daß ich ihm nicht mehr nachsehen konnte, sondern, der anderen wegen, zu Boden schaute, ein Taschentuch aus der Tasche herausholte und flüsternd vorgab, jemand hätte mich getreten. Als ich wieder aufsehen konnte, hatte Malina sich in der Menge verloren.
In Wien suchte ich ihn nicht mehr, ich dachte ihn mir im Ausland, und ohne Hoffnung wiederholte ich meinen Weg zum Stadtpark hinunter, weil ich noch kein Auto hatte. Eines Morgens erfuhr ich etwas aus der Zeitung über ihn, aber es handelte sich in dem Bericht gar nicht um ihn, sondern in der Hauptsache ging es um das Begräbnis der Maria Malina, das eindrucksvollste, größte, das die Wiener, freiwillig und natürlich nur einer Schauspielerin wegen, begingen. Unter den Trauergästen habe sich der Bruder der Malina befunden, der hochbegabte, junge, bekannte Schriftsteller, der nicht bekannt war und dem von den Journalisten rasch zu einem eintägigen Ruhm verholfen wurde. Denn die Maria Malina konnte in den Stunden, als Minister und Hausmeister, Kritiker und stehplatzbesuchende Gymnasiasten in einem langen Zug zum Zentralfriedhof zogen, nicht einen Bruder brauchen, der ein Buch geschrieben hatte, das niemand kannte, und der überhaupt ›niemand‹ war. Die drei Worte ›jung und hochbegabt und bekannt‹ waren zu seiner Einkleidung an diesem Volkstrauertag notwendig.

Über diese dritte unappetitliche Berührung durch eine Zeitung, die es auch nur für mich mit ihm gab, haben wir nie gesprochen, als hätte sie nie etwas mit ihm zu tun gehabt, noch weniger mit mir. Denn in der verlorenen Zeit, als wir einander nicht einmal die Namen abfragen konnten, noch weniger unsere Leben, habe ich ihn für mich ›Eugenius‹ genannt, weil ›Prinz Eugen, der edle Ritter‹ das erste Lied war, das ich zu lernen hatte und damit auch den ersten Männernamen, gleich gefiel der Name mir sehr, auch die Stadt ›Belgerad‹, deren Exotik und Bedeutung sich erst verflüchtigte, als sich herausstellte, daß Malina nicht aus Belgrad kommt, sondern nur von der jugoslawischen Grenze, wie ich selber, und manchmal sagen wir noch etwas auf slowenisch oder windisch zueinander, wie in den ersten Tagen: Jaz in ti. In ti in jaz. Sonst haben wir es nicht nötig, von unseren ersten guten Tagen zu reden, weil die Tage immer besser werden, und lachen muß ich über die Zeiten, in denen ich wütend auf Malina war, weil er mich soviel Zeit mit anderen und anderem vergeuden ließ, darum exilierte ich ihn aus Belgrad, nahm ihm seinen Namen, dichtete ihm mysteriöse Geschichten an, bald war er ein Hochstapler, bald ein Philister, bald ein Spion, und wenn ich besser gelaunt war, ließ ich ihn aus der Wirklichkeit verschwinden und brachte ihn unter in einigen Märchen und Sagen, nannte ihn Florizel, Drosselbart, ich ließ ihn aber am liebsten den hl. Georg sein, der den Drachen erschlug, damit Klagenfurt entstehen konnte, aus dem großen Sumpf, in dem nichts gedieh, damit meine erste Stadt daraus werden konnte, und nach vielen müßigen Spielen kehrte ich entmutigt zurück zu der einzig richtigen Vermutung, daß es Malina tatsächlich in Wien gab und daß ich in dieser Stadt, in der ich so viele Möglichkeiten hatte, ihn zu treffen, ihn dennoch immer verpaßte. Ich fing an, über Malina mitzureden, wenn irgendwo über ihn gesprochen wurde, obwohl es nicht häufig vorkam. Eine häßliche Erinnerung ist das, die mir heute nicht mehr weh tut, aber ich hatte das Bedürfnis, so zu tun, als kennte ich ihn auch, als wüßte ich einiges über ihn, und ich war witzig wie die anderen, wenn man die komische infame Geschichte von Malina und Frau Jordan erzählte. Heute weiß ich, daß Malina nie etwas mit dieser Frau Jordan ›gehabt‹ hat, wie man hier sagt, daß nicht einmal Martin Ranner sich heimlich mit ihr auf dem Cobenzl getroffen hat, weil sie ja seine Schwester war, vor allem aber ist Malina in einem Zusammenhang mit anderen Frauen nicht zu denken. Auszuschließen ist es nicht, daß Malina Frauen gekannt hat vor mir, er kennt ja viele Leute, also auch Frauen, aber es ist völlig bedeutungslos, seit wir miteinander leben; nie mehr kommt mir ein Gedanke daran, denn meine Verdächtigungen und Verwirrungen, soweit sie Malina betreffen, sind zunichte geworden in seinem Erstaunen. Auch war die junge Frau Jordan nicht die Frau, von der lange das Gerücht ging, sie habe den berühmten Ausspruch getan ›Ich treibe Jenseitspolitik‹, als ein Assistent ihres Mannes sie auf den Knien, beim Bodenreiben, überraschte und sie ihre ganze Verachtung für ihren Mann zu verstehen gab. Es hat sich anders zugetragen, ist eine andere Geschichte, und alles wird sich einmal richtigstellen lassen. Aus den Gerüchtfiguren werden die wahren Figuren, befreit und groß, hervortreten, wie Malina heute für mich, der nicht mehr das Ergebnis von Gerüchten ist, sondern gelöst neben mir sitzt oder mit mir durch die Stadt geht. Für die anderen Richtigstellungen ist die Zeit noch nicht gekommen, sie sind für später. Sind nicht für heute.

Zu fragen habe ich mich nur mehr, seit alles so geworden ist zwischen uns, wie es eben ist, was wir denn sein können für einander, Malina und ich, da wir einander so unähnlich sind, so verschieden, und das ist nicht eine Frage des Geschlechts, der Art, der Festigkeit seiner Existenz und der Unfestigkeit der meinen. Allerdings hat Malina nie ein so konvulsivisches Leben geführt wie ich, nie hat er seine Zeit verschwendet mit Nichtigkeiten, herumtelefoniert, etwas auf sich zukommen lassen, nie ist er in etwas hineingeraten, noch weniger eine halbe Stunde vor dem Spiegel gestanden, um sich anzustarren, um danach irgendwohin zu hetzen, immer zu spät, Entschuldigungen stotternd, über eine Frage oder um eine Antwort verlegen. Ich denke, daß wir auch heute noch wenig miteinander zu tun haben, einer erduldet den andern, erstaunt über den anderen, aber mein Staunen ist neugierig (staunt Malina denn überhaupt? ich glaube es immer weniger), und unruhig ist es, gerade weil meine Gegenwart ihn nie irritiert, weil er sie wahrnimmt, wenn es ihm gefällt, nicht wahrnimmt, wenn nichts zu sagen ist, als gingen wir nicht ständig aneinander vorbei in der Wohnung, unübersehbar einer für den anderen, unüberhörbar bei den alltäglichen Handlungen. Mir scheint es dann, daß seine Ruhe davon herrührt, weil ich ein zu unwichtiges und bekanntes Ich für ihn bin, als hätte er mich ausgeschieden, einen Abfall, eine überflüssige Menschwerdung, als wäre ich nur aus seiner Rippe gemacht und ihm seit jeher entbehrlich, aber auch eine unvermeidliche dunkle Geschichte, die seine Geschichte begleitet, ergänzen will, die er aber von seiner klaren Geschichte absondert und abgrenzt. Deswegen habe auch nur ich etwas zu klären mit ihm, und mich selber vor allem muß und kann ich nur vor ihm klären. Er hat nichts zu klären, nein, er nicht. Ich mache Ordnung im

Vorzimmer, ich möchte in der Nähe der Tür sein, denn er wird gleich kommen, der Schlüssel bewegt sich in der Tür, ich trete ein paar Schritte zurück, damit er nicht gegen mich prallt, er schließt ab, und wir sagen gleichzeitig und liebenswürdig: guten Abend. Und während wir den Korridor entlanggehen, sage ich noch etwas:
Ich muß erzählen. Ich werde erzählen. Es gibt nichts mehr, was mich in meiner Erinnerung stört.
Ja, sagt Malina, ohne Verwunderung. Ich gehe ins Wohnzimmer, er geht weiter, nach hinten, denn das letzte Zimmer ist sein Zimmer.
Ich muß und ich werde, wiederhole ich laut vor mir, denn wenn Malina nicht fragt und nichts weiter wissen will, dann ist es richtig. Ich kann beruhigt sein.
Wenn meine Erinnerung aber nur die gewöhnlichen Erinnerungen meinte, Zurückliegendes, Abgelebtes, Verlassenes, dann bin ich noch weit, sehr weit von der verschwiegenen Erinnerung, in der mich nichts mehr stören darf.
Was soll mich stören, an einer Stadt zum Beispiel, in der ich geboren bin, ohne die Notwendigkeit einzusehen, warum gerade dort und nicht anderswo, aber muß ich mich erinnern daran? Der Fremdenverkehrsverein gibt über das Wichtigste Auskunft, einiges fällt nicht in seine Zuständigkeit, aber auch ich bin nicht kompetent, ich muß dort aber in der Schule erfahren haben, wo ›Mannesmut und Frauentreu‹ sich zusammengetan haben und wo, in unsrer Hymne, ›des Glockners Eisgefilde‹ glänzt. Der größte Sohn unserer Stadt, Thomas Koschat, von dem die Thomas Koschatgasse zeugt, ist der Komponist des Liedes: ›Verlassn, verlassn, verlassn bin i‹, in der Bismarckschule mußte ich das Einmaleins noch einmal lernen, das ich schon konnte, in der Benediktinerschule ging ich zum Religionsunterricht, um dann nicht konfirmiert

zu werden, immer am Nachmittag, mit einem Mädchen aus einer anderen Klasse, denn alle anderen, die Katholiken, hatten ihre Religion am Vormittag, und ich war darum immer frei, der junge Vikar soll einen Kopfschuß gehabt haben, der alte Dechant war streng, schnurrbärtig und hielt Fragen für unreif. Das Ursulinengymnasium hat jetzt eine verschlossene Tür, an der ich noch einmal gerüttelt habe. Im Café Musil habe ich vielleicht doch nicht das Stück Torte nach der Aufnahmsprüfung bekommen, aber ich möchte es bekommen haben und sehe mich mit einer kleinen Gabel eine Torte zerteilen. Vielleicht habe ich die Torte erst ein paar Jahre später bekommen. Am Anfang der Seepromenade des Wörthersees, nicht weit von der Dampferstation, bin ich zum erstenmal geküßt worden, aber ich sehe kein Gesicht mehr, das sich meinem nähert, auch der Name von dem Fremden muß im See verschlammt sein, nur von Lebensmittelkarten weiß ich noch etwas, die ich dem Fremden gegeben habe, der nicht mehr zurückgekommen ist zur Dampferstation am nächsten Tag, denn er war eingeladen bei der schönsten Frau der Stadt, die mit einem großen Hut durch die Wienergasse ging und wirklich Wanda hieß; einmal bin ich ihr nachgegangen bis zum Waagplatz, ohne Hut, ohne Parfüm und ohne den sicheren Gang einer Frau von fünfunddreißig Jahren. Der Fremde war vielleicht auf der Flucht oder er wollte Zigaretten für die Marken eintauschen und sie rauchen mit der schönen großen Frau, nur war ich damals schon neunzehn Jahre alt und nicht mehr sechs, mit einer Schultasche auf dem Rücken, als es wirklich passierte. In einer Großaufnahme steht die kleine Glanbrücke da, nicht das abendliche Seeufer, nur diese mittäglich übersonnte Brücke mit den zwei kleinen Buben, die auch ihre Schultaschen auf dem Rücken hatten, und der ältere, minde-

stens zwei Jahre älter als ich, rief: Du, du da, komm her, ich geb dir etwas! Die Worte sind nicht vergessen, auch nicht das Bubengesicht, der wichtige erste Anruf, nicht meine erste wilde Freude, das Stehenbleiben, Zögern, und auf dieser Brücke der erste Schritt auf einen anderen zu, und gleich darauf das Klatschen einer harten Hand ins Gesicht: Da, du, jetzt hast du es! Es war der erste Schlag in mein Gesicht und das erste Bewußtsein von der tiefen Befriedigung eines anderen, zu schlagen. Die erste Erkenntnis des Schmerzes. Mit den Händen an den Riemen der Schultasche und ohne zu weinen und mit gleichmäßigen Schritten ist jemand, der einmal ich war, den Schulweg nach Hause getrottet, dieses eine Mal ohne die Staketen des Zauns am Wegrand abzuzählen, zum erstenmal unter die Menschen gefallen, und manchmal weiß man also doch, wann es angefangen hat, wie und wo, und welche Tränen zu weinen gewesen wären.
Es war auf der Glanbrücke. Es war nicht die Seepromenade.
Während manche Menschen an Tagen geboren sind, wie dem 1. Juli, an dem gleich vier hochberühmte Leute geboren sind, oder am 5. Mai, an dem sich die Weltverbesserer und Genies drängen und ihre ersten Schreie ausgestoßen haben, konnte ich nie herausfinden, wer die Unvorsichtigkeit begangen hat, sein Leben auch an dem Tag anzufangen, der für mich der erste war. Ich kenne nicht die Befriedigung, mit Alexander dem Großen, mit Leibniz, mit Galileo Galilei oder Karl Marx in eine Sternstunde geraten zu sein, und selbst auf der Reise von New York nach Europa, auf dem Schiff ›Rotterdam‹, auf dem die Geburtstagsliste aller Passagiere, die in diesen Tagen zu feiern waren, in Evidenz gehalten wurde, kam an dem Tag, als die Reihe an mir war, nur durch meine Kabinentür eine gefächerte Glückwunsch-

karte vom Kapitän, und noch hoffte ich bis mittag, daß unter vielen Hunderten von Passagieren, wie an allen Vortagen, noch einige seien, die an diesem Tag eine Gratistorte auf den Tisch bekamen und mit dem Absingen von ›happy birthday to you‹ überrascht würden. Aber dann war nur ich es, ich sah mich vergeblich um im ganzen Speisesaal, nein, niemand sonst, ich schnitt rasch die Torte an, verteilte sie eilig an drei Holländertische und ich redete und trank und redete, ich vertrüge den Seegang nicht, hätte die ganze Nacht nicht geschlafen, und ich lief zurück in die Kabine und sperrte mich ein.
Es war nicht auf der Glanbrücke, nicht auf der Seepromenade, es war auch nicht auf dem Atlantik in der Nacht. Ich fuhr nur durch diese Nacht, betrunken, der untersten Nacht entgegen.
Erst später kam ich darauf, daß an dem Tag, der mich damals noch interessierte, wenigstens jemand gestorben war. Auf die Gefahr hin, auch der Vulgärastrologie ins Gehege zu kommen, weil ich mir die Zusammenhänge hoch oben über uns einbilden darf, wie ich will, weil mir keine Wissenschaft dabei auf die Finger sehen und draufklopfen kann, hänge ich meinen Anfang mit einem Ende zusammen, denn warum soll nicht jemand zu leben anfangen, wenn der Geist eines Menschen verlischt, aber den Namen dieses Mannes nenne ich nicht, denn wichtiger ist, daß mir dazu gleich das Kino hinter dem Kärntnerring einfiel, in dem ich zwei Stunden lang, in Farben vertan und in viel Dunkelheit, zum erstenmal Venedig gesehen habe, die Schläge der Ruder ins Wasser, auch eine Musik zog mit Lichtern durchs Wasser und ihr dadim, dadam, das mich mitzog, hinüber in die Figuren, die Doppelfiguren und ihre Tanzschritte. So war ich in das Venedig gekommen, das ich nie sehen werde, an einem windigen, klirrenden Wiener Wintertag. Die Mu-

sik habe ich oft wiedergehört, improvisiert, variiert, aber nie mehr so und richtig, einmal aus einem Nebenzimmer, wo man sie zerfetzte während einer mehrstimmigen Diskussion über den Zusammenbruch der Monarchie, die Zukunft des Sozialismus, und einer begann zu schreien, weil ein anderer etwas gegen den Existentialismus oder den Strukturalismus gesagt hatte, und ich horchte vorsichtig noch einen Takt heraus, aber da war die Musik schon zugrunde gegangen im Geschrei, und ich ohne mich, weil ich sonst nichts mehr hören wollte. Oft will ich ja nicht hören, und oft kann ich nicht sehen. So wie ich das sterbende Pferd nicht ansehen konnte, das von dem Felsen gestürzt war bei Hermagor, für das ich zwar kilometerweit um Hilfe ging, aber ich ließ es bei dem Hüterbuben zurück, der auch nichts tun konnte, oder wie ich die Große Messe von Mozart nicht hören konnte und nicht die Schüsse auf einem Dorf im Fasching.

Ich will nicht erzählen, es stört mich alles in meiner Erinnerung. Malina kommt ins Zimmer, er sucht nach einer halbleeren Whiskyflasche, gibt mir ein Glas, schenkt sich eines ein und sagt: Noch stört es dich. Noch. Es stört dich aber eine andre Erinnerung.

Erstes Kapitel

Glücklich mit Ivan

Wieder geraucht und wieder getrunken, die Zigaretten gezählt, die Gläser, und noch zwei Zigaretten zugelassen für heute, weil zwischen heute und Montag drei Tage sind, ohne Ivan. Sechzig Zigaretten später aber ist Ivan zurück in Wien, er wird zuerst die Zeitansage anrufen und seine Uhr kontrollieren, dann den Weckauftrag 00, der gleich zurückruft, danach sofort einschlafen, so rasch wie nur Ivan das kann, aufwachen, vom Weckauftrag gerufen, mit einem Groll, dem er jedesmal einen anderen Ausdruck gibt, mit Gestöhne, Flüchen, Ausbrüchen, Anklagen. Dann hat er all den Groll vergessen und ist mit einem Sprung im Badezimmer, um sich die Zähne zu putzen, dann unter die Dusche zu gehen, dann sich zu rasieren. Er wird den Transistor anstellen und die Frühnachrichten hören. Österreich I. APA. Wir bringen Kurznachrichten: Washington...

Aber Washington und Moskau und Berlin sind bloß vorlaute Orte, die versuchen, sich wichtig zu machen. In meinem Ungargassenland nimmt niemand sie ernst oder man lächelt über solche Aufdringlichkeiten wie über die Kundgebungen ehrgeiziger Emporkömmlinge, sie können nie mehr hereinwirken in mein Leben, mit dem ich in ein anderes hineingelaufen bin, auf der Landstraße Hauptstraße, vor diesem Blumengeschäft, dessen Namen ich noch herausfinden muß, und stehengeblieben bin ich im Laufen nur, weil im Fenster ein Strauß Türkenbund stand, rot und siebenmal röter als rot, nie gesehen, und vor dem Fenster stand Ivan, weiter weiß ich nichts mehr, denn ich bin sofort mit Ivan gegangen, zuerst bis zum Postamt in der Rasumofskygasse, wo wir zu zwei verschiedenen Schaltern gehen mußten, er zu ›Postanweisungen‹, ich zu ›Postwertzeichen‹, und schon diese erste Trennung war so schmerzhaft, daß ich am Ausgang, beim Wiederfinden von Ivan, kein Wort mehr herausbrachte, Ivan mich nichts zu fragen brauchte, denn es war kein Zweifel in mir, daß ich mit ihm weitergehen mußte und gleich zu ihm, das war zu meinem Staunen aber nur einige Häuser von mir. Die Grenzen waren bald festgelegt, es ist ja nur ein winziges Land, das zu gründen war, ohne Gebietsansprüche und ohne rechte Verfassung, ein trunkenes Land, in dem bloß zwei Häuser stehen, die man auch im Dunkeln finden kann, bei Sonnen- und Mondfinsternis, und ich weiß auswendig, wieviel Schritte ich machen muß, von mir schräg zu Ivans Haus, ich könnte auch mit verbundenen Augen gehen. Nun ist die weitere Welt, in der ich bisher gelebt habe – ich immer in Panik, mit trocknem Mund, mit der Würgspur am Hals –, auf ihre geringfügige Bedeutung reduziert, weil eine wirkliche Kraft sich dieser Welt entgegensetzt, wenn diese Kraft auch, wie heute, nur aus Warten und Rauchen besteht, damit von ihr nichts verlorengeht. Ich muß die Telefonschnur, vorsichtig, weil sie sich verdreht hat, zehnmal mit abgehobenem Hörer herumdrehen, damit sie wieder handhabbar wird, für den Ernstfall, und dann kann ich auch, vor dem Ernstfall, schon diese Nummer wählen: 726893. Ich weiß, daß niemand antworten kann, aber es kommt mir darauf nicht an, nur daß es bei Ivan läutet, in der abgedunkelten Wohnung, und da ich weiß, wo sein Telefon steht, soll das Läuten von dort aus allem, was Ivan gehört, sagen: ich bin es, ich rufe an. Und der schwere tiefe Sessel wird es hören, in dem er gerne sitzt und plötzlich auch einschläft für fünf Minuten, und die Schränke und die Lampe, unter der wir miteinander liegen, und seine Hemden und Anzüge und die Wäsche, die er auf den Boden geworfen haben wird, damit Frau Agnes weiß, was sie in die Wäscherei bringen muß. Seit ich diese Nummer wählen kann, nimmt mein Leben endlich keinen Verlauf mehr, ich gerate nicht mehr unter die Räder, ich komme in keine ausweglosen Schwierigkeiten, nicht mehr vorwärts und nicht vom Weg ab, da ich den Atem anhalte, die Zeit aufhalte und telefoniere und rauche und warte.

Wenn ich nun, aus irgendeinem Grund, vor zwei Jahren nicht in die Ungargasse gezogen wäre, wenn ich noch in der Beatrixgasse wohnte, wie in den Studentenjahren, oder im Ausland, wie nachher so oft, dann würde es mit mir noch einen beliebigen Verlauf nehmen, und ich hätte das Wichtigste von der Welt nie erfahren: daß alles, was mir erreichbar ist, das Telefon, Hörer und Schnur, das Brot und die Butter und die Bücklinge, die ich für Montagabend aufhebe, weil Ivan sie am liebsten ißt, oder die Extrawurst, die ich am liebsten esse, daß alles von der Marke Ivan ist, vom Haus Ivan. Auch die Schreibmaschine und der Staubsauger, die früher einen unerträglichen Lärm gemacht haben, müssen von dieser guten und mächtigen Firma aufgekauft und besänftigt worden sein, die Türen der Autos fallen nicht mehr mit einem Krach unter meinen Fenstern zu, und in die Obhut Ivans muß unversehens sogar die Natur gekommen sein, denn die Vögel singen am Morgen leiser und lassen einen zweiten, kurzen Schlaf zu.

Aber noch sehr viel mehr geschieht seit dieser Besitzübernahme, und es kommt mir seltsam vor, daß die Medizin, die sich für eine Wissenschaft und eine rapid fortschreitende hält, nichts von diesem Vorkommnis weiß: daß hier, in diesem Umkreis, wo ich bin, der Schmerz im Abnehmen ist, zwischen der Ungargasse 6 und 9, daß die Unglücke weniger werden, der Krebs und der Tumor, das Asthma und der Infarkt, die Fieber, Infektionen und Zusammenbrüche, sogar die Kopfschmerzen und die Wetterfühligkeit sind abgeschwächt, und ich frage mich, ob es nicht meine Pflicht sei, die Wissenschaftler zu informieren von diesem einfachen Mittel, damit die Forschung einen großen Sprung vorwärts tun könnte, die meint, alle Übel mit immer raffinierteren Medikamenten und Behandlungen bekämpfen zu können. Hier ist auch die zitternde Nervosität, die Hochspannung, die über dieser Stadt ist, und vermutlich überall, fast beruhigt, und die Schizothymie, das Schizoid der Welt, ihr wahnsinniger, sich weitender Spalt, schließt sich unmerklich.

Was es an Aufregung noch gibt, ist nur ein eiliges Suchen nach Haarnadeln und Strümpfen, ein leichtes Zittern beim Auftragen der Wimperntusche und beim Hantieren mit den Lidfarben, den schmalen Pinseln für die Lidstriche, bei dem Eintauchen der luftigen Wattebauschen in hellen und dunklen Puder. Oder ein ununterdrückbares Feuchtwerden der Augen beim Hin- und Herlaufen zwischen dem Badezimmer und dem Korridor, beim Suchen nach der Tasche, dem Taschentuch, ein Anschwellen der Lippen, nur solch winzige physiologische Veränderungen sind es, eine leichtere Gangart, die einen Zentimeter größer macht, und eine leichte Gewichtsabnahme, weil es später Nachmittag wird und die Büros zu schließen anfangen und dann die Infiltration dieser

Guerillas von Tagträumen, die die Ungargasse unterwandern und aufwiegeln, sie plötzlich ganz besetzt haben mit ihren herrlichen Proklamationen und dem einzigen Losungswort, das sie für ihr Ziel wissen, und wie könnte dieses Wort, das heute schon für die Zukunft steht, anders heißen als Ivan.

Es heißt Ivan. Und immer wieder Ivan.

Gegen die Verderbnis und das Reguläre, gegen das Leben und gegen den Tod, gegen den zufälligen Verlauf, all diese Drohungen aus dem Radio, all die Schlagzeilen der Zeitungen, aus denen die Pest kommt, gegen die einsickernde Perfidie aus den oberen und unteren Stockwerken, gegen den langsamen Fraß innen und gegen das Verschlungenwerden von draußen, gegen die beleidigte Miene von Frau Breitner jeden Morgen, halte ich hier meine frühe Abendstellung und warte und rauche, immer zuversichtlicher und sicherer und so lange und so sicher, wie es niemand gegeben ist, denn ich werde siegen in diesem Zeichen.

Wenn Ivan auch gewiß für mich erschaffen worden ist, so kann ich doch nie allein auf ihn Anspruch erheben. Denn er ist gekommen, um die Konsonanten wieder fest und faßlich zu machen, um die Vokale wieder zu öffnen, damit sie voll tönen, um mir die Worte wieder über die Lippen kommen zu lassen, um die ersten zerstörten Zusammenhänge wiederherzustellen und die Probleme zu erlösen, und so werde ich kein Jota von ihm abweichen, ich werde unsre identischen, hellklingenden Anfangsbuchstaben, mit denen wir unsre kleinen Zettel unterzeichnen, aufeinanderstimmen, übereinanderschreiben, und nach

der Vereinigung unserer Namen könnten wir vorsichtig anfangen, mit den ersten Worten dieser Welt wieder die Ehre zu erweisen, damit sie wünschen muß, sich wieder die Ehre zu geben, und da wir die Auferstehung wollen und nicht die Zerstörung, hüten wir uns, einander schon öffentlich mit den Händen zu berühren, und auch nur heimlich fassen wir einander ins Aug, denn mit seinen Blicken muß Ivan erst die Bilder aus meinen Augen waschen, die vor seinem Kommen auf die Netzhaut gefallen sind, und nach vielen Reinigungen taucht dann doch wieder ein finsteres, furchtbares Bild auf, beinah nicht zu löschen, und Ivan schiebt mir dann rasch ein lichtes darüber, damit kein böser Blick von mir ausgeht, damit ich diesen entsetzlichen Blick verliere, von dem ich weiß, wieso ich ihn bekommen habe, aber ich erinnre mich nicht, erinnre mich nicht...
(Noch kannst du es nicht, noch immer nicht, vieles stört dich...)
Aber weil Ivan mich zu heilen anfängt, kann es nicht mehr ganz schlimm sein auf Erden.

Obwohl es einmal alle wußten, aber da es heute keiner mehr weiß, warum es heimlich zu geschehen hat, warum ich die Tür schließe, den Vorhang fallen lasse, warum ich allein vor Ivan trete, werde ich einen Grund dafür verraten. Ich will es so, nicht um uns zu verbergen, sondern um ein Tabu wiederherzustellen, und Malina hat es verstanden, ohne daß ich es ihm erklären mußte, denn sogar wenn mein Schlafzimmer offensteht und ich allein bin oder er ganz allein in der Wohnung ist, geht er vorüber und zu seinem Zimmer, als stünde da nie eine Tür offen, als wäre nie eine verschlossen, als wäre da gar kein Raum, damit nichts profaniert wird und die ersten Kühnheiten und die letzten sanften Ergebenheiten wieder eine Chance haben. Auch Lina räumt hier nicht auf, denn niemand hat dieses Zimmer zu betreten, nichts ereignet sich und eignet sich dazu, preisgegeben, seziert und analysiert zu werden, denn Ivan und ich schleifen, rädern, foltern und ermorden einander nicht, und so stellen wir uns einer vor den anderen und schützen, was uns gehört und nicht zu greifen ist. Weil Ivan mich nie fragt, nie mißtrauisch ist, mich nie verdächtigt, schwindet mein Verdacht. Weil er die zwei widerspenstigen Haare am Kinn nicht mustert, auch die zwei ersten Falten unter den Augen nicht notiert, weil ihn mein Husten nach der ersten Zigarette nicht stört, er mir sogar die Hand auf den Mund legt, wenn ich etwas Unbedachtes sagen will, sage ich ihm in einer anderen Sprache alles, was ich noch nie gesagt habe, mit Haut und Haar, denn nie wird er wissen wollen, was ich tagsüber tue, was ich früher gemacht habe, warum ich erst um drei Uhr früh nach Hause gekommen bin, warum ich gestern keine Zeit hatte, warum das Telefon heute eine Stunde lang besetzt war und wem ich jetzt antworte am Telefon, denn sowie ich ansetze mit einem gewöhnlichen Satz und sage: Ich muß dir das erklären, unterbricht Ivan mich: Warum, was mußt du mir erklären, nichts, überhaupt nichts, wem mußt du etwas erklären, doch mir nicht, niemand, denn es geht doch niemand etwas an –

Aber ich muß.

Mich kannst du gar nicht anlügen, das weiß ich, ich weiß es doch.

Aber doch nur, weil ich nicht muß!

Warum lachst du? Es wäre ja keine Schande, du könntest es trotzdem tun. Versuch es doch, aber du kannst nicht.

Und du?

Ich? Mußt du das fragen?
Ich muß nicht.
Versuchen kann ich es ja, aber manchmal werde ich dir etwas nicht sagen. Was hältst du davon?
Ich bin einverstanden. Ich muß ja einverstanden sein.
Du mußt gar nichts, du kannst, Ivan.
Während wir uns so mühelos zurechtfinden miteinander, geht dieses Gemetzel in der Stadt weiter, unerträgliche Bemerkungen, Kommentare und Gerüchtfetzen zirkulieren in den Restaurants, auf den Parties, in den Wohnungen, bei den Jordans, den Altenwyls, den Wantschuras, oder sie werden allen Ärmeren beigebracht durch die Illustrierten, die Zeitungen, im Kino und durch die Bücher, in denen von Dingen auf eine Weise die Rede geht, daß die Dinge sich empfehlen und zurückziehen zu sich selber und zu uns, und nackt will jeder dastehn, die anderen bis auf die Haut ausziehen, verschwinden soll jedes Geheimnis, erbrochen werden wie eine verschlossene Lade, aber wo kein Geheimnis war, wird nie etwas zu finden sein, und die Ratlosigkeit nach den Einbrüchen, den Entkleidungen, den Perlustrierungen und Visitationen nimmt zu, kein Dornbusch brennt, kein kleinstes Licht geht auf, nicht in den Räuschen und in keiner fanatischen Ernüchterung, und das Gesetz der Welt liegt unverstandener denn je auf allen.

Weil Ivan und ich einander nur das Gute erzählen und manchmal etwas, damit wir einander zum Lachen bringen (und ohne über jemand zu lachen), weil wir sogar so weit kommen, zu lächeln vor Versunkenheit, also den Ausdruck finden, in dem wir zu uns selber kommen, hoffe ich, wir könnten eine Ansteckung herbeiführen. Langsam werden wir unsere Nachbarn infizieren, einen nach dem andern, mit dem Virus, von dem ich schon weiß, wie man ihn nennen dürfte, und wenn daraus eine Epidemie entstünde, wäre allen Menschen geholfen. Aber ich weiß auch, wie schwer es ist, ihn zu bekommen, wie lange man warten muß, bis man reif ist für diese Ansteckung, und wie schwer und schon ganz hoffnungslos war es für mich, ehe es geschah!

Da Ivan mich fragend anschaut, muß ich etwas gesagt haben, und ich beeile mich, ihn abzulenken. Ich weiß den Namen des Virus, aber ich werde mich hüten, ihn vor Ivan auszusprechen.
Was murmelst du da? Was sei nicht einfach zu bekommen? Von was für einer Krankheit redest du?
Aber doch nicht Krankheit, ich meine doch keine Krankheit, ich denke nur, es gibt Dinge, die sind schwer zu bekommen!
Entweder spreche ich wirklich zu leise oder Ivan versteht nicht, wo Malina längst verstanden, erraten, erfaßt hätte, und er kann mich doch weder denken noch reden hören, und überdies habe ich ihm kein Wort von dem Virus gesagt.

Es ist ja eine ganze Menge für mich dazwischengekommen, ich habe mehr Abwehrstoffe angesammelt als ein Mensch braucht, um immun zu sein, Mißtrauen, Gleichmut, Furchtlosigkeit nach zu großem Fürchten, und ich weiß nicht, wie Ivan dagegen angegangen ist, gegen soviel Widerstand, dieses krisenfeste Elend, die auf Schlaflosigkeit genau eingespielten Nächte, die pausenlose Nervosität, den obstinaten Verzicht auf alles, aber schon in der ersten Stunde, in der Ivan ja nicht gerade vom Himmel gefallen ist, sondern, aus den Augen lächelnd, sehr groß und leicht gebeugt vor mir auf der Landstraße Hauptstraße gestanden ist, war all das zuschanden geworden, und allein dafür müßte ich Ivan die höchsten Auszeichnungen verleihen und die allerhöchste dafür, daß er mich wiederentdeckt und auf mich stößt, wie ich einmal war, auf meine frühesten Schichten, mein verschüttetes Ich freilegt, und seligsprechen werde ich ihn für alle seine Begabungen, für welche aber, für welche? da noch kein Ende abzusehen ist und keines kommen darf, und so fange ich an, mir die einfachste vorzuhalten, die einfach die ist, daß er mich wieder zum Lachen bringt.

Endlich gehe ich auch in meinem Fleisch herum, mit dem Körper, der mir durch eine Verachtung fremd geworden ist, ich fühle, wie alles sich wendet inwendig, wie die Muskeln sich aus der steten Verkrampfung lösen, ihr glattgestreiftes, ihr quergestreiftes System sich lockern, wie die beiden Nervensysteme gleichzeitig konvertiert werden, denn es findet nichts deutlicher statt als diese Konversion, ein Wiedergutmachungsprozeß, eine Läuterung, der lebendige Beweis, der faktische, der auch meßbar und bezeichenbar wäre, mit den neuesten Instrumenten einer Metaphysik. Wie gut auch, daß ich im Nu begriffen habe, wovon ich in der ersten Stunde ergriffen worden bin, und daß ich darum sofort, ohne mich anzustellen, ohne Vorstellung, mit Ivan gegangen bin. Keine Stunde habe ich versäumt, denn dieses Geschehen, von dem man vorher nichts wissen kann, nie gewußt hat, von dem man nie etwas gehört oder gelesen hat, braucht eine äußerste Beschleunigung, damit es zustande kommen kann. Eine Kleinigkeit könnte es im Beginn ersticken, abwürgen, es im Anlauf zum Stillstand bringen, so empfindlich sind Anfang und Entstehen dieser stärksten Macht in der Welt, weil die Welt eben krank ist und sie, die gesunde Macht, nicht aufkommen lassen will. Ein Autohupen hätte einfallen können in den ersten Satz, ein Polizist, der einen schlecht parkierten Motorroller hätte aufschreiben können, ein Passant hätte gröhlend zwischen uns torkeln können, ein Bursche mit einem Lieferwagen hätte uns die Sicht verstellen können, mein Gott, es ist nicht auszudenken, was alles hätte dazwischenkommen können! Ich hätte, durch die Sirene eines Rotkreuzwagens abgelenkt, auf die Straße blicken können, anstatt hinüber zu dem Strauß Türkenbund im Fenster, oder Ivan hätte jemand um Feuer bitten müssen, und schon wäre ich nicht von ihm gesehen worden. Weil wir in soviel Gefahr waren, weil schon drei Sätze, an dieser Stelle vor dem Schaufenster, zuviel gewesen wären, sind wir von der heißen gefährlichen Stelle rasch miteinander weggegangen und haben vieles auf sich beruhen lassen. Darum haben wir lange gebraucht, bis wir über die ersten kleinen nichtssagenden Sätze hinausgefunden haben. Ich weiß nicht einmal, ob man heute schon sagen dürfte, daß wir miteinander reden und uns unterhalten können wie andere Menschen. Aber wir haben keine Eile. Es bleibt uns noch das ganze Leben, sagt Ivan.

Immerhin haben wir uns ein paar erste Gruppen von Sätzen erobert, törichten Satzanfängen, Halbsätzen, Satzenden, von der Gloriole gegenseitiger Nachsicht umgeben, und die meisten Sätze sind bisher unter den Telefonsätzen zu finden. Wir üben sie wieder und wieder, denn Ivan ruft mich einmal von dem Büro am Kärntnerring an oder ein zweites Mal spät nachmittags oder abends von zu Hause aus.

Hallo. Hallo?
Ich, wer denn sonst
Ja, natürlich, verzeih
Wie es mir? Und dir?
Weiß ich nicht. Heute abend?
Ich verstehe dich so schlecht
Schlecht? Was? Du kannst also
Ich höre dich nicht gut, kannst du
Was? Ist etwas?
Nein, nichts, du kannst mich später noch
Natürlich, ich rufe dich besser später an
Ich, ich sollte zwar mit Freunden
Ja, wenn du nicht kannst, dann
Das habe ich nicht gesagt, nur wenn du nicht
Jedenfalls telefonieren wir später
Ja, aber gegen sechs Uhr, weil
Das ist aber schon zu spät für mich
Ja, für mich eigentlich auch, aber
Heute hat es vielleicht keinen Sinn
Ist jemand hereingekommen?
Nein, nur Fräulein Jellinek ist jetzt
Ach so, du bist nicht mehr allein
Aber später bitte, bitte bestimmt!

Ivan und ich haben Freunde und außerdem Leute, nur ganz selten jemand, von dem er oder ich wissen, um wen es sich dabei handelt und wie diese Personen heißen. Mit den Freunden und den Leuten müssen wir abwechselnd essen gehen, uns zumindest mit ihnen auf einen Sprung ins Kaffeehaus setzen oder wir müssen etwas unternehmen mit Ausländern, ohne zu wissen, was anfangen mit ihnen, und meistens müssen wir noch einen Anruf abwarten. Nur sollte doch ein einziges Mal, aber auch nur ein Mal der Zufall es wollen, daß Ivan und ich einander begegnen in der Stadt, er mit Leuten, ich mit Leuten, dann wüßte er wenigstens, daß ich auch anders aussehen kann, daß ich mich anziehen kann (was er bezweifelt), daß ich gesprächig bin (was er noch mehr bezweifelt). Denn in seiner Gegenwart werde ich still, weil die geringsten Worte: ja, gleich, so, und, aber, dann, ach! so geladen sind, aus mir mit einer hundertfachen Bedeutung kommen für ihn, tausendmal mehr bewirkend als die unterhaltsamen Erzählungen, Anekdoten, herausfordernden Wortscheingefechte, die Freunde und Leute von mir kennen, und Gesten, Capricen, Allüren zum Schein, denn für Ivan habe ich nichts zum Schein, tu ich nichts, um zu scheinen, und dankbar bin ich, wenn ich ihm seinen Drink und das Essen richten darf, ihm heimlich hie und da schon die Schuhe putze, mit dem Fleckenwasser an seiner Jacke hantieren darf, und: So, das haben wir! heißt mehr als Stirnrunzeln vor einer Speisekarte, vor Leuten glänzend aufgelegt sein, eine Debatte führen, ein Einsammeln von Handküssen und Wiedersehenswünschen, als die animierten Heimfahrten mit Freunden, noch ein Glas in der Loos-Bar, Küsse links und rechts und: auf bald! Denn wenn Ivan zum Mittagessen ins Sacher geht, natürlich auf Kosten des Instituts und weil er muß, dann bin ich bestimmt spät nachmittags in der Blauen Bar im Sacher verabredet, und wir treffen einander nicht, ob ich es nun provozieren oder verhindern will, denn heute bin ich zum Abendessen im Stadtkrug, aber Ivan ist draußen in Grinzing mit Ausländern, und morgen muß ich ein paar Leuten Heiligenstadt zeigen und Nußdorf, daran denke ich verzweifelt, und er wird mit einem Herrn bei den Drei Husaren essen. Für ihn kommen viele Leute von auswärts, meine kommen auch oft von auswärts, und das, zum Beispiel, hindert uns heute wieder, einander zu sehen, uns bleibt nur das Telefonieren. Und um unsre erste Gruppe von Telefonsätzen gruppiert sich, bei flüchtigem Sehen, vor dem Auseinandergehen zu verschiedenen Leuten, eine ganz andere Gruppe von Sätzen, die gehen darum um das ›Beispiel‹.

Ivan sagt, er höre von mir immer ›zum Beispiel‹. Und um mir die Beispielsätze auszutreiben, verwendet er jetzt Beispielsätze, zum Beispiel sogar in der einen Stunde, die uns bleibt vor dem Abendessen.
Was denn, zum Beispiel, Fräulein Schlauberger? Wie war es, zum Beispiel, als ich zum erstenmal in deine Wohnung kam, am Tag danach, da haben wir doch, zum Beispiel, sehr mißtrauisch ausgesehen.
Ich, zum Beispiel, habe noch nie eine Unbekannte auf der Straße angesprochen und es wäre mir vorher nie in den Sinn gekommen, zum Beispiel, daß eine derartige Unbekannte mit einem Unbekannten sofort, wie bitte?
Übertreib nicht!
Zum Beispiel ist mir noch immer nicht klar, was du eigentlich machst. Was, zum Beispiel, kann man bloß den ganzen Tag zu Hause machen, ohne sich zu rühren.
Laß mich, zum Beispiel, einmal nachdenken. Nein, erzähl mir bloß nichts.
Bitte, ich kann es aber ganz leicht!
Ich, zum Beispiel, bin nicht neugierig, sag es mir nicht, ich frage mich nur einiges, aber weil ich beispiellos diskret bin, erwarte ich keine Antwort.
Ivan, nicht so!
Wie denn dann?
Wenn ich, zum Beispiel, heute abend nach Hause komme, müde, aber trotzdem noch warten würde auf einen Anruf, was, zum Beispiel, Ivan, würdest du dazu meinen?

Geh lieber schlafen danach, und sofort, Fräulein Schlauberger.
Und mit diesem Satz ist Ivan gegangen.

Ivan kann es, zum Unterschied von anderen Männern, gar nicht vertragen, wenn ich eigens auf einen Anruf warte, mir Zeit nehme für ihn, mich richte nach seinen freien Stunden, und so tu ich es heimlich, ich füge mich und denke an seine Lehrsätze, denn von ihm stammen die vielen ersten Lehrsätze für mich. Doch es ist spät heute, ich hätte Ivan vor fünfzehn Jahren auf dem Weg zum Postamt treffen sollen. Zum Lernen ist es nicht zu spät, aber wie kurz wird die Zeit sein, in der ich das Erlernte noch verwenden kann. Aber ehe ich, auf sein Geheiß, heute einschlafe, bedenke ich, daß ich damals nicht fähig gewesen wäre, die Lektion in ihrem ganzen Ausmaß zu verstehen.

Da es klingelt, girrt, surrt, greife ich nach dem Telefon, ich will schon ›Hallo‹ sagen, denn es könnte Ivan sein, aber dann lege ich den Hörer leise nieder, weil mir für heute kein letzter Anruf erlaubt war. Es läutet noch einmal, hört aber gleich auf, es war ein vorsichtiges Läuten, es war vielleicht Ivan, es kann nur Ivan gewesen sein, und ich will nicht gestorben sein, noch nicht, wenn es wirklich Ivan war, er soll zufrieden mit mir sein und denken, ich schlafe längst.

Aber heute rauche ich und warte und rauche ich vor dem Telefon bis nach Mitternacht, und ich hebe ab und Ivan fragt, und ich antworte.

Jetzt muß ich nur noch den Aschenbecher
Einen Augenblick ja, ich auch
Hast du dir auch eine angezündet
So. Ja. Nein, es geht nicht
Hast du keine Zündhölzer?
Das letzte habe ich, nein, jetzt an der Kerze
Hörst du das auch? Gehen Sie doch aus der Leitung
Das Telefon hat eben seine Tücken
Wie? Es redet dauert jemand hinein. Mücken, wieso
Ich habe gesagt: Tücken, nichts Wichtiges, mit hartem T
Ich verstehe das mit den Mücken nicht
Verzeih, das war ein unseliges Wort dafür
Warum unselig, was meinst du denn?
Nichts, nur wenn man sooft ein Wort wiederholt

Aber selbst wenn vier Personen durcheinanderreden, kann ich Ivans Stimme noch heraushören, und solange ich ihn höre und mich von ihm gehört weiß, bin ich am Leben. Solang das Telefon, auch wenn wir unterbrechen müssen, wieder läutet, schrillt, klingelt, wütet, um einen Ton zu laut manchmal und um einige zu leise, wenn man den Eisschrank zuwirft, das Grammophon oder das Badewasser laufen läßt, aber wenn es doch ruft, und wer weiß schon, was ein Telefon tut und wie seine Ausbrüche zu nennen sind? solange es mir jedoch seine Stimme zukommen läßt, ob wir nun einander verstehen, kaum verstehen oder gar nicht mehr, weil das Wiener Telefonnetz für Minuten zusammenbricht, ist mir alles gleichgültig, auch was er mir zu sagen hat, so voller Erwartung, am Aufleben, am Ableben, fange ich wieder an mit ›Hallo?‹. Nur Ivan weiß das nicht, er ruft an oder er ruft nicht an, er ruft doch an.

Wie nett, daß du mich
Nett, warum nett?
Einfach so. Es ist nett von dir

Aber ich knie auf dem Boden vor dem Telefon und hoffe, daß auch Malina mich nie überrascht in dieser Stellung, auch er soll nie sehen, wie ich niederfalle vor dem Telefon, wie ein Moslem auf seinen Teppich, die Stirn auf den Parkettboden gedrückt.

Könntest du dich nicht etwas deutlicher
Ich muß den Hörer, geht es jetzt?
Und du, was hast du noch vor?
Ich? Ach, ich nichts Besonderes

Mein Mekka und mein Jerusalem! Und so auserwählt bin ich vor allen Telefonabonnenten und so werde ich gewählt, mein 72 31 44, denn Ivan weiß mich schon auswendig auf jeder Wählscheibe zu finden und sicherer findet er meine Nummer als mein Haar und meinen Mund und meine Hand.

Ich heute abend?
Nein, wenn du nicht kannst
Aber du bist doch
Das schon, aber dahin will ich nicht
Ich halte das aber für, entschuldige
Ich sage dir doch, es ist ganz ohne
Du gehst besser hin, denn ich habe vergessen

Du hast also. Du bist also
Dann bis morgen, schlaf gut!

Ivan hat also keine Zeit, und der Hörer fühlt sich eiskalt an, nicht aus Plastik, aus Metall, und rutscht hinauf zu meiner Schläfe, denn ich höre, wie er einhängt, und ich wollte, dieses Geräusch wäre ein Schuß, kurz, schnell, damit es zu Ende sei, ich möchte nicht, daß Ivan heute so ist und daß es immer so ist, ich möchte ein Ende. Ich hänge auf, bleibe auf dem Boden knien, dann schleppe ich mich zu dem Schaukelstuhl und nehme ein Buch vom Tisch RAUMFAHRT – WOHIN? Ich lese fieberhaft, was für ein Unsinn, er hat ja angerufen, er hat es auch anders gewollt, und ich muß mich gewöhnen, daß er es nicht dazusagt, wie ich nichts weiter sage, das Kapitel ist zu Ende, der Mond ist erobert, und ich sammle die Briefe auf dem Wohnzimmertisch ein, damit sie Malina nicht ärgern, überlese sie noch einmal im Studio, häufe sie auf die Briefe von gestern, schichte Mappen um, SEHR DRINGEND, DRINGEND, EINLADUNGEN, ABSAGEN, BELEGE, UNBEZAHLTE RECHNUNGEN, BEZAHLTE RECHNUNGEN, WOHNUNG, ich kann aber die Mappe ohne Bezeichnung nicht finden, die ich am dringendsten bräuchte, nun geht das Telefon, bestimmt einen ganzen Ton zu laut, es kommt ein Ferngespräch, und ich schreie ein wenig, mit fieberhafter Freundlichkeit, ohne zu wissen, was ich sage und mit wem ich da sprechen muß: Fräulein, Fräulein, Zentrale bitte, man hat uns unterbrochen, Fräulein! War es nun aber München oder Frankfurt? Jedenfalls bin ich unterbrochen worden, ich lege den Hörer auf, die Telefonschnur ist schon wieder verwickelt und sprechend und mich vergessend, verwickle ich mich in sie, es kommt von dem Telefonieren mit Ivan. Ich kann jetzt nicht

wegen München, oder was es auch war, zehnmal die Schnur herumdrehen. Sie soll verwickelt bleiben. Es bleibt mir der Blick auf das schwarze Telefon, beim Lesen, vor dem Schlafengehen, wenn ich es neben das Bett stelle. Austauschen lassen könnte ich es freilich gegen ein blaues oder rotes oder weißes, nur wird es nicht mehr dazu kommen, denn es darf sich nichts mehr in meiner Wohnung verändern, damit außer Ivan, dem einzig Neuen, mich nichts ablenkt, und nichts von dem Warten, wenn das Telefon sich nicht rührt.
Wien schweigt.

Ich denke an Ivan.
Ich denke an die Liebe.
An die Injektionen von Wirklichkeit.
An ihr Vorhalten, so wenige Stunden nur.
An die nächste, die stärkere Injektion.
Ich denke in der Stille.
Ich denke, daß es spät ist.
Es ist unheilbar. Und es ist zu spät.
Aber ich überlebe und denke.
Und ich denke, es wird nicht Ivan sein.
Was immer auch kommt, es wird etwas anderes sein.
Ich lebe in Ivan.
Ich überlebe nicht Ivan.

Insgesamt kann da aber kein Zweifel sein, daß Ivan und ich manchmal eine Stunde, manchmal sogar einen Abend finden, etwas Zeit füreinander haben, die anders verläuft. Wir leben ja zwei verschiedene Leben, aber damit ist nicht alles gesagt, denn das Gefühl für die Ortseinheit verläßt uns nicht, und Ivan, der darüber bestimmt

nie nachgedacht hat, kann ihr auch nicht entgehen. Heute ist er bei mir, das nächste Mal werde ich bei ihm sein, und wenn er keine Lust hat, mit mir Sätze zu bilden, stellt er sein oder mein Schachbrett auf, in seiner oder meiner Wohnung, und zwingt mich zu spielen. Ivan ärgert sich, es müssen lästerliche oder belustigte ungarische Worte sein, die er ausruft zwischen zwei Zügen, und bisher verstehe ich immer nur jaj und jé, und ich rufe manchmal éljen! Ein Ausruf, der sicher nicht angebracht ist, aber doch der einzige ist, den ich schon seit Jahren kenne.
Himmel, was machst du denn mit deinem Läufer, bitte überleg dir diesen Zug noch einmal. Hast du noch immer nicht gemerkt, wie ich spiele? Wenn Ivan obendrein sagt: Istenfáját! Oder: az Isten kinját! vermute ich, daß diese Ausdrücke zu einer Gruppe von unübersetzbaren Ivanflüchen gehören, und mit diesen mutmaßlichen Flüchen bringt er mich natürlich aus dem Konzept. Ivan sagt, du spielst eben ohne Plan, du bringst deine Figuren nicht ins Spiel, deine Dame ist schon wieder immobil.
Ich muß lachen, dann brüte ich wieder über dem Problem meiner Unbeweglichkeit, und Ivan gibt mir mit den Augen einen Wink. Hast du kapiert? Nein, du kapierst ja nichts. Was hast du denn jetzt wieder in deinem Kopf, Kraut, Karfiol, Salatblätter, lauter Gemüse. Ah, und jetzt will mich das kopflose, leerköpfige Fräulein ablenken, aber das kenne ich schon, das Kleid verrutscht an der Schulter, aber da sehe ich nicht hin, denk an deinen Läufer, die Beine zeigt man auch schon seit einer halben Stunde bis über die Knie, doch das nützt dir jetzt gar nichts, und das also nennst du Schachspielen, mein Fräulein, mit mir spielt man aber so nicht, ach, jetzt machen wir gleich unser komisches Gesicht, das habe ich auch erwartet, wir haben unseren Läufer verspielt, liebes Fräulein, ich gebe dir noch einen Rat, verschwinde von

hier, geh von E 5 auf D 3, aber damit ist meine Galanterie erschöpft.
Ich werfe ihm meinen Läufer hin und lache noch immer, er spielt ja viel besser als ich, die Hauptsache ist, daß ich am Ende doch manchmal zu einem Patt mit ihm komme.
Ivan fragt, ohne Zusammenhang: Wer ist Malina?
Darauf kann ich keine Antwort geben, wir spielen stumm und stirnrunzelnd weiter, ich mache wieder einen Fehler, Ivan hält sich nicht an toucher et jouer, er stellt meine Figur zurück, ich mache danach keinen Fehler mehr, und unser Spiel endet mit einem Patt.

Für ein Patt bekommt Ivan seinen wohlverdienten Whisky, er schaut befriedigt auf das Schachbrett, weil ich, mit seiner Hilfe, nicht verloren habe, er möchte etwas herausfinden über mich, es habe aber keine Eile. Er sagt nicht, noch immer nicht, was er herausfinden möchte, er gibt mir nur zu verstehen, daß er nicht so rasch zu einem Schluß kommen will, er vermutet zu gerne, vermutet sogar, ich habe ein Talent, er weiß nicht, welches Talent, jedenfalls muß es etwas zu tun haben mit ›Gutgehen‹.
Es sollte dir immer gutgehen.
Aber doch nicht mir, warum denn mir!
Wenn Ivan die Lider zu dreiviertel sinken läßt, mich nur noch durch einen Spalt ansieht aus seinen Augen, die so dunkel, warm und groß sind, daß er auch dann noch immer genug von mir sieht, sagt er, es sei denn, ich hätte auch ein Talent, jemand einzuladen, mir das kaputtzumachen.
Was kaputtmachen? Mein Gutgehen? Welches Gutgehen?
Ivan macht eine bedrohliche Bewegung mit der Hand,

weil ich etwas Dummes gesagt habe, weil ich etwas nicht heilen lassen will, obwohl es jetzt heilbar wäre. Aber mit Ivan kann ich darüber nicht sprechen, auch nicht, warum ich zusammenfahre bei jeder brüsken Bewegung, ich kann ja noch immer mit ihm kaum sprechen, ich habe nur keine Angst vor Ivan, obwohl er mir beide Arme auf dem Rücken zusammenhält, mich unbeweglich macht. Trotzdem atme ich schneller, und noch schneller fragt er mich: Wer hat dir etwas angetan, wer hat dir solche Dummheiten in den Kopf gesetzt, was ist in deinem Kopf außer diesem dummen Fürchten, ich erschrecke dich nicht, nichts darf dich erschrecken, was bildest du dir ein in deinem Kopf voller Salat und Bohnen und Erbsen, dumme Prinzessin auf der Erbse, ich möchte wissen, nein, ich möchte es nicht wissen, wer das angerichtet hat, dein Zusammenfahren, dein Kopfeinziehen, dein Kopfschütteln, dein Kopfwegdrehen.

Kopfsätze haben wir viele, haufenweise, wie die Telefonsätze, wie die Schachsätze, wie die Sätze über das ganze Leben. Es fehlen uns noch viele Satzgruppen, über Gefühle haben wir noch keinen einzigen Satz, weil Ivan keinen ausspricht, weil ich es nicht wage, den ersten Satz dieser Art zu machen, doch ich denke nach über diese ferne fehlende Satzgruppe, trotz aller guten Sätze, die wir schon machen können. Denn wenn wir aufhören zu reden und übergehen zu den Gesten, die uns immer gelingen, setzt für mich, an Stelle der Gefühle, ein Ritual ein, kein leerer Ablauf, keine belanglose Wiederholung, sondern als neu erfüllter Inbegriff feierlicher Formeln, mit der einzigen Andacht, deren ich wirklich fähig bin.
Und Ivan, was kann Ivan denn wissen darüber? Aber trotzdem sagt er heute: Das ist also deine Religion, das

also ist es. Seine Stimme hat einen veränderten Ton, weniger heiter, nicht unverwundert. Er wird es am Ende herausfinden, was mit mir ist, denn wir haben ja noch das ganze Leben. Vielleicht nicht vor uns, vielleicht nur heute, aber wir haben das Leben, daran kann kein Zweifel sein.

Ehe Ivan geht, sitzen wir beide auf dem Bett und rauchen, er muß wieder für drei Tage nach Paris fahren, es macht mir nichts aus, ich sage leichthin: ach so, weil zwischen seinen und meinen sparsamen Äußerungen und dem, was ich ihm wirklich sagen möchte, ein Vakuum ist, ich möchte ihm alles sagen, sitze aber nur hier, drücke peinlich genau das Zigarettenende in den Aschenbecher und reiche ihm den Aschenbecher, als wäre es sehr wichtig, daß er keine Asche auf meinen Boden fallen läßt.
Es ist unmöglich, Ivan etwas von mir zu erzählen. Aber weitermachen, ohne mich auch ins Spiel zu bringen? – warum sage ich Spiel? warum denn bloß, es ist kein Wort von mir, es ist ein Wort von Ivan – das ist auch nicht möglich. Wo ich angelangt bin, das weiß Malina, und erst heute haben wir uns wieder über die Landkarten, über die Stadtpläne, über die Wörterbücher gebeugt, über die Worte hergemacht, wir suchen alle Orte und Worte auf und lassen die Aura aufkommen, die ich auch brauche, zum leben, dann ist Leben weniger Pathos.

Wie traurig bin ich, und warum tut Ivan nichts dagegen, warum drückt er wirklich die Zigarette aus, anstatt den Aschenbecher gegen die Wand zu werfen, die Asche auf den Boden fallen zu lassen, warum muß er mir von Paris reden, anstatt hierzubleiben oder mich mit nach Paris zu nehmen, nicht weil ich nach Paris will, sondern damit mir mein Ungargassenland nicht vergeht und ich es immer festhalten kann, mein einziges, mein über allem liegendes Land. Wenig habe ich gesprochen und viel habe ich geschwiegen, aber ich rede noch immer zu viel. Viel zu viel. Mein herrliches Land, nicht kaiserlich-königlich, ohne die Stephanskrone und ohne die Krone des Heiligen Römischen Reichs, mein Land in seiner neuen Union, das keine Bestätigung und keine Rechtfertigung braucht, aber ich ziehe nur müde einen Läufer vor, mit dem ich doch nach Ivans nächstem Zug zurück muß, ich sage ihm lieber gleich, daß ich aufgebe, daß die Partie für mich verloren ist, aber daß ich gerne einmal mit ihm nach Venedig fahren möchte oder in diesem Sommer an den Wolfgangsee oder, wenn er wirklich nur ganz wenig Zeit hat, einen Tag nach Dürnstein an die Donau, weil ich dort ein altes Hotel kenne, und ich bringe den Wein ins Spiel, weil Ivan den Dürnsteiner Wein so gerne trinkt, aber nie werden wir an diese Orte fahren, weil er immer zu viel zu tun hat, weil er nach Paris muß, weil er morgens um sieben Uhr aufstehen muß.

Hast du Lust, noch ins Kino zu gehen? frage ich, denn mit Lust auf Kino könnte ich Ivan dazu bringen, jetzt noch nicht nach Hause zu gehen, ich habe die Seite mit dem Kinoprogramm aufgeschlagen. DREI SUPERMÄNNER RÄUMEN AUF, TEXAS JIM, HEISSE NÄCHTE IN RIO. Heute aber mag Ivan nicht mehr in die Stadt fahren, er läßt die Schachfiguren stehen, leert sein Glas in einem Zug, er geht besonders rasch zur Tür, wie immer ohne Gruß, vielleicht weil wir noch das ganze Leben vor uns haben.

Ich nähe einen Knopf an meinen Morgenmantel und schaue ab und zu auf den Papierhaufen vor mir. Fräu-

lein Jellinek sitzt mit gesenktem Kopf vor der Schreibmaschine und wartet, sie hat zwei Blätter eingezogen und ein Karbonpapier dazwischen, und da ich schweige und den Faden abbeiße, sieht sie erfreut auf, wenn das Telefon läutet, sie greift nach dem Hörer, und ich sage: Sagen Sie einfach, was Sie wollen, daß ich nicht da bin, daß Sie erst nachsehen müssen (wo aber soll Fräulein Jellinek nachsehen, doch wohl nicht im Kleiderschrank oder im Abstellkabinett, da ich mich dort selten aufhalte) – sagen Sie, daß ich krank bin, verreist, tot. Fräulein Jellinek sieht gespannt und höflich aus, hält die Hand über die Sprechmuschel und flüstert: Aber es ist ein Ferngespräch, Hamburg.
Bitte sagen Sie einfach, was Ihnen Spaß macht.
Fräulein Jellinek entscheidet sich dafür zu sagen, daß ich nicht zu Hause sei, nein, sie bedaure, sie wisse nicht, sie hängt befriedigt ein. Es war immerhin eine Abwechslung.
Und nach Recklinghausen und London und Prag, was schreiben wir da? das wollten wir doch heute beantworten, mahnt Fräulein Jellinek, und ich fange also rasch an:
Sehr geehrte Herren,
den besten Dank für Ihren Brief vom, Datum, etc.
Und plötzlich fällt mir ein, daß der Mantel, den ich im Frühling den Frühjahrsmantel nenne, im Herbst aber den Herbstmantel, ein loses Futter hat, und ich laufe hinaus zu den Wandschränken, weil ich dieses Futter einmal festnähen muß, ich krame nach einem dunkelblauen Faden, frage gut gelaunt: Wo sind wir stehengeblieben, was habe ich gesagt? Ach so. Ach, schreiben Sie doch einfach, was Ihnen einfällt, daß ich verhindert bin oder verreist oder daß ich krank sein werde. Fräulein Jellinek lacht ein wenig, sie wird also bestimmt ›verhindert‹ schreiben, denn sie ist für maßvolle Absagen, die

ebenso liebenswürdig wie neutral klingen. Man dürfe den Leuten keine Handhabe geben, findet Fräulein Jellinek, die immer um Erlaubnis fragt, wenn sie ins Bad gehen will. Sie kommt parfümiert zurück, hübsch, groß, schlank und so verlobt, mit einem Assistenzarzt von der Poliklinik, und sie hackt mit ihren langen schönen Fingern beste Empfehlungen in die Maschine, hie und da einen freundlichen oder einen herzlichen Gruß.
Fräulein Jellinek wartet und wartet. Das Futter ist genäht und wir trinken beide einen Schluck aus unsren Teeschalen.
Damit Sie es nicht vergessen – die Urania, das ist auch dringend.
Fräulein Jellinek weiß, daß sie jetzt herauslachen kann, weil wir in Wien sind, das ihr keine Ehrfurcht einflößt wie London und Santa Barbara und Moskau, sie schreibt den Brief ganz allein, obwohl er verdächtig, ich würde sagen, beinahe bis aufs Wort, dem Brief an alle Volkshochschulen und Vereine ähnelt.
Dann kommt das Problem mit England, und ich kaue an dem Rest des blauen Fadens. Wissen Sie was, wir machen heute einfach Schluß und schreiben dieses Zeug nächste Woche. Mir fällt überhaupt nichts ein. Fräulein Jellinek bedeutet mir, daß sie das nun schon zu oft höre und daß davon nichts besser werde, sie will unbedingt anfangen, sie will es selbst probieren.
Dear Miss Freeman:
thank you very much for your letter of august 14th.
Aber nun müßte ich Fräulein Jellinek diese ganz komplizierte Geschichte erzählen, und ich sage flehentlich: Das Gescheiteste wäre noch, Sie schreiben zwei Zeilen und schicken alle vier Briefe an den Dr. Richter, und ich sage nervös, weil Ivan jeden Moment anrufen wird: Aber nein, ich sage Ihnen doch schon zum zehnten Mal,

er heißt Wulf und nicht Wolf, nicht wie der Wolf im Märchen, Sie können ja nachschauen, nein, Nummer 45, ich bin beinahe sicher, so schauen Sie doch nach, und dann heften Sie den Kram ab, und wir warten, bis er zurückschreibt, diese Miss Freeman hat doch nichts als eine grauenvolle Bescherung angerichtet.
Dieser Meinung ist auch Fräulein Jellinek, und sie räumt den Schreibtisch auf, während ich das Telefon nach vorn trage. Im nächsten Moment läutet es wirklich, und ich lasse es dreimal läuten, es ist Ivan.

Ist die Jellinek weg?
Fräulein Jellinek bitte, was erlaubst du dir?
Meinetwegen Fräulein
In einer Viertelstunde?
Ja, das wäre möglich
Nein, wir sind gleich fertig
Nur Whisky, Tee, nein, sonst nichts

Während sich Fräulein Jellinek kämmt und ihren Mantel anzieht, noch mehrmals die Handtasche auf- und zumacht und nach ihrem Einkaufsnetz sucht, erinnert sie mich dran, daß ich drei wichtige Briefe selber schreiben wollte und daß wir keine Briefmarken mehr haben, Tesafilm will sie auch kaufen, und ich erinnre sie dran, daß sie unbedingt von den Notizzetteln das nächste Mal die Namen von diesen Menschen in die Agenda schreiben muß, Sie wissen schon, von diesen Leuten da, denn immer sind irgendwelche Menschen im Kopf zu behalten, die ins Adreßbuch oder in die Agenda müssen, weil man sich soviel Menschennamen nicht merken kann.
Fräulein Jellinek und ich wünschen einander einen schö-

nen Sonntag, und ich hoffe, sie wird ihr Foulard nicht noch einmal andersherum um den Hals drapieren, denn Ivan kann nun wirklich jeden Moment kommen, und ich höre erleichtert die Tür zufallen und die zarten festen Absätze von Fräulein Jellineks neuen Schuhen die Stiege hinunterklappern.

Da Ivan kommt, bin ich sehr rasch fertig, nur die Kopien von den Briefen liegen noch herum, und ein einziges Mal fragt Ivan, was ich denn da so mache, und ich sage: Oh, nichts, ich sehe so verlegen aus, daß er lachen muß. Briefe interessieren ihn nicht, aber ein unverfängliches Blatt, auf dem steht ›Drei Mörder‹, und Ivan legt es wieder hin. Ivan vermeidet es ja, aber heute sagt er, was bedeuten diese Zettel, denn ich habe ein paar Blätter auf dem Sessel liegengelassen. Er nimmt noch eines in die Hand und liest belustigt: TODESARTEN. Und von einem anderen Zettel liest er ab: Die ägyptische Finsternis. Ist das nicht deine Schrift, hast du das hingeschrieben? Da ich nicht antworte, sagt Ivan: Das gefällt mir nicht, ich habe mir schon so etwas Ähnliches gedacht, und alle diese Bücher, die hier herumstehen in deiner Gruft, die will doch niemand, warum gibt es nur solche Bücher, es muß auch andere geben, die müssen sein, wie ESULTATE JUBILATE, damit man vor Freude aus der Haut fahren kann, du fährst doch auch oft vor Freude aus der Haut, warum also schreibst du nicht so. Dieses Elend auf den Markt tragen, es noch vermehren auf der Welt, das ist doch widerlich, alle diese Bücher sind widerwärtig. Was ist denn das für eine Obsession, mit dieser Finsternis, alles ist immer traurig und die machen es noch trauriger in diesen Folianten. Bitte, hier: AUS EINEM TOTENHAUS, ich entschuldige mich ja schon.

Ja aber, sage ich eingeschüchtert.

Nichts aber, sagt Ivan, und immer leiden sie gleich für

die ganze Menschheit und ihre Scherereien und denken an die Kriege und stellen sich schon neue vor, aber wenn du mit mir Kaffee trinkst oder wenn wir Wein trinken und Schach spielen, wo ist dann der Krieg und wo ist die hungernde, sterbende Menschheit, und tut dir dann wirklich alles leid, oder tut es dir nur leid, weil du die Partie verlierst, oder weil ich gleich einen Riesenhunger haben werde, und warum lachst du denn jetzt, hat die Menschheit vielleicht viel zu lachen in diesem Augenblick? Aber ich lache doch nicht, sage ich, trotzdem muß ich lachen und ich lasse das Unglück anderswo geschehen, weil hier kein Unglück ist, wo Ivan sich mit mir zum Essen niedersetzt. Denken kann ich nur an das Salz, das noch nicht auf dem Tisch steht, und an die Butter, die ich in der Küche vergessen habe, und laut sage ich es nicht, aber ich nehme mir vor, daß ich ein schönes Buch finden werde für Ivan, denn Ivan hofft also, daß ich nichts über die drei Mörder schreibe und das Elend nicht vermehre, in keinem Buch, ich höre ihm schon nicht mehr zu.

Ein Brausen von Worten fängt an in meinem Kopf und dann ein Leuchten, einige Silben flimmern schon auf, und aus allen Satzschachteln fliegen bunte Kommas, und die Punkte, die einmal schwarz waren, schweben aufgeblasen zu Luftballons an meine Hirndecke, denn in dem Buch, das herrlich ist und das ich also zu finden anfange, wird alles sein wie ESULTATE JUBILATE. Wenn es dieses Buch geben sollte, und eines Tages wird es das geben müssen, wird man sich vor Freude auf den Boden werfen, bloß weil man eine Seite daraus gelesen hat, man wird einen Luftsprung tun, es wird einem geholfen sein, man liest weiter und beißt sich in die Hand, um vor

Freude nicht aufschreien zu müssen, es ist kaum auszuhalten, und wenn man auf dem Fensterbrett sitzt und weiterliest, wirft man den Leuten auf der Straße Konfetti hinunter, damit sie erstaunt stehenbleiben, als wären sie in einen Karneval geraten, und man wirft Äpfel und Nüsse, Datteln und Feigen hinunter, als wäre Nikolaustag, man beugt sich, ganz schwindelfrei, aus dem Fenster und schreit: Hört nur, hört! schaut nur, schaut! ich habe etwas Wunderbares gelesen, darf ich es euch vorlesen, kommt näher alle, es ist zu wunderbar!
Und die Leute fangen an stehenzubleiben und aufzumerken, es sammeln sich immer mehr Leute an, und Herr Breitner grüßt einmal zur Abwechslung, er muß nicht mehr beweisen, mit seinen Krücken, daß er der einzige Krüppel ist, er krächzt freundlich grüß Gott und guten Tag, und die dicke Kammersängerin, die sich nur nachts aus dem Haus traut und in Taxis abfährt oder vorfährt, wird etwas dünner, sie nimmt in einem einzigen Moment fünfzig Kilo ab, sie zeigt sich im Stiegenhaus, sie schreitet theatralisch, ohne Atemnot, bis zum Mezzanin, wo sie mit ihrer Koloratur beginnt, einer um zwanzig Jahre verjüngten Stimme: cari amici, teneri compagni! und niemand sagt herablassend, das haben wir von der Schwarzkopf und von der Callas schon besser gehört, auch das Wort ›fette Wachtel‹ ist aus dem Stiegenhaus verschwunden, und die Leute aus dem dritten Stock sind rehabilitiert, eine Intrige hat sich in Nichts aufgelöst. Soviel bewirkt die Nachfreude, weil es endlich ein herrliches Buch auf Erden gibt, und ich mache mich auf und suche nach seinen ersten Seiten für Ivan, ich mache ein geheimnisvolles Gesicht, denn es soll eine Überraschung für ihn werden. Aber Ivan deutet mein Geheimnisvolltun noch nicht richtig und er sagt heute: Du hast ja rote Flecken im Gesicht, was hast du denn, warum lachst du

denn so blöde? Ich habe doch bloß gefragt, ob ich noch etwas Eis für meinen Whisky haben kann.

Wenn Ivan und ich schweigen, weil nichts zu sagen ist, also wenn wir nicht reden, dann senkt sich aber kein Schweigen herab, sondern ich merke, im Gegenteil, daß vieles uns umgibt, daß alles lebt um uns herum, es macht sich bemerkbar, ohne aufdringlich zu sein, die ganze Stadt atmet und zirkuliert, und so sind Ivan und ich nicht besorgt, weil nicht abgetrennt und monadenhaft eingesperrt, nicht kontaktlos und in nichts Schmerzliches abgetan. Auch wir sind ein akzeptabler Teil der Welt, zwei Leute, die müßig oder eilig auf dem Trottoir gehen, ihre Füße auf einen Zebrastreifen setzen, und wenn wir auch nichts sagen, uns nicht direkt miteinander verständigen, wird Ivan mich doch rechtzeitig am Ärmel halten und festhalten, damit ich unter kein Auto oder keine Straßenbahn komme. Ich haste immer ein wenig hinter ihm drein, weil er so viel größer ist und nur einen Schritt machen muß, wo ich zwei Schritte machen muß, aber ich will versuchen, wegen des Zusammenhangs mit der Welt, nicht zu weit zurückzubleiben, mit ihm zu gehen, und so erreichen wir die Bellaria oder die Mariahilfer Straße oder den Schottenring, wenn wir etwas erledigen müssen. In letzter Minute würden wir es schon bemerken, wenn einer den anderen zu verlieren drohte, denn niemals könnten wir, wie andere, einander provozieren, auseinandergeraten, trotzig sein, einander verstoßen oder ablehnen. Wir denken nur, daß wir vor sechs Uhr im Reisebüro sein müssen, daß die Zeit auf der Parkscheibe überschritten sein dürfte, daß es jetzt zum Auto zurücklaufen heißt, und dann wird heimgefahren in die Ungargasse, wo jede erdenkliche Gefahr, in die zwei Menschen kommen können, vorüber ist. Sogar am Tor Nummer 9 kann ich Ivan zurücklassen, er braucht nicht bis zur Nummer 6 zu kommen, wenn er so müde ist, und ich verspreche ihm, ihn in einer Stunde anzurufen, ihn aufzuwecken, auch wenn er mich beschimpfen wird am Telefon, stöhnen und fluchen, weil er nicht zu spät zum Abendessen kommen darf. Lajos hat nämlich angerufen, der auch einmal bei mir angerufen hat, um nach Ivan zu fragen, und ich habe mit einer Sekretärinnenstimme geantwortet, freundlich, kühl, ich wisse leider nicht Bescheid, würden Sie die Güte haben, bei ihm anzurufen, und dann muß ich eine Frage niederkämpfen. Wo ist Ivan, wenn er nicht zu Hause ist, aber auch nicht bei mir ist und ein gewisser Lajos ihn sucht? Ich weiß es nicht, ich weiß leider nichts, natürlich sehe ich ihn hin und wieder, zufällig bin ich mit ihm heute durch die Stadt gegangen, zufällig in seinem Auto zurückgefahren in den III. Bezirk, es gibt also aus Ivans früherem Leben einen Mann, der Lajos heißt und vertraut tut, sogar im Besitz meiner Telefonnummer ist, und bisher kenne ich aus Ivans Leben nur die Namen Béla und András und eine Mutter, die er seine Mutter nennt, und wenn er von diesen dreien spricht, dann erwähnt er eilig, ohne die Gasse zu nennen, daß er wieder einmal rasch auf die Hohe Warte müsse, es kommt oft vor, nur von einer Frau höre ich nichts, niemals etwas von der Mutter dieser Kinder, von deren Großmutter ja, die Ivans Mutter ist, aber die Mutter von Béla und András stelle ich mir vor, zurückgeblieben in Budapest, II. Bimbó Út 65, oder in Gödöllö, in einem alten Sommerhaus. Manchmal denke ich sie mir tot, erschossen, von einer Mine hochgejagt und zerrissen oder einfach gestorben an einer beliebigen Krankheit in einem Krankenhaus in Budapest oder dortgeblieben, arbeitend, fröhlich, mit einem Mann, der nicht Ivan heißt.

Längst ehe ich Ivan zum ersten Mal das Wort ›gyerekek!‹ oder ›kuss, gyerekek!‹ rufen hörte, hat Ivan zu mir gesagt: Das wirst du wohl schon verstanden haben. Ich liebe niemand. Die Kinder selbstverständlich ja, aber sonst niemand. Ich nicke, obwohl ich es nicht gewußt habe, und Ivan findet es selbstverständlich, daß auch ich es selbstverständlich finde. JUBILATE. Über einem Abgrund hängend, fällt es mir dennoch ein, wie es anfangen sollte: ESULTATE.

Aber heute werden wir, weil es der erste warme Tag ist, ins GÄNSEHÄUFEL fahren. Ivan hat einen freien Nachmittag, nur für Ivan gibt es freie Nachmittage, eine freie Stunde, einmal auch einen freien Abend. Was mit meiner Zeit ist, ob ich freie und unfreie Stunden habe, Freiheit und Unfreiheit kenne, darüber wird nie geredet. In Ivans kurzer freier Zeit liegen wir im Gras, auf der Liegewiese in der Badeanstalt GÄNSEHÄUFEL unter einer schwachen Sonne, ich habe mein kleines Taschenschachspiel mitgenommen, und nach einer Stunde voll Stirnrunzeln, Abtauschen, Rochaden, Gardez, mehrmaligen Warnungen ›Schach‹ kommen wir wieder zu einem Patt. Ivan will mich auf ein Eis im italienischen Eissalon einladen, aber es ist keine Zeit mehr, der freie Nachmittag ist schon vorbei und wir müssen zurückrasen in die Stadt. Das Eis werde ich das nächste Mal bekommen. Während wir schnell auf die Stadt zufahren, über die Reichsbrücke und den Praterstern, dreht Ivan das Radio laut auf im Auto, seine Kommentare zu den Manövern der anderen Autofahrer sind trotzdem nicht zu überhören, aber wenn Musik aus dem Radio und das Schnellfahren, das schnelle Abbremsen, Wiederanfahren, ein Gefühl vom großen Abenteuer in mir hervorruft, verändern sich für mich die bekannten Gegenden und Straßen, durch die wir fahren. Ich halte mich mit den Händen fest an den Haltegriffen und so angeklammert würde ich gerne singen im Auto, wenn ich eine Stimme hätte, oder ihm sagen, schneller, noch schneller, ich lasse furchtlos die Haltegriffe los und lege die Arme hinter meinen Kopf zurück, ich strahle den Franz-Josefs-Kai und den Donaukanal und den Schottenring an, denn Ivan macht aus Übermut eine Rundfahrt um die Innere Stadt, ich hoffe, daß wir noch lange über den Ring brauchen, in den wir einbiegen jetzt, wir kommen ins Stocken, zwängen uns durch, haben zur Rechten die Universität, in die ich gegangen bin, aber sie steht nicht mehr da wie damals, nicht mehr bedrükkend, und das Burgtheater, das Rathaus und das Parlament sind von einer Musik unterschwemmt, die aus dem Radio kommt, das soll nie aufhören, noch lange dauern, einen Film lang, der noch nie gelaufen ist, aber in dem ich jetzt Wunder über Wunder sehe, weil er den Titel hat MIT IVAN DURCH WIEN FAHREN, weil er den Titel hat GLÜCKLICH, GLÜCKLICH MIT IVAN und GLÜCKLICH IN WIEN, WIEN GLÜCKLICH und diese reißenden Bilderfolgen, die mich schwindlig machen, hören auch nicht auf, wenn scharf gebremst wird, warme Luftschwaden mit dem Benzingestank durch das offene Fenster kommen, GLÜCKLICH, GLÜCKLICH, es heißt glücklich, es muß glücklich heißen, denn die ganze Ringstraße ist untermalt von einer Musik, ich muß lachen, weil wir sprungartig anfahren, weil ich überhaupt keine Angst habe heute und nicht an der nächsten Ampel herausspringen will, weil ich noch stundenlang weiterfahren möchte, leise mitsummend, für mich schon zu hören, aber für Ivan nicht, weil die Musik lauter ist.

Auprès de ma blonde
Ich bin
Was bist du?
Ich bin
Was?
Ich bin glücklich
Qu'il fait bon
Sagst du etwas?
Ich habe nichts gesagt
Fait bon, fait bon
Ich sage es dir später
Was willst du später?
Ich werde es dir niemals sagen
Qu'il fait bon
So sag es doch schon
Es ist zu laut, ich kann nicht lauter
Was willst du sagen?
Ich kann es nicht noch lauter sagen
Qu'il fait bon dormir
Sag schon, du mußt es heute sagen
Qu'il fait bon, fait bon
Daß ich auferstanden bin
Weil ich den Winter überlebt
Weil ich also so glücklich
Weil ich den Stadtpark schon seh
Fait bon, fait bon
Weil Ivan erstanden ist
Weil Ivan und ich
Qu'il fait bon dormir!

Ivan fragt mich in der Nacht: Warum gibt es nur eine Klagemauer, warum hat noch nie jemand eine Freudenmauer gebaut?

Glücklich. Ich bin glücklich.
Wenn Ivan es will, baue ich eine Freudenmauer um ganz Wien herum, wo die alten Basteien waren und wo die Ringstraße ist und meinetwegen auch eine Glücksmauer um den häßlichen Gürtel von Wien. Jeden Tag könnten wir dann an diese neuen Mauern gehen und uns ausschütten vor Freude und Glück, denn es heißt glücklich, wir sind glücklich.
Ivan fragt: Soll ich das Licht auslöschen?
Nein, eines brennen lassen, bitte ein Licht lassen!
Ich lösche dir aber einmal alle Lichter aus, schlaf du endlich, sei glücklich.
Ich bin glücklich.
Wenn du nicht glücklich bist –
Was dann?
Dann wirst du nie etwas Gutes tun können.
Und ich sage zu mir, glücklich werde ich es tun können.
Ivan geht leise aus dem Zimmer und löscht jedes Licht hinter sich, ich höre ihn gehen, ich liege ruhig da, glücklich.

Ich springe auf und ich knipse die Nachttischlampe an, stehe entsetzt im Zimmer mit zerrauften Haaren, mit den zerbissenen Lippen, ich laufe aus dem Zimmer und mache ein Licht nach dem anderen an, weil Malina vielleicht schon zu Hause ist, ich muß sofort mit Malina sprechen. Warum gibt es keine Glücksmauer und warum keine Freudenmauer? Wie heißt die Mauer, an die ich wieder gehe in der Nacht! Malina ist erstaunt aus seinem Zimmer gekommen, er sieht mich kopfschüttelnd an. Lohnt es sich denn noch, mit mir? frage ich Malina, und Malina antwortet nicht, er führt mich ins Bad, er nimmt einen Lappen, hält ihn unter das warme Wasser, er wischt mir das Gesicht ab damit, er sagt freundlich: Wie siehst du denn aus? was ist denn jetzt wieder? Im Gesicht verschmiert Malina mir die Wimperntusche, ich wehre ihn ab und suche nach einem öligen Lappen, stelle mich vor den Spiegel, die Flecken verschwinden, die schwarzen Spuren, die braunroten Spuren von einer Creme. Malina sieht mir zu, nachdenklich, er sagt: Du fragst mich zu viel und zu früh. Noch lohnt es sich nicht, aber es wird sich vielleicht doch noch lohnen.

In der Inneren Stadt, in der Nähe der Peterskirche, habe ich ein altes Schreibpult gesehen, bei einem Antiquitätenhändler, er geht mit dem Preis nicht herunter, doch ich möchte es kaufen, weil ich dann etwas aufschreiben könnte auf ein altes, dauerhaftes Pergament, wie es keines mehr gibt, mit einer echten Feder, wie es keine mehr gibt, mit einer Tinte, wie man sie nicht mehr findet. Eine Inkunabel möchte ich schreiben im Stehen, denn es sind heute zwanzig Jahre her, daß ich Ivan liebe, und es ist ein Jahr und drei Monate und einunddreißig Tage an diesem 31. des Monats, daß ich ihn kenne, aber dann will ich noch eine ungeheuerliche lateinische Jahreszahl hinschreiben, ANNO DOMINI MDXXLI, aus der kein Mensch je klug werden wird. In die Majuskel würde ich mit einer roten Tinte die Blüten vom Türkenbund zeichnen und verstecken könnte ich mich in der Legende einer Frau, die es nie gegeben hat.

Die Geheimnisse der Prinzessin von Kagran

Es war einmal eine Prinzessin von Chagre oder von Chageran, aus einem Geschlecht, das sich in späteren Zeiten Kagran nannte. Denn der heilige Georg, der den Lindwurm in den Sümpfen erschlagen hat, damit nach dem Tod des Ungeheuers Klagenfurt erstehen konnte, war auch hier in dem alten Marchfelddorf, jenseits des Donaustroms, tätig, und es erinnert eine Gedenkkirche an ihn, nahe vom Überschwemmungsgebiet.

Die Prinzessin war sehr jung und sehr schön und sie hatte einen Rappen, auf dem sie allen anderen vorausflog. Ihre Gefolgsleute beredeten und baten sie, zurückzubleiben, denn das Land, in dem sie waren, an der Donau, war immer in Gefahr, und Grenzen gab es noch keine, wo später Raetien, Markomannien, Noricum, Moesien, Dacien, Illyrien und Pannonien waren. Es gab auch noch kein Cis- und Transleithanien, denn es war immer Völkerwanderung. Eines Tages ritten die ungarischen Husaren aus der Pußta herauf, aus dem weiten, ins Unerforschte reichenden Hungarien. Sie brachen mit ihren wilden asiatischen Pferden herein, die so schnell waren wie der Rappe der Prinzessin, und alles fürchtete sich sehr.

Die Prinzessin verlor die Herrschaft, sie geriet in viele Gefangenschaften, denn sie kämpfte nicht, aber sie wollte auch nicht dem alten König der Hunnen oder dem alten König der Awaren zur Frau gegeben werden. Man hielt sie als Beute gefangen und ließ sie bewachen von den vielen roten und blauen Reitern. Weil die Prinzessin eine wirkliche Prinzessin war, wollte sie sich lieber den Tod geben, als sich einem alten König zuführen lassen, und ehe die Nacht um war, mußte sie sich ein Herz fassen, denn man wollte sie auf die Burg des Hunnenkönigs oder gar des Awarenkönigs bringen. An Flucht dachte sie und sie hoffte, daß ihre Bewacher einschliefen vor Morgengrauen, aber ihre Hoffnung wurde immer geringer. Auch ihren Rappen hatte man ihr genommen, und sie wußte nicht, wie sie aus dem Heerlager je herausfinden und in ihr Land mit den blauen Hügeln zurückkommen sollte. Schlaflos lag sie in ihrem Zelt.

Tief in der Nacht, da meinte sie, eine Stimme zu hören, die sang und sprach nicht, die raunte und schläferte ein, dann aber sang sie nicht mehr vor Fremden, sondern klang nur noch für sie und in einer Sprache, die sie bestrickte und von der sie kein Wort verstand. Trotzdem wußte sie, daß die Stimme ihr allein galt und nach ihr rief. Die Prinzessin brauchte die Worte nicht zu verstehen. Bezaubert stand sie auf und öffnete ihr Zelt, sie sah den unendlichen dunklen Himmel Asiens, und von dem ersten Stern, den sie erblickte, fiel eine Sternschnuppe herab. Die Stimme, die zu ihr drang, sagte ihr, sie dürfe sich etwas wünschen, und sie wünschte es sich von ganzem Herzen. Vor sich sah sie plötzlich, in einen langen schwarzen Mantel gehüllt, einen Fremden stehen, der nicht zu den roten und blauen Reitern gehörte, er verbarg sein Gesicht in der Nacht, aber obwohl sie ihn nicht sehen konnte, wußte sie, daß er um sie geklagt und für sie voller Hoffnung gesungen hatte, mit einer nie gehörten Stimme, und daß er gekommen war, um sie zu befreien. Er hielt ihren Rappen am Zügel, und sie bewegte leise die Lippen und fragte: Wer bist du? wie heißt du, mein Retter? wie soll ich dir danken? Er legte zwei Finger auf seinen Mund, das erriet sie, er hieß sie schweigen, er bedeutete ihr, ihm zu folgen, und schlug seinen schwarzen Mantel um sie, damit niemand sie sehen konnte. Sie waren schwärzer als schwarz in der Nacht, und er führte sie und den Rappen, der leise seine Hufe aufsetzte und nicht wieherte, durch das Lager und ein Stück in die Steppe hinaus. Die Prinzessin hatte noch immer seinen wunderbaren Gesang im Ohr und sie war dieser Stimme verfallen, die sie wiederhören wollte. Sie wollte ihn bitten, mit ihr stromaufwärts zu ziehen, aber er antwortete nicht und übergab ihr die Zügel. Sie war noch immer in der größten Gefahr, und er gab ihr ein Zeichen, zu reiten. Da hatte sie ihr Herz verloren, und sie hatte doch sein Gesicht immer noch nicht gesehen, weil er es verbarg, aber sie gehorchte ihm, weil sie ihm gehorchen mußte. Sie schwang sich auf ihren Rappen, sie sah stumm auf ihn nieder und wollte ihm in ihrer und in seiner Sprache etwas sagen zum Abschied. Sie sagte es mit den Augen. Doch er wandte sich ab und verschwand in der Nacht.

Der Rappe begann zu traben, in Richtung des Flusses, von dem die feuchte Luft ihm eine Kunde gab. Die Prinzessin weinte zum ersten Mal in ihrem Leben, und es fanden die späteren Völkerwanderer einige Flußperlen in dieser Gegend, die sie ihrem ersten König brachten und die in die Heilige Stephanskrone, mit den ältesten Edelsteinen, bis auf den heutigen Tag eingegangen sind.
Als sie das freie Land gewann, ritt sie viele Tage und Nächte lang stromaufwärts, bis sie in eine Gegend kam, wo der Strom sich verlor in unzählige, nach allen Richtungen sich teilende Nebenarme. Sie geriet in einen einzigen Morast, überwachsen von krüppeligen Weidenbüschen. Noch war das Wasser auf seinem normalen Stand, die Büsche bogen und wiegten sich raschelnd im immerwährenden Wind der Ebene, in dem die Weiden

sich nie erheben konnten, sondern krüppelig blieben. Sanft schwankten sie wie das Gras, und die Prinzessin hatte die Orientierung verloren. Es war, als wäre alles in Bewegung geraten, Wellen aus Weidengezweig, Wellen aus Gräsern, die Ebene lebte und kein Mensch außer ihr lebte darin. Die Fluten der Donau, erleichtert, dem Zwang der unverrückbaren Ufer entronnen zu sein, nahmen ihren eigenen Lauf, verloren sich im Labyrinth der Kanäle, deren Geäder die aufgeschütteten Inseln durchschnitt in breite Straßen, durch die das Wasser mit Getöse dahinschoß. Lauschend, zwischen den schäumenden Stromschnellen, den Wirbeln und Strudeln, begriff die Prinzessin, daß das Wasser den sandigen Strand unterwusch und Stücke Ufers mit ganzen Weidengruppen verschlang. Inseln versanken, und Inseln schüttete es neu auf, die jeden Tag Gestalt und Größe änderten, und so würde die Ebene leben, wechselvoll, bis zu der Zeit des Hochwassers, wenn unter den steigenden Fluten Weiden und Inseln spurlos verschwinden. Am Himmel war ein rauchiger Fleck, aber nichts war von den blauenden Höhenzügen des Landes der Prinzessin zu sehen. Sie wußte nicht, wo sie war, sie kannte nicht die Thebener Höhen, die Ausläufer der Karpaten, die alle namenlos waren, und sie sah nicht die March, die sich hier in die Donau stiehlt, und noch weniger wußte sie, daß hier einmal eine Grenze durchs Wasser gezogen würde, zwischen zwei Ländern mit Namen. Denn es gab damals keine Länder und keine Grenzen dazu.

Auf einer Schotterbank war sie von ihrem Rappen gestiegen, der nicht mehr weiterkonnte, sie sah die Fluten schlammig und schlammiger werden und fürchtete sich, weil es das Anzeichen für Hochwasser ist, sie sah keinen Ausweg mehr aus der befremdlichen Landschaft, die nur aus Weiden, aus Wind und aus Wasser war, sie führte ihr Pferd langsam weiter, betört von dem Reich aus Einsamkeit, einem verschlossenen verwunschenen Reich, in das sie geraten war. Sie begann, nach einem Nachtlagerplatz Ausschau zu halten, denn die Sonne ging unter, und das ungeheure Lebewesen, das dieser Strom war, verstärkte seine Laute und Stimmen, sein Klatschen, sein anschwellendes Gelächter am Ufergestein, sein zartes Flüstern an einer ruhigen Strombiegung, sein zischendes Aufkochen, sein beständiges Grollen auf dem Grund, unter allen Geräuschen der Oberfläche. Schwärme grauer Krähen näherten sich am Abend und die Kormorane fingen an, die Ufer zu säumen, die Störche fischten im Wasser und Sumpfvögel aller Art kreisten mit gereizten, weithin hallenden Schreien in der Luft.

Man hatte der Prinzessin als Kind von diesem ernstesten Land an der Donau gesprochen, von seinen Zauberinseln, wo man Hungers starb, aber auch die Gesichte bekam und das höchste Entzücken im Furioso des Untergangs erlebte. Die Prinzessin meinte, daß die Insel sich mit ihr bewegte, trotzdem war es nicht die dahindonnernde Wasserflut, vor der sie Furcht überkam, sondern es waren Angst und Verwunderung in ihr und eine niegekannte Unruhe, die von den Weiden ausging. Etwas Tiefbedrohliches ging von ihnen aus und legte sich schwer auf das Herz der Prinzessin. Sie war an die Grenze der Menschenwelt gekommen. Die Prinzessin beugte sich zu ihrem Rappen nieder, der sich erschöpft hingestreckt hatte, einen klagenden Laut von sich gab, denn auch er fühlte, daß es keinen Ausweg mehr gab, und er verlangte, mit einem schon sterbenden Blick, nach der Verzeihung der Prinzessin, er konnte sie nicht mehr durch das Wasser und über das Wasser tragen. Die Prinzessin legte sich in die Mulde neben dem Pferd nieder, und eine Bangnis wie noch nie war in ihr, die Weiden zischelten immer mehr, sie raunten, sie lachten, sie schrien schrill auf und stöhnten seufzend. Kein Heer von Soldaten verfolgte sie mehr, aber ein Heer fremder Wesen umzingelte sie, die Myriaden von Blättern flatterten über den buschigen Häuptern der Weiden, sie war in der Region des Flusses, wo er ins Totenreich führt, und sie hatte die Augen weit offen, als die gewaltigste Kolonne aus Schattenwesen auf sie zurückte, und einen Augenblick, um das Heulen des fürchterlichen Winds nicht mehr zu hören, vergrub sie den Kopf in ihren Armen und sprang sogleich wieder auf, von einem tappenden scheuernden Geräusch wachsam gemacht. Sie konnte nicht vor und nicht zurück, sie hatte nur die Wahl zwischen dem Wasser und der Übermacht der Weiden, aber in der größten Finsternis ging ein Licht an vor ihr, und da sie wußte, daß es kein Menschenlicht, sondern nur ein Geisterlicht sein konnte, ging sie in Todesangst darauf zu, aber bezaubert, bestrickt.

Es war kein Licht, es war eine Blume, gewachsen in der entfesselten Nacht, röter als rot und nicht aus der Erde gekommen. Sie streckte die Hand nach der Blume aus, da berührte ihre Hand zugleich mit der Blume eine andere Hand. Der Wind und das Gelächter der Weiden verstummten, und in dem aufgehenden Mond, der weiß und befremdlich die stiller werdenden Wasser der Donau beschien, erkannte sie den Fremden in dem schwarzen Mantel vor sich, er hielt ihre Hand und mit zwei Fingern der anderen Hand bedeckte er seinen Mund, damit sie nicht wieder fragte, wer er sei, aber er lächelte aus den dunklen warmen Augen auf sie nieder. Er war schwärzer als vorher das Schwarz um sie, und sie sank zu ihm hin und in seinen Armen auf den Sand nieder, er legte ihr die Blume wie einer Toten auf die Brust und schlug den Mantel über sie und sich.

Die Sonne stand schon hoch am Himmel, als der Fremde die Prinzessin aus ihrem totenähnlichen Schlaf weckte. Er hatte die wahren Unsterblichen, die Elemente, zum Schweigen gebracht. Die Prinzessin und der Fremde begannen zu reden, wie von alters her, und wenn einer redete, lächelte der andere. Sie sagten sich Helles und Dunkles. Das Hochwasser war gesunken, und ehe die Sonne unterging, hörte die Prinzessin ihren Rappen aufstehen, schnauben und durch das Gebüsch traben. Sie erschrak bis in ihr tiefstes Herz und sagte: Ich muß weiter, ich muß noch den Fluß hinauf, komm mit mir, verlaß mich nie mehr!
Aber der Fremde schüttelte den Kopf, und die Prinzessin fragte: Mußt du zu deinem Volk zurück?
Der Fremde lächelte: Mein Volk ist älter als alle Völker der Welt und es ist in alle Winde zerstreut.
So komm doch mit! rief die Prinzessin, vor Schmerz und Ungeduld, aber der Fremde sagte: Geduld, hab Geduld, denn du weißt ja, du weißt. Über Nacht hatte die Prinzessin das zweite Gesicht bekommen, und darum sagte sie unter Tränen: Ich weiß, wir werden einander wiedersehen.
Wo? fragte der Fremde lächelnd, und wann? denn wahr ist der endlose Ritt.
Die Prinzessin sah auf die erloschene, welkende Blume, die auf dem Boden liegengeblieben war und sagte, die Augen schließend, auf der Schwelle des Traumes: Laß mich sehen!
Langsam begann sie zu erzählen: Es wird weiter oben am Fluß sein, es wird wieder Völkerwanderung sein, es

wird in einem anderen Jahrhundert sein, laß mich raten? es wird mehr als zwanzig Jahrhunderte später sein, sprechen wirst du wie die Menschen: Geliebte …
Was ist ein Jahrhundert? fragte der Fremde.
Die Prinzessin nahm eine Handvoll Sand und ließ ihn rasch durch die Finger laufen, sie sagte: Soviel ungefähr sind zwanzig Jahrhunderte, es wird dann Zeit sein, daß du kommst und mich küßt.
Dann wird es bald sein, sagte der Fremde, sprich weiter!
Es wird in einer Stadt sein und in dieser Stadt wird es in einer Straße sein, fuhr die Prinzessin fort, wir werden Karten spielen, ich werde meine Augen verlieren, im Spiegel wird Sonntag sein.
Was sind Stadt und Straße? fragte der Fremde betroffen. Die Prinzessin geriet ins Staunen, sie sagte: Aber das werden wir bald sehen, ich weiß nur die Worte dafür, doch wir werden es sehen, wenn du mir die Dornen ins Herz treibst, vor einem Fenster werden wir stehen, laß mich ausreden! es wird ein Fenster voller Blumen sein, und für jedes Jahrhundert wird eine Blume dahinter aufgehoben sein, mehr als zwanzig Blumen, daran werden wir erkennen, daß wir am richtigen Ort sind, und es werden die Blumen alle wie diese Blume hier sein!
Die Prinzessin schwang sich auf ihren Rappen, sie ertrug die Wolken nicht mehr, denn der Fremde entwarf schweigsam seinen und ihren ersten Tod. Er sang ihr nichts mehr zum Abschied, und sie ritt ihrem Land mit den blauen Hügeln entgegen, das in der Ferne auftauchte, in einer fürchterlichen Stille, denn er hatte ihr den ersten Dorn schon ins Herz getrieben, und inmitten ihrer Getreuen im Burghof fiel sie blutend von ihrem Rappen. Sie lächelte aber und lallte im Fieber: Ich weiß ja, ich weiß!

Das Schreibpult habe ich nicht gekauft, weil es fünftausend Schilling gekostet hätte und aus einem Kloster kommt, auch das stört mich, und darauf schreiben hätte ich doch nicht können, weil es Pergament und Tinte nicht gibt, auch Fräulein Jellinek wäre wenig begeistert gewesen, denn sie ist an meine Schreibmaschine gewöhnt. Ich lasse die Blätter über die Prinzessin von Kagran rasch in einer Mappe verschwinden, damit Fräulein Jellinek nicht sieht, was ich geschrieben habe, es ist auch wichtiger, daß wir endlich einmal etwas ›erledigen‹, ich setze mich hinter sie auf die drei Stufen zu der Bibliothek, rücke einige Blätter zurecht und diktiere ihr:
Sehr geehrte Herren.
Den Briefkopf und das Datum von heute hat Fräulein Jellinek bestimmt schon geschrieben, sie wartet, mir fällt nichts ein und ich sage: Liebes Fräulein Jellinek, schreiben Sie doch bitte, was Sie wollen, obwohl das verwirrte Fräulein Jellinek doch nicht wissen kann, was hier wollen heißt, und ich sage erschöpft: Schreiben Sie, zum Beispiel, aus gesundheitlichen Gründen, ach so, das haben wir schon gehabt? schreiben Sie etwas von Verpflichtungen, haben wir auch zu oft gehabt? dann also einfach mit Dank und besten Empfehlungen. Fräulein Jellinek wundert sich manchmal, aber sie zeigt es nicht, sie kennt keine sehr geehrten Herren, sondern nur Herrn Dr. Krawanja, der sich auf Neurologie spezialisiert und sie im Juli heiraten wird, das hat sie heute gestanden, ich bin zur Hochzeit eingeladen, sie wird nach Venedig fahren, aber während ihre heimlichen Gedanken in der Poliklinik sind und beim Wohnungseinrichten, füllt sie für mich Formulare aus, sie hantiert in der Ablage, in der ein unglaubliches Durcheinander herrscht, sie entdeckt jetzt Briefe, kiloweise, aus den Jahren 1962, 1963, 1964, 1965, 1966, sie sieht ihre Bemühungen vereitelt, mit mir

zu einer Ordnung zu kommen, die sie abwechselnd mit den Worten ›ablegen‹, ›abheften‹, ›nach verschiedenen Gebieten ordnen‹ beschwört, sie will alphabetisch vorgehen, sie will nach den Jahrgängen vorgehen, Geschäftliches vom Privaten trennen, Fräulein Jellinek wäre zu allem imstande, aber ich kann ihr nicht gut sagen, daß mir jede Zeit verschwendet vorkommt auf solche Unternehmen, seit ich Ivan kenne, daß ich selber in Ordnung kommen muß und eine Ordnung für diesen Papierwust immer gleichgültiger wird. Ich nehme mich noch einmal zusammen und diktiere:
Sehr geehrte Herren,
ich danke für Ihren Brief vom 26. Jänner.

Sehr geehrter Herr Schönthal,
die Person, an die Sie sich wenden, die Sie zu kennen meinen, die Sie sogar einladen, die gibt es nicht. Ich will versuchen, obwohl es sechs Uhr morgens ist und mir diese Zeit die richtige zu sein scheint für eine Erklärung, die ich Ihnen und so vielen anderen Menschen schuldig bin, obwohl es sechs Uhr morgens ist und ich längst schlafen müßte, aber es gibt so vieles, was mich nie mehr schlafen läßt. Sie haben mich ja nicht zu einem Kinderfest oder einem Mäusefest eingeladen, und die Veranstaltungen, die Feste, entspringen gewiß einer gesellschaftlichen Notwendigkeit. Sie sehen, ich versuche durchaus, die Sache auch von Ihrer Seite aus zu sehen. Ich weiß, wir hatten einen Termin ausgemacht, ich hätte Sie zumindest anrufen sollen, aber meine Situation zu schildern, dazu fehlen mir die Worte, auch gebietet das der Anstand, der es verbietet, über gewisse Dinge zu reden. Die freundliche Fassade, die Sie sehen, auf die ich selber mich zuweilen verlasse, hat leider immer weniger

mit mir zu tun. Daß ich schlechte Manieren habe, Sie also aus Ungezogenheit warten lasse, werden Sie nicht glauben, da Manieren fast das einzige sind, was mir geblieben ist, und hätte man je in den Schulen ›Manieren‹ auf den Lehrplan gesetzt, so wäre das gewiß das Fach gewesen, das mir am meisten zugesagt und in dem ich am besten abgeschnitten hätte. Sehr geehrter Herr Schönthal, ich bin aber seit Jahren nicht mehr fähig, oft wochenlang, bis zu meiner Wohnungstür zu gehen oder das Telefon abzunehmen oder jemand anzurufen, es ist mir nicht möglich, und ich weiß nicht, wie mir zu helfen ist, wahrscheinlich ist mir nicht mehr zu helfen.
Ich bin auch ganz unfähig, an die Dinge zu denken, die man mir zum Denken verordnet, an einen Termin, an eine Arbeit, an eine Verabredung, nichts ist mir deutlicher um sechs Uhr morgens, als die Ungeheuerlichkeit meines Unglücks, da ein nicht endender Schmerz mich völlig und gerecht und gleichmäßig trifft in jedem Nerv, zu jeder Zeit. Ich bin sehr müde, ich darf Ihnen sagen, wie müde ich bin ...

Ich nehme das Telefon ab und höre die leiernde Stimme: Telegrammaufnahme, bitte warten, bitte warten, bitte warten, bitte warten, bitte warten. Auf ein Blatt kritzle ich mittlerweile: Dr. Walter Schönthal, Wielandstraße 10, Nürnberg. Kommen leider unmöglich stop Brief folgt.
Telegrammaufnahme, bitte warten, bitte warten, bitte warten. Es klickt, eine lebendige junge Frauenstimme fragt ausgeschlafen: Ihre Nummer bitte? danke, ich rufe zurück.

Ein ganzes Bündel Müdigkeitssätze haben wir, Ivan und ich, denn er ist oft schrecklich müde, obwohl er soviel jünger ist als ich, und ich bin auch sehr müde, Ivan ist zu lange aufgeblieben, er war mit einigen Leuten beim Heurigen in Nußdorf, bis fünf Uhr früh, dann ist er mit ihnen in die Stadt zurückgefahren, und sie haben eine Gulaschsuppe gegessen, das muß in der Zeit gewesen sein, in der ich den zweihundertsten Brief an Lily geschrieben habe und noch einiges andere, ein Telegramm habe ich wenigstens abgeschickt, und Ivan ruft an, mittags nach dem Büro, seine Stimme ist kaum zu erkennen.

Zu Tod erschöpft, ja erschöpft
Ich bin einfach tot
Nein, ich glaube nicht, gerade habe ich
Ich habe mich hingelegt, ich bin einfach
Endlich einmal, einmal werde ich ausschlafen
Ich werde heute ganz früh schlafen gehen und du
Ich bin schon am Einschlafen, aber heute abend
So geh doch einmal früher schlafen
Wie eine tote Fliege, kann ich dir gar nicht beschreiben
Wenn du natürlich so müde bist
Eben war ich noch furchtbar müde, zum Sterben
Dann heute abend also lieber nicht
Wenn du natürlich jetzt nicht so müde wärst
Ich glaube, ich höre nicht recht
Dann hör einmal genau zu
Du bist doch am Einschlafen
Jetzt natürlich nicht, ich bin doch nur müde
Du mußt aber die Müdigkeit ausschlafen
Ich habe das Haustor offengelassen
Müde bin ich schon, aber du mußt ja müder sein

……

Jetzt natürlich, wann denn sonst

……

Ich will dich sofort hierhaben!

Ich werfe den Hörer hin, werfe meine Müdigkeit ab, laufe die Stiege hinunter und schräg über die Straße. Das Haustor Nummer 9 ist angelehnt, die Zimmertür angelehnt, und jetzt wiederholt Ivan noch einmal alle Sätze über Müdigkeit und ich auch alle, bis wir zu müde und zu erschöpft sind, um uns das Ausmaß der Erschöpfungen vorklagen zu können, wir hören zu reden auf und machen einander wach, trotz der größten Müdigkeit, und bis der Weckdienst 00 anruft, höre ich nicht auf, Ivan, der noch eine Viertelstunde schlafen darf, im Halbdunkel anzusehen, zu hoffen, zu betteln und zu meinen, einen Satz gehört zu haben, der nicht nur von der Müdigkeit gekommen ist, einen Satz, der mich versichert in der Welt, aber um meine Augen zieht sich etwas zusammen, die Absonderung aus den Drüsen ist so gering, sie reicht nicht einmal für eine Träne in jedem Augenwinkel. Genügt ein Satz denn, jemand zu versichern, um den es geschehen ist? Es müßte eine Versicherung geben, die nicht von dieser Welt ist.

Wenn Ivan eine ganze Woche keine Zeit hat, was mir erst heute zum Bewußtsein gekommen ist, kann ich mich nicht mehr fassen. Es kommt grundlos, es ist sinnlos, ich habe Ivan sein Glas mit den drei Eiswürfeln hingestellt, aber mit meinem Glas stehe ich sofort auf und gehe zum Fenster, ich müßte einen Weg aus dem Zimmer finden, vielleicht unter dem Vorwand, ins Bad zu gehen,

im Vorbeigehen könnte ich tun, als suchte ich ein Buch in der Bibliothek, obwohl Buch und Badezimmer keinen Zusammenhang ergeben. Ehe ich aus dem Zimmer hinausfinde, ehe ich mir vorrede, daß in dem Haus vis-à-vis immerhin Beethoven taub die Neunte Sinfonie, aber auch noch anderes, komponiert hat, aber ich bin ja nicht taub, ich könnte Ivan einmal erzählen, was alles außer der Neunten Sinfonie – aber nun kann ich nicht mehr aus dem Zimmer, denn Ivan hat es schon bemerkt, weil ich die Schultern nicht mehr ruhig halte, weil das kleine Taschentuch auch nicht mehr ausreicht, die Tränen aufzusaugen, an dieser Naturkatastrophe muß Ivan schuld sein, auch wenn er gar nichts getan hat, denn soviel weinen kann man gar nicht. Ivan nimmt mich an der Schulter und führt mich zum Tisch, ich soll mich hinsetzen und trinken, und ich will mich weinend entschuldigen für das Weinen. Ivan ist ganz erstaunt, er sagt: Wieso sollst du denn nicht weinen, wein doch, wenn es dir paßt, wein doch, soviel du kannst, noch ein wenig mehr, du mußt dich einfach ausweinen.
Ich weine mich aus, und Ivan trinkt einen zweiten Whisky, er fragt mich nicht, er greift nicht mit Trost ein, er ist nicht nervös und nicht irritiert, er wartet, wie man auf das Ende eines Gewitters wartet, hört das Schluchzen weniger werden, noch fünf Minuten, und er kann mir ein Tuch in Eiswasser tauchen, er legt es mir auf die Augen.
Eifersüchtig sind wir aber hoffentlich nicht, mein Fräulein.
Nein, das nicht.
Ich weine noch einmal weiter, aber nur weil es jetzt so wohltuend ist.
Natürlich nicht. Es hat überhaupt keinen Grund.
Aber natürlich hat es einen Grund. Es war eine Woche

ohne Injektionen von Wirklichkeit für mich. Ich möchte nicht, daß Ivan mich nach dem Grund fragt, aber das wird er nie tun, er wird mich hin und wieder weinen lassen.

Ausweinen! wird er befehlen.

In dieser animierten Welt einer Halbwilden lebe ich, zum ersten Mal von den Urteilen und den Vorurteilen meiner Umwelt befreit, zu keinem Urteil mehr über die Welt bereit, nur zu einer augenblicklichen Antwort, zu Geheul und Jammer, zu Glück und Freude, Hunger und Durst, denn ich habe zu lange nicht gelebt. Meine Fantasie, reicher als die Yagefantasie, wird endlich durch Ivan in Bewegung gesetzt, etwas Immenses ist durch ihn in mich gekommen und strahlt nun aus mir, immerzu bestrahle ich die Welt, die es nötig hat, von diesem einen Punkt aus, an dem nicht nur mein Leben sich zentriert, sondern mein Wille ›gut zu leben‹, um wieder brauchbar zu sein, denn ich möchte, daß Ivan mich braucht, wie ich ihn brauche, und für das ganze Leben. Manchmal braucht er mich auch, denn er läutet, ich öffne, er hält eine Zeitung in der Hand, sieht kurz herein und sagt: Ich muß gleich wieder gehen, brauchst du dein Auto heute abend? Ivan ist mit meinem Autoschlüssel weggegangen, und schon dieses kurze Erscheinen von Ivan bewegt die Wirklichkeit wieder, jeder Satz von ihm beeinflußt mich und die Weltmeere und die Gestirne, ich kaue in der Küche an einem Wurstbrot und stelle die Teller in den Ausguß, während Ivan noch immer zu mir sagt ›ich muß gleich wieder gehen‹, ich reinige das verstaubte Grammophon und mit einer Samtbürste streiche ich sanft über die herumliegenden Schallplatten, ›ich will dich sofort hierhaben‹ sagt Ivan, während er mit meinem Auto auf die Hohe Warte fährt, denn er muß rasch die Kinder sehen, Béla hat sich die Hand verstaucht, ›ich will dich sofort

hierhaben!‹ hat Ivan aber gesagt, und diesen gefährlichen Satz muß ich unterbringen zwischen Wurstbrotessen und Brieföffnen und Abstauben, weil es zwischen den alltäglichen Dingen, die nicht mehr alltäglich sind, jederzeit zu einer feurigen Explosion kommen kann. Ich starre vor mich hin und horche und schreibe eine Liste:
Elektriker
Stromrechnung
Saphirnadel
Zahnpasta
Briefe an Z. K. und Anwalt
Reinigung
Ich könnte das Grammophon anstellen, aber ich höre ›ich will dich sofort hierhaben!‹. Ich könnte auf Malina warten, aber ich gehe lieber ins Bett, ich bin todmüde, furchtbar müde, zu Tod erschöpft ›ich will dich sofort –‹
Ivan muß gleich wieder gehen, er bringt mir nur den Schlüssel zurück, Béla hat sich doch nicht die Hand verstaucht, seine Mutter hat übertrieben, ich halte Ivan im Korridor fest, und Ivan fragt: Was hast du denn, warum grinst du so blöde?
O nichts, es geht mir nur so blödsinnig gut, ich werde blöde davon.
Aber Ivan sagt: Es heißt nicht blödsinnig gut, es heißt einfach gut. Wie ist es dir denn früher ergangen, wenn es dir gutging? Warst du immer so blöde davon?
Ich schüttle den Kopf, Ivan hebt im Scherz die Hand, um nach mir zu schlagen, da kommt die Angst wieder, ich sage erstickt: Bitte nicht, nicht nach meinem Kopf.
Der Schüttelfrost geht vorbei nach einer Stunde und ich denke, ich sollte es Ivan sagen, aber Ivan würde etwas so Irrsinniges nicht begreifen, und weil ich von Mord zu ihm nichts sagen kann, bin ich zurückgeworfen auf mich, für immer, ich versuche nur, dieses Geschwür auszu-

schneiden, auszubrennen, Ivans wegen, ich kann nicht liegenbleiben in dieser Lache von Gedanken über Mord, mit Ivan müßte es mir gelingen, diese Gedanken auszumerzen, er wird diese Krankheit von mir nehmen, er soll mich erlösen. Aber da Ivan mich nicht liebt, mich auch nicht braucht, warum sollte er mich eines Tages lieben oder brauchen? Er sieht nur mein glatter werdendes Gesicht und freut sich, wenn er mich zum Lachen bringt, und er wird mir wieder erklären, daß wir gegen alles versichert sind, wie unsere Autos, gegen die Erdbeben und die Hurrikane, gegen die Diebstähle und die Unfälle, gegen die Feuersbrünste und gegen den Hagel, aber ich bin versichert in einem Satz und in sonst nichts. Die Welt kennt keine Versicherung für mich.

Heute nachmittag raffe ich mich auf und gehe zu diesem Vortrag ins Institut Français, ich komme natürlich zu spät und muß hinten an der Türe stehen, von weitem grüßt mich François, der an der Botschaft arbeitet und irgendwie unsere Kulturen austauscht, versöhnt oder gegenseitig befruchtet, er weiß es selber nicht so genau, wir wissen es beide nicht, weil wir es nicht brauchen, aber unseren Staaten nützt es, er winkt mich näher, will aufstehen, deutet auf seinen Platz, aber ich will jetzt nicht stören und bis zu François vorgehen, denn ältere Damen mit Hüten und viele alte Herren, auch einige junge Leute, die neben mir an der Wand stehen, hören zu wie in der Kirche, langsam fasse ich den einen oder anderen Satz auf und schlage jetzt auch die Augen nieder, ich höre immerzu etwas von ›la prostitution universelle‹, sehr schön, denke ich, ja, wie richtig, der Mann aus Paris, mit einem asketischen blassen Gesicht, spricht mit der Stimme eines Chorknaben über die 120 Tage von Sodom, und ich höre nun schon zum zehnten Mal etwas über die universelle Prostitution, der Raum mit den Andächtigen, mit seiner universellen Sterilität, fängt sich um mich zu drehen an, aber ich möchte nun endlich wissen, ob es weitergeht mit der universellen Prostitution und werfe in dieser de Sade-Kirche einen herausfordernden Blick auf einen jungen Mann, der auch, wie während eines Gottesdienstes, einen blasphemischen Blick zurückgibt, und noch eine Stunde lang schauen wir einander verschwörerisch und heimlich an, in einer Kirche zur Zeit der Inquisition. Bevor ich zu lachen anfange, mit dem Taschentuch zwischen den Zähnen, und ehe mein ersticktes Lachen übergeht in einen Krampfhusten, verlasse ich den Saal, mit einem die Zuhörer empörenden Abgang. Ich muß sofort Ivan anrufen.

Wie es war? Ganz interessant
Ach ja, soso, ja und du?
Nichts Besonderes, es war interessant
Geh doch du früh schlafen
Du gähnst ja, du solltest schlafen
Tu ich nicht, ich weiß noch nicht
Nein, aber ich muß doch morgen
Mußt du denn wirklich morgen?

Ich sitze allein zu Hause und ziehe ein Blatt in die Maschine, tippe gedankenlos: Der Tod wird kommen.

Fräulein Jellinek hat einen Brief zum Unterschreiben hingelegt.

Sehr geehrter Herr Schönthal,
ich danke Ihnen für Ihren Brief vom vergangenen Jahr, ich sehe mit Bestürzung, er ist vom 19. September. Leider war es mir nicht möglich, eher zu antworten, der vielen Abhaltungen wegen, und ich kann auch in diesem Jahr noch keine Verpflichtungen übernehmen. Mit Dank und besten Grüßen.

Ich ziehe ein anderes Blatt ein und werfe das erste in den Papierkorb.

Sehr geehrter Herr Schönthal,
in höchster Angst und fliegender Eile schreibe ich Ihnen heute diesen Brief. Da Sie für mich ein Fremder sind, fällt es mir leichter, Ihnen zu schreiben als meinen Freunden, und da Sie ein Mensch sind, und ich schließe das aus Ihrer so freundlichen Bemühung –
Wien, den...

Eine Unbekannte.

Jeder würde sagen, daß Ivan und ich nicht glücklich sind. Oder daß wir noch lange keinen Grund haben, uns glücklich zu nennen. Aber jeder hat nicht recht. Jeder ist niemand. Ich habe vergessen, am Telefon Ivan wegen der Steuererklärung zu fragen, Ivan hat großzügig gesagt, er wird mir für das nächste Jahr diese Steuererklärung machen, es geht mir nicht um die Steuer und was diese Steuer von mir schon will für ein anderes Jahr, nur um Ivan geht es für mich, wenn er spricht vom kommenden Jahr, und Ivan sagt mir heute, er habe am Telefon vergessen, mir zu sagen, daß er genug habe von den belegten Broten und daß er einmal wissen möchte, was ich zu kochen verstünde, und nun verspreche ich mir von einem einzigen Abend wieder mehr als vom kommenden Jahr. Denn wenn Ivan will, daß ich koche, dann muß das etwas zu bedeuten haben, er kann mir dann nicht mehr rasch davonlaufen, wie nach einem Drink, und heute nacht sehe ich mich um in der Bibliothek unter meinen Büchern, es sind keine Kochbücher darunter, ich muß sofort welche kaufen, wie absurd, denn was habe ich gelesen bisher, wozu dient mir das jetzt, wenn ich es nicht brauchen kann für Ivan. Die KRITIK DER REINEN VERNUNFT gelesen, bei 60 Watt in der Beatrixgasse, Locke, Leibniz und Hume, in der Düsternis der Nationalbibliothek unter den kleinen Lämpchen von den Vorsokratikern bis zu DAS SEIN UND DAS NICHTS mich durch alle Begriffe aus allen Zeiten betört, Kafka, Rimbaud und Blake gelesen bei 25 Watt in einem Hotel in Paris, Freud, Adler und Jung gelesen bei 360 Watt in einer einsamen Berliner Straße, zu den leisen Umdrehungen der Chopin-Etüden, eine flammende Rede über die Enteignung des geistigen Eigentums studiert an einem Strand bei Genua, das Papier voller Salzflecken und von der Sonne verbogen, in drei Wochen LA COMÉDIE HUMAINE bei mittelhohem Fieber gelesen, geschwächt von den Antibiotika, in Klagenfurt, Proust gelesen in München bis zum Morgengrauen und bis die Dachdecker in das Mansardenzimmer hereinbrachen, die französischen Moralisten und die Wiener Logistiker gelesen, mit hängenden Strümpfen, zu dreißig französischen Zigaretten am Tag alles gelesen, von DE RERUM NATURA bis zu LE CULTE DE LA RAISON, Geschichte und Philosophie, Medizin und Psychologie getrieben, in der Irrenanstalt Steinhof gearbeitet an den Anamnesen der Schizophrenen und der Manisch-Depressiven, Skripten geschrieben im Auditorium Maximum bei nur plus sechs Grad und bei 38 Grad im Schatten noch immer Notizen gemacht über de mundo, de mente,

de moto, nach dem Kopfwaschen gelesen Marx und Engels und vollkommen betrunken W. I. Lenin gelesen, und verstört und fliehend Zeitungen und Zeitungen und Zeitungen gelesen, und Zeitungen schon als Kind gelesen, vor dem Ofen, beim Feuermachen, und Zeitungen und Zeitschriften und Taschenbücher überall, auf allen Bahnhöfen, in allen Zügen, in Straßenbahnen, in Omnibussen, Flugzeugen, und alles über alles gelesen, in vier Sprachen, fortiter, fortiter, und alles verstanden, was es zu lesen gibt, und befreit von allem Gelesenen für eine Stunde, lege ich mich neben Ivan und sage: Ich werde dieses Buch, das es noch nicht gibt, für dich schreiben, wenn du es wirklich willst. Aber du mußt es wirklich wollen, wollen von mir, und ich werde nie verlangen, daß du es liest.
Ivan sagt: Hoffen wir, daß es ein Buch mit gutem Ausgang wird.
Hoffen wir.

Das Fleisch habe ich in gleichmäßige Stücke geschnitten. Zwiebel feingehackt, Rosenpaprika bereitgestellt, denn heute gibt es Pörkölt und vorher noch Eier in Senfsauce, ich überlege mir, ob nachher Marillenknödel nicht doch zu viel sind, vielleicht lieber nur Obst, aber wenn Ivan in der Silvesternacht in Wien sein sollte, dann will ich Krambambuli ausprobieren, wozu man den Zucker brennen soll, schon meine Mutter hat es nicht mehr getan. Aus den Kochbüchern errate ich, was mir nicht mehr oder doch noch zugänglich ist, was Ivan gern haben könnte, nur ist mir zuviel vom Abliegen, vom Abtreiben, vom Rühren, vom Kneten die Rede, von der Ober- und der Unterhitze, von der ich nicht weiß, wie sie in meinem elektrischen Herd aufkommen soll und ob die Ziffer 200 an dem

Schalter des Backrohrs anwendbar ist auf meine Rezepte aus ALT ÖSTERREICH BITTET ZU TISCH oder aus KLEINE UNGARISCHE KÜCHE, und so versuche ich, Ivan einfach zu überraschen, der den hundertsten Rostbraten, Lungenbraten oder Tafelspitz und die ewigen Palatschinken im Restaurant zum Verzweifeln findet. Ich koche ihm, was nicht auf den Speisekarten steht, und ich rätsle daran herum, wie ich die gute alte Zeit mit ihrem Schweinefett und ihrem süßen und sauren Rahm mischen kann mit der vernünftigen neuen Zeit, in der es Joghurt gibt, Salatblätter mit Öl und Zitrone beträufelt, in der die vitaminreichen Gemüse dominieren, die nicht gekocht werden dürfen, in der die Kohlehydrate zählen, die Kalorien und das Maßhalten, die Gewürzlosigkeit. Ivan ahnt nicht, daß ich schon am Morgen herumlaufe und empört frage, warum gibt es jetzt kein Kerbelkraut, wo gibt es Estragon und wann Basilikum, da es befohlen wird von den Rezepten. Beim Gemüsehändler liegt immer nur Petersil und Lauch herum, der Fischhändler hat schon seit Jahren keine Bachforellen mehr bekommen, und so streue ich auf gut Glück das wenige, das zu bekommen ist, auf das Fleisch und auf die Gemüse. Ich hoffe, daß der Zwiebelgeruch nicht an meinen Händen bleibt, ich laufe immer wieder ins Bad, um mir die Hände zu waschen, um mit dem Parfüm die Geruchsspuren zu tilgen und um mich zu kämmen. Ivan darf nur ein Ergebnis sehen: daß der Tisch gedeckt ist und die Kerze brennt, und Malina würde sich wundern, daß ich es jetzt sogar fertigbringe, den Wein rechtzeitig kalt zu stellen, die Teller vorzuwärmen, und zwischen Aufgießen und Semmelschnittenbähen trage ich die Wimperntusche auf, schminke mir vor Malinas Rasierspiegel die Augen, zupfe mit der Pinzette die Augenbrauen zurecht, und diese Synchronarbeit, die niemand würdigt, ist anstrengender als alle Arbeiten, die ich früher getan habe. Doch erwartet mich der höchste Preis dafür, weil Ivan deswegen schon um sieben Uhr kommt und bis Mitternacht bleibt. Fünf Stunden Ivan, das könnte reichen für ein paar Tage Zuversicht, als Kreislaufstütze, zur Blutdruckerhöhung, als Nachbehandlung, als vorbeugende Behandlung, als Kur. Nichts wäre mir zu umständlich, nichts zu abwegig, zu anstrengend, um ein Stück Ivanleben zu ergattern; wenn Ivan bei einem Abendessen erwähnt, daß er in Ungarn oft gesegelt ist, will ich sofort Segeln lernen, womöglich gleich morgen früh, meinetwegen auf der Alten Donau, im Kaiserwasser, damit ich gleich mitsegeln kann, wenn Ivan eines Tages wieder segeln geht. Denn ich selbst vermag Ivan nicht zu fesseln. Ich forsche, weil das Essen zu früh fertig ist, in der Küche wachend vor dem Herd, nach der Ursache für diese Unfähigkeit, an deren Stelle früher so viele Fähigkeiten waren. Man kann nur fesseln mit einem Vorbehalt, mit kleinen Rückzügen, mit Taktiken, mit dem, was Ivan das Spiel nennt. Er fordert mich auf, im Spiel zu bleiben, denn er weiß nicht, daß es für mich kein Spiel mehr gibt, daß das Spiel eben aus ist. Ich denke an meine Ivanlektion, wenn ich mich entschuldige, wenn ich warte, denn Ivan meint, ich solle bei ihm anfangen damit, ihn ruhig warten lassen, ich solle mich nicht entschuldigen. Er sagt auch: Ich muß doch dir nachlaufen, sorg dafür, du darfst mir nie nachlaufen, du brauchst dringend einen Nachhilfeunterricht, wer hat es denn versäumt, dir den Elementarunterricht zu geben? Aber da Ivan keine Neugier kennt, will er nicht wirklich wissen, wer das versäumt hat, ich muß rasch einen Haken schlagen und Ivan ablenken, ein undefinierbares Lächeln müßte mir einmal gelingen, eine Laune, eine schlechte Stimmung, aber vor Ivan gelingt mir nichts. Du bist zu durchsichtig, sagt

Ivan, man sieht ja in jedem Moment, was los ist mit dir, spiel doch, spiel mir etwas vor! Aber was soll ich Ivan vorspielen? Der erste Versuch, ihm einen Vorwurf zu machen, weil er gestern nicht mehr angerufen hat, weil er vergessen hat, mir meine Zigaretten zu besorgen, weil er immer noch nicht weiß, welche Marke ich rauche, endet in einer Grimasse, denn noch ehe ich an der Tür bin, wenn er läutet, ist kein Vorwurf mehr in mir, und Ivan liest sofort von meinem Gesicht die Wetterlage: aufhellend, heiter, Wärmeeinbruch, wolkenlos, fünf Stunden lang anhaltendes Schönwetter.

Warum sagst du denn nicht gleich
Was?
Daß du wieder einmal zu mir kommen willst
Aber!
Ich lasse es dich nicht sagen
Siehst du
Damit du im Spiel bleiben mußt
Ich will kein Spiel
Es geht aber nicht ohne Spiel

Durch Ivan, der das Spiel will, habe ich deswegen auch eine Gruppe von Schimpfsätzen kennengelernt. Über den ersten Schimpfsatz bin ich noch sehr erschrocken, aber nun bin ich fast süchtig geworden und warte auf die Schimpfsätze, weil es ein gutes Zeichen ist, wenn Ivan zu schimpfen beginnt.

Ein kleines Aas bist du, ja du, was sonst?
Immer bekommst du mich herum, ja du

Weil es wahr ist, lach gefälligst
Mach nicht diesen Eisblick
Les hommes sont des cochons
Soviel Französisch wirst du noch können
Les femmes aiment les cochons
Ich rede mit dir, wie ich will
Ein kleines Luder bist du
Du tust doch, was du willst mit mir
Nein, nicht dir abgewöhnen, mehr dazulernen
Du bist zu dumm, du verstehst eben nichts
Ein ganz großes Luder mußt du werden
Schön wär's, und das größte aller Zeiten
Ja, das will ich, natürlich, was sonst?
Du mußt noch ganz anders werden
Mit diesem Talent, ja, das hast du, natürlich
Eine Hexe bist du, nütz das endlich aus
Dich haben sie ja ganz verdorben
Ja, das bist du, erschrick doch nicht über jedes Wort
Hast du denn das Gesetz nicht verstanden?

Die Schimpfsätze bestreitet Ivan allein, denn von mir kommen keine Antworten, nur Ausrufe oder sehr oft ein ›Aber Ivan!‹, das jetzt nicht mehr so ernst gemeint ist wie im Anfang.
Was weiß Ivan von dem Gesetz, das für mich gilt? aber es wundert mich doch, daß Ivan in seinem Wortschatz das Gesetz hat.

Malina und ich haben, trotz aller Verschiedenheit, die gleiche Scheu vor unseren Namen, nur Ivan geht ganz und gar in seinen Namen ein, und da ihm sein Name selbstverständlich ist, er sich identifiziert weiß durch ihn, ist es auch für mich ein Genuß, ihn auszusprechen, zu denken, vor mich hinzusagen. Sein Name ist ein Genußmittel für mich geworden, ein unentbehrlicher Luxus in meinem armseligen Leben, und ich sorge dafür, daß Ivans Name überall in der Stadt fällt, geflüstert und leise gedacht wird. Auch wenn ich allein bin, allein durch Wien gehe, kann ich mir an vielen Stellen sagen, hier bin ich mit Ivan gegangen, dort habe ich auf Ivan gewartet, in der LINDE war ich mit Ivan essen, am Kohlmarkt habe ich mit Ivan Espresso getrunken, am Kärntnerring arbeitet Ivan, hier kauft Ivan seine Hemden, das dort ist Ivans Reisebüro. Er wird doch nicht schon wieder nach Paris oder München müssen! Auch wo ich nicht war mit Ivan, sage ich mir, hierher müßte ich einmal mit Ivan gehen, das muß ich Ivan zeigen, ich möchte abends einmal mit Ivan vom Cobenzl auf die Stadt heruntersehen oder vom Hochhaus in der Herrengasse. Ivan rührt sich sofort, springt auf, wenn man ihn ruft, aber Malina zögert, und so zögere ich, wenn es sich um mich handelt. Darum tut Ivan gut daran, mich nicht immer beim Namen zu nennen, sondern mir einige Schimpfnamen zu geben, die ihm gerade durch den Kopf gehen, oder ›mein Fräulein‹ zu sagen. Mein Fräulein, wir haben uns schon wieder verraten, es ist schandbar, das wollen wir uns aber doch bald abgewöhnen. Glissons. Glissons.

Daß Ivan sich nicht für Malina interessiert, kann ich verstehen. Ich lasse auch eine Vorsicht walten, damit keiner dem andern ins Gehege kommt. Aber ganz verstehe ich nicht, warum Malina nie über Ivan spricht. Er erwähnt ihn nicht, wie beiläufig nicht, er vermeidet es, unheimlich geschickt, meine Telefongespräche mit Ivan zu hören oder Ivan im Stiegenhaus zu begegnen. Er tut, als kennte er Ivans Wagen noch immer nicht, obwohl mein Auto sehr oft vor oder hinter Ivans Wagen in der Münzgasse steht, und wenn ich morgens, damit Malina nicht zu spät ins Arsenal kommt, mit ihm aus dem Haus gehe, um ihn rasch das kurze Stück zur Arsenalgasse zu fahren, müßte er merken, daß ich Ivans Auto nicht ansehe wie ein Verkehrshindernis, sondern es zärtlich grüße, mit meiner Hand darüberstreiche, auch wenn es naß oder staubig ist, und erleichtert feststelle, daß die Nummer über Nacht dieselbe geblieben ist, W 99.823, Malina steigt ein, ich warte auf ein erlösendes, spöttisches Wort, auf eine beschämende Bemerkung, auf eine Änderung seiner Miene, aber Malina quält mich mit seiner tadellosen Beherrschung, seinem störungsfreien Vertrauen. Während ich voller Spannung warte, auf die große Herausforderung, erzählt mir Malina pedantisch, wie seine Woche aussieht, heute wird gefilmt in der Ruhmeshalle, er hat eine Besprechung mit dem Waffenreferenten, dem Uniformreferenten und dem Ordensreferenten, der Direktor ist verreist und hält einen Vortrag in London, und deswegen muß er allein zu einer Versteigerung von Waffen und Bildern ins Dorotheum gehen, will aber nichts entscheiden, der junge Montenuovo wird seine definitive Pragmatisierung bekommen, Malina hat Samstag und Sonntag in dieser Woche Dienst. Ich habe es vergessen, daß diese Woche wieder sein Turnus kommt, und Malina muß merken, daß ich es vergessen habe, denn ich habe mich versprochen, zu unverhohlen meine Überraschung gezeigt, aber immer noch betrügt er sich, als wäre da niemand und nichts, als gäbe es nur ihn und mich. Als dächte ich an ihn – wie immer.

Ich habe das Interview mit Herrn Mühlbauer, der früher am Wiener Tagblatt war und ohne Skrupel zur politischen Konkurrenz, zur Wiener Nachtausgabe gewechselt hat, schon einige Male verschoben, Ausflüchte gesucht, aber Herr Mühlbauer, mit seiner Beharrlichkeit, seinen Küß-die-Hand-Anrufen, kommt doch ans Ziel, jeder meint zuerst, wie ich, man täte es, um ihn endlich loszuwerden, aber dann ist der Tag da, und gesagt ist gesagt, Herr Mühlbauer, der sich vor Jahren noch Notizen machen mußte, bedient jetzt ein Tonbandgerät, er raucht Belvedere und lehnt einen Whisky nicht ab. Wenn Umfragen und ihre Fragen sich auch allesamt ähneln, so kommt diesem Mühlbauer doch das Verdienst zu, mir gegenüber die Indiskretion an eine äußerste Grenze getrieben zu haben.

1. Frage: ....?
Antwort: Was ich zur Zeit? Ich weiß nicht, ob ich Sie verstanden habe. Falls Sie heute meinen, dann möchte ich lieber nicht, jedenfalls heute nicht. Falls ich die Frage anders verstehen darf, zur Zeit im allgemeinen, zu einer für alle, dann bin ich keine Instanz, nein, ich will sagen, nicht maßgeblich, meine Meinung ist nicht maßgebend, ich habe auch gar keine Meinung. Sie haben da erwähnt, wir lebten in einer großen Zeit, und ich war natürlich nicht gefaßt auf eine große Zeit, wer könnte das auch ahnen, solang er noch in den Kindergarten oder in die ersten Schulklassen geht, später natürlich, auch in der Schule, oder gar auf der Universität war von überraschend vielen großen Zeiten die Rede, von großen Vorkommnissen, großen Menschen, großen Ideen...

2. Frage: ....?
Antwort: Meine Entwicklung... Ach so, geistige Ent-

wicklung, fragen Sie. Ich habe im Sommer lange Spaziergänge auf der Goria gemacht und bin im Gras gelegen. Verzeihen Sie, es gehört aber zur Entwicklung. Nein, ich möchte lieber nicht sagen, wo die Goria ist, sie wird sonst auch noch verkauft und verbaut, es ist ein unerträglicher Gedanke für mich. Beim Heimgehen mußte ich über den Bahndamm ohne Schranken, es war manchmal gefährlich, weil der Gegenzug nicht zu sehen war, wegen der Haselnußstauden und einer Gruppe von Eschen, es ist heute aber kein Bahndamm zu überwinden dort, man geht durch eine Unterführung.
(Hüsteln. Eine merkwürdige Nervosität des Herrn Mühlbauer, die mich nervös macht.)
Zu der großen Zeit, den großen Zeiten fällt mir doch etwas ein, aber damit sage ich Ihnen nichts Neues: die Geschichte lehrt, aber sie hat keine Schüler.
(Freundliches Nicken des Herrn Mühlbauer.)
Wann allerdings eine Entwicklung anfängt, das werden Sie zugeben... Ja, ich wollte Jus studieren, nach drei Semestern habe ich das Studium abgebrochen, fünf Jahre später habe ich noch einmal angefangen und nach einem Semester wieder abgebrochen, Richter oder Staatsanwalt konnte ich nicht werden, aber Anwalt wollte ich auch nicht sein, ich hätte einfach nicht gewußt, wen oder was ich zu vertreten, zu verteidigen imstande gewesen wäre. Alle und niemand, alles und nichts. Sehen Sie, lieber Herr Mühlhofer, Verzeihung, Herr Mühlbauer, was würden Sie, da wir doch alle in einem unverstandenen Gesetz sind, da wir uns die Furchtbarkeit dieses Gesetzes gar nicht auszudenken vermögen, an meiner Stelle getan haben...
(Ein Wink von Herrn Mühlbauer. Eine neue Störung. Herr Mühlbauer muß das Band wechseln.)
... Gut, wie Sie wünschen, ich will mich verständlicher

ausdrücken und gleich zur Sache kommen, ich möchte nur noch sagen, es gibt diese Warnungen, Sie kennen sie, denn die Gerechtigkeit ist so bedrängend nah, und was ich sage, schließt ja nicht aus, daß sie nichts weiter ist als das Verlangen nach einer unerreichbaren reinen Größe, deswegen ist sie dennoch bedrängend und nah, aber in dieser Nähe nennen wir sie die Ungerechtigkeit. Außerdem ist es jedesmal für mich eine Qual, durch die Museumstraße gehen zu müssen, am Justizpalast vorbei, oder zufällig in die Nähe des Parlaments zu geraten, etwa in die Reichsratstraße, wo ich nicht umhin kann, ihn zu sehen, denken Sie bloß an das Wort ›Palast‹ im Zusammenhang mit der Justiz, es warnt, es kann dort nicht einmal wirklich Unrecht gesprochen werden, wieviel weniger dann Recht! In einer Entwicklung bleibt ja nichts ohne Folgen, und dieser tägliche Brand des Justizpalastes…
(Flüstern von Herrn Mühlbauer: 1927, 15. Juli 1927!)
Der tägliche Brand eines so gespenstischen Palastes mit seinen Kolossalstatuen, mit seinen kolossalen Verhandlungen und Verkündigungen, die man Urteile nennt! Dieses tägliche Brennen…
(Herr Mühlbauer stoppt und fragt, ob er das letzte Stück löschen dürfe, er sagt ›löschen‹ und er löscht schon.)
… Welche Erlebnisse zu meiner…? Welche Dinge mich am meisten beeindruckt haben? Einmal ist es mir unheimlich erschienen, daß ich ausgerechnet auf einer Geosynklinale geboren bin, ich verstehe ja nicht allzuviel davon, aber ein Geotropismus muß dann auch für den Menschen unvermeidlich sein, er bewirkt doch eine Richtungsumstellung sondergleichen.
(Betroffenheit von seiten des Herrn Mühlbauer. Hastiges Abwinken.)

3. Frage: ....?

Antwort: Was ich über die Jugend? Nichts, wirklich nichts, bisher jedenfalls habe ich noch nie darüber nachgedacht, ich muß Sie da sehr um Nachsicht bitten, weil ich mir die meisten Fragen, die Sie mir stellen, überhaupt sehr viele Fragen, die man an mich richtet, mir noch nie gestellt habe. Die heutige Jugend? Aber da müßte ich auch über die heutigen Alten und über die Leute, die heute nicht mehr jung sind, aber auch noch nicht alt sind, nachdenken, es ist so schwierig, sich diese Gebiete vorzustellen, diese Sachgebiete, die Fächer Jugend und Alter. Die Abstraktion, wissen Sie, ist vielleicht nicht meine Stärke, ich sehe dann immer gleich solche Anhäufungen, zum Beispiel Kinder auf Kinderspielwiesen, zugegeben, eine Anhäufung von Kindern ist für mich etwas besonders Entsetzliches, auch ganz unbegreiflich ist mir, wie Kinder es unter so vielen Kindern aushalten können. Kinder, verteilt zwischen Erwachsenen, das geht ja noch, aber waren Sie schon einmal in einer Schule? Kein Kind, das nicht ganz und gar schwachsinnig oder bodenlos verdorben ist, aber das sind wohl die meisten, kann sich wünschen, in einem Kinderhaufen zu leben und die Probleme von anderen Kindern zu haben und außer einigen Kinderkrankheiten irgend etwas zu teilen mit anderen Kindern, meinetwegen eine Entwicklung. Der Anblick von jeder größeren Ansammlung von Kindern ist doch deswegen schon alarmierend...

(Winken mit beiden Händen von seiten des Herrn Mühlbauer. Offenbar kein zustimmendes Winken.)

4. Frage: ....?

Antwort: Meine Lieblings-was? Lieblingsbeschäftigung, ganz richtig, sagten Sie. Ich bin nie beschäftigt. Eine Beschäftigung, die würde mich abhalten, ich verlöre auch noch den kleinsten Überblick, jeden Hinblick, ich kann mich absolut nicht beschäftigen in dieser Geschäftigkeit rundherum, Sie sehen sicher auch diese wahnwitzige Geschäftigkeit in der Welt und diese infernalischen Geräusche hören Sie doch, die von ihr ausgehen. Ich würde ja Beschäftigungen verbieten lassen, wenn ich es könnte, aber ich kann sie mir nur selber verbieten, für mich waren die Versuchungen aber nicht groß, ich rechne es mir nicht als Verdienst an, mir sind es ganz und gar unbegreifliche Versuchungen, ich will mich nicht besser machen als ich bin, ich kenne doch Versuchungen, die ich nicht auszusprechen wage, jeder ist ja den schwersten Versuchungen ausgesetzt und unterliegt ihnen und bekämpft sie hoffnungslos, bitte, nicht in Gegenwart... Ich möchte das lieber nicht sagen. Meine Lieblings-, wie sagten Sie bloß? Landschaften, Tiere, Pflanzen? Lieblings-? Bücher, Musik, Baustile, Malerei? Ich habe keine Lieblingstiere, keine Lieblingsmoskitos, Lieblingskäfer, Lieblingswürmer, beim besten Willen kann ich Ihnen nicht sagen, welche Vögel oder Fische oder Raubtiere ich vorziehe, auch wählen zu müssen, viel allgemeiner, zwischen Organischem und Anorganischem, würde mir schwerfallen.

(Herr Mühlbauer deutet aufmunternd auf Frances, die leise hereingekommen ist, gähnt, sich streckt und dann mit einem Satz auf den Tisch springt. Herr Mühlbauer muß das Band wechseln. Kleine Unterredung mit Herrn Mühlbauer, der nicht gewußt hat, daß ich Katzen habe im Haus, Sie hätten so nett über Ihre Katzen sprechen können, sagt Herr Mühlbauer vorwurfsvoll, mit den Katzen hätte es eine persönliche Note gegeben! Ich sehe auf die Uhr und sage nervös, aber die Katzen sind nur ein Zufall, ich kann sie gar nicht behalten hier in der Stadt, die Katzen kommen gar nicht in Frage, diese Katzen jedenfalls nicht, und da jetzt auch Trollope ins Zimmer kommt, scheuche ich beide wütend hinaus. Das Band läuft.)

4. Frage: ....? (Zum zweiten Mal.)

Antwort: Bücher? Ja, ich lese viel, ich habe immer schon viel gelesen. Nein, ich weiß nicht, ob wir einander verstehen. Ich lese am liebsten auf dem Fußboden, auch auf dem Bett, fast alles liegend, nein, es geht dabei weniger um die Bücher, es hat vor allem mit dem Lesen zu tun, mit Schwarz auf Weiß, mit den Buchstaben, den Silben, den Zeilen, diesen unmenschlichen Fixierungen, den Zeichen, diesen Festlegungen, diesem zum Ausdruck erstarrten Wahn, der aus den Menschen kommt. Glauben Sie mir, Ausdruck ist Wahn, entspringt aus unserem Wahn. Es hat auch mit dem Umblättern zu tun, mit dem Jagen von einer Seite zur anderen, der Flucht, der Mittäterschaft an einem wahnwitzigen, geronnenen Erguß, es hat zu tun mit der Niedertracht eines Enjambements, mit der Versicherung des Lebens in einem einzigen Satz, mit der Rückversicherung der Sätze im Leben. Lesen ist ein Laster, das alle anderen Laster ersetzen kann oder zuweilen an ihrer Stelle intensiver allen zum Leben verhilft, es ist eine Ausschweifung, eine verzehrende Sucht. Nein, ich nehme keine Drogen, ich nehme Bücher zu mir, Präferenzen habe ich freilich auch, viele Bücher bekommen mir nicht, einige nehme ich nur am Vormittag ein, andere nur in der Nacht, es gibt Bücher, die ich nicht loslasse, ich ziehe herum in der Wohnung mit ihnen, trage sie vom Wohnzimmer in die Küche, ich lese sie stehend im Korridor, ich benutze keine Lesezeichen, ich bewege den Mund beim Lesen nicht, ich habe schon früh sehr gut lesen gelernt, an die Methode erinnere ich mich nicht, aber Sie sollten dem einmal nachgehen, an unseren Volksschulen in der Provinz muß sie hervorragend gewesen

sein, damals, als ich dort das Lesen erlernte, zumindest. Ja, es ist mir auch aufgefallen, aber erst spät, daß in anderen Ländern die Leute nicht lesen können, wenigstens nicht schnell, aber das Tempo ist wichtig, nicht nur die Konzentration, ich bitte Sie, wer wird ohne Ekel an einem einfachen oder komplizierten Satz kauen mögen, mit den Augen oder gar mit dem Mund, ihn wiederkäuen; ein Satz, der nur aus Satzgegenstand und Satzaussage besteht, muß rasch genossen werden, ein Satz mit vielen Appositionen muß gerade deswegen in einem rasanten Tempo genommen werden, mit einem unmerkbaren Slalom der Augäpfel, weil er sich sonst nicht ergibt, ein Satz muß sich einem Leser ›ergeben‹. Ich könnte mich nicht durch ein Buch ›hindurcharbeiten‹, das würde ja schon an Beschäftigung grenzen. Es gibt Leute, sage ich Ihnen, Leute, man erlebt die sonderbarsten Überraschungen auf diesem Gebiet des Lesens... Eine Schwäche für die Analphabeten habe ich allerdings, ich kenne sogar hier jemand, der nicht liest, nicht lesen will; im Zustand der Unschuld zu sein, ist begreiflicher für einen Menschen, der dem Laster des Lesens verfallen ist, man sollte gar nicht lesen oder wirklich lesen können...
(Herr Mühlbauer hat versehentlich das Band gelöscht. Entschuldigungen von seiten des Herrn Mühlbauer. Ich bräuchte nur einige wenige Sätze zu wiederholen.)
Ja, ich lese viel, aber die Schocks, die nachhaltigen Ereignisse sind ein einziger Blick auf eine Seite, eine Erinnerung an fünf Worte auf Seite 27 links unten: Nous allons à l'Esprit. Sind Worte auf einem Plakat, Namen auf Hausschildern, Titel von Büchern, die ungekauft in einem Schaufenster zurückbleiben, eine Annonce in einer Illustrierten, im Wartezimmer beim Zahnarzt entdeckt, eine Inschrift auf einem Denkmal, auf einem Grabstein, mir ins Aug gesprungen: HIER RUHT. Beim Verblättern

im Telefonbuch ein Name: Eusebius. Ich komme jetzt gleich zur Sache... Im vergangenen Jahr las ich zum Beispiel: ›Er trug einen Menschikow‹, ich weiß nicht warum, aber ich war sofort vollkommen überzeugt, daß, wer immer dieser Mann auch war, von diesem Satz ausgehend, er einen Menschikow trägt, tragen mußte, daß es wichtig für mich war, es zu erfahren, es gehört unwiderruflich zu meinem Leben. Es wird daraus etwas entstehen. Doch zur Sache wollte ich sagen, daß ich Ihnen auch in Tag- und Nachtsitzungen nicht die Bücher aufzählen könnte, die mich am meisten beeindruckt haben oder warum, an welcher Stelle und für wie lange Zeit. Was hängenbleibt, werden Sie fragen, aber es geht doch nicht um das Hängenbleiben! nur einige Sätze, einige Ausdrücke wachen immer wieder auf im Gehirn, melden sich über Jahre zu Wort: Der Ruhm hat keine weißen Flügel. Avec ma main brulée, j'écris sur la nature du feu. In fuoco l'amor mi mise, in fuoco d'amor mi mise. To the only begetter...
(Winken und Erröten von meiner Seite, Herr Mühlbauer muß das sofort löschen, das geht niemand was an, ich war unbedacht, habe mich hinreißen lassen, die Zeitungsleser in Wien verstünden sowieso kein Italienisch und die meisten auch kein Französisch mehr, die jüngeren nicht, es gehöre auch nicht zur Sache. Herr Mühlbauer will es sich überlegen, er sei nicht ganz mitgekommen, Italienisch und Französisch könne er auch nicht, aber er war schon zweimal in Amerika und das Wort ›begetter‹ ist ihm auf seiner Reise nicht untergekommen.)

5. Frage: ....?
Antwort: Früher konnte ich mich nur bedauern, hier fühlte ich mich benachteiligt wie ein Enterbter, später

lernte ich die Leute anderswo zu bedauern. Sie sind auf einem Holzweg, lieber Herr Mühlbauer. Ich bin einverstanden mit dieser Stadt und ihrer verschwindend kleinen Umgebung, die aus der Geschichte ausgetreten sind.
(Unbehagliches Erschrecken von Herrn Mühlbauer. Unbeirrbares Weiterreden von mir.)
Man könnte auch sagen, daß, als Beispiel für die Welt, hier ein Imperium aus der Geschichte verstoßen worden ist, mit seinen Praktiken und von Ideen verbrämten Taktiken, ich bin sehr froh, hier zu leben, denn von dieser Stelle der Welt aus, an der nichts mehr stattfindet, erschreckt es einen viel tiefer, die Welt zu sehen, nicht selbstgerecht, nicht selbstzufrieden, weil hier keine verschonte Insel ist, sondern an jeder Stelle Untergang ist, es ist alles Untergang, mit dem Untergang der heutigen und morgigen Imperien vor Augen.
(Zunehmendes Erschrecken von seiten des Herrn Mühlbauer, mir fällt die WIENER NACHTAUSGABE ein, Herr Mühlbauer bangt vielleicht schon um seinen Job, ich muß auch ein wenig an Herrn Mühlbauer denken.)
Ich sage immer lieber, wie man früher gesagt hat: das Haus Österreich, denn ein Land wäre mir zu groß, zu geräumig, zu unbequem, Land sage ich nur zu kleineren Einheiten. Wenn ich aus dem Zugfenster schaue, denke ich, hier ist das Land schön. Wenn es auf den Sommer zugeht, möchte ich auf das Land fahren, ins Salzkammergut oder nach Kärnten. Man sieht doch, wohin es mit den Leuten kommt, die in wirklichen Ländern wohnen, was sie auf ihre Gewissen nehmen müssen, auch wenn sie als einzelne mit den Schandtaten ihrer lautstarken, von Größe strotzenden Länder wenig oder gar nichts zu tun haben, von der Vermehrung der Macht und ihren Reserven nicht profitieren. In einem Haus beisammenzuwohnen mit anderen, das ist schon zum

Fürchten genug. Aber, lieber Herr Mühlbauer, das habe ich doch gar nicht gesagt, im Moment, wo ich rede, geht es doch nicht um die Republik, die dem Kind seinen Namen gibt, wer hat hier etwas gegen eine unauffällige, kleine, ungelernte, schadhafte, aber unschädliche Republik gesagt? doch weder Sie noch ich, es gibt keinen Grund zur Beunruhigung, beruhigen Sie sich, das Ultimatum an Serbien ist schon längst abgegangen, es hat nur ein paar Jahrhunderte von einer auch fragwürdigen Welt verändert und sie zum Ruin gebracht, man ist ja längst zu den Tagesunordnungen der neuen Welt übergegangen. Daß es unter der Sonne nichts Neues gibt, nein, das würde ich niemals sagen, das Neue gibt es, das gibt es, verlassen Sie sich darauf, nur, Herr Mühlbauer, von hier aus gesehen, wo nichts mehr geschieht, und das ist auch gut so, muß man die Vergangenheit ganz ableiden, Ihre und meine ist es ja nicht, aber wer fragt danach, man muß die Dinge ableiden, die anderen haben ja keine Zeit dazu, in ihren Ländern, in denen sie tätig sind und planen und handeln, in ihren Ländern sitzen sie, die wahren Unzeitgemäßen, denn sie sind sprachlos, es sind die Sprachlosen, die zu allen Zeiten regieren. Ich werde Ihnen ein furchtbares Geheimnis verraten: die Sprache ist die Strafe. In sie müssen alle Dinge eingehen und in ihr müssen sie wieder vergehen nach ihrer Schuld und dem Ausmaß ihrer Schuld.
(Zeichen der Erschöpfung bei Herrn Mühlbauer. Zeichen der Erschöpfung an mir.)

6. Frage: ......?
Antwort: Eine Mittlerrolle? Ein Auftrag? Eine geistige Mission? Haben Sie schon einmal vermittelt? Diese Rolle ist undankbar, nur keine Aufträge mehr! Und ich weiß nicht, dieses Missionieren... Man hat ja gesehen, was

überall dabei herausgekommen ist, ich verstehe Sie nicht, aber Sie haben gewiß einen höheren Gesichtspunkt, das Höhere ist, falls es das geben sollte, sehr hoch. Es dürfte zu schmerzhaft hoch sein, um auch nur eine Stunde lang, in der dünnen Luft, allein betrieben werden zu können, wie soll man darum mit den anderen das Höhere betreiben, wenn man dazu in der tiefsten Erniedrigung sein muß, das Geistige, ich weiß nicht, ob Sie mir noch folgen wollen, Ihre Zeit ist ja so begrenzt und Ihre Spalte in der Zeitung auch, es ist eine immerwährende Demütigung, man muß nach unten gehen, nicht nach oben oder hinaus auf die Straße und auf die anderen zu, es ist die Schmach schlechthin, es verbietet sich, es ist mir unbegreiflich, wie man zu diesen hochfliegenden Ausdrücken kommt. Wem kann man hier einen Auftrag zumuten, was hier ausrichten mit einer Mission! Es ist ja nicht auszudenken, mich drückt es vollends nieder. Vielleicht haben Sie aber Verwaltung gemeint oder Archivierung? Mit den Palais, den Schlössern und den Museen haben wir ja schon den Anfang gemacht, unsere Nekropolis ist erforscht, etikettiert, bis in alle Einzelheiten auf den emaillierten Schildern beschrieben. Früher war man ja nie ganz sicher, welches das Trautsonpalais, welches das Strozzipalais ist und wo das Dreifaltigkeitsspital steht und mit welcher Geschichte beladen, aber jetzt kommt man ohne besondere Kenntnisse durch, auch ohne Fremdenführer, und die intimen Bekanntschaften, die es erfordert hätte, Zutritt zu bekommen zum Palais Palffy oder zum Leopoldinischen Trakt der Hofburg, die braucht es nicht mehr, man sollte die Verwaltungen verstärken.
(Verlegenes Husten des Herrn Mühlbauer.)
Ich bin natürlich gegen jede Verwaltung, gegen diese weltweite Bürokratie, unter die, von den Menschen und

ihren Abbildern bis zu den Kartoffelkäfern mit ihren Abbildungen, alles gekommen ist, daran werden Sie nicht zweifeln. Aber hier handelt es sich um etwas anderes, um die kultische Administration eines Totenreichs, ich weiß nicht, aus welchem Grund Sie oder ich stolz sein sollten, die Aufmerksamkeit der Welt noch auf uns ziehen wollen, mit Festspielen, Festwochen, Musikwochen, Gedenkjahren, Kulturtagen, die Welt könnte nichts Besseres tun, als geflissentlich wegsehen, um nicht zu erschrecken, denn es könnten ihr die Augen aufgehen, was auf sie noch zukommen wird, im besten Fall, und je leiser es hier zugeht, je heimlicher unsre Totengräber arbeiten, je verborgener alles geschieht, je unhörbarer es gespielt und zu Ende gesagt wird, desto größer würde vielleicht aber die wahrhaftige Neugier werden. Das Krematorium von Wien ist seine geistige Mission, sehen Sie, wir finden die Mission doch noch, man muß sich nur weit genug auseinanderreden, aber schweigen wir darüber, hier hat das Jahrhundert, an seinem brüchigsten Ort, einige Geister zum Denken befeuert und es hat sie verbrannt, damit sie zu wirken beginnen, doch ich frage mich, Sie fragen sich sicher auch, ob nicht mit jeder Wirkung auch ein neues Mißverständnis bewirkt wird...
(Bandwechsel. Herr Mühlbauer leert sein Glas in einem Zug.)

6. Frage: ....? (Zum zweiten Mal. Wiederholung.)
Antwort: Am liebsten war mir immer der Ausdruck ›das Haus Österreich‹, denn er hat mir besser erklärt, was mich bindet, als alle Ausdrücke, die man mir anzubieten hatte. Ich muß gelebt haben in diesem Haus zu verschiedenen Zeiten, denn ich erinnre mich sofort, in den Gassen von Prag und im Hafen von Triest, ich träume auf böhmisch, auf windisch, auf bosnisch, ich war immer zu

Hause in diesem Haus und, außer im Traum, in diesem geträumten Haus, ohne die geringste Lust, es noch einmal zu bewohnen, in seinen Besitz zu gelangen, einen Anspruch zu erheben, denn die Kronländer sind an mich gefallen, ich habe abgedankt, ich habe die älteste Krone in der Kirche Am Hof niedergelegt. Stellen Sie sich vor, daß nach den beiden letzten Kriegen jedesmal mitten durch das Dorf Galicien die neue Grenze gezogen werden sollte. Galicien, das niemand außer mir kennt, das anderen Menschen nichts bedeutet, von niemand besucht und bestaunt wird, geriet immer genau unter den Federstrich auf den Stabskarten der Alliierten, aber beide Male wurde es, jedesmal aus anderen Gründen, wieder bei dem, was heute Österreich heißt, gelassen, die Grenze liegt nur wenige Kilometer davon, auf den Bergen, und im Sommer 1945 fiel die längste Zeit keine Entscheidung, ich war dorthin evakuiert, riet hin und her, was in Zukunft aus mir werden würde, ob man mich zu den Slowenen nach Jugoslawien zählen würde oder zu den Kärntnern nach Österreich, es tat mir leid, daß ich in den Slowenischstunden gedöst hatte, weil mir Französisch leichter fiel, sogar für Latein hatte ich mehr Interesse aufgebracht. Galicien wäre natürlich Galicien geblieben, unter jeder Flagge, und viel gemeint hätten wir nicht dazu, weil wir uns um Ausdehnungen überhaupt nie gekümmert haben, in der Familie hieß es immer, wenn das vorbei ist, dann werden wir wieder nach Lipica fahren, wir müssen unsere Tante in Brünn besuchen, was mag aus unseren Verwandten in Czernowitz geworden sein, die Luft ist besser im Friaul als hier, wenn du groß bist, mußt du nach Wien und Prag gehen, wenn du groß bist...

Ich will damit sagen, die Realitäten sind von uns immer gleichmütig und apathisch respektiert worden, es war uns völlig gleichgültig, in welche Orte welche Länder geraten waren und noch geraten würden. Trotzdem bin ich anders gereist nach Prag als nach Paris, nur in Wien habe ich zu jeder Zeit mein Leben nicht wirklich, aber auch nicht verloren gelebt, nur in Triest war ich nicht fremd, aber es wird immer gleichgültiger. Es muß nicht sein, aber ich möchte einmal und bald, vielleicht dieses Jahr noch, nach Venedig fahren, das ich nie kennenlernen werde.

7. Frage: ....?
Antwort: Ich glaube, es ist ein Mißverständnis, ich könnte noch einmal anfangen und Ihnen genauer antworten, wenn Sie Geduld mit mir haben, und gäbe es doch noch ein Mißverständnis, so wäre es wenigstens neu. Vermehren können wir die Verwirrung gar nicht mehr, es hört uns ja niemand zu, anderswo wird jetzt auch gefragt und geantwortet, noch seltsamere Probleme werden anvisiert, an jedem Tag für den kommenden Tag bestellt, die Probleme werden erfunden und in Umlauf gebracht, es gibt die Probleme nicht, reden hört man von ihnen und redet deswegen darüber. Ich habe ja auch nur von den Problemen gehört, ich hätte sonst keine, wir könnten die Hände in den Schoß legen und trinken, wäre das nicht fein, Herr Mühlbauer? Aber in der Nacht und allein entstehen die erratischen Monologe, die bleiben, denn der Mensch ist ein dunkles Wesen, er ist nur Herr über sich in der Finsternis und am Tag kehrt er zurück in die Sklaverei. Sie sind jetzt mein Sklave und Sie haben mich zu Ihrer Sklavin gemacht, Sie, ein Sklave Ihres Blatts, das sich besser nicht NACHTAUSGABE nennen sollte, Ihr sklavisch abhängiges Blatt für Tausende von Sklaven...
(Herr Mühlbauer drückt auf eine Taste und stellt das Bandgerät ab. Ich habe ihn nicht sagen gehört: ich danke

Ihnen für das Gespräch. Herr Mühlbauer ist in der größten Verlegenheit, zu einer Wiederholung bereit, schon morgen. Wenn Fräulein Jellinek hier wäre, wüßte ich, was zu sagen ist, ich werde verhindert sein oder krank oder verreist. Ich werde eine Abhaltung haben, eine Verabredung. Herr Mühlbauer hat einen ganzen Nachmittag verloren, er läßt es mich merken, packt mißgelaunt das Gerät ein und empfiehlt sich, er sagt: Küß die Hand.)

Zu Ivan am Telefon:

Oh, nichts Besonderes, ich habe nur
Wie klingst du denn, hast du geschlafen
Nein, nur erschöpft, den ganzen Nachmittag
Bist du allein, sind die Leute
Ja, weg, der ganze Nachmittag auch
Ich habe den ganzen Nachmittag versucht
Ich habe den ganzen Nachmittag verloren

Ivan ist lebhafter als ich. Wenn er nicht erschöpft ist, ist alles Bewegung an ihm, aber wenn er müde ist, dann ist er entschieden müder als ich, und nur dann macht der Altersunterschied ihn böse, er weiß, daß er böse ist, er will böse sein, heute muß er ganz besonders bös zu mir sein.

Wie du dich verteidigst!
Warum verteidigst du dich?
Angreifen muß man, greif mich doch an!
Zeig mir die Hände, nein, nicht innen
Ich bin ja kein Handleser

Man sieht es an der Haut auf den Händen
Ich sehe es bei den Frauen sofort

Aber diesmal habe ich gewonnen, denn bei mir zeigt sich nichts auf den Händen, hier runzelt sich keine Haut. Doch Ivan greift wieder an.

Oft kann ich es in deinem Gesicht sehen
Damals hast du alt ausgesehen
Manchmal siehst du richtig alt aus
Heute siehst du zwanzig Jahre jünger aus
Lach mehr, lies weniger, schlaf mehr, denk weniger
Das macht dich doch alt, was du machst
Graue und braune Kleider machen dich alt
Verschenk deine Trauerkleider ans Rote Kreuz
Wer hat dir diese Grabkleider erlaubt?
Natürlich bin ich böse, ich habe Lust, böse zu sein
Gleich siehst du jünger aus, ich treib dir das Alter aus!

Ivan, der kurz eingeschlafen ist, wacht auf, ich komme vom Äquator zurück und noch bewegt von einem Jahrmillionenereignis.

Was hast du denn?
Nichts, ich erfinde.
Das wird was Rechtes sein!

Meistens erfinde ich etwas. Ivan hält sich die Hand vor den Mund, damit ich nicht merken soll, daß er gähnt.

Er muß sofort gehen. Es ist Viertel vor zwölf. Es wird Mitternacht.

Gerade habe ich erfunden, wie ich die Welt doch noch verändern kann!
Was? du auch? die Gesellschaft, die Verhältnisse? das muß ja heutzutage der reinste Wettbewerb sein.
Interessiert es dich wirklich nicht, was ich erfinde?
Heute bestimmt nicht, du wirst wohl eine mächtige Eingebung haben, und Erfinder soll man nicht bei der Arbeit stören.
Um so besser, ich erfinde es also allein, aber laß es mich erfinden für dich.

Ivan ist nicht gewarnt vor mir. Er weiß nicht, mit wem er umgeht, daß er sich befaßt mit einer Erscheinung, die auch täuschen kann, ich will Ivan nicht in die Irre führen, aber für ihn wird nie sichtbar, daß ich doppelt bin. Ich bin auch Malinas Geschöpf. Ivan hält sich sorglos an die Erscheinung, meine Leibhaftigkeit ist ihm ein Anhaltspunkt, vielleicht der einzige, aber mich stört sie, nie darf in mir die Idee aufkommen, während wir reden, daß wir in einer Stunde oder gegen Abend oder so spät nachts auf dem Bett liegen werden, denn es könnten die Wände plötzlich aus Glas sein, es könnte das Dach abgenommen werden. Eine äußerste Beherrschung läßt mich Ivan vorher gegenübersitzen und schweigen und rauchen und reden. Aus keiner Handbewegung, aus keinem Wort könnte jemand entnehmen, was möglich ist und daß es möglich wird. In einem Moment heißt es: Ivan und ich. In einem anderen Moment: wir. Dann gleich wieder: du und ich. Zwei Wesen sind es, die nichts

miteinander vorhaben, nicht die Koexistenz wollen, keinen Aufbruch woandershin und in ein anderes Leben, nicht Abbruch, keine Vereinbarung auf eine vorherrschende Sprache. Auch ohne Dolmetscher kommen wir aus, ich erfahre nichts über Ivan, er erfährt nichts von mir. Wir treiben keinen Handelsaustausch von Gefühlen, haben keine Machtpositionen, erwarten keine Waffenlieferung zur Unterstützung und Sicherung unserer Selbst. Die Basis ist locker und gut, und was auf meinen Boden fällt, das gedeiht, ich pflanze mich fort mit den Worten und ich pflanze auch Ivan fort, ich erzeuge ein neues Geschlecht, aus meiner und Ivans Vereinigung kommt das Gottgewollte in die Welt:
Feuervögel
Azurite
Tauchende Flammen
Jadetropfen

Sehr geehrter Herr Ganz,
das erste, was mich an Ihnen gestört hat, war der gespreizte kleine Finger, als Sie in einer Runde von Leuten sich in Szene setzten und Ihre Aperçus zum besten gaben, die der Tischrunde und mir neu erschienen, mir aber bald nicht mehr, da ich sie noch viele Male von Ihnen hörte, in der Gegenwart anderer Runden. Sie hatten eine so humorvolle Art. Was mich zuletzt zu stören anfing und weiter stört, das ist Ihr Name. Ihren Namen heute noch einmal niederzuschreiben, macht mir Mühe, ihn von anderen zu hören, verursacht mir augenblicklich Kopfschmerzen. Für mich selber denke ich, wenn es unvermeidlich ist, an Sie zu denken, absichtsvoll an Sie als ›Herr Genz‹ oder ›Herr Gans‹, manchmal habe ich es schon mit ›Ginz‹ versucht, aber der beste Ausweg bleibt

immer noch ›Herr Gonz‹, weil ich dann von Ihrem Namen nicht zu weit abrücke, aber mit einer dialekthaften Färbung ihn ein klein wenig lächerlich machen kann. Ich muß es Ihnen einmal sagen, weil das Wort ›ganz‹ jeden Tag vorkommt, von anderen ausgesprochen, auch von mir nicht zu vermeiden, in Zeitungen und in Büchern sich in jedem Absatz findet. Ich hätte mich vorsehen müssen, schon Ihres Namens wegen, mit dem Sie weiter in mein Leben einfallen und es strapazieren über Gebühr. Hätten Sie doch Kopecky oder Wiegele geheißen, Ullmann oder Apfelböck – ich hätte ein ruhigeres Leben und ich könnte Sie über lange Strecken vergessen. Selbst wenn Sie Meier, Maier, Mayer oder Schmidt, Schmid, Schmitt hießen, bliebe mir die Möglichkeit, nicht an Sie zu denken, wenn der Name fällt, sondern an einen meiner Freunde, der auch Meier heißt oder an einige Herren Schmidt, wie verschieden sie sich auch schreiben. In einer Tischrunde würde ich Erstaunen heucheln oder Eifer, ich könnte Sie ja tatsächlich in der Eile verwechseln, in der Hitze dieser allgemeinen und gemeinen Gespräche, mit einem anderen Meier oder einem anderen Schmid. Welche Idiosynkrasien! werden Sie sagen. Unlängst, als ich beinahe fürchten mußte, Sie wiederzusehen, kurz nachdem die neue Mode aufgekommen war, mit den Metallkleidern, den Kettenhemden, den Stachelfransen und dem Schmuck aus Drahtverhauen, fühlte ich mich gewappnet für eine Begegnung, nicht einmal die Ohren hätte ich frei gehabt, weil ich zwei schwere Dornenbüschel im schönsten Grau an den Ohrläppchen hängen hatte, die bei jeder Kopfbewegung schmerzten oder ins Rutschen kamen, weil man vergessen hat, mir im frühesten Alter diese Löcher in die Ohrläppchen zu bohren, die sonst allen kleinen Mädchen bei uns auf dem Land unbarmherzig hineingebohrt wurden, im zartesten Alter.

Warum man nur dieses Alter das zarteste nennt, verstehe ich nicht. Ich wäre aber in diesem Panzerkleid unangreifbar gewesen, so gerüstet, so mich meiner Haut wehrend, deren Beschreibung Sie mir erlassen werden, da Sie sie einmal gut kannten...

Sehr geehrter Herr,
Ihren Vornamen konnte ich nie aussprechen. Sie haben mir das oft vorgeworfen. Der Gedanke an eine Wiederbegegnung hat aber nicht deswegen etwas Unangenehmes für mich. Ich habe ihn mir damals ersparen können, weil es sich so fügte, ich konnte mich nicht überwinden und ich habe herausgefunden, daß diese Unfähigkeit, gewisse Namen aussprechen zu können, unter Namen sogar exzessiv zu leiden, nicht von den Namen herrührt, sondern mit dem ersten, ursprünglichen Mißtrauen einer Person gegenüber zu tun hat, ungerechtfertigt im Anfang, aber immer gerechtfertigt eines Tages. Mein instinktives Mißtrauen, das sich nur so ausdrücken konnte, mußten Sie freilich mißdeuten. Jetzt, da eine Wiederbegegnung keineswegs ausgeschlossen ist, ich manchmal nicht weiß, wie sie fürs Leben zu verhindern wäre, beunruhigt mich aber nur noch ein einziger Gedanke: daß Sie ohne weiteres Du zu mir sagen könnten, ein Du, das Sie mir aufgedrängt haben, Sie wissen unter welchen Umständen, und das ich Ihnen ein unvergeßlich widerwärtiges Intermezzo lang erlaubt habe, aus Schwäche, um Sie nicht zu verletzen, um Ihnen nicht die Grenzen vor Augen zu führen, die ich Ihnen insgeheim gesetzt habe, ja setzen mußte. Es mag üblich sein, in solchen Intermezzi ein Du einzuführen, doch dürfte es nicht gestattet sein, nach dem Ablauf eines solchen Zwischenspiels dieses Du weiter im Umlauf zu lassen. Ich werfe

Ihnen nicht vor, was Sie mir an peinlichen und unaussprechlichen Erinnerungen hinterlassen haben. Ihre Dickfelligkeit jedoch, Ihr bares Unvermögen, meine Empfindlichkeiten für das Du zu spüren, es von mir und anderen zu erpressen, lassen mich fürchten, daß Sie sich immer noch einer Erpressung gar nicht bewußt sind, weil sie Ihnen ›ganz‹ geläufig ist. Gewiß haben Sie noch nie über das Du, mit dem Sie so leichtfertig umgehen, nachgedacht, auch nicht, warum ich Ihnen ein paar Leichen auf Ihrem Weg eher nachsehen kann als die Anwendung der fortwährenden Tortur, die aus einem Dusagen, Dudenken besteht. Seit ich Sie zum letzten Mal gesehen habe, ist es mir nicht eingefallen, an Sie anders zu denken als in der korrektesten Weise, als von Ihnen per ›Herr‹ und ›Sie‹ zu denken und zu sprechen, zu sprechen allerdings nur, wenn es unerläßlich ist, zu sagen: ich habe Herrn Ganz einmal flüchtig gekannt. Daß Sie sich endlich um die gleiche Höflichkeit bemühen, ist die einzige Bitte, die ich je an Sie richten werde.

Wien, den...

Ich bin mit den besten Empfehlungen
Eine Unbekannte

Sehr geehrter Herr Präsident,

Ihr Brief überbringt mir, in Ihrem Namen und im Namen aller, Glückwünsche zu meinem Geburtstag. Verzeihen Sie mein Befremden. Dieser Tag scheint mir nämlich, meiner Eltern wegen, in die Intimität zweier Menschen zu gehören, die Sie und die anderen nicht kennen. Ich selber habe nie die Kühnheit aufgebracht, mir meine Zeugung und meine Geburt vorzustellen. Schon die Nennung des Geburtsdatums, das nicht für mich, aber für meine armen Eltern eine Bedeutung gehabt haben muß, ist mir immer vorgekommen wie die unstatthafte Nennung eines Tabus und die Preisgabe fremder Schmerzen oder fremder Freuden, die ein fühlender und denkender Mensch beinahe als strafbar empfindet. Ich sollte sagen, ein zivilisierter Mensch, da unser Denken und Fühlen zu einem Teil, in seinem beschädigten Teil, an die Zivilisation gebunden ist, an unsere Zivilisierung, durch die wir es längst verscherzt haben, uns auch nur mit den wildesten der Wilden in einem Atem nennen zu können. Sie, ein Gelehrter von hohem Rang, wissen besser als ich, welche Würde die Wilden, die letzten, nicht ausgerotteten, in allem zeigen, was Geburt, Initiation, Zeugung und Tod betrifft, und bei uns ist es nicht nur der Übermut der Ämter, der uns um einen letzten Rest von Scham bringt, sondern vor der Datenverarbeitung und den Fragebögen wirkte ja ein vorauseilender, verwandter Geist, der sich siegessicher auf diese Aufklärung beruft, die schon die größten Verheerungen unter den verwirrten Unmündigen anrichtet. Die Menschheit wird noch zur totalen Unmündigkeit erniedrigt werden, nach ihrer endgültigen Befreiung von allen Tabus. Sie gratulieren mir, und ich kann nicht umhin, diese Gratulation in Gedanken weiterzugeben an eine längst verstorbene Frau, eine gewisse Josefine H., die in meinem Geburtsschein als Hebamme eingetragen ist. Man hätte ihr damals gratulieren müssen, zu ihrer Geschicklichkeit und zu einer glatt verlaufenen Geburt. Allerdings habe ich vor Jahren einmal in Erfahrung gebracht, daß dieser Tag ein Freitag war (am Abend soll es soweit gewesen sein), eine Mitteilung, die mich nicht gerade glücklich machte. Wenn es sich vermeiden läßt, verlasse ich an einem Freitag nicht das Haus, ich reise nie an einem Freitag, es ist jener Tag der Woche, der mir bedrohlich erscheint. Es

steht aber auch noch fest, daß ich mit einer ›halben Glückshaube‹ auf die Welt gekommen bin, ich weiß keinen medizinischen Ausdruck dafür, auch nicht, warum sich im Volk ein Glaube erhalten hat, daß diese oder jene Eigenart an einem Neugeborenen glücksschwanger oder unheilschwanger sein müsse. Aber ich sagte schon, ich hätte nur eine halbe Glückshaube gehabt, eine halbe ist besser als gar keine, meint man, aber diese Hälfte einer Bedeckung hat mich tief nachdenklich gemacht, ich war ein nachdenkliches Kind, Nachdenklichkeit und stundenlanges Stillsitzen sollen meine auffälligsten Charakteristika gewesen sein. Heute aber frage ich mich, zu spät, zu spät, was meine bedauernswerte Mutter mit dieser zwielichtigen Nachricht anfangen konnte, einem halben Glückwunsch zu einer halben Glückshaube. Wer möchte sein Kind stillen, es zuversichtlich aufziehen, wenn es ausgerechnet mit einer halben Glückshaube auf die Welt gekommen ist. Was würden Sie, verehrter Herr Präsident, mit einer halben Präsidentschaft, einer halben Ehrung, einer halben Anerkennung, einem halben Hut, ja, was werden Sie selbst mit diesem halben Brief anfangen? Mein Brief an Sie kann kein ganzer Brief werden, auch weil mein Dank für Ihre guten Wünsche nur aus einem halben Herzen kommt. Es sind aber unzumutbare Briefe, die man bekommt, und die Briefe, mit denen man sie beantwortet, sind auch niemand zumutbar –
Wien, den...

Eine Unbekannte

Die zerrissenen Briefe liegen im Papierkorb, kunstvoll durcheinandergebracht und vermischt mit zerknüllten Einladungen zu einer Ausstellung, zu einem Empfang, zu einem Vortrag, vermischt mit leeren Zigarettenschachteln, überstäubt von Asche und Zigarettenstummeln. Das Karbonpapier und das Maschinschreibpapier habe ich eilig zurechtgerückt, damit Fräulein Jellinek nicht sieht, was ich bis zum frühen Morgen gemacht habe. Sie schaut aber nur bei mir vorbei, sie muß sich mit ihrem Verlobten treffen, wegen der Dokumente für das Aufgebot. Trotzdem hat sie nicht vergessen, zwei Kugelschreiber zu kaufen, aber die Stunden sind wieder nicht aufgeschrieben. Ich frage: Warum, um Himmels willen, haben Sie sie nicht aufgeschrieben, Sie wissen doch, wie ich bin! Und ich suche in meiner Handtasche und in einer anderen Handtasche, ich müßte Malina bitten um das Geld, ihn anrufen im Arsenal, aber zu guter Letzt ist das Kuvert aufgetaucht, es steckt unübersehbar im Großen Duden, mit einem Geheimzeichen von Malina darauf. Nie vergißt er etwas, nie muß ich ihn bitten darum. Im rechten Moment liegen die Kuverts in der Küche für Lina, auf dem Schreibtisch für Fräulein Jellinek, in der alten Kassette in meinem Schlafzimmer finden sich ein paar Scheine für den Friseur und alle paar Monate ein paar größere Scheine für Schuhe und Wäsche und Kleider. Nie weiß ich, wann Geld dafür da sein wird, aber wenn ein Mantel schäbig geworden ist, hat Malina auf einen für mich gespart, noch vor dem ersten kalten Tag im Jahr. Ich weiß nicht, auch wenn manchmal kein Geld mehr im Haus ist, wie Malina es immer fertigbringt, uns beide durch diese teuren Zeiten zu bringen, die Miete wird von ihm pünktlich bezahlt, meistens auch Licht, Wasser, Telefon und Autoversicherung, um die ich mich kümmern muß. Nur ein- oder zweimal hat man uns das Telefon gesperrt, aber weil wir verreist waren und auf Reisen vergeßlich sind, weil wir uns auf Reisen keine Post nachschicken lassen und keine Rechnungen. Ich sage erleichtert: Es ist wieder einmal glimpflich abgegangen, das hätten wir wieder einmal hinter uns gebracht, wenn jetzt nur keine Krankheit kommt, wenn jetzt nur nichts mit unseren Zähnen passiert! Malina kann mir nicht viel geben, aber er läßt mich lieber sparen mit dem Wirtschaftsgeld, als mir die paar Schilling nicht zu gönnen für Dinge, die wichtiger für mich sind als Vorräte und ein voller Eisschrank. Ich habe mein kleines Taschengeld, um durch Wien bummeln und bei Trzešniewski ein Sandwich essen und im Café Sacher einen kleinen Braunen trinken zu können, um Antoinette Altenwyl höflich Blumen schicken zu können nach einem Abendessen, um Franziska Jordan zum Geburtstag My Sin schenken zu können, um zudringlichen oder verlorenen oder gestrandeten Leuten, die ich nicht kenne, Fahrkarten oder Geld oder Kleider geben zu können, insbesondere den Bulgaren. Malina schüttelt den Kopf, aber ein Nein kommt nur, wenn er meinem Gestammel entnimmt, daß ›die Sache‹, ›der Fall‹, ›das Problem‹ immense Ausmaße annimmt, denen wir nicht gewachsen sind. Malina stärkt mir dann das Rückgrat für ein Nein, das in mir selber entstanden ist. Trotzdem mache ich im letzten Moment einen Rückzieher, ich sage: Könnten wir nicht doch, wenn wir zum Beispiel den Atti Altenwyl bitten oder wenn ich der kleinen Semmelrock sage, daß sie mit Bertold Rapatz sprechen soll, der hat doch Millionen, oder wenn du den Ministerialrat Hubalek anrufen könntest! In solchen Momenten sagt Malina entschieden: nein! Ich soll den Wiederaufbau einer Mädchenschule in Jerusalem finanzieren, ich soll dreißigtausend Schilling für ein Flüchtlingskomitee zahlen, als kleinen Beitrag, ich soll für die Überschwemmungskatastrophe in Norddeutschland und in Rumänien aufkommen, mich beteiligen mit einer Unterstützung für die Erdbebenopfer, ich soll eine Revolution finanzieren in Mexiko, in Berlin und in La Paz, aber heute noch braucht Martin dringend tausend Schilling, nur bis zum nächsten Ersten geborgt, und er ist verläßlich, Christine Wantschura braucht dringend Geld für die Ausstellung ihres Mannes, aber er darf es nicht wissen, sie will es von ihrer Mutter wiederbekommen, aber sie hat einen alten Streit hervorgeholt mit ihrer Mutter, gerade jetzt. Drei Studenten aus Frankfurt können ihr Wiener Hotel nicht bezahlen, es ist dringend, noch dringender braucht Lina für den Fernsehapparat die nächste Rate, Malina rückt mit dem Geld heraus und sagt ja, aber bei den ganz großen Katastrophen und Unternehmen sagt Malina nein. Malina hat keine Theorie, für ihn richtet sich alles nach der Frage ›Haben oder Nichthaben‹. Wenn es nach ihm ginge, hätten wir unser Auskommen und nie Geldsorgen, die Geldsorgen bringe ich ins Haus, mit den Bulgaren, mit den Deutschen, mit den Südamerikanern, mit den Freundinnen, mit den Freunden, mit den Bekannten, all diesen Leuten, mit der Weltlage und mit der Wetterlage. Nie habe ich gehört, und das haben Malina und Ivan gemeinsam, daß die Leute zu Ivan und Malina gehen, es kommt einfach nicht vor, sie kommen nicht auf die Idee, ich muß anziehender sein, ich dürfte den Leuten sehr viel mehr Vertrauen einflößen. Aber Malina sagt: Das kann eben nur dir passieren, ein Dümmerer findet sich nicht. Ich sage: Es ist dringend.

Im Café Landmann wartet der Bulgare auf mich, zu Lina hat er gesagt, er komme direkt aus Israel und müsse mich sprechen, ich denke mir aus, wer mich grüßen lassen wird, wem ein Unglück zugestoßen sein könnte, was aus Harry Goldmann geworden ist, den ich schon lange nicht mehr sehe in Wien, ich hoffe, es hat nichts mit den

Weltangelegenheiten zu tun, hoffentlich bildet sich kein Komitee, hoffentlich sind nicht ein paar Millionen fällig, hoffentlich muß ich keinen Spaten in die Hand nehmen, ich kann nicht Spaten sehen und Schaufeln, seit damals in Klagenfurt, als sie Wilma und mich an die Wand stellten und erschießen wollten, ich kann keine Schüsse hören, seit einem Fasching, seit einem Krieg, seit einem Film. Hoffentlich werden es Grüße sein. Es kommt natürlich ganz anders, und ich habe zum Glück noch eine Grippe und 37,8, kann also nicht zu neuen Taten aufbrechen und in etwas hineingeraten. Ich kann keine Schauplätze sehen, aber wie sage ich es, daß mein Platz in der Ungargasse ist? mein Ungargassenland, daß ich halten muß, befestigen, mein einziges Land, das ich sichern muß, das ich verteidige, um das ich zittere, um das ich kämpfe, zum Sterben bereit, ich halte es mit meinen sterblichen Händen, umfangen auch hier, atemholend vor dem Café Landmann, mein Land, von der Rache aller Länder bedroht. Herr Franz begrüßt mich schon an der Tür, er sieht sich mit einer zweifelnden Gebärde um in dem überfüllten Kaffeehaus, aber ich gehe, knapp grüßend, weiter an ihm vorbei und mache die Runde, denn ich brauche keinen Tisch, es wartet ein Herr aus Israel schon seit einer halben Stunde auf mich, es ist dringend. Ein Herr hält in der Hand, auffällig ausgestreckt, mit dem Titelblatt zu den Eintretenden gerichtet, ein deutsches Magazin DER SPIEGEL, aber mit meinem Herrn habe ich nur ausgemacht, daß ich blond sein und einen blauen Frühjahrsmantel tragen werde, obwohl nicht Frühling ist, aber das Wetter wechselt von Tag zu Tag. Der Herr mit dem Magazin hebt eine Hand, aber erhebt sich nicht, und weil sonst niemand nach mir schaut, könnte es der dringende Mann sein. Er ist es, er flüstert ein schwerverständliches Deutsch, ich frage nach meinen Freunden in Tel

Aviv, in Haifa, in Jerusalem, aber der Mann kennt keine Freunde von mir, er ist nicht aus Israel, war aber vor ein paar Wochen noch dort, er hat eine weite Reise hinter sich. Ich bestelle bei Herrn Adolf einen großen Braunen, ich frage nicht: Was wollen Sie von mir, wer sind Sie? wie kommen Sie zu meiner Adresse? Was führt Sie nach Wien? Der Mann flüstert: Ich bin aus Bulgarien. Ihren Namen habe ich aus dem Telefonbuch, er war meine letzte Hoffnung. Die Hauptstadt von Bulgarien muß Sofia sein, aber der Mann ist nicht aus Sofia, ich begreife, daß nicht jeder Bulgare in Sofia wohnen kann, mehr fällt mir zu Bulgarien nicht ein, es sollen dort alle Leute sehr alt werden, wegen des Joghurts, aber mein Bulgare ist nicht alt und ist nicht jung, er hat ein Gesicht zum Vergessen, er bebt ununterbrochen, wetzt auf dem Stuhl herum, greift sich an die Beine. Aus einer Mappe holt er Zeitungsausschnitte hervor, alle aus deutschen Blättern, ein großes Blatt aus dem SPIEGEL, er nickt, ich solle das lesen, jetzt gleich und hier, die Ausschnitte handeln von einer Krankheit, dem Morbus Buerger, der Bulgare trinkt einen kleinen Schwarzen, und ich rühre wortlos mit dem Löffel in meinem großen Braunen herum, lese rasch, was über den Morbus Buerger geschrieben worden ist, Laienhaftes gewiß, aber dennoch muß dieser Morbus sehr selten und ungewöhnlich sein, ich schaue erwartungsvoll auf, ich weiß nicht, warum Bulgaren sich für den Morbus Buerger interessieren. Der Bulgare rückt mit dem Stuhl etwas vom Tisch zurück, er deutet auf seine Beine, er ist es, der den Morbus hat. In den Kopf schießt mir die Erregung, ein wahnsinniger Schmerz, mir träumt nicht, der Schlag ist diesmal dem Bulgaren gelungen, was soll ich im Café Landmann mit diesem Mann und einem unheimlichen Morbus, was täte Malina jetzt, was würde Malina tun? Der Bulgare bleibt aber ganz ruhig und

sagt, es müßten ihm nur sofort beide Beine amputiert werden und das Geld sei ihm in Wien ausgegangen, er müsse noch nach Itzehoe, wo man auf den Morbus spezialisiert ist. Ich rauche und schweige und warte, ich habe zwanzig Schilling bei mir, es ist fünf Uhr vorbei, die Bank hat geschlossen, der Morbus ist da. Vom Nebentisch schreit Herr Professor Mahler kurz vor einem Wutausbruch: Zahlen bitte! Herr Franz ruft freudig: Komme gleich! und läuft weg und ich laufe hinter ihm her. Ich muß sofort telefonieren. Herr Franz sagt: Ist etwas, gnädige Frau, gnädige Frau gefallen mir gar nicht, Glas Wasser, Peppi, aber presto, für die gnädige Frau! An der Garderobe krame ich in meiner Handtasche, aber das kleine Telefonbuch ist nicht darin, ich suche im Telefonbuch nach der Nummer von meinem Reisebüro, der Pikkolo, der kleine Peppi, bringt ein Glas Wasser, ich krame in meiner Handtasche und finde eine Tablette, die ich vor Aufregung nicht zerbrechen kann, ich schiebe sie ganz in den Mund und trinke Wasser, die Tablette bleibt mir im Hals stecken und der kleine Peppi schreit: Jesusmariaundjosef, gnädige Frau husten ja, soll ich nicht lieber den Herrn Franz...! Aber ich habe die Nummer gefunden, ich telefoniere und warte und trinke Wasser, ich werde verbunden, ich werde weiterverbunden, Herr Suchy ist noch im Büro. Herr Suchy wiederholt pedantisch und näselnd: Von gnädiger Frau werden ein ausländischer Herr kommen, Fahrkarte 1. Klasse nach Itzehoe, einfach, extra tausend Schilling Bargeld, hat keine Eile, erledigen wir, wird mir ein Vergnügen sein, keine Sorge, gnädige Frau, küß die Hand!
Ich stehe eine Weile an der Garderobe und rauche, Herr Franz, im Lauf, mit wehenden Frackschößen, sieht liebenswürdig her, ich winke liebenswürdig ab, ich muß rauchen und warten. Nach ein paar Minuten gehe ich

zurück zu dem Tisch mit dem Morbus. Ich bitte den Bulgaren, gleich in mein Reisebüro zu gehen, der Zug fährt in drei Stunden, ein Herr Suchy wird alles erledigen. Ich rufe: Zahlen bitte! Herr Professor Mahler, dem ich verwirrt für ein Erkennen mit einem Gruß danke, schreit lauter: Zahlen bitte! Herr Franz läuft an uns vorbei und ruft zurück: Komme gleich! Ich lege die zwanzig Schilling auf den Tisch und bedeute dem Bulgaren, daß damit die Rechnung beglichen sei. Was ich ihm wünschen soll, weiß ich nicht, aber ich sage: gute Reise!
Ivan sagt: Da hast du dich wieder hereinlegen lassen. Aber Ivan!
Malina sagt: Da haben wir es wieder, und tausend Schilling als Wegzehrung! Ich sage: Du bist doch sonst nicht so kleinlich, ich muß dir das genauer erklären, es ist ein furchtbarer Morbus.
Malina antwortet nachsichtig: Daran zweifle ich nicht, Herr Suchy hat mich schon angerufen, dein Bulgare ist wirklich vorbeigekommen. Siehst du! sage ich, und wenn er nun keinen Morbus hat und ihm jetzt nicht beide Beine genommen werden, dann ist es ja gut, aber wenn er doch einen Morbus hat, dann müssen wir eben zahlen.
Malina sagt: Mach dir bloß keine Sorgen, ich werde es schon irgendwie machen.
Nicht eine Stunde länger hätte ich heute mit dem Leprakranken im Café Raimund sitzen können, gleich wollte ich aufspringen und mir die Hände waschen gehen, nicht um die Ansteckung zu vermeiden, sondern das Wissen von Lepra, das überging auf mich bei einem Händedruck, zu Hause wollte ich mir die Augen baden, mit Borwasser, damit sich meine Augen beruhigen, nach diesem Anblick eines zerfressenen Gesichts. Auch vor dem einzigen Flug in diesem Jahr, München und zurück in zwei Tagen, weil ich länger nicht weg sein kann aus der

Ungargasse, habe ich mir ein Taxi bestellt und zu spät bemerkt, daß der Chauffeur keine Nase hatte, wir fuhren schon, weil ich leichtsinnig gesagt hatte: Schwechat, zum Flughafen! und als er sich umwandte, um zu fragen, ob er rauchen dürfe, sah ich es erst, ich fuhr ohne Nase bis nach Schwechat und stieg dort aus mit dem Koffer. Aber in der Halle überlegte ich es mir noch einmal und ließ den Flug streichen, ich fuhr sofort mit einem anderen Taxi wieder zurück. Am Abend wunderte sich Malina, weil ich zu Hause war, anstatt in München zu sein. Ich habe nicht fliegen können, es war kein gutes Omen, das Flugzeug ist auch nie bis nach München gekommen, sondern mit Verspätung und einem Fahrgestellschaden in Nürnberg gelandet. Ich weiß nicht, warum solche Leute meinen Weg kreuzen und warum einige andauernd etwas von mir wollen. Heute sind zwei Franzosen gekommen, deren Namen ich nicht einmal verstanden habe, mit einer Empfehlung, sie bleiben bis zwei Uhr nachts und ohne Grund, ich weiß es einfach nicht, warum Leute in das Haus kommen und stundenlang nicht gehen, warum sie ihre Absichten verschweigen. Vielleicht haben sie keine Absichten, aber sie gehen nicht, und ich kann nicht telefonieren. Dann bin ich froh, daß Frances und Trollope noch eine Weile bleiben, meine Kostgänger sind, mir Gelegenheit geben, für eine halbe Stunde aus dem Zimmer zu gehen, weil sie Kitkat bekommen müssen und kleingehackte frische Lunge, dann zufrieden herumpromenieren, die Unterhaltung mit den Fremden auf sich lenken und verstehen, daß ihre Anwesenheit nützlich für mich ist.

In spätestens einem Monat wird natürlich die Zeit mit den Katzen zu Ende gehen, sie werden auf die Hohe Warte zurückkehren oder aufs Land gebracht werden, Frances wird zu rasch wachsen und dann bald Junge bekommen, danach sollte man sie sterilisieren lassen, auch Ivan meint das, mit dem ich über Frances' Zukunft gesprochen habe, er ist mehr dafür als dagegen, und ich habe mir nicht anmerken lassen, daß ich Frances nicht größer sehen, nicht in die Hitze kommen lassen möchte, daß sie eine kleine Katze bleiben soll, die nie Junge kriegt, weil ich möchte, daß alles bleibt, wie es ist, damit mir auch Ivan nicht älter wird um Monate, in den nächsten Monaten. Aber das kann ich auch Herrn Kopecky nicht sagen, der alles über Katzen weiß, weil er einmal fünfundzwanzig gleichzeitig gehabt hat und immer noch vier Katzen hält, der auch alles weiß über das Verhalten der Rif-Affen und über die Rattenverbände und über deren faszinierende Eigenarten, aber ich kann nicht zuhören, kaum behalten, was er, sehr lustig, von allen seinen Katzen erzählt, von der Eifersucht eines Siamexemplars, der Rose von Stambul, von dem Selbstmord seiner persianischen Lieblingskatze Aurora, die sich, er kann es immer noch nicht fassen, aus dem Fenster gestürzt hat. Frances ist nicht siamesisch und nicht persianisch, nur eine zierliche gestreifte, mitteleuropäische Hinterhofkatze, nach Wien zuständig, von keiner Rasse, und Trollope, ihr Bruder, ist weiß ausgefallen, mit einigen schwarzen Flecken im Fell, ein Phlegmatiker, voller Behagen, der nie greint wie Frances, ein gehörig schnurrender Kater, der zu mir aufs Bett springt, auf meinem Rücken sitzt, wenn ich lese, bis zur Schulter vorgeht und mit mir in die Bücher sieht. Denn Frances und Trollope lesen am liebsten mit mir. Wenn ich sie verscheuche, klettern sie in der Bibliothek herum und verstecken sich hinter den Büchern, sie arbeiten hart, bis ein paar Bücher locker werden und krachend auf den Boden fallen. Dann weiß ich wieder, wo sie sich versteckt haben und ihr Unwesen treiben. Es wird höchste Zeit, daß Béla und András ihre

Katzen zurückbekommen oder daß Ivans Mutter sie auf dem Land unterbringt. Herrn Kopecky habe ich nur erzählt, daß ich sie vorübergehend behalte, bis Freunde von mir, irgendwelche, nicht näher bezeichenbare Freunde, nach Wien zurückkämen, von einer Reise. Malina bitte ich aber, noch ein wenig Geduld zu haben, er hat nichts gegen Katzen, aber Katzen in unserer Wohnung, die seine Papiere verstreuen, seinen Schreibtisch abräumen und in Momenten, wo wir es am wenigsten erwarten, Bücher aus der Bibliothek stoßen, sind nichts, was er auf die Dauer zu ertragen imstande ist. Er riecht auch neuerdings in der ganzen Wohnung den Katzenurin, ich gewöhne mich daran, aber Lina ist mit Malina im Bund, sie stellt ein Ultimatum: sie oder die Katzen.
Malina sagt: Das war wieder einer deiner glücklichen Einfälle, an den Sandkasten wirst du sie nie gewöhnen, sie nehmen dich nicht ernst, schaff dir Meerschweinchen an oder Kanarienvögel oder Papageien, nein, lieber doch nicht, die sind mir zu laut! Malina hat kein Verständnis für herumwildernde Katzen, die zwei Kindern gehören, Malina ist auf seine Ruhe bedacht, er findet Frances und Trollope nicht nett, nicht witzig und drollig. Aber wenn ich vergesse, diese netten Katzen zu füttern, denkt Malina daran, er tut es, als hätte er es immer getan, er vergißt es nie. So ist eben Malina, und so bin leider ich.

Heute kommt Lina ernsthaft darauf zurück, daß ich doch die Wohnung umstellen wollte vor einem Jahr, nicht die Wohnung natürlich, sondern nur drei Möbel, und noch ehe Lina mir auseinandersetzen kann, daß es Zeit wird, etwas zu tun, sage ich leichthin: Ein anderes Mal, und wir rufen dann zwei Männer zu Hilfe! Lina schnauft:

Männer! gnädige Frau, dazu brauchen wir keine Männer! Sie hat meinen Sekretär schon fünf Zentimeter geschoben, und ich fange an zuzugreifen, schließlich ist es mein Sekretär, der nicht wankt und nicht weicht, er scheint schwerer zu sein als tausend Raummeter Eichenholz. Ich schlage Lina vor, den Sekretär zuerst einmal um seinen Inhalt zu erleichtern, die Laden auszuräumen, ich murmle: Könnten Sie nicht bei dieser Gelegenheit, bei dieser einmaligen Gelegenheit, einmal die Laden ein bißchen, nein, ich habe ja nichts gesagt... Ich sehe andächtig auf den Staub von einigen Jahren nieder. Lina ist heute nicht zu kränken, sonst würde sie bestimmt sagen, daß sie sowieso jede Woche ›drübergeht‹. Lina schnauft furchtbar: Küß die Hand, küß die Hand, der Kasten hat aber ein Gewicht!
Ich: Aber Lina, wir rufen jetzt am besten zwei Männer, wir geben jedem ein Bier und zehn Schilling und damit basta. Denn Lina soll merken, wie kostbar sie für mich ist, wie wertvoll ihre Kraft für mich ist, daß ich bereit wäre, viele Biere für viele Männer zu zahlen, da sie Malina und mir doch unentbehrlich ist. Malina und ich wünschen nicht, daß sie sich hier einen Leistenbruch zuzieht oder einen Herzinfarkt bekommt, sie braucht keine Schränke und Kasten herumzustemmen. Nicht ich bin es, Lina ist es, die stärker ist, wir stemmen den Sekretär miteinander von einem Zimmer in das andere Zimmer, obwohl natürlich mehr als achtzig Prozent der Last Lina überlassen bleibt. Trotzdem bin ich heute böse auf Lina, weil Lina mir nichts gönnt, weil sie mir nie etwas gönnt und jetzt auch noch auf die Männer eifersüchtig ist, für die ich zwanzig Schilling ausgeben wollte, ›zum Fenster hinauswerfen‹, meint Lina. Ich habe wieder einmal alles falsch gemacht. Lina und ich hängen auf eine fatale Weise voneinander ab, wir hängen zusammen, obwohl

sie sich und mir die Männer mit dem Bier nicht gönnt, obwohl nur sie laut an mir herumkritisieren darf und ich nie laut, aber insgeheim auch an ihr herumkritisiere. Darum male ich mir den Tag aus, an dem kein Mensch mehr abhängig von einem anderen ist, an dem ich ganz allein in einer Wohnung lebe, in der ein paar kleine Maschinen Lina ersetzen werden, ein Druck auf einen Knopf wird genügen, um einen Sekretär aufzuheben und umzustellen, wie nichts. Niemand wird sich mehr immerzu bei einem anderen bedanken, den anderen helfen und insgeheim zornig sein auf die anderen. Niemand wird in einen Vorteil oder in einen Nachteil geraten. Aber dann sehe ich mich vor den elektrischen Maschinen, von deren Kauf mir Lina einmal im Jahr abrät, und heute rät sie mir wieder zu. Sie meint, daß man ohne eine elektrische Kaffeemühle und ohne einen elektrischen Orangenpresser heutzutage nicht mehr leben könne. Aber ich trinke doch nur so selten Kaffee, und für Malinas Orangensaft würden auch meine Kräfte noch reichen. Einen Staubsauger und einen Eisschrank habe ich zwar, aber einmal im Jahr möchte Lina unsere Wohnung in eine Maschinenfabrik verwandelt sehen, sie sagt nachdrücklich: Das hat heute aber schon jeder Mensch, die Herrschaften haben das alle!

Ein Tag wird kommen, an dem die Menschen schwarzgoldene Augen haben, sie werden die Schönheit sehen, sie werden vom Schmutz befreit sein und von jeder Last, sie werden sich in die Lüfte heben, sie werden unter die Wasser gehen, sie werden ihre Schwielen und ihre Nöte vergessen. Ein Tag wird kommen, sie werden frei sein, es werden alle Menschen frei sein, auch von der Freiheit, die sie gemeint haben. Es wird eine größere Freiheit sein, sie wird über die Maßen sein, sie wird für ein ganzes Leben sein...

Im Café Heumarkt bin ich noch immer böse auf Lina, denn sie ist die gefährliche Mitwisserin mancher meiner Gedanken, sie hört mich auch manchmal Sätze am Telefon sagen, die für sie die reine Häresie sind und die es ihr erlauben würden, mich sofort aus dem Fenster zu stürzen, mich auf die Guillotine zu schicken, in die Garrotte, mich auf einem Scheiterhaufen zu verbrennen. Doch ich komme nie dahinter, ob sie nur etwas dagegen hat, daß ich morgens zerschlagen herumgehe, nicht weiß, ob Ata oder Imi gekauft werden soll, ob sie nur etwas dagegen hat, daß ich nicht genau abrechne und ihre mühevollen Additionen nicht prüfe, oder ob es nicht vielmehr meine Sätze sind, die ich äußere, und ob sie diese Gedanken errät, die ihr das Recht geben, mich zu töten.

Ein Tag wird kommen, an dem die Menschen die Savannen und die Steppen wiederentdecken, hinausströmen werden sie und ihrer Sklaverei ein Ende machen, die Tiere werden unter der hohen Sonne zu den Menschen treten, die frei sind, und sie werden in Eintracht leben, die Riesenschildkröten, die Elefanten, die Wisente, und die Könige des Dschungels und der Wüste werden sich mit den befreiten Menschen vereinbaren, sie werden aus einem Wasser trinken, sie werden die gereinigte Luft atmen, sie werden sich nicht zerfleischen, es wird der Anfang sein, es wird der Anfang sein für das ganze Leben...

Ich rufe: Zahlen bitte! Herr Karl ruft freudig: Komme gleich! und verschwindet. Ich bin zu ungerecht, ich zerknülle die Papierserviette, auf die ich ein paar Satzfetzen geschrieben habe, das dünne Papier weicht auf im Kaffee, der übergeschwappt ist auf das Tablett. Ich will sofort nach Hause gehen, ich will in die Ungargasse, ich werde Lina verzeihen, Lina wird mir verzeihen. Sie wird mir einen Orangensaft auspressen und einen Kaffee kochen. Es muß nicht das ganze Leben sein. Es ist das ganze Leben.

Am Nachmittag bin ich sicher, ruhig an Nummer 9 vorbeigehen zu können, jedenfalls auf der gegenüberliegenden Straßenseite. Ich bin auch sicher, daß ich einen Augenblick innehalten darf, weil Frau Agnes schon morgens bei Ivan aufräumt und dann zu zwei anderen alleinstehenden Herren weiter muß. Auch das Hausmeisterehepaar von Ivans Haus ist nie auf der Straße zu sehen, es unterhält keinen Nachrichtenaustausch mit Herrn und Frau Breitner aus Nummer 6, nur Frau Agnes sehe ich hie und da vor meiner Haustüre, mit Frau Breitner in vertrauliche Unterhaltungen vertieft. Vor Nummer 9 steht diesmal aber Ivans Wagen, nicht zufällig abgestellt, wie ich im ersten Augenblick meine, denn Ivan kommt jetzt aus dem Haus und geht auf das Auto zu, ich will rasch weitergehen, doch Ivan, mit seinen guten Augen, hat mich schon erblickt, winkt und ruft, ich laufe strahlend hinüber, was macht er nur hier, um diese Zeit, wo ich ihn mir in seinem Büro denke, und dann strahle ich nicht mehr, denn auf dem Vordersitz, auf dem ich nun schon oft gesessen bin, sitzen eng aneinandergedrängt zwei kleine Gestalten, die jetzt die Köpfe recken. Ivan sagt: Das ist Béla, das ist András, grüßt gefälligst! Aber die ›gyerekek‹, wie diese Kinder miteinander heißen, grüßen nicht, sie antworten nicht, weil ich verwirrt frage, ob sie deutsch können, sie fangen zu lachen an und tuscheln miteinander, kein Wort kann ich verstehen, das sind also Ivans Kinder, die ich immer kennenlernen wollte, von denen ich einiges weiß, etwa daß Béla der ältere ist und schon in die Schule geht, ich spreche verlegen mit Ivan und weiß nicht mehr, was ich vorhatte, wohin ich gehen wollte, ach ja, zur Automag in die obere Ungargasse, weil mein Wagen abgeschmiert wird und vielleicht schon fertig ist, ich verspreche mich immerzu, ich müsse dann vielleicht mit einem Taxi, wenn das Auto nicht fertig ist, in den XIX. Bezirk, eine Freundin besuchen, eine kranke Freundin obendrein. Ivan sagt: Das ist beinahe auf meinem Weg, wir können dich doch mitnehmen, wir nehmen dich mit! Ivan hat nicht gesagt: Ich nehme dich mit. Er sagt zu den Kindern auf ungarisch etwas, geht um den Wagen herum, holt sie heraus und macht die hintere Tür auf, er drängt sie auf die hinteren Sitze. Ich weiß nicht, ich möchte jetzt lieber nicht, ich möchte zur Automag gehen oder ein Taxi nehmen. Wie kann ich Ivan aber begreiflich machen, daß es zu plötzlich für mich gekommen ist? Er sagt: So steig doch schon ein! Auf der Fahrt lasse ich Ivan reden, ich schaue manchmal nach hinten, ich muß einen ersten Satz finden, ich bin nicht vorbereitet. Ich werde Béla nicht fragen, in welche Klasse er geht, in welche Schule, ich werde die Kinder nicht fragen, wie es ihnen geht, was sie am liebsten tun, was sie spielen und ob sie vielleicht gerne Eis essen. Es kommt gar nicht in Frage. Die Kinder unterbrechen Ivan alle paar Minuten: Hast du gesehen? schau, ein Fiaker! du, ein Rauchfangkehrer! hast du an die Turnschuhe gedacht? schau, ein Alfa Romeo! du, eine Salzburger Nummer! du, ist das ein Amerikaner? Ivan spricht zu mir von einem schwierigen Nachmittag, schwierig im Büro, dazwischen gibt er rasche genaue

Antworten nach hinten, zu mir spricht er von ›wenig Zeit‹, von Schwierigkeiten, er hat ausgerechnet heute die Kinder zum Zahnarzt bringen müssen. Der Doktor Heer hat Béla einen Zahn gezogen, András hat zwei kleine Plomben bekommen. Ich schaue nach hinten, Béla reißt den Mund auf, übertrieben weit, mit einer Grimasse, András will es ihm gleichtun, muß aber lachen, und jetzt ist die Gelegenheit da, ich frage nicht, ob es weh getan hat, ob Herr Doktor Heer ein netter Zahnarzt ist, sondern reiße auch den Mund auf und sage: Mir hat er aber den Weisheitszahn gezogen, ich habe nämlich schon Weisheitszähne, die habt ihr noch nicht! Béla schreit: Du, die lügt.

Am Abend sage ich zu Ivan: Die Kinder sehen dir aber gar nicht ähnlich, Béla vielleicht ein wenig, wenn er nicht diese braunen Strubbelhaare hätte und helle Augen, wäre er ähnlicher! Ivan muß erraten haben, daß ich mich gefürchtet habe vor den Kindern, denn er lacht und sagt: War es so schlimm? du hast es doch richtig gemacht, nein, ähnlich sind sie mir nicht, aber sie können es auch nicht leiden, wenn man auf sie eingeht, wenn man sie fragt, was man eben so fragt, sie riechen den Braten! Ich schlage rasch vor: Wenn ihr am Sonntag ins Kino geht, dann könnte ich, falls es euch nichts ausmacht, auch mitkommen, ich möchte gerne wieder einmal ins Kino gehen, es gibt jetzt im Apollo einen Film, DIE WÜSTE LEBT. Ivan sagt: Den haben wir schon letzten Sonntag gesehen. Es ist also noch nicht klargeworden, ob mich Ivan ein andermal mitnehmen wird oder ob das mit dem Film eine Ausrede war, ob ich die Kinder noch einmal wiedersehen werde oder ob Ivan seine beiden Welten, falls es nicht mehr Welten sind, für immer getrennt halten will.

Wir fangen eine Schachpartie an und müssen nicht mehr reden, es wird eine langwierige, umständliche, stockende Partie, wir kommen nicht weiter, Ivan greift an, ich bin in der Verteidigung. Ivans Angriff kommt zum Stehen, es ist die längste, stummste Partie, die wir je gespielt haben, Ivan hilft mir kein einziges Mal, und wir spielen die Partie heute nicht zu Ende. Ivan hat mehr Whisky als sonst getrunken, er steht müde, Ivanflüche aussto-ßend, auf, er geht ein paar Schritte auf und ab und trinkt noch im Stehen weiter, er hat keine Lust mehr, es war ein schwieriger Tag, es hat kein Matt gegeben, aber wir sind auch zu keinem Patt gekommen. Ivan will sofort nach Hause und schlafen gehen, ich hätte dermaßen umständ-lich gespielt, zum Ermüden, er hätte auch ganz einfallslos gespielt. Gute Nacht!

Malina ist nach Hause gekommen, er findet mich noch im Wohnzimmer, das Schachbrett steht da, die Gläser habe ich noch nicht in die Küche getragen. Malina, der nicht wissen kann, wo ich gesessen bin, weil ich in der Ecke neben der Stehlampe auf dem Schaukelstuhl wippe, mit einem Buch in der Hand, RED STAR OVER CHINA, beugt sich über das Schachbrett, pfeift leise und sagt: Haushoch hättest du verloren! Ich bitte, was heißt ›haushoch‹, und ich hätte vielleicht doch nicht verloren. Aber Malina er-wägt und rechnet die Züge aus. Wie kann er wissen, daß ich Schwarz gehabt habe, denn Schwarz hätte, seiner Rechnung nach, am Ende verloren. Malina greift nach meinem Whiskyglas. Wie kann er wissen, daß es mein Glas ist und nicht das Glas, das Ivan, auch halbvoll, stehengelassen hat, aber er trinkt nie aus Ivans Glas, er rührt nichts an, was Ivan kurz vorher berührt hat, be-nutzt hat, einen Teller mit Oliven oder mit Salzmandeln.

Seine Zigarette drückt er in meinem Aschenbecher aus und nicht in dem anderen, der heute abend Ivans Aschenbecher war. Ich komme zu keinem Schluß.
Ich habe China verlassen an der Stelle: Feindliche Truppen setzten sich eilig von Südosten aus in Marsch, andere von Norden. Lin Piao berief sofort eine Militärkonferenz ein.

Ivan und ich: die konvergierende Welt.
Malina und ich, weil wir eins sind: die divergierende Welt.

Nie habe ich Malina so wenig brauchen können, er weiß immer weniger anzufangen mit mir, aber wenn er nicht rechtzeitig nach Hause gekommen wäre, mich vorfände zwischen dem großen Marsch durch China und einem Gedankengang über Kinder, die Ivan nicht ähnlich sehen, würde ich wieder zurückfallen in schlechte Gewohnheiten, Briefe schreiben, Hunderte, oder trinken und zerstören, zerstörerisch denken, alles zerstören und das letzte zerstören, ich würde mein erreichtes Land nicht halten können, abgleiten und es verlassen. Auch wenn Malina schweigt, ist es besser, als alleine zu schweigen, und es hilft mir dann bei Ivan weiter, wenn ich es nicht fassen kann, wenn ich mich nicht fassen kann, weil Malina stets fest und gefaßt für mich da ist, und so bleibt mir in den finstersten Stunden noch bewußt, daß Malina mir nie verlorengehen wird – und ginge ich selber verloren!

Zu Malina sage ich du und zu Ivan sage ich du, aber diese beiden Du sind durch einen unmeßbaren, unwägbaren Druck auf den Ausdruck verschieden. Beiden gegenüber

habe ich von Anfang an kein Sie benutzt, das ich sonst immer gebrauche. Ivan ist zu augenblicklich von mir erkannt worden, und es blieb keine Zeit, ihm näherzukommen durch Reden, ich war ihm schon zugefallen vor jedem Wort. Über Malina wiederum habe ich so viele Jahre nachgedacht, es hat mich so verlangt nach ihm, daß unser Zusammenleben eines Tages nur noch die Bekräftigung war für etwas, was immer so sein hätte sollen und nur zu oft verhindert worden war, durch andere Menschen, durch verkehrte Entschlüsse und Handlungen. Mein Du für Malina ist genau und geeignet für unsere Gespräche und unsere Auseinandersetzungen. Mein Du für Ivan ist ungenau, es kann sich verfärben, verdunkeln, lichten, es kann spröde, mild oder zaghaft werden, unbegrenzt ist die Skala seiner Expressionen, es kann auch ganz allein, in großen Intervallen, gesagt werden und viele Male sirenenhaft, immer wieder verlockend neu, aber immer noch ist es nicht mit dem Ton, mit jenem Ausdruck gesagt worden, den ich in mir höre, wenn ich unfähig bin, vor Ivan ein Wort herauszubringen. Vor ihm nicht, aber inwendig werde ich eines Tages das Du vollenden. Es wird das Vollkommene sein.
Sonst sage ich zu den meisten Leuten Sie, es ist mir ein unentbehrliches Bedürfnis, auch aus Vorsicht, Sie zu sagen, aber ich verfüge über mindestens zweierlei Sie. Ein Sie ist für die meisten Leute bestimmt, ein anderes, ein gefährliches, reichinstrumentiertes Sie, das ich nie zu Malina und nie zu Ivan sagen könnte, ist für die Männer bestimmt, die es geben könnte in meinem Leben, wenn es nicht Ivan gäbe. Ivans wegen weiche ich in diese beunruhigenden Sie aus, und weiche selbst mit aus. Es ist ein schwer beschreibliches Sie, manchmal verstanden, selten genug, aber doch verstanden in seiner Spannung, die ein Du der Kameraderien nie haben kann. Denn ich

sage natürlich auch zu allen möglichen Leuten du, weil ich mit ihnen in der Schule war, weil ich mit ihnen studiert habe, weil ich mit ihnen gearbeitet habe, aber es bedeutet nichts. Mein Sie dürfte mit dem Sie der Fanny Goldmann verwandt sein, die angeblich, natürlich nur Gerüchten zufolge, zu allen ihren Liebhabern beharrlich Sie gesagt hat. Sie sagte natürlich auch zu allen anderen Männern Sie, die nicht ihre Liebhaber werden konnten, und sie soll einen Mann geliebt haben, zu dem sie ihr schönstes Sie gesagt hat. Frauen wie die Goldmann, von denen man immerzu spricht, können nichts dazu oder dagegen tun, aber eines Tages zirkuliert eben ein Satz in der Stadt: Leben Sie auf dem Mond? was, das wissen Sie nicht? die hat ihre größten Lieben, und das waren ja einige, mit dem unnachahmlichsten Siesagen absolviert! Selbst Malina, der nie etwas Gutes und nie etwas Schlechtes über jemand sagt, erwähnt, er habe heute Fanny Goldmann kennengelernt, sie war auch eingeladen bei den Jordans, und er sagt unwillkürlich: Ich habe nie eine Frau so schön Sie sagen gehört.

Mich interessiert doch nicht, was Malina über die Goldmann denkt, er wird doch keine Vergleiche anstellen, denn schließlich hat diese Frau sprechen gelernt, und ich habe keine Bauchatmung erlernt, ich kann Worte nicht nach Belieben modulieren und keine Kunstpausen machen. Worüber, da bald Schlafenszeit ist, soll ich, in meiner Angst, mit Malina reden, wo anfangen, da ich nur zwei Kinder kennengelernt habe, die wiederum Malina nicht interessieren. Was sich noch ereignet, was er meine kleinen Geschichten nennt, darf nie besprochen werden. Weltereignisse und Stadtereignisse dürfen nicht nachgesprochen werden, vor Malina nicht, wir sitzen ja an keinem Wirtshaustisch. Sprechen dürfte ich von allem, was mich umkreist, was mich einkreist. Gibt es eine gei-

stige Enteignung? Hat ein Enteigneter, falls es die Enteignung gibt, ein Recht auf letzte Schwierigkeiten beim Denken? Lohnt es sich noch?
Fragen dürfte ich nach den unmöglichsten Sachen. Wer hat die Schrift erfunden? Was ist die Schrift? Ist sie ein Eigentum? Wer hat die Enteignung zuerst gefordert? Allons-nous à l'Esprit? Sind wir von minderer Rasse? Sollen wir uns in die Politik mischen, nichts mehr tun und brutal sein? Sind wir verwünscht? Gehen wir nach unten? Malina steht auf, er hat mein Glas geleert. In einem tiefen Rausch werde ich meine Fragen ausschlafen. Tiere werde ich anbeten in der Nacht, mich an den heiligsten Bildern vergreifen, mich an alle Lügen halten, vertiert werde ich sein im Traum und mich töten lassen, wie ein Tier.

Im Einschlafen zuckt es durch meinen Kopf, es blitzt darin, funkelt, verdunkelt mich, es bedroht mich wieder, ist das Vernichtungsgefühl, und zu Ivan, der nicht da ist, sage ich sehr scharf: Malina niemals, Malina ist anders, du verstehst Malina nicht. Noch nie habe ich ein scharfes Wort an Ivan gerichtet, nie werde ich eines laut an ihn richten. Selbstverständlich hat Ivan auch gar nichts gegen Malina gesagt, an den er nie denkt, und wie sollte er ihn darum beneiden, mit mir hier zu leben? Er erwähnt daher Malina nicht, wie man nicht über einen Sträfling oder einen Geisteskranken in einer Familie spricht, aus Taktgefühl, und wenn ich auch für Momente meine abwesenden Augen habe, dann nur weil eine furchtbare Spannung entsteht, im Gedanken an Malina, und dieses gute, klare Mißverständnis herrscht zwischen uns dreien, ja, es herrscht, es regiert uns. Wir sind die einzigen Regierten, die sich wohlbefinden, wir leben in

einem so reichen Irrtum, daß keiner gegen den anderen je die Stimme erhebt und eine Stimme gegen die Herrschaft. Draußen lähmen uns darum die anderen Menschen, weil sie sich Rechte nehmen, weil ihnen Rechte genommen oder vorenthalten werden und weil sie ständig rechtlos gegeneinander aufbegehren. Ivan würde sagen: Die alle vergiften einander das Leben. Malina würde sagen: Die alle, mit ihren gemieteten Ansichten, bei diesen hohen Mieten, die werden teuer bezahlen.
Meine gemieteten Ansichten sind schon im Schwinden. Immer leichter trenne ich mich von Ivan und immer leichter finde ich ihn wieder, weil ich weniger herrschsüchtig an ihn denke, ihn auch aus meinen Gedanken entlassen kann für Stunden, damit er sich nicht im Schlaf ununterbrochen die Handgelenke und die Fußgelenke reiben muß, ich fessele ihn nicht mehr oder nur noch sehr locker. Er zieht nicht mehr so oft die Stirn in Falten, seine Falten glätten sich, denn die Diktatur meiner Augen und meiner Zärtlichkeiten ist gemildert, ganz kurz nur verwünsche und verhexe ich ihn, damit wir erleichtert auseinandergehen können, einer geht aus der Tür, einer steigt in sein Auto und murmelt etwas: Wenn es zwanzig vor vier ist, dann komme ich gerade noch zurecht, bis zum Messegelände, und du? Ich komme auch noch gut zurecht, nein, nichts Besonderes, ich fahre morgen mit jemand ins Burgenland, nein, nicht über Nacht, ich weiß noch nicht, was meine Freunde... Leisestes Gemurmel, da keiner vom anderen weiß, was mit diesen Freunden, mit dem Messegelände und mit dem Burgenland ist, in welches Leben diese Worte gehören. Ich habe Ivan versprochen, nur noch Kleider anzuziehen, die schön und glücklich machen, ich habe Ivan noch rasch versprochen, regelmäßig zu essen und nichts zu trinken.

In höchster Eile habe ich Ivan mein Wort gegeben, daß ich schlafen werde, ausschlafen, ganz tief schlafen.

Wir reden zwar mit den Kindern, aber auch rasch über die Köpfe der Kinder hinweg, in Andeutungen, ein sprunghaftes Deutsch, und wenn es ganz unvermeidlich wird, von englischen Sätzen untermischt, doch um ein sos handelt es sich nicht, wenn wir die englischen Morsezeichen brauchen, denn es geht schon gut mit Ivan und den Kindern. Aber wenn die Kinder dabei sind, halte ich mich zurück und zugleich bin ich redseliger als mit Ivan, denn ich empfinde dann Ivan nicht übermäßig als Ivan, sondern als den Vater von Béla und András, nur im Anfang war ich nicht einmal fähig, vor den Kindern seinen Namen auszusprechen, bis ich merkte, daß sie es selber tun, aber András, wenn er ins Jammern kommt, ruft noch manchmal: Papà! das muß ein Wort aus einer früheren Zeit sein. Im letzten Augenblick hat Ivan beschlossen, mich mit nach Schönbrunn zu nehmen, weil András natürlich, der gleich zu mir gefunden hat, ihn gefragt hat: Kommt sie nicht mit? sie soll mitkommen! Vor dem Affenhaus hängen aber beide Kinder an mir, András krallt sich an meinen Arm, ich ziehe ihn vorsichtig immer fester an mich, ich habe nicht gewußt, daß Kinderkörper wärmer und besser anzufühlen sind als ein erwachsener Körper, Béla drückt sich eifersüchtig auch enger an mich, es ist nur wegen András, sie sind von einer Zudringlichkeit, von der ich gar nicht genug bekommen kann, als hätte ihnen lange jemand gefehlt, an den sie sich hängen und drängen können, Ivan hilft uns, die Nüsse und Bananen zu verfüttern, weil wir aneinander hängen und lachen und Béla die Nüsse danebenwirft. Ich erkläre eifrig den Pavian und die Schimpansen, ich bin nicht vorbereitet auf die Stunde im Zoo, ich hätte nachlesen müssen in Brehms Tierleben, vor den Schlangen versage ich ganz, ich weiß nicht, ob diese Natter da drinnen weiße Mäuse frißt, was Béla wissen will, oder Käfer und Blätter, was Ivan vermutet, der schon Kopfschmerzen hat, ich rufe: Geh du nur voraus! Denn Béla und András wollen noch die Echsen und die Salamander sehen, und da Ivan nicht zuhört, erfinde ich unglaubliche Bräuche und Geschichten aus dem Leben der Kriechtiere, um keine Antwort verlegen, ich weiß, aus welchen Ländern sie kommen, wann sie aufstehen, wann sie schlafen gehen, was sie fressen, was sie denken, ob sie hundert oder tausend Jahre alt werden. Wenn Ivan nur nicht so ungeduldig wäre, wegen Kopfweh, wegen Unausgeschlafenheit, denn wir müssen noch zu den Bären, wir füttern die Robben, und vor dem großen Vogelhaus erfinde ich alles über die Geier und über die Adler, für die Singvögel bleibt keine Zeit mehr. Ich muß sagen, daß wir beim Hübner alle von Ivan ein Eis bekommen werden, aber nur wenn wir schleunigst gehen, denn sonst wird es nichts mit dem Eis, ich sage: Ivan wird sehr böse auf uns sein! Aber nur das Eis tut seine Wirkung. Bitte Ivan, könntest du uns nicht ein Eis, ich bin sicher, du hast es den Kindern versprochen (über die Köpfe der Kinder hinweg: Please, do me the favour, I promised them some icecream), du trinkst am besten einen doppelten Braunen. Ivan bestellt mißmutig, er muß erschöpft sein, während die Kinder und ich einander unter dem Tisch mit den Füßen anstoßen, dann immer wilder gegeneinandertreten, Béla lacht hysterisch: Was hat denn die für Schuhe, hat die blöde Schuhe! Dafür bekommt Béla wieder einen sanften Tritt von mir, aber Ivan wird ganz unmutig: Béla, benimm dich oder wir fahren sofort nach Hause! Aber wir müssen sowieso sofort nach Hause fahren, ob die Kinder sich nun benehmen oder nicht, Ivan wirft sie nach hinten ins Auto, ich bin einen Augenblick zurückgeblieben und kaufe zwei Luftballons, während Ivan in die entgegengesetzte Richtung nach mir Ausschau hält, ich habe kein Kleingeld, eine Frau hilft mir, einen Fünfzigschillingschein wechseln, sie sagt mit wehleidiger Freundlichkeit: Das sind wohl Ihre Kinder, Sie haben aber nette Kinder! Und ich sage verzweifelt: Danke, tausend Dank, das war sehr nett von Ihnen! Ich steige schweigend ein und drücke jedem der netten Kinder eine Schnur mit dem Luftballon in die Hand. Ivan sagt im Fahren: You are just crazy, it was not necessary! Ich drehe mich um und sage: Euer Geschnatter heute! ihr seid unausstehlich! Béla und András biegen sich vor Lachen: Wir schnattern, quak, quak, quak, wir schnattern! Wenn es so wild zugeht, fängt Ivan zu singen an, Béla und András schnattern nicht mehr, sie singen falsch und richtig, laut und dünn mit.

Debrecenbe kéne menni
pulykakakast kéne venni
vigyazz kocsis lyukas a kas
kiugrik a pulykakakas

Da ich das Lied immer noch nicht kann und ja auch nicht singen kann, seufze ich für mich: éljen!

Ivan läßt uns auf Nummer 9 zurück, er muß einige Unterlagen aus dem Büro abholen, und ich spiele mit den Kindern Karten, András berät mich, der mir immer wohlwill, während Béla höhnisch sagt: Du spielst ja nicht richtig, du bist ein Idiot, entschuldige, Idiotin! Wir spielen Märchenquartett, aber Béla mault, denn die Märchen sind ihm zu dumm, er ist über Märchen hinaus, das sei etwas für András und mich. Wir spielen Tierquartett und Blumenquartett, Autoquartett und Flugzeugquartett, wir siegen und verlieren, ich verliere am öftesten, teils unfreiwillig, teils freiwillig, dem Glück Bélas und András' nachhelfend. Beim Städtequartett will András nicht mehr, er kennt sich mit den Städten nicht aus, ich berate ihn, wir tuscheln hinter vorgehaltenen Händen, ich sage ›Hong Kong‹, András versteht nicht, Béla wirft wütend die Karten auf den Tisch, wie ein Herr bei einer entscheidenden, großen Konferenz, dem der Kragen platzt, weil die anderen nicht auf der Höhe sind, András will das Märchenquartett, und es geht hin und her eine Weile, bis ich vorschlage: Spielen wir doch Schwarzer Peter. Schwarzer Peter müssen sie schon an die tausend Mal gespielt haben, aber sie sind wieder elektrisiert, Béla mischt, ich hebe ab, die Karten werden ausgeteilt, sie werden gezogen und abgelegt. Am Ende habe ich den Schwarzen Peter, und Ivan kommt herein, Béla und András winden sich vor Lachen und brüllen aus Leibeskräften: Schwarzer Peter, Schwarzer Peter! Jetzt müssen wir noch einmal mit Ivan spielen, und zuletzt geht es um Béla und mich, leider zieht Béla von mir den Schwarzen Peter und wirft die Karten hin, er schreit mit einer heiseren Stimme: Ivan, sie ist ein Aas! Wir wechseln einen Blick über die Köpfe der Kinder hinweg. Aus Ivan grollt es gefährlich, und Béla will nichts gesagt haben. Ivan bietet zur Friedensfeier einen alten Kognak an, Béla bittet sogar darum, ihn holen zu dürfen, er läuft zweimal, er bringt die Gläser dazu, und Ivan und ich sitzen da und schweigen, die Beine übereinandergeschlagen, die Kinder spielen am Tisch behutsam und leise Blumenquartett, und ich bilde mir nichts ein. Aber dann bilde ich mir doch etwas ein, nämlich daß Ivan seine

Augen zwischen den Kindern und mir hin- und hergehen läßt, abwägend fragend, vorwiegend freundlich.
Soll ich denn ewig? soll man denn ewig? muß man ein Leben warten?

In den Tuchlauben sind wir verabredet, im italienischen Eissalon. Ivan sagt, damit die Kinder nichts merken: Hallo! wie geht es dir? Ich tue vor den Kindern auch so, als hätte ich Ivan seit Wochen nicht gesehen. Wir haben auch nicht viel Zeit, Ivan bestellt ohne zu fragen viermal eine gemischte Portion, denn Béla muß in die störende Turnstunde, die jedesmal ein Problem für Ivans Mutter ist und sehr oft für Ivan, selbst für Béla, der Turnen nicht mag. Ivan kritisiert unsere Schulen und ihre Lehrpläne, insbesondere dieser irrsinnigen Turnstunden wegen, die woanders stattfinden und immer am Nachmittag. Ja glauben die Leute hier denn, jeder hätte ein paar Autos und ein paar Kindermädchen zur Verfügung! Nie höre ich Ivan sonst etwas über die Zustände in Wien sagen, er vergleicht nicht, er erzählt nichts, er scheint ein Eingehen auf Hüben und Drüben für fahrlässig und auch für unergiebig zu halten. Nur dieser Turnstunde wegen hat er heute die Nerven verloren, er hat gesagt ›bei euch‹ und das zu mir, als wäre die Turnstunde der Inbegriff einer Welt, zu der ich gehöre und die abzulehnen ist, aber ich fantasiere mir vielleicht in meiner aufsteigenden Angst etwas zusammen, ich weiß nicht, wie das mit den Turnstunden drüben in Ungarn ist. Ivan hat bezahlt, wir gehen mit den Kindern auf die Straße zum Auto, András winkt, aber Béla ist es, der fragt: Kommt sie nicht mit? warum kann sie denn nicht mitkommen? Dann sind sie alle drei durch die Tuchlauben verschwunden, ums Eck gebogen, zum Hohen Markt, verdeckt von

einem Diplomatenwagen. Ich schaue und schaue noch, während keine Spur mehr von ihnen zu sehen ist, ich gehe langsam über den Petersplatz zum Graben, in eine andere Richtung, ich sollte Strümpfe kaufen, ich könnte mir einen Pullover kaufen, besonders heute sollte ich mir etwas Schönes kaufen, denn sie sind verschwunden, Ivan hat natürlich vor den Kindern nicht sagen können, ob er mich anrufen wird.
Ich höre Béla sagen: Sie soll doch mitkommen!

Am Graben habe ich mir ein neues Kleid gekauft, ein Hauskleid, das lang ist, für eine Nachmittagsstunde, für ein paar besondere Abende im Haus, ich weiß, für wen, es gefällt mir, weil es weich und lang ist und das viele Zuhausebleiben erklärt, schon heute. Ich möchte aber beim Anprobieren Ivan nicht hier haben, Malina schon gar nicht, ich kann nur, weil Malina nicht da ist, oft in den Spiegel sehen, ich muß mich im Korridor vor dem langen Spiegel mehrmals drehen, meilenweit, klaftertief, himmelhoch, sagenweit entfernt von den Männern. Eine Stunde lang kann ich zeit- und raumlos leben, mit einer tiefen Befriedigung, entführt in eine Legende, wo der Geruch einer Seife, das Prickeln von Gesichtswassern, das Knistern von Wäsche, das Eintauchen von Quasten in die Tiegel, der gedankenvolle Zug mit einem Konturenstift das einzig Wirkliche sind. Es entsteht eine Komposition, eine Frau ist zu erschaffen für ein Hauskleid. Ganz im geheimen wird wieder entworfen, was eine Frau ist, es ist dann etwas von Anbeginn, mit einer Aura für niemand. Es müssen die Haare zwanzigmal gebürstet, die Füße gesalbt und die Zehennägel lackiert werden, es müssen die Haare von den Beinen und unter den Achseln entfernt werden, die Dusche wird an- und ausgemacht, ein Körperpuder wolkt im Badezimmer, es wird in den Spiegel gesehen, es ist immer Sonntag, es wird in den Spiegel gefragt, an der Wand, es könnte schon Sonntag sein.

Einmal werden alle Frauen goldene Augen haben, sie werden goldene Schuh und goldene Kleider tragen, und sie kämmte sich ihr goldenes Haar, sie raufte sich, nein! und im Wind wehte ihr goldenes Haar, als sie auf ihrem Rappen die Donau hinaufritt und nach Rätien kam...

Ein Tag wird kommen, an dem die Frauen rotgoldene Augen haben, rotgoldenes Haar, und die Poesie ihres Geschlechts wird wiedererschaffen werden...

Ich bin in den Spiegel getreten, ich war im Spiegel verschwunden, ich habe in die Zukunft gesehen, ich war einig mit mir und ich bin wieder uneins mit mir. Ich blinzle, wieder wach, in den Spiegel, mit einem Stift den Lidrand schraffierend. Ich kann es aufgeben. Einen Augenblick lang war ich unsterblich und ich, ich war nicht da für Ivan und habe nicht in Ivan gelebt, es war ohne Bedeutung. Das Wasser in der Badewanne fließt ab. Ich schiebe die Laden zu, ich räume die Stifte, die Tiegel, die Flacons, die Spraydosen in den Toilettenschrank, damit Malina sich nicht ärgert. Das Hauskleid wird in den Wandschrank gehängt, es ist nicht für heute. Ich muß Luft haben und vor dem Schlafengehen auf die Straße. Aus Rücksicht biege ich auf den Heumarkt ein, bedroht von der Nähe des Stadtparks, von seinen Schatten und dunklen Gestalten, mache einen Umweg über die Linke-

Bahn-Gasse, gehetzt, weil mir dieses Stück unheimlich ist, aber nur bis zur Beatrixgasse, denn die ist mir wieder sicher, und von der Beatrixgasse gehe ich die Ungargasse hinauf bis zum Rennweg, damit ich nicht wissen kann, ob Ivan zu Hause ist oder nicht. Auf dem Rückweg übe ich noch einmal diese Rücksicht, weder Nummer 9 noch die aufschlußreiche Münzgasse kann ich auf diese Weise sehen. Ivan soll seine Freiheit haben, er soll seinen Spielraum haben, auch zu dieser Stunde. Ich nehme ein paar Stufen auf einmal, jage hinauf, weil ein Telefon leise zu rasseln scheint, es könnte unser Telefon sein, es läutet wirklich in Intervallen, ich sprenge die Tür auf, lasse sie offen hinter mir, denn das Telefon schrillt, es ist in einem Alarmzustand. Ich reiße den Hörer vom Apparat und sage atemlos und erstaunt:

Ich komme gerade, spazieren war ich
Allein natürlich, was sonst, nur ein paar Schritte
Daß du zu Hause bist, wie soll ich denn nur
Dann habe ich dein Auto übersehen
Weil ich vom Rennweg gekommen bin
Ich muß vergessen haben, zu deinen Fenstern hinauf
Ich habs lieber, vom Rennweg zu kommen
Zum Heumarkt trau ich mich nicht
Daß du aber auch schon zu Hause bist
Wegen dem Stadtpark, da weiß man ja nie
Wo hab ich bloß meine Augen gehabt
In der Münzgasse, da steht meines heute auch
Dann ruf ich dich am besten, ich rufe also morgen an

Es kommt die Versöhnung, es kommt die Schläfrigkeit und es weicht die Ungeduld, ich war nicht sicher, aber ich bin wieder in Sicherheit, nicht mehr am nächtlichen Stadtpark, Hauswände entlanghetzend, nicht mehr auf dem Umweg in der Dunkelheit, sondern schon ein wenig zu Hause, schon auf der Planke der Ungargasse, schon mit dem Kopf gerettet in mein Ungargassenland, ein wenig auch mit dem Hals aus dem Wasser. Schon beim ersten Gurgeln von Worten und Sätzen, schon beim Einsetzen, beim Anfangen.

Ein Tag wird kommen, an dem die Menschen rotgoldene Augen und siderische Stimmen haben, an dem ihre Hände begabt sein werden für die Liebe, und die Poesie ihres Geschlechts wird wiedererschaffen sein...

Schon beim Ausstreichen, beim Durchsehen, beim Wegwerfen.

... und ihre Hände werden begabt sein für die Güte, sie werden nach den höchsten aller Güter mit ihren schuldlosen Händen greifen, denn sie sollen nicht ewig, denn es sollen die Menschen nicht ewig, sie werden nicht ewig warten müssen...

Schon beim Einsehen, beim Voraussehen.

Ich höre den Schlüssel an der Tür, Malina sieht fragend zu mir herein.
Du störst nicht, setz dich zu mir, willst du Tee, willst du ein Glas Milch, willst du etwas?
Malina will sich selbst ein Glas Milch aus der Küche holen, er macht eine leichte ironische Verbeugung, etwas läßt ihn lächeln über mich. Er muß auch noch etwas sagen

und mich ärgern: Wenn ich recht sehe, nous irons mieux, la montagne est passée.
Bitte keine Preußensätze machen, erspar mir das, du hättest mich jetzt nicht stören sollen, schließlich darf es jedem einmal etwas besser gehen!

Bei Ivan erkundige ich mich, ob er schon einmal darüber nachgedacht hat und was er früher gedacht hat und was er heute denkt über die Liebe. Ivan raucht, läßt die Asche auf den Boden fallen, sucht schweigend nach seinen Schuhen, er hat beide gefunden und wendet sich zu mir, er hat es schwer, die Worte zu finden.
Ist das etwas, worüber man nachdenkt, was soll ich mir denn für Gedanken darüber machen, brauchst du Worte dafür? willst du mir eine Falle stellen, mein Fräulein?
Ja und nein.
Aber wenn du nicht... Und nichts empfindest du je, auch eine Verachtung, eine Abneigung nicht? aber wenn ich auch nichts fühlte? frage ich lauernd und ich möchte Ivan die Arme um den Hals werfen, damit er nicht so weit, keinen Meter weit weg sein kann von mir, nicht, wenn ich zum erstenmal frage.
Aber nein, was für eine Verachtung denn? was willst du für eine Komplikation? Daß ich komme, das genügt doch. Himmel, was stellst du für unmögliche Fragen!
Ich sage triumphierend: Das wollte ich nur wissen, ob es unmögliche Fragen sind. Mehr wollte ich gar nicht wissen.
Ivan ist angezogen und hat nicht mehr viel Zeit, er sagt: Wie komisch du manchmal bist.
Nein, doch nicht ich, antworte ich schnell, aber die anderen, man hat mich früher auf so abwegige Gedanken gebracht, ich habe nie so gedacht, ich wäre nie auf Ver-

achtung, auf Abneigung gekommen, und es ist ein Anderer in mir, der nie einverstanden war und der sich nie Antworten abzwingen ließ auf aufgezwungene Fragen.
Soll es nicht heißen, die Andere in dir?
Nein, der Andere, ich bringe das nicht durcheinander. Ein Anderer. Wenn ich sage, der Andere, dann mußt du mir schon glauben.
Mein Fräulein, wir sind aber sehr weiblich, das habe ich in der ersten Stunde schon feststellen dürfen, das darfst du mir heute noch glauben.
Wenn du so ungeduldig bist und keine Geduld hast, mich einmal etwas sagen zu lassen!
Heute bin ich sehr ungeduldig, ich habe nicht meine ganze Geduld für dich!
Du mußt nur ein wenig Geduld haben, dann werden wir es herausfinden.
Wenn du mich aber ungeduldig machst!
Ich fürchte, es ist am Ende noch meine Geduld, die an deiner Ungeduld schuld hat...
(Ende der Sätze über Geduld und Ungeduld. Eine sehr kleine Satzgruppe.)

Ein Tag wird kommen, an dem unsere Häuser fallen, die Autos werden zu Schrott geworden sein, von den Flugzeugen und von den Raketen werden wir befreit sein, den Verzicht leisten auf die Erfindung des Rads und der Kernspaltung, der frische Wind wird niederkommen von den blauen Hügeln und unsere Brust weiten, wir werden tot sein und atmen, es wird das ganze Leben sein.

In den Wüsten wird das Wasser versiegen, wir werden wieder in die Wüste können und die Offenbarungen schauen, die Savannen und die Gewässer in ihrer Reinheit werden uns einladen, die Diamanten werden im Gestein bleiben und uns allen leuchten, der Urwald wird uns aus dem Nachtwald unserer Gedanken übernehmen, wir werden aufhören, zu denken und zu leiden, es wird die Erlösung sein.

Sehr verehrter Herr Präsident,
Sie gratulieren mir, im Namen der Akademie, zu meinem Geburtstag. Erlauben Sie mir, Ihnen zu sagen, wie erschrocken ich gerade heute war. Zwar zweifle ich nicht an Ihrem Takt, da ich die Ehre hatte, Sie vor einigen Jahren bei der Eröffnung ... da ich die Ehre hatte, Sie kennenzulernen. Aber Sie spielen da auf einen Tag an, vielleicht sogar auf eine bestimmte Stunde und einen unwiderruflichen Augenblick, der die privatesten Angelegenheiten meiner Mutter betroffen haben muß, vermuten wir auch, anstandshalber, die Angelegenheiten meines Vaters. Mir selbst ist natürlich über diesen Tag nichts Besonderes mitgeteilt worden, ich hatte nur die Verpflichtung, mir ein Datum zu merken, ich muß es auf jeden Meldezettel in jeder Stadt, in jedem Land, schreiben, auch wenn ich es nur vorübergehend besuche. Ich besuche aber schon lange keine Länder mehr ...

Liebe Lily,
Du wirst ja mittlerweile gehört haben, was mir und meinem Kopf zugestoßen ist. Ich sage ›mittlerweile‹, obwohl nun schon viele Jahre vergangen sind. Damals habe ich Dich gebeten, zu mir zu kommen, mir zu helfen, es war nicht das erste Mal, es war das zweite Mal, aber auch beim ersten Mal bist Du ja nicht gekommen. Was ich von

der christlichen Nächstenliebe halte, dürfte Dir bekannt sein. Aber ich drücke mich ungeschickt aus, ich will nur sagen, daß auch die christliche Nächstenliebe gewiß eine Möglichkeit nicht ausschließt, sie kann einem verschlossen bleiben, wie mir, ich kann mir aber durchaus vorstellen, daß man ihr zuliebe handelt, und ihr zuliebe hättest Du ja handeln dürfen. Mir wäre es allerdings lieber gewesen, du hättest es einfach mir zuliebe getan. Dazu bedarf es keiner Übereinkunft in einem Ernstfall, und der ist ja eingetreten. Liebe Lily, ich kenne Deine Großmut, Dein vielleicht extravagantes Verhalten in so vielen Situationen, und ich habe es immer bewundert. Nun sind aber sieben Jahre vergangen, und nicht einmal Dein Verstand hat ausgereicht, Dein Herz nicht zu betrügen. Wenn ein Mensch viel Herz und Verstand hat, aber nicht genug, muß es ärger für ihn selber sein, sich zu enttäuschen, als für seinen Nächsten, durch ihn enttäuscht zu werden. Ich war durchaus bereit, Herrn G. zu assistieren. Wir waren übereingekommen, zu sagen, daß wir verschiedener Meinung über das Hören von Musik waren, die Lautstärke, auch die Auswahl der Stücke natürlich, weil sich meine Geräuschempfindlichkeit in der letzten Zeit krankhaft gesteigert hatte, daß wir über Tag und Nacht uns nicht einigen konnten, über ihre Verwendung in allen Dingen, es hatte damals auch mein Zeitsinn schon sehr zu leiden angefangen, Zeiteinteilungen erschienen mir krankhaft, aber ich war bereit, zuzugeben, daß meine Einstellung der Zeit gegenüber, meine Nichteinstellung vielmehr, ein krankhaftes Ausmaß angenommen habe. Wir waren auch übereingekommen, im Notfall zu behaupten, daß wir verschiedener Meinung über die Haltung von Katzen und Hunden seien, ich war bereit zu sagen, ich sei außerstande, mit Tieren, vor allem mit Katzen und ihm zugleich in einer

Wohnung zu sein, und er wollte sagen, er sei außerstande, mit einem Hund oder meiner Mutter und mir in einem Bett zu liegen. Jedenfalls hatten wir eine sehr deutliche harmonische Abmachung getroffen. Meine Vorurteile kennst Du, ich bin durch meine Erziehung, durch meine Herkunft, aber auch durch eine Werthierarchie von bestimmten Voraussetzungen ausgegangen, ich war leicht zu behandeln, weil ich an bestimmte Töne gewöhnt war, an Gesten, an gewisse Zartheiten im Umgang, und die Brutalität, mit der man meine Welt mitverletzt hat, die auch die Deine war, hätte allein genügt, mich halbwegs um den Verstand zu bringen. Ich war zuletzt, meiner Herkunft wegen, sozusagen überhaupt nicht mehr zu behandeln. Man kann über mich nicht verhandeln. Ich bin auf mir fremde, mich schädigende Bräuche nicht ansprechbar. Selbst der thailändische Botschafter, der mich zum Ausziehen der Schuhe veranlassen wollte, aber Du kennst ja diese alte Geschichte ... Ich ziehe meine Schuhe nicht aus. Meine Vorurteile gebe ich nicht bekannt. Ich habe sie. Ich ziehe mich lieber selber aus, bis auf die Schuhe. Wenn es mein Brauch einmal wirklich erfordern sollte, dann gilt es: wirf alles, was du hast, ins Feuer, bis zu den Schuhen.
Wien, den ...

Liebe Lily,
mittlerweile weißt Du es gewiß, gegen Dein schlechteres Wissen, denn was auf schlechte Weise zu wissen ist, wird sich ja herumgesprochen haben. Du selbst hast nie daran geglaubt. Du bist aber trotzdem nicht gekommen. Es ist wieder mein Geburtstag. Verzeih, es ist Dein Geburtstag...

Liebe Lily,
es ist heute so weit mit mir gekommen, daß ich Dich nie mehr wiedersehen möchte. Es ist kein Wunsch, der einem ersten oder letzten Affekt entspringt. In den ersten Jahren habe ich noch viele qualvolle, anklagende, vorwurfsvolle Briefe geschrieben, die aber alle, trotz dieses großen Vorwurfs, mehr von meiner Zuneigung hätten durchblicken lassen als die belanglosen Briefe, die wir einmal gewechselt haben, versehen mit den zärtlichsten Grüßen, einander umarmend in den Briefen, viel Liebes wünschend. Auch ist keine Überlegung meinem Wunsch vorausgegangen, ich überlege schon lange nicht mehr, aber ich bemerke, daß etwas in mir Dich losläßt, Dich nicht mehr umwirbt, Dich überhaupt nicht mehr sucht. Zwar könnten Herr G. oder Herr W., meinetwegen Herr A., versucht haben, durch eine Infamie, uns zu trennen, aber wie kann man getrennt werden durch einen Dritten oder durch Dritte? Einem oder den anderen die Schuld zu geben, wäre leicht, aber Schuld, falls eine spielerische besteht, was ich nicht einmal weiß, ist zu bedeutungslos, in jedem Fall. Wo kein Wunsch nach Trennung besteht, kann es zu keiner kommen, es kann also nur Dein tiefer Wunsch gewesen sein, dem jeder Anlaß recht war. Für mich hätte es nie einen Anlaß gegeben, und heute kann es deswegen auch keinen geben. Du hast Dich nur zurückgebildet in mir, Du bist in die Zeit vergangen, in der wir einmal beisammen waren, und dort steht ein Jugendbildnis von Dir, nicht mehr zu beschädigen durch die späteren Geschehnisse und meine Gedanken darüber. Es ist nicht mehr zu verderben. Es steht in dem Mausoleum in mir, neben den Bildern der erdachten Gestalten, der bald auflebenden und bald absterbenden Figuren.
Wien, den …

Eine Unbekannte

Wenn Ivan die Lausbuben, die Fratzen, die Banditen, die Wechselbälger bei mir abstellt, diese gyerekek, weil er noch einen Weg machen muß, nur auf einen Sprung weg muß, und das habe ich mir ausgebeten, entsteht eine Turbulenz in der Wohnung, von der Lina sich nichts träumen läßt. Zuerst wird Linas Marmorkuchen von beiden zertrümmert, aber kaum gegessen, und ich räume Messer, Gabel, Scher' und Licht überall weg. Ich habe nicht gewußt, daß meine Wohnung so voll von gefährlichen Gegenständen ist, auch habe ich die Tür angelehnt gelassen für Ivan, aber András ist schon ins Stiegenhaus entkommen. Ich habe eine entsetzliche Verantwortung auf mich geladen, ich sehe Gefahren in jeder Sekunde, ungeahnte, überraschende, denn wenn auch nur einem von Ivans Kindern das geringste zustößt, könnte ich Ivan nie mehr unter die Augen kommen, aber es sind ja gleich zwei, und sie sind schneller, erfinderischer, geistesgegenwärtiger als ich. András ist zum Glück nicht hinuntergelaufen auf die Straße, sondern hinauf, er läutet Sturm an der Tür der Kammersängerin, die nicht aufstehen und nicht öffnen kann, weil sie zweihundert Kilo schwer auf dem Bett liegt, ich werde ihr später einen Zettel unter die Türe schieben, mit einer Entschuldigung, weil die Kammersängerin sich sicher aufgeregt hat, mit ihrem verfetteten Herzen. András wird von mir zurückgeschleppt zur Wohnung, aber nun ist auch noch die Tür zugefallen und ich bin ohne Schlüssel. Ich hämmere gegen die Tür, Ivan macht auf, Ivan ist gekommen! zu zweit ist es leichter mit den beiden, Béla sammelt, auf ein Wort von Ivan hin, widerspruchslos die größten Brocken von dem Kuchen ein, aber András hat jetzt das Grammophon entdeckt, hat schon die Hand an dem Hebel mit der neuen Saphirnadel und kratzt über die Schallplatte. Zu Ivan sage ich glücklich: Laß ihn doch, es macht nichts, es ist nur das D-Dur Konzert, es ist meine Schuld! Nur den Leuchter, den András jetzt in Angriff nehmen will, stelle ich rasch auf die hohe Vitrine. Ich laufe in die Küche und hole die Coca-Cola-Flaschen aus dem Eisschrank. Ivan, könntest du bitte wenigstens die Flaschen aufmachen, nein, dort liegt doch der Öffner! Mit dem Öffner ist aber Béla verschwunden, wir sollen raten, wo der Öffner ist, und wir spielen und raten: kalt, lauwarm, kühler, heiß, sehr heiß! der Öffner liegt unter dem Schaukelstuhl. Die Kinder wollen heute kein Coca Cola trinken, Béla schüttet sein Glas in eine Blumenvase mit den Rosen von Herrn Kopecky und den Rest in Ivans Tee. Ich sage: Aber Kinder, könntet ihr nicht einen Moment, ich habe mit Ivan etwas zu reden, Herrgott, nur einen Augenblick, gebt bitte Ruhe! Ich rede mit Ivan, der mir sagt, daß er jetzt mit den Kindern doch nicht nach Tirol fahren wird, sondern, früher als gedacht, an den Mondsee, weil seine Mutter nicht mehr nach Tirol will. Ich komme nicht dazu zu antworten, denn András muß auf einem Entdeckungsgang in die Küche gekommen sein, ich erwische ihn noch auf dem Küchenbalkon, auf den er zu klettern beginnt, lasse mir keine Aufregung anmerken und ziehe ihn herunter, ich sage: Komm doch, bitte, herein, ich habe noch Schokolade für dich! Ivan fährt ungerührt fort: Ich habe dich gestern nicht erreichen können, ich hätte es dir früher gesagt! Ivan will also an den Mondsee, und es ist nicht die Rede vom Mondsee und mir, ich sage schnell: Das trifft sich gut, ich muß zu den Altenwyls an den Wolfgangsee, ich habe schon zweimal abgesagt und jetzt halbwegs zugesagt, ich müßte fahren, weil sie sonst noch beleidigt sind. Ivan sagt: Tu das unbedingt, du mußt einmal heraus aus Wien, ich verstehe nicht, warum du immer absagst, du hättest doch die Zeit dafür. Éljen! Béla und András haben jetzt im Korridor

Malinas und meine Schuhe gefunden, sie stecken mit ihren kleinen Füßen darin, kommen damit angewackelt, András fällt brüllend um, ich hebe ihn auf und nehme ihn auf den Schoß. Ivan zerrt Béla aus Malinas Schuhen, wir kämpfen uns mit den Kindern ab und halten Ausschau nach der Schokolade, die auch verschwunden ist, es wäre die Rettung, András krampft den Rest in der Hand und verschmiert mir die Bluse damit. Sie werden also an den Mondsee fahren, und ich habe gesagt, ich würde zu den Altenwyls gehen. Siebenmeilenstiefel! schreit Béla, damit komme ich übers ganze Land, wie weit komme ich da? bis nach Buxtehude? Aber Ivan, laß ihm doch die Schuhe, wenn er unbedingt mit den Siebenmeilenstiefeln gehen will, please, do call later, I have to speak to you, den Brief mit der Einladung nach Venedig, den Antwortbrief, das Telegramm mit bezahlter Rückantwort, ich habe noch nichts abgeschickt, es ist nicht so wichtig, Venedig ist nicht wichtig, wir können ja später einmal... Ivan ist mit Béla ins Bad gegangen, András strampelt und will zuerst herunter von mir, dann küßt er mich plötzlich auf die Nase, ich küsse András auf die Nase, wir reiben unsere Nasen aneinander, ich möchte, daß es nie aufhört, daß András nicht genug bekommt, wie ich nicht genug bekomme vom Nasenreiben, ich möchte, daß es den Mondsee nicht gibt und nicht den Wolfgangsee, aber gesagt ist gesagt, András drängt sich immer fester an mich, und ich halte ihn fest, er muß mir gehören, die Kinder werden mir ganz gehören. Ivan kommt herein und stellt ein paar Stühle zurecht, er sagt: Schluß jetzt, wir haben keine Zeit, wir müssen gehn, ihr habt euch wieder einmal aufgeführt, daß es ein Graus ist! Ivan muß für die Kinder noch ein Gummiboot kaufen, bevor die Geschäfte zumachen. Ich stehe mit allen dreien an der Tür, Ivan hält András an der Hand, Béla

tobt schon das Stiegenhaus hinunter. Auf Wiedersehen, Fräulein! Auf Wiedersehen, ihr Mistfratzen! I'll call you later. Auf Wiedersehen!
Ich trage den Kuchenteller und die Gläser in die Küche, gehe hin und her und weiß nicht, was ich noch tun könnte, ich klaube ein paar Brösel vom Teppich, Lina wird morgen mit dem Staubsauger darübergehen. Ich möchte Ivan nicht mehr ohne die Kinder, ich werde Ivan etwas sagen, wenn er anruft oder ich werde es ihm sagen, vor der Abreise, einmal muß ich doch etwas sagen. Aber ich sage es ihm besser nicht. Ich werde ihm aus St. Wolfgang schreiben, eine Distanz gewinnen, zehn Tage lang überlegen, dann schreiben, kein Wort zuviel. Ich werde die richtigen Worte finden, die Schwarzkunst der Worte vergessen, ich werde schreiben mit meiner Einfalt vor Ivan, wie die Bauernmädchen bei uns auf dem Lande an ihren Liebsten, wie die Königinnen, ohne Scham, an ihren Erwählten. Ich werde ein Gnadengesuch schreiben, wie die Verurteilten, die keine Begnadigung zu erwarten haben.

Lange war ich nicht mehr aus Wien weg, auch im letzten Sommer nicht, weil Ivan in der Stadt bleiben mußte. Behauptet habe ich, das Allerschönste sei der Sommer in Wien und es gebe nichts Dümmeres, als gleichzeitig mit allen anderen aufs Land zu fahren, Ferien vertrüge ich auch nicht, der Wolfgangsee sei mir verleidet, weil ganz Wien dann ja am Wolfgangsee ist, und wenn Malina nach Kärnten fuhr, blieb ich allein zurück in der Wohnung, um mit Ivan ein paarmal an die Alte Donau zum Schwimmen fahren zu können. Doch diesen Sommer hat die Alte Donau keine Reize mehr, am allerschönsten muß es am Mondsee sein und nicht in dem ausgestorbenen Wien, durch das die Touristen ziehen. Es ist so gut wie keine Zeit vergangen. Ivan wird mich zur Bahn bringen am Morgen, denn sie fahren erst gegen Mittag mit dem Auto weg. Fräulein Jellinek kommt am späten Nachmittag vorbei, wir wollen noch etwas erledigen.

Sehr geehrter Herr Hartleben,
ich danke Ihnen für Ihren Brief vom 31. Mai!

Fräulein Jellinek wartet, und ich rauche, sie soll dieses Blatt wieder herausziehen und in den Papierkorb werfen. Ich kann nicht einen Brief von einem 31. Mai beantworten, die Zahl 31 darf überhaupt nicht verwendet und profaniert werden. Was bildet dieser Herr aus München sich ein? wie kann er mich aufmerksam machen auf den 31. Mai? was geht ihn mein 31. Mai an! Ich gehe rasch aus dem Zimmer, Fräulein Jellinek soll nicht merken, daß ich zu weinen anfange, sie soll abheften und ordnen, sie soll diesem Herrn überhaupt keine Antwort geben. Alle Antworten haben Zeit, Zeit bis nach dem Sommer, im Badezimmer fällt es mir wieder ein, ich, in höchster Angst, in fliegender Eile, werde heute noch einen entscheidenden, flehentlichen Brief, aber selber, schreiben. Fräulein Jellinek soll die Stunden zusammenrechnen, ich habe jetzt keine Zeit, wir wünschen einander einen schönen Sommer. Das Telefon läutet, Fräulein Jellinek soll doch gehen. Nochmals: einen schönen Sommer! schöne Ferien! schöne Grüße unbekannterweise an Herrn Dr. Krawanja! Das Telefon schrillt.

Ich stottere ja nicht, das bildest du dir ein
Aber ich habe dir doch vorgestern gesagt
Das muß ein Irrtum sein, ich wollte sagen

Es tut mir furchtbar leid, den letzten Abend
Nein, ich habe dir doch gesagt, daß ich leider heute
Ich will nicht, daß du immerzu tust, was ich will
Tu ich gar nicht, zum Beispiel geht es absolut nicht
Ich habe es bestimmt gesagt, du hast es nur
Ich bin es doch, die keine Zeit hat heute
Morgen früh bringe ich dich bestimmt
Ich habe es furchtbar eilig, auf morgen, um acht!

Seltsames Zusammentreffen. Wir haben beide heute keine Zeit füreinander, am letzten Abend ist immer soviel zu tun. Ich hätte ja Zeit, meine Koffer sind schon gepackt, Malina ist auswärts zum Essen gegangen, mir zuliebe. Er wird spät heimkommen und auch noch mir zuliebe. Wenn ich bloß wüßte, wo Malina ist. Aber ich will ihn auch nicht sehen, ich kann heute nicht, ich muß nachdenken über seltsame Zusammentreffen. Eines Tages werden wir immer weniger Zeit haben und eines Tages wird es gestern und vorgestern und vor einem Jahr und vor zwei Jahren gewesen sein. Außer gestern wird es auch noch morgen geben, ein Morgen, das ich nicht will, und gestern... O dieses Gestern, jetzt fällt mir auch ein, wie ich Ivan getroffen habe und daß ich vom ersten Augenblick an und die ganze Zeit..., und ich bin erschrocken, denn nie wollte ich denken, wie es im Anfang war, nie, wie es vor einem Monat war, nie, wie die Zeiten waren, als die Kinder noch fehlten, wie die Zeiten mit Frances und Trollope waren und wie es dann ging mit den Kindern und wie wir zu viert im Prater waren, wie ich gelacht habe, mit András an mich gedrückt, in der Geisterbahn, auch über den Totenkopf. Nie mehr wollte ich wissen, wie der Anfang war, ich bin nicht mehr vor dem Blumengeschäft in der Landstraße Hauptstraße stehengeblieben, ich habe nicht nach dem Namen gesehen und nach dem Namen gefragt. Aber eines Tages werde ich es wissen wollen und von dem Tag an werde ich zurückbleiben und zurückfallen in ein Gestern. Aber noch ist nicht morgen. Ehe gestern und morgen auftauchen, muß ich sie zum Schweigen bringen in mir. Es ist heute. Ich bin hier und heute.

Ivan hat angerufen, er kann mich doch nicht zum Westbahnhof bringen, denn im letzten Moment ist jetzt etwas dazwischengekommen. Es macht nichts, er wird mir eine Ansichtskarte schreiben, ich kann aber nicht länger zuhören, denn ich muß rasch telefonieren, um ein Taxi zu bekommen. Malina ist schon aus dem Haus und Lina noch nicht da. Aber Lina ist im Kommen, sie findet mich mit den Koffern im Stiegenhaus, wir stemmen die Koffer hinunter, Lina vor allem stemmt und trägt, sie umarmt mich vor dem Taxi: Daß mir gnädige Frau aber gesund wiederkommen, der Herr Doktor möchten sonst nicht zufrieden sein!

Ich renne auf dem Westbahnhof herum, dann hinter einem Gepäckträger her, der meine Koffer bis ans Ende vom Bahnsteig 3 karrt, wir müssen umkehren, weil der richtige Waggon jetzt auf Bahnsteig 5 steht und zwei Züge Richtung Salzburg abfahren zu dieser Stunde. Auf dem Bahnsteig 5 ist der Zug noch länger als der auf Nummer 3, und wir müssen über den Schotter zu den letzten Waggons hinaus. Der Gepäckträger will jetzt bezahlt werden, er findet das einen Skandal und typisch, aber dann hilft er mir doch, weil ich ihm zehn Schilling mehr gegeben habe, ein Skandal bleibt es. Ich wollte, er hätte sich nicht durch zehn Schilling bestechen lassen. Dann hätte ich umkehren müssen, dann wäre ich in einer Stunde zu Hause. Der Zug fährt an, ich kann noch die Tür, die auffliegt und mich hinausziehen will, zuwerfen mit letzter Kraft. Ich bleibe auf meinen Koffern sitzen, bis der Schaffner kommt und mich ins Abteil bringt. Der Zug will auch nicht entgleisen vor Attnang-Puchheim, er hält kurz in Linz, nie war ich in Linz, ich bin immer durchgefahren, Linz an der Donau, ich will nicht weg von den Ufern der Donau.

... sie sah keinen Ausweg mehr aus der befremdlichen Landschaft, die nur aus Weiden, aus Wind und aus Wasser war... die Weiden zischelten immer mehr, sie lachten, sie schrien auf und stöhnten... um nichts mehr zu hören, vergrub sie den Kopf in ihren Armen... Sie konnte nicht vor und nicht zurück, sie hatte nur die Wahl zwischen dem Wasser und der Übermacht der Weiden.

Antoinette Altenwyl steht in Salzburg auf dem Bahnhof und verabschiedet am Zug gegenüber ein paar Leute, die nach München zurückfahren. Immer war mir dieser Bahnhof zuwider mit seinen absurden Wartezeiten und Abfertigungen, aber diesmal muß ich mich nicht abfertigen lassen, denn ich bleibe, ich gehöre zu INLAND. Warten muß ich doch, bis Antoinette sich durch alle Leute gegrüßt und geküßt hat, dann winkt sie dem abfahrenden Zug nach, als wären ganze Völkerscharen zu grüßen, huldvoll, und mich hat sie natürlich auch nicht vergessen. Atti freue sich wahnsinnig auf mich, er wird bald regattieren, so? das wisse ich nicht? Antoinette vergißt immerzu, wofür ein anderer Mensch sich interessiert, und Atti

will also morgen vormittag mit mir nach St. Gilgen hinüberfahren, denn diese erste Regatta mache er natürlich nicht mit. Ich höre Antoinette unsicher zu. Warum Atti auf mich wartet, verstehe ich nicht, Antoinette wohl auch nicht, sie hat es aus lauter Herzlichkeit erfunden. Malina läßt dich grüßen, sage ich trocken.
Danke, warum seid ihr denn nicht miteinander, nein, sowas, die arbeiten jetzt noch! wie geht es denn unserem lieben Schwerenöter?
Daß sie in Malina einen Schwerenöter sieht, ist mir eine solche Überraschung, daß ich zu lachen anfange: Aber Antoinette, du verwechselst ihn vielleicht mit dem Alex Fleisser oder mit dem Fritz! Ach, bist du jetzt mit dem Alex? Ich sage freundlich: Du bist wohl verrückt. Aber ich stelle mir immer noch vor, wie Malina als Schwerenöter, allein in der Wohnung in Wien, es schwerhaben könnte. Antoinette fährt jetzt einen Jaguar, die englischen Wagen sind eben die einzig möglichen, und sie fährt schnell und sicher, auf einem von ihr entdeckten Umweg, aus Salzburg heraus. Sie wundert sich, daß ich heil angekommen sei, man höre dauernd solche komischen Sachen über mich, ich käme nirgendwo an, jedenfalls nie zu der Zeit und nie an dem Ort, wo man mich erwartet. Ich erzähle umständlich, wann ich zum erstenmal in St. Wolfgang war (und die Hauptsache lasse ich aus, einen Nachmittag in einem Hotelzimmer), und daß es die ganze Zeit geregnet hätte und eine sinnlose Reise gewesen war. Obwohl ich es nicht mehr weiß, lasse ich es regnen, damit Antoinette mir jetzt als Ausgleich ein regenloses, sonniges Salzkammergut anbieten kann. Damals konnte ich mich auch nur selten eine Stunde mit Eleonore treffen, weil sie Küchendienst hatte im Grand Hotel, Antoinette unterbricht mich irritiert: Nein, was du nicht sagst, die Lore, ja wieso denn? in welcher Küche?

im Grand Hotel, das gibt es doch gar nicht mehr, die haben falliert, aber gewohnt hat man dort gar nicht schlecht! Und ich begrabe rasch Eleonore und verzichte darauf, Antoinette aufzuklären und mich zu verwunden. Ich hätte nie mehr hierherkommen dürfen.

Bei den Altenwyls sind schon fünf Leute zum Tee, zwei sollen noch dazukommen zum Abendessen, und ich habe den Mut nicht mehr, zu sagen: Aber Ihr habt mir doch versprochen, daß niemand da ist, daß es ganz still sein wird, wir ganz unter uns! Und morgen kommen also die Wantschuras, die sich ein Haus gemietet haben für den Sommer, und am Wochenende nur noch die Schwester von Atti, die darauf besteht, Baby mitanzuschleppen, die sich, hörst du mir zu? eine unglaubliche Geschichte, diesen Rottwitz in Deutschland erheiratet hat, diese geborene Hochstaplerin, sonst sei sie ja nicht sehr geboren, und sie soll draußen einen succès fou haben, die Deutschen fallen ja auf alles herein, die glauben wirklich, die Baby sei mit den Kinskys verwandt und auch mit ihnen, den Altenwyls, man staune nur so. Antoinette findet aus dem Staunen nicht mehr heraus.

Aus der Teestunde stehle ich mich weg, ich wandre durch den Ort und am Ufer entlang, und weil ich schon hier bin, mache ich meine Besuche. Die Leute verändern sich merkwürdig in diesen Gegenden. Die Wantschuras entschuldigen sich dafür, daß sie am Wolfgangsee ein Haus gemietet haben, ich habe es ihnen nicht vorgeworfen, ich bin ja auch da. Christine rennt ruhelos durch das Haus, mit einer alten Schürze vorgebunden, damit man darunter das Saint-Laurent-Kleid nicht sieht. Es sei ein reiner Zufall, ihr wäre es in der hintersten Steiermark lieber. Aber nun sind die Wantschuras eben doch da, obwohl ihnen besonders die Festspiele gestohlen bleiben können. Christine preßt sich die Hände an die Schläfen, es geht ihr hier alles auf die Nerven. Im Garten pflanzt sie Salat und Kräuter, in alles, was sie kocht, tut sie ihre Kräuter, sie leben hier so einfach, unvorstellbar einfach, heute macht Xandl einfach einen Milchreis, es ist Christines freier Abend. Sie hält sich wieder die Hände an die Schläfen, zieht mit den Fingern durch die Haare. Schwimmen gingen sie praktisch nie, man stolpere ja überall über Bekannte, und damit sei ich im Bilde. Dann fragt Christine: So? bei den Altenwyls? Na ja, Geschmacksache, die Antoinette ist ja eine bezaubernde Person, aber der Atti, wie du das aushältst, wir verkehren ja nicht miteinander, ich glaube, er ist nichts wie eifersüchtig auf den Xandl. Ich sage erstaunt: Aber wieso denn? Christine sagt abfällig: Der Atti hat doch auch einmal gemalt oder gezeichnet, was weiß ich, na ja, er vertragt halt nicht, daß einer wirklich was kann, wie der Xandl, so sind sie doch alle, diese Dilettanten, mir liegt ja an so einem Verkehr überhaupt nichts, praktisch kenne ich den Atti gar nicht, ich sehe die Antoinette hie und da im Ort und in Salzburg beim Friseur, nein, in Wien nie, im Grund sind sie doch so stockkonservativ, was sie gar nicht sein möchten, und auch die Antoinette, obwohl sie viel Charme hat, aber von moderner Kunst, bitte, keinen Schimmer, und daß sie den Atti Altenwyl geheiratet hat, davon steigt sie nicht herunter, Xandl, was ich denke, das sage ich, wie ich bin, bin ich, du machst mich heute einfach rasend, hörst du! und ich hau den Kindern noch eine herunter, wenn mir noch einmal eines in die Küche kommt, bitte, trau dich doch, einmal zum Atti Herr Doktor Altenwyl zu sagen, das möchte ich erleben, das Gesicht, was er dann machen täte, das hält er einfach nicht für möglich, der überzeugte Republikaner mit seiner rötlichen Färbung, und wenn auch hundertmal auf seiner Visitenkarte Dr. Arthur Altenwyl steht, dann freut ihn das nur, weil doch trotzdem noch jeder weiß, wer er ist. So sind sie eben alle!

Bei den Mandls, im Nebenhaus, die von Jahr zu Jahr amerikanischer werden, sitzt im Livingroom ein junger Mann herum, Cathy Mandl flüstert mir zu, er sei outstanding, wenn ich recht verstanden habe, als Schriftsteller, und wenn ich den Namen verstanden habe, muß er entweder Markt oder Marek heißen, ich habe noch nie etwas von ihm gelesen oder gehört, er muß eben erst entdeckt worden sein oder seiner Entdeckung durch Cathy harren. Nach den ersten zehn Minuten fragt er mit einer unverhüllten Gier nach den Altenwyls, und ich gebe sparsame Antworten, manchmal gar keine. Was macht denn der Graf Altenwyl eigentlich? fragt das junge Genie, und immerfort weiter, wie lange ich den Grafen Altenwyl schon kenne und ob ich mit ihm wirklich befreundet sei und ob es wahr sei, daß der Graf Altenwyl... Nein, ich habe keine Ahnung, ich habe ihn noch nie gefragt, was er macht. Ich? Vielleicht zwei Wochen. Segeln? Vielleicht. Ja, ich glaube, sie haben zwei Boote oder drei, ich weiß es nicht. Mag schon sein. Was will der Herr Markt oder Herr Marek? Eine Einladung zu den Altenwyls oder will er nur immerzu diesen Namen aussprechen? Cathy Mandl sieht dicklich und freundlich aus, krebsrot, weil sie nicht braun wird, sie näselt ein wienerisches Amerikanisch und ein amerikanisches Wienerisch. Sie ist die große Seglerin in der Familie, die einzig seriöse danger für den Altenwyl, wenn man den Leibl als professional ausnimmt. Herr Mandl spricht wenig und sanftmütig, er schaue lieber zu. Er sagt: Sie haben keine Ahnung, was für eine Energie in meiner Frau steckt, wenn sie nicht bald auf ihr Boot kommt, gräbt sie jeden Tag unseren Garten um und stellt das Haus auf den Kopf, manche Leute leben eben und andere schauen ihnen beim Leben zu, ich gehöre zu denen, die zuschauen. Sie auch?

Ich weiß es nicht. Ich bekomme einen Wodka mit Orangensaft. Wann habe ich dieses Getränk schon einmal getrunken? Ich schaue in das Glas, als stünde ein zweites darin, und es fällt mir wieder ein, es wird mir ganz heiß, ich möchte das Glas fallen lassen oder ausschütten, weil ich Wodka mit Orangensaft einmal hoch oben in einem Haus getrunken habe, in meiner schlimmsten Nacht, es wollte mich jemand aus dem Fenster stürzen, und ich höre nicht mehr, was Cathy Mandl sagt über die International Yacht Racing Union, in der sie natürlich ist, ich trinke, dem sanftmütigen Herrn Mandl zuliebe, das Glas aus, er wisse ja, was für Pünktlichkeitsfanatiker die Altenwyls seien, und ich spaziere zurück in der Dämmerung, es summt und wispert in der Seenähe, die Mücken und die Falter flirren um mein Gesicht, ich suche den Weg, am Umsinken, zurück zu dem Haus und denke, ich muß zuversichtlich aussehen, gut aussehen, in Stimmung sein, niemand darf mich hier sehen mit einem aschgrauen Gesicht, es muß draußen bleiben in der Nacht, hier auf dem Weg, ich darf es nur haben in einem Zimmer allein, und ich trete ins erleuchtete Haus und sage strahlend: Guten Abend, Anni! Die alte Josefin humpelt über den Gang und ich strahle und lache: Guten Abend, Josefin! Weder Antoinette noch dieses ganze

St. Wolfgang werden mich umbringen, nichts wird mich erzittern lassen, nichts wird mich stören in meiner Erinnerung. Auf meinem Zimmer, wo ich aussehen dürfte, wie ich aussehe, breche ich aber auch nicht zusammen, denn auf dem Waschtisch, neben dem Lavoir aus alter Fayence, sehe ich sofort einen Brief liegen. Ich wasche mir zuerst die Hände, vorsichtig schütte ich das Wasser in den Kübel und stelle den Krug zurück, und danach setze ich mich auf das Bett und halte Ivans Brief in der Hand, den er schon vor meiner Abreise abgeschickt hat, er hat es nicht vergessen, er hat die Adresse nicht verloren, ich küsse viele Male den Brief und überlege, ob ich den Rand vorsichtig aufmachen soll oder ob ich den Brief mit der Nagelschere oder dem Obstmesser aufschlitzen soll, ich schaue die Briefmarke an, ein Trachtenweib ist darauf, warum denn schon wieder? Ich möchte den Brief nicht gleich lesen, sondern jetzt zuerst Musik hören, dann lange wach liegen, den Brief halten, meinen Namen lesen, von Ivans Hand geschrieben, den Brief unter das Kopfpolster legen, ihn dann doch hervorziehen und vorsichtig aufmachen in der Nacht. Es klopft, Anni steckt den Kopf herein: Zum Nachtmahl bitte, gnädige Frau, die Herrschaften sind schon in der Stube. Stube nennt sich das hier, und weil ich mich rasch kämmen, das Make-up korrigieren und noch einmal über die Altenwylsche Stube lächeln muß, bleibt mir wenig Zeit. Nach einem dumpfen Gongschlag von unten, ehe ich das Licht lösche, reiße ich den Brief auf. Ich sehe keine Anrede, es stehen überhaupt nur eins, zwei, drei, vier, fünf, sechs, sieben, acht Zeilen – genau acht Zeilen – auf dem Blatt, und unten auf dem Blatt lese ich: Ivan.

Ich laufe hinunter in die Stube und jetzt kann ich sagen: Herrlich sei die Luft hier, spazieren sei ich gewesen und hineingeschaut hätte ich da und dort, zu ein paar Freunden, aber besonders die Luft, das Land, nach der Großstadt! Antoinette, mit ihrer sicheren scharfen Stimme nennt ein paar Namen, placiert die Gäste. Es gibt zuerst einfach Leberknödelsuppe. Antoinettes Prinzip ist, besonders im St. Wolfganger Haus, festhalten an der alten Wiener Küche. Es darf ihr nichts Windiges und Modisches auf den Tisch kommen, auch nichts Französisches, Spanisches und Italienisches, man wird nicht von zu weich gekochten Spaghetti überrascht, wie bei den Wantschuras, oder mit einem eingesunkenen traurigen Sabayon, wie bei den Mandls. Wahrscheinlich ist Antoinette es dem Namen Altenwyl schuldig, daß die Namen und die Gerichte unverfälscht bleiben, und sie weiß, daß den meisten Gästen und Verwandten ihr Prinzip zum Bewußtsein kommt. Selbst wenn es Wienerisches nicht mehr geben sollte, bei den Altenwyls wird man, solange sie leben, noch Zwetschkenröster essen, Kaisererdäpfel und Husarenbraten, es wird kein fließendes Wasser geben und keine Zentralheizung, das Leinen der Handtücher wird handgewebt sein, und im Haus wird es eine Konversation geben, was nicht mit ›Gesprächen‹, ›Diskussionen‹, ›Begegnungen‹ zu verwechseln, sondern eine untergehende Abart von schwerelosem Aneinandervorbeireden ist, das jeden gut verdauen läßt und bei guter Laune hält. Was Antoinette nicht weiß, ist, daß ihr Kunstsinn sich auf diesen Gebieten am stärksten entwikkelt hat durch den altenwylschen Geist und weniger an ihren auch vorhandenen, etwas konfusen Kenntnissen und zufälligen Erwerbungen moderner Kunst. Der halbe Tisch muß heute französisch sprechen, wegen der weitläufigen Verwandten von Atti, einem Onkel Beaumont und dessen Tochter Marie. Wenn das Französische überhandnimmt, kommt Antoinette mit einer Bitte dazwischen: Atti, sei lieb, es zieht, ja, ich spür es doch, es zieht von dort drüben her! Atti steht zweimal auf und zieht an den Vorhängen herum, rückt und drückt am Fensterverschluß. Das ist halt heutzutag alles nur noch eine Pfuscherei, was diese Handwerker bei uns! Mais les artisans chez nous, je Vous en prie, c'est partout la même chose! Mes chers amis, Vous avez vu, comment on a détruit Salzburg, même Vienne! Mais chez nous à Paris, c'est absolument le même, je Vous assure! Also Antoinette, ich bewundere dich, was du heute noch alles auftreibst! Ja, ohne die Antoinette, die aber auch was durchsteht! Nein, wir haben uns ein ganz einfaches Service aus Italien kommen lassen, aus Vietri, das ist dort unten, du weißt schon, bevor man nach Salerno kommt! Und mir fällt ein großer wunderbarer Teller aus Vietri ein, graugrün, mit einer Blätterzeichnung, gebrannt und verschwunden, mein erster Obstteller, warum muß heute nicht nur Wodka mit Orangensaft vorkommen, sondern auch Keramik aus Vietri? Vous êtes sûre qu'il ne s'agit pas de Fayence? Jesus, ruft Antoinette, der Onkel Gontran macht mich ganz schwindlig, bitte so helfts mir doch, ich habe noch gar nicht verstanden, daß Fayence sich womöglich von Faenza herschreibt oder direkt dasselbe ist, man lernt eben nie aus. Bassano di Grappa? Il faut y aller une fois, Vous prenez la route, c'était donc, tu te rappelles, Marie? Non, sagt diese Marie froidement, und der alte Beaumont schaut zögernd zu seiner Tochter hinüber und hilfesuchend zu mir, aber Antoinette lenkt, wegen der kalten Marie, schon wieder rasch nach Salzburg ab und stochert im falschen Hasen herum, zu mir flüstert sie: Nein, so wie sonst ist der falsche Has' heute nicht. Zu den anderen laut: Übrigens die Zauberflöte, warts ihr alle drin? und was sagts ihr jetzt dazu? Anni, sagen Sie der Josefin, heute hat sie mich aber richtig enttäuscht, sie weiß schon warum, das brauchen Sie ihr gar

nicht zu erklären. Was sagts ihr aber erst zum Karajan? mir war dieser Mann ja immer ein Rätsel!
Atti glättet die Wogen zwischen dem zu trockenen falschen Hasen, dem Verdi-Requiem, das Karajan ohne Antoinettes Zustimmung dirigiert hat, und der Zauberflöte, die ein bekannter deutscher Regisseur inszeniert hat, dessen Namen Antoinette genau weiß, aber zweimal verwirrt falsch ausspricht, nicht anders als Lina, die so oft böswillig zwischen Zoschke und Boschke schwankt. Aber Antoinette ist schon wieder bei Karajan, und Atti sagt: Aber ich bitte euch, der Antoinette ist doch jeder Mann ein vollkommenes Rätsel, und das macht sie ja so schön weltfremd und charmant für die Männer. Antoinette lacht ihr angeheiratetes, unnachahmliches altenwylsches Lachen, denn wenn Fanny Goldmann auch noch immer die schönste Frau Wiens ist und auf die schönste Art Sie sagt, so würde Antoinette der Preis für das schönste Lachen zufallen. Ah, das ist ganz der Atti! mein Lieber, du weißt gar nicht, wie recht du da hast, was aber das Ärgste ist, sagt sie mit einer Koketterie, die jetzt ihrem Teller mit dem Griesflammeri gilt, aus dem sie einen Dessertlöffel voll nimmt und auf halber Höhe mit einer graziös abgewinkelten Hand vor sich schweben läßt (ah, die Josefin ist doch unbezahlbar, genau so ist das Flammeri richtig, aber ich werde mich hüten, ihr das zu sagen) – was aber das Ärgste ist, Atti, du bist mir noch immer das allergrößte Rätsel, bitte, widersprich nicht! Sie errötet rührend, denn sie errötet noch immer, wenn ihr etwas einfällt, was sie vorher noch nie gesagt hat. Je Vous adore, mon chéri, flüstert sie zärtlich und so laut, daß es doch alle hören. Denn wenn ein Mann uns noch immer die größten Rätsel aufgibt nach zehn Jahren, bitte, zwölf meinetwegen, wir wollen die anderen nicht embetieren mit unseren öffentlichen Geheimnissen, dann

hat man das große Los gezogen, habe ich nicht recht? Il faut absolument que je Vous le dise ce soir! Sie schaut, um Beifall besorgt, auch zu mir herüber und wirft Anni dann einen Stahlblick zu, weil Anni drauf und dran war, meinen Teller von der falschen Seite wegzunehmen, aber im nächsten Augenblick ist sie schon wieder imstande, Atti verliebt anzusehen. Sie wirft den Kopf zurück, und ihre aufgesteckten Haare fallen ihr beinahe zufällig über die Schulter, leicht gelockt und goldbraun, sie ist satt und zufrieden. Der alte Beaumont fängt unbarmherzig an, von den alten Zeiten zu reden, das waren noch wirkliche Sommerfrischen gewesen, aus Wien waren Attis Eltern weggezogen, mit Kisten voller Geschirr, Silber und Wäsche, mit den Dienstboten und den Kindern. Antoinette sieht seufzend um sich, ihre Augenlider kommen ins Flattern, denn die ganze Geschichte droht wieder zum hundertsten Mal aufgetischt zu werden, der Hofmannsthal und der Strauss waren natürlich jeden Sommer bei ihnen gewesen, Max Reinhardt und Kassner, und das seltene Kassnergedenkbuch vom Fertsch Mansfeld, das müßten wir heute alle endlich einmal sehen, und die Feste von dem Castiglione, une merveille sans comparaison, inoubliable, il était un peu louche, oui, aber Reinhardt, toute autre chose, ein wirklicher Herr, il aimait les cygnes, natürlich hat er die Schwäne geliebt! Qui était ce type là?, fragt Marie kalt. Antoinette zuckt mit den Achseln, doch Atti kommt dem alten Herrn freundlich zu Hilfe, bitte, Onkel Gontran, erzählen Sie doch diese urkomische Geschichte von Eurer Bergtour, wißt ihr, das war die Zeit, wo dieser Alpinismus ausgebrochen ist, das ist wirklich zum Totlachen, weißt du, Antoinette, daß der Onkel Gontran einer der ersten Skifahrer war, die auf dem Arlberg diese Arlbergtechnik gelernt haben, war das die Zeit vom Christiana und vom Telemark? und er war auch einer der ersten, die eine Sonnenblumenkerne-Diät und das Sonnenbaden erfunden haben, es war damals was Tollkühnes, nackt, bitte erzählen Sie doch! Kinder, ich sterbe, verkündet Antoinette, ich bin froh, daß ich mich überessen kann, wie ich will, Linie hin oder her. Sie sieht Atti scharf an, legt die Serviette weg, sie steht auf und wir gehen alle aus der kleinen Stube in die große Stube nebenan, warten auf den Mokka, und Antoinette verhindert noch einmal, daß der alte Beaumont den Arlberg und die Kneippkur, das Nacktsonnen oder sonst ein Abenteuer aus dem Anfang des Jahrhunderts zum besten gibt. Unlängst sag ich doch zu dem Karajan, aber man weiß ja nicht, ob der Mann einem zuhört, der ist ständig in einer Trance, bitte Atti, du mußt mich nicht so beschwörend anschauen, ich halt ja schon den Mund. Aber was sagts ihr zu der Christine ihrer Hysterie? Zu mir gewendet: Bitte kannst du mir sagen, was in diese Frau eigentlich gefahren ist, sie schaut mich an, als hätt sie einen Besen geschluckt, ich grüß immer freundlich, aber diese Nocken möcht mich mit nichts als Pech und Schwefel überschütten, der Wantschura mit seiner Bildhauerei, der wird sie natürlich, wie vorher die Lisel, um alle Nerven gebracht haben, das ist ja notorisch bei ihm, dann sind seine Musen ganz aufgerieben, weil sie immer im Atelier herumstehen müssen, und der Haushalt dazu, ich verstehe es ja, aber man muß doch eine Contenance haben, wenn man in der Öffentlichkeit steht mit so einem Mann, er ist ja wahnsinnig begabt, der Atti hat seine ersten Sachen gekauft, ich zeig sie euch, das sind dem Xandl seine besten!

Wenn jetzt noch eine Stunde vorbeigeht, darf ich in mein Bett und mich mit einer dicken Bauerntuchent zudecken, denn es ist immer kühl abends im Salzkammergut, draußen wird etwas flirren, aber auch im Zimmer wird etwas zu brummen anfangen, ich werde aus dem Bett steigen, herumgehen, ein brummendes, summendes Insekt suchen, es doch nicht finden, und dann wird sich ein Falter still auf meiner Lampe wärmen, den könnte ich erschlagen, aber gerade der tut mir nichts und darum kann ich es nicht, er müßte schon Laute von sich geben, ein marterndes Geräusch machen, um mich mordlustig zu machen. Aus dem Koffer hole ich ein paar Kriminalromane, ich muß nur noch lesen. Aber nach ein paar Seiten merke ich, ich kenne das Buch schon. MORD IST KEINE KUNST. Auf dem Pianino liegen Antoinettes Noten herum, zwei Bände SANG UND KLANG, ich schlage sie an verschiedenen Stellen auf und probiere leise ein paar Takte, die ich als Kind gespielt habe. Erzittere Byzanz... Ferraras Fürst, erhebet Euch... Der Tod und das Mädchen, der Marsch aus Die Regimentstochter... das Champagnerlied... Des Sommers letzte Rose. Leise singe ich, aber falsch und daneben: erzittere Byzanz! Dann noch leiser und richtig: der Wein, den man mit Augen trinkt...

Gleich nach dem Frühstück, bei dem Atti und ich allein sind, fahren wir mit seinem Motorboot weg. Atti hat einen Chronometer um den Hals hängen, mir hat er die Stange mit dem Haken gereicht, in einem heiklen Moment will ich sie ihm geben und lasse sie fallen. Du bist ja nicht gescheit, du sollst doch damit staken, wir schlagen ja an den Steg, so stemm doch das Boot ab! Atti schreit sonst nie, aber in jedem Boot muß er schreien, das allein könnte mir die Boote verleiden. Nun fangen wir an, nach hinten hinauszufahren, er wendet, und ich denke an alle Jahre in den Motorbooten auf den Seen und auf den Meeren, ich schaue wieder in die Gegend von damals, das ist also der vergessene See, hier war es! Atti, dem ich begreiflich machen will, wie wunderbar ich es finde, dahinzuschnellen übers Wasser, hört überhaupt nicht zu, denn er möchte nur rechtzeitig hinüberkommen vor dem Start. Wir schaukeln in der Nähe von St. Gilgen herum. Noch zehn Minuten vergehen nach dem ersten Schuß, dann kommt endlich der zweite Schuß, und jetzt werden jede Minute die Bälle weggenommen. Siehst du, jetzt nehmen sie den letzten! Ich sehe zwar nichts, aber den Startschuß höre ich. Wir bleiben hinter den Segelbooten, die in Fahrt kommen, alles, was mir noch auffällt, ist, daß der eine vor uns jetzt eine Halse macht, eine emparte, erklärt Atti, und dann fahren wir ganz langsam, um die Regatta nicht zu stören, Atti sieht sich kopfschüttelnd die Manöver dieser traurigen Segler an. Ivan soll sehr gut segeln, wir werden miteinander segeln gehen, nächstes Jahr, vielleicht ans Mittelmeer, denn Ivan hält nicht viel von unseren kleinen Seen. Atti erregt sich: Herrschaft, der ist wohl nicht gescheit, der zieht ja zu dicht, der da wandert aus, und ich deute auf einen, der in Fahrt kommt, während alle fast still liegen. Der hat eine Personalbö! Eine was? Und Atti erklärt sehr gut, aber ich sehe meinen vergessenen See mit diesen Spielzeugen darauf, ich möchte hier mit Ivan segeln, aber weit weg von den anderen, auch wenn es mir die Haut von den Händen reißt und ich unter dem Baum immerzu hin und her kriechen muß. Atti fährt zur ersten Boje, um die alle herummüssen, er ist völlig konsterniert. Da müsse man doch ganz dicht heran und herum, der zweite hat jetzt mindestens fünfzig Meter verloren, der Segler auf dem Einerboot, der verschenkt den Wind, und dann erfahre ich auch noch, daß es den wahren und den scheinbaren Wind gibt, das gefällt mir sehr, ich sehe Atti

bewundernd an und wiederhole eine Lektion: Was beim Segeln zählt, das ist der scheinbare Wind.
Atti ist mild gestimmt durch meine Anteilnahme, der Mann dort sitzt nicht komisch auf dem Boot, weiter zurück müßte er noch, na endlich, jetzt drückt er hinaus. Mehr, noch mehr! Es sieht so gemütlich aus, sage ich, aber Atti sagt, doch wieder verärgert, es sei nicht gemütlich, der Mann denke an nichts anderes als an den Wind und an sein Boot, und ich schaue zum Himmel hinauf, ich versuche mich zu erinnern, vom Segelfliegen her, was thermischer Wind ist, wie das mit der Thermik ist, und ich ändere meinen Blick, der See ist nicht mehr der See, licht oder bleifarben, sondern die dunkleren Striche bedeuten etwas, jetzt kippen zwei Boote nach der Leeseite, weil sich wieder wenig rührt, sie probieren, ihre Segel zu formen. Wir fahren ihnen wieder ein Stück nach, in die Nähe der nächsten Boje, und es wird kühl. Atti meint, sie werden die Regatta ›abschießen‹, denn es lohne sich nicht, es lohnt sich wirklich nicht, Atti weiß schon, warum er diese Regatta nicht mitmacht. Wir fahren nach Hause, holpern über das bewegtere Wasser, aber Atti stellt plötzlich den Motor ab, denn es kommt uns Leibl entgegen, der auch in St. Gilgen ist, und ich sage zu Atti: Was ist denn das für ein großer Dampfer dort? Atti schreit: Das ist doch kein Dampfer, das ist eine...
Die beiden Männer fangen zu winken an. Servus Altenwyl! Servus Leibl! Unsere Boote liegen nah beieinander, die Männer reden aufgeregt, Leibl hat seine Boote noch nicht herausgenommen, Atti lädt ihn ein, morgen zum Mittagessen zu kommen. Wieder einer mehr, denke ich, das ist also der sieghafte kurzleibige Herr Leibl, der alle Regatten gewinnt auf seinem Katamaran, ich winke achtungsvoll, da ich nicht schreien kann wie Atti und schaue manchmal in den Rückspiegel. Denn heute abend

wird dieser Leibl sicher in ganz St. Gilgen erzählen, daß er den Atti ohne Antoinette und mit einer blonden Person gesehen hat. Der siegende Herr Leibl kann nicht wissen, daß Antoinette heute unbedingt zum Friseur gehen muß, daß es ihr überhaupt ganz gleichgültig ist, mit wem Atti auf dem See herumrast, denn Atti denkt drei Monate lang nur an den See und an Segelboote, wie Antoinette jedem unter vier Augen schmerzlich beteuert, an nichts anderes als an diesen verdammten See, an sonst gar nichts.

Am späten Abend müssen wir noch einmal auf den See, mit dreißig oder fünfunddreißig Knoten dahin, weil Atti mit einem Segelmacher verabredet ist, die Nacht ist kühl, Antoinette ist uns losgeworden, sie muß in die Premiere von JEDERMANN. Ich höre immerzu eine Musik: Und träum hinaus in selge Weiten ..., ich bin in Venedig, ich denke an Wien, ich schaue über das Wasser und schaue ins Wasser, in die dunklen Geschichten, durch die ich treibe. Sind Ivan und ich eine dunkle Geschichte? Nein, er nicht, ich allein bin eine dunkle Geschichte. Es ist nur der Motor zu hören, es ist schön auf dem See, ich stehe auf und halte mich am Fensterrahmen fest, am anderen Ufer sehe ich schon eine schäbige Lichterkette, verloren und übernächtig, und meine Haare wehen im Wind.

... und kein Mensch außer ihr lebte, und sie hatte die Orientierung verloren... es war, als wäre alles in Bewegung geraten, Wellen aus Weidengezweig, die Fluten nahmen ihren eigenen Lauf... eine nie gekannte Unruhe war in ihr und legte sich schwer auf ihr Herz ...

Wenn der Fahrtwind nicht wäre, würde ich bitterlich weinen, auf dem halben Weg nach St. Gilgen, aber der Motor stottert, wird ganz still, Atti wirft den Anker, das ganze Ankergeschirr hinaus, er schreit mir etwas zu, und ich gehorche, das habe ich gelernt, daß man auf einem Boot gehorchen muß. Nur einer darf etwas sagen. Atti kann den Kanister mit dem Reservebenzin nicht finden, und ich denke, was wird wohl aus mir werden, die ganze Nacht auf dem Boot, in dieser Kälte? es sieht uns ja niemand, wir sind noch weit weg vom Ufer. Aber dann finden wir den Kanister doch, auch den Trichter. Atti steigt vorne aufs Boot, und ich halte die Laterne. Ich bin nicht mehr sicher, ob ich wirklich noch an ein Ufer kommen möchte. Der Motor springt aber an, wir ziehen den Anker ein, fahren schweigend nach Hause, denn Atti weiß auch, daß wir die ganze Nacht auf dem Wasser hätten zubringen müssen. Zu Antoinette sagen wir nichts, wir schmuggeln Grüße ein von drüben, erfundene Grüße, ich habe den Namen der Leute vergessen. Ich vergesse immer mehr. Es fällt mir beim Abendessen auch nicht ein, was ich Erna Zanetti, die mit Antoinette in der Premiere war, ausrichten sollte oder wollte, ich versuche es mit Grüßen von Herrn Kopecky aus Wien. Erna ist erstaunt: Kopecky? Ich entschuldige mich, es muß ein Irrtum sein, jemand läßt sie grüßen aus Wien, vielleicht Martin Ranner. Das kann vorkommen, es kommt vor, sagt Erna nachsichtig. Ich denke noch während des ganzen Abendessens nach. Es dürfte aber nicht vorkommen, es war vielleicht etwas Wichtigeres, was nicht Grüße waren, vielleicht sollte ich Erna bitten um etwas, es war kein Stadtplan von Salzburg, kein Plan über die Seen und über das Salzkammergut, es war keine Frage nach einem Friseur oder einer Drogerie. Mein Gott, was hätte ich bloß Erna sagen oder fragen müssen! Ich will nichts von ihr, aber ich sollte sie etwas fragen. Während wir den Mokka in der großen Stube trinken, sehe ich Erna immer noch schuldbewußt an, weil es mir nie wieder einfallen wird. Es fällt mir nichts mehr ein zu den Menschen, die mich umgeben, ich vergesse, vergesse schon die Namen, die Grüße, die Fragen, die Mitteilungen, den Klatsch. Ich brauche keinen Wolfgangsee, ich brauche keine Erholung, ich ersticke, wenn es Abend wird und Konversation gibt, die Zustände kommen nicht wirklich wieder, nur andeutungsweise, ich ersticke vor Angst, ich habe Angst vor einem Verlust, ich habe noch etwas zu verlieren, ich habe alles zu verlieren, es ist das einzig Wichtige, ich weiß, wie es heißt, und ich bin nicht fähig, hier herumzusitzen bei den Altenwyls, mit den anderen Leuten. Im Bett zu frühstücken ist angenehm, am See entlangzulaufen ist gesund, in St. Wolfgang Zeitungen und Zigaretten zu holen, ist gut und unnütz. Aber zu wissen, daß jeder dieser Tage mir einmal furchtbar fehlen wird, daß ich schreien werde vor Entsetzen, weil ich diese Tage so zubringe, während am Mondsee das Leben ist... Es wird nie wieder gutzumachen sein.

Um Mitternacht gehe ich zurück in die große Stube und hole mir aus Attis Bibliothek DAS SEGLER ABC, VOM BUG ZUM HECK, LUV UND LEE. Ziemlich furchtbare Titel, zu Atti passen sie auch nicht. Ich habe noch ein Buch erwischt, KNOTEN, SPLEISSEN, TAKELN, es scheint das richtige für mich zu sein, ›das Buch setzt nichts voraus ... ist mit derselben systematischen Klarheit behandelt... der leicht verständlich zur Fertigung der Zierknoten vom Hohenzollernknoten bis zur Kettenplatting anleitet‹. Ich lese in einem leichtverständlichen Lehrbuch für Anfänger. Die Schlaftablette habe ich schon genommen.

Was wird werden aus mir, wenn ich jetzt erst anfange? wann kann ich abreisen, wie nur? ich könnte hier noch rasch segeln lernen, aber ich will nicht. Ich will abreisen, ich glaube nicht, daß ich noch irgend etwas brauchen werde, daß ich für ein ganzes Leben verstehen muß, was Trimmen, Im Trimm, Beitrimmen bedeutet. Mir sind die Augen beim Lesen noch nie zugefallen, mir werden die Augen auch jetzt nicht zufallen. Ich muß nach Hause.

Um fünf Uhr früh schleiche ich mich in die große Stube zum Telefon. Ich weiß nicht, wie ich Antoinette das Telegramm bezahlen soll, da sie nichts wissen darf von diesem Telegramm. Telegrammaufnahme bitte warten, bitte warten, bitte warten, bitte warten ... Ich warte und rauche und warte. Es klickt in der Leitung, eine junge lebendige Frauenstimme fragt: der Teilnehmer bitte, die Nummer? Ich flüstere furchtsam den Namen der Altenwyls und ihre Telefonnummer, die Person wird gleich zurückrufen, ich hebe beim ersten Ton das Telefon ab und flüstere, damit mich niemand im Haus hört: Dr. Malina, Ungargasse 6, Wien III. Text: erbitte dringend telegramm wegen dringender rückreise nach wien stop ankomme morgen abend stop gruß ...

Ein Telegramm von Malina trifft am Vormittag ein, Antoinette hat keine Zeit und wundert sich flüchtig, ich fahre mit Christine nach Salzburg, die es ganz genau wissen will, wie es bei den Altenwyls war. Die Antoinette soll ja völlig hysterisch geworden sein, bis dorthinaus, der Atti sei ja ein lieber gescheiter Mensch, aber diese Frau mache ihn noch völlig verrückt. Ach was, sage ich, ich habe nichts davon bemerkt, ich wäre nie auf die

Idee gekommen! Christine sagt: Wenn du natürlich lieber bei solchen Leuten, wir hätten dich doch selbstverständlich eingeladen, bei uns hättest du wirklich Ruhe gehabt, wir leben so schrecklich einfach. Ich schaue angestrengt aus dem Auto und finde keine Erwiderung. Ich sage: Weißt du, ich kenne eben die Altenwyls schon sehr lange, aber nein, es ist doch nicht deswegen, ich mag sie sehr gern, nein, anstrengend sind sie wirklich nicht, wieso denn anstrengend?

Ich bin zu angestrengt, immer am Weinen auf dieser Fahrt, irgendwann muß doch dieses Salzburg auftauchen, nur noch fünfzehn Kilometer, nur noch fünf Kilometer. Wir stehen auf dem Bahnhof. Es fällt der Christine ein, daß sie noch jemand treffen und vorher einkaufen muß: Ich sage: Bitte geh, um Himmels willen, die Geschäfte sperren doch gleich zu! Ich stehe endlich allein da, ich finde meinen Waggon, diese Person widerspricht sich doch immerzu, ich widerspreche mir auch. Warum habe ich bisher nie bemerkt, daß ich Leute fast nicht mehr ertragen kann? Seit wann ist das so? Was ist aus mir geworden? Ich fahre betäubt über Linz und Attnang-Puchheim, mit einem auf und ab schwankenden Buch in der Hand, ECCE HOMO. Ich hoffe, daß Malina an der Bahn steht, aber es steht niemand da, und ich muß telefonieren, aber ich telefoniere nicht gern von Bahnhöfen, von Telefonzellen oder von Postämtern aus. Aus Zellen schon gar nicht. Ich muß einmal in einem Gefängnis gewesen sein, ich kann nicht von einer Zelle aus telefonieren, auch nicht mehr aus Kaffeehäusern, auch nicht aus Wohnungen von Freunden, ich muß zu Hause sein, wenn ich telefoniere, und niemand darf in der Nähe sein, höchstens Malina, weil er nicht zuhört. Aber das ist etwas ganz anderes. Ich telefoniere, vor Platzangst schwitzend, aus einer Zelle vom Westbahnhof. Es darf mir hier nicht passieren, ich werde ja wahnsinnig, es darf mir nicht in einer Zelle passieren.

Hallo, du, ich bin es, danke vielmals
Ich könnte aber erst um sechs auf der Westbahn
Bitte komm, ich flehe dich an, geh doch früher weg
Du weißt doch, daß ich nicht kann, ich könnte
Bitte, dann laß es bleiben, ich komme schon zurecht
Nein bitte, was ist denn nur, wie klingst du denn
Bitte, es ist gar nichts, laß es bleiben, ich sage dir ja
Mach es doch nicht so kompliziert, nimm ein Taxi
Wir sehen einander also heute abend, du bist also
Ja, ich bin heute abend, wir sehen einander sicher

Ich habe vergessen, daß Malina Journaldienst hat, und ich nehme mir ein Taxi. Wer will denn heute schon wieder dieses verfluchte Automobil sehen, in dem der Erzherzog Franz Ferdinand in Sarajevo ermordet wurde, und diesen blutigen Waffenrock? Ich muß einmal nachsehen in Malinas Büchern: Personenwagen Marke Graef & Stift, Zulassungsnummer A III – 118, Type: Doppel-Phaeton-Karosserie, 4 Zylinder, 115 mm Bohrung, 140 mm Hub, 28/32 PS-Leistung, Motor Nr. 287. Die Rückwand durch Splitter vom ersten (Bomben-)Attentat beschädigt, an der rechten Wagenwand der Durchschuß des Geschosses sichtbar, das den Tod der Herzogin herbeiführte, neben der Windschutzscheibe links die am 28. Juni 1914 geführte Erzherzogs-Standarte angebracht...

Mit dem Katalog des Heeresmuseums gehe ich durch alle Zimmer, die Wohnung sieht aus, als wäre sie seit Monaten nicht bewohnt worden, denn wenn Malina allein ist, entsteht nirgends Unordnung. Wenn Lina öfter allein ist am Morgen, verschwindet, was auf mich hindeutet, in den Kasten und Schränken, es kommt kein Staub nieder, nur durch mich wird in wenigen Stunden wieder Staub und Schmutz aufkommen, es werden Bücher durcheinandergeraten, Zettel herumliegen. Noch liegt nichts herum. Anni habe ich vor der Abreise ein Kuvert hinterlassen, für die Post, die nach St. Wolfgang kommen könnte, es wird eine Ansichtskarte sein, keine besondere Überraschung also, ich brauche die Karte trotzdem, um sie hier in ein Fach legen zu können, neben Briefe und Karten aus Paris und aus München, obenauf mit einem Brief aus Wien, der nach St. Wolfgang ging. Es fehlt mir noch der Mondsee. Ich setze mich vor das Telefon, warte und rauche, ich wähle Ivans Nummer, ich lasse es bei ihm läuten, er wird noch tagelang nicht antworten können, und ich könnte tagelang durch das ausgestorbene, sich erhitzende Wien gehen oder hier herumsitzen, ich bin geistesabwesend, mein Geist ist abwesend, was ist Abwesenheit von Geist? wo ist Geist, wenn er abwesend ist? es ist die Geistesabwesenheit innen und außen, es ist hier überall der Geist abwesend, ich kann mich hinsetzen, wo ich will, ich kann die Möbel betasten, ich könnte mich freuen, weil ich entkommen bin und wieder in der Abwesenheit lebe. Ich bin heimgekehrt in mein Land, das auch abwesend ist, mein Großherzland, in das ich mich betten kann.
Es muß Malina sein, der anruft, aber es ist Ivan.

Warum bist du denn, ich habe es dort versucht
Ich habe plötzlich, es war dringend, ich bin eben
Ist etwas, wir haben, ja, sie lassen dich grüßen
Ich habe auch herrliches Wetter gehabt, es war sehr
Du hast aber auch immer, wenn du aber unbedingt
Schade ist es schon, aber ich muß leider
Ich muß Schluß machen, wir müssen jetzt gleich
Hast du mir eine Karte, hast du noch nicht, dann
Ich schreibe dir in die Ungargasse, doch, bestimmt
So wichtig ist es auch nicht, wenn du kannst, dann
Kann ich natürlich, paß auf dich auf, mach mir keine
Nein, bestimmt nicht, ich muß jetzt Schluß machen!

Malina ist ins Zimmer gekommen. Er hält mich. Ich kann ihn wieder halten. Ich hänge an ihm, hänge mich fester an ihn. Ich wäre dort fast wahnsinnig geworden, nein, nicht nur am See, auch in der Zelle, ich wäre fast wahnsinnig geworden! Malina hält mich, bis ich ruhiger bin, ich habe mich beruhigt, und er fragt: Was liest du denn da? Ich sage: Ich interessiere mich, es fängt an, mich zu interessieren. Malina sagt: Das glaubst du doch selber nicht! Ich sage: Noch glaubst du mir nicht, und du hast recht, aber eines Tages könnte ich doch anfangen, mich zu interessieren für dich, für alles, was du machst, denkst und fühlst!
Malina lächelt besonders: Das glaubst du doch selber nicht.

Der längste Sommer kann beginnen. Es sind alle Straßen leer. In einem tiefen Rausch kann ich durch diese Ödnis gehen, an der Albrechtsrampe und auf dem Josefsplatz werden die großen Portale geschlossen sein, ich kann mich nicht entsinnen, was ich hier einmal gesucht habe, Bilder, Blätter, Bücher? Ich gehe ziellos durch die Stadt, denn beim Gehen wird es fühlbar, am deutlichsten fühle ich es, und mit einer Erschütterung, auf der Reichsbrücke, über dem Donaukanal, in den ich einmal einen Ring geworfen habe. Ich bin vermählt, es muß zu einer Vermählung gekommen sein. Ich werde nicht mehr auf Karten vom Mondsee warten, ich werde meine Geduld vergrößern, wenn ich so zusammengetan bleibe mit Ivan, ich kann das nicht mehr abtun von mir, denn es ist, gegen alle Vernunft, mit meinem Körper geschehen, der sich nur noch bewegt in einem ständigen, sanften, schmerzlichen Gekreuzigtsein auf ihn. Es wird für das ganze Leben sein. Im Prater sagt ein Parkwächter gefällig: Hier können Sie nicht länger bleiben, bei dem Gesindel in der Nacht, gehen Sie nach Hause!

Ich gehe am besten nach Hause, ich stehe um drei Uhr früh an das Tor der Ungargasse 9 gelehnt, mit den Löwenköpfen zu beiden Seiten, und dann noch eine Weile vor dem Tor der Ungargasse 6, die Straße hinaufschauend in Richtung Nummer 9, in meiner Passion, den Weg meiner Passionsgeschichte vor Augen, den ich wieder freiwillig gegangen bin, von seinem Haus zu meinem Haus. Unsere Fenster sind dunkel.

Wien schweigt.

Zweites Kapitel

Der dritte Mann

Malina soll nach allem fragen. Ich antworte aber, ungefragt: Der Ort ist diesmal nicht Wien. Es ist ein Ort, der heißt Überall und Nirgends. Die Zeit ist nicht heute. Die Zeit ist überhaupt nicht mehr, denn es könnte gestern gewesen sein, lange her gewesen sein, es kann wieder sein, immerzu sein, es wird einiges nie gewesen sein. Für die Einheiten dieser Zeit, in die andere Zeiten einspringen, gibt es kein Maß, und es gibt kein Maß für die Unzeiten, in die, was niemals in der Zeit war, hineinspielt.

Malina soll alles wissen. Aber ich bestimme: Es sind die Träume von heute nacht.

Ein großes Fenster geht auf, größer als alle Fenster, die ich gesehen habe, aber nicht auf den Hof unsres Hauses in der Ungargasse, sondern auf ein düsteres Wolkenfeld. Unter den Wolken könnte ein See liegen. Ein Verdacht kommt mir, welcher See es sein könnte. Aber er ist jetzt nicht mehr zugefroren, es ist nicht mehr Freinacht, und die gefühlvollen Männergesangsvereine, die einmal auf dem Eis, mitten im See, standen, sind verschwunden. Und den See, der nicht zu sehen ist, säumen die vielen Friedhöfe. Keine Kreuze stehen darauf, aber über jedem Grab wölkt es sich stark und finster; die Gräber, die Tafeln mit den Inschriften sind kaum zu erkennen. Mein Vater steht neben mir und zieht seine Hand von meiner Schulter zurück, denn der Totengräber ist zu uns getreten. Mein Vater sieht befehlend den alten Mann an,

der Totengräber wendet sich furchtsam, nach diesem Blick meines Vaters, zu mir. Er will reden, bewegt aber nur lange stumm die Lippen, und ich höre erst seinen letzten Satz:
Das ist der Friedhof der ermordeten Töchter.
Er hätte es mir nicht sagen dürfen, und ich weine bitterlich.

Die Kammer ist groß und dunkel, nein, ein Saal ist es, mit schmutzigen Wänden, es könnte im Hohenstaufenschloß in Apulien sein. Denn es gibt keine Fenster und keine Türen. Mein Vater hat mich eingeschlossen, und ich will ihn fragen, was er vorhat mit mir, aber es fehlt mir wieder der Mut, ihn zu fragen, und ich schaue mich noch einmal um, denn eine Tür muß es geben, eine einzige Tür, damit ich ins Freie kann, aber ich begreife schon, da gibt es nichts, keine Öffnung, jetzt keine Öffnungen mehr, denn an allen sind schwarze Schläuche angebracht, angeklebt rings um die Mauern, wie riesige angesetzte Blutegel, die etwas aus den Wänden heraussaugen wollen. Warum habe ich die Schläuche nicht schon früher bemerkt, denn sie müssen von Anfang an da gewesen sein! Ich war so blind im Halbdunkel und bin die Wände entlanggetappt, um meinen Vater nicht aus den Augen zu verlieren, um die Tür zu finden mit ihm, aber nun finde ich ihn und sage: Die Tür, zeig mir die Tür. Mein Vater nimmt ruhig einen ersten Schlauch von der Wand ab, ich sehe ein rundes Loch, durch das es hereinbläst, und ich ducke mich, mein Vater geht weiter, nimmt einen Schlauch nach dem anderen ab, und eh ich schreien kann, atme ich schon das Gas ein, immer mehr Gas. Ich bin in der Gaskammer, das ist sie, die größte Gaskammer der Welt, und ich bin allein darin. Man wehrt sich nicht im Gas. Mein Vater ist verschwunden, er hat gewußt, wo die Türe ist und hat sie mir nicht gezeigt, und während ich sterbe, stirbt mein Wunsch, ihn noch einmal zu sehen und ihm das Eine zu sagen. Mein Vater, sage ich ihm, der nicht mehr da ist, ich hätte dich nicht verraten, ich hätte es niemand gesagt. Man wehrt sich hier nicht.

Wenn es anfängt, ist die Welt schon durcheinandergekommen, und ich weiß, daß ich wahnsinnig bin. Die Elemente der Welt sind noch da, aber in einer so schaurigen Zusammensetzung, wie sie noch nie jemand gesehen hat. Autos rollen herum, von Farben triefend, Menschen tauchen auf, grinsende Larven, und wenn sie auf mich zukommen, fallen sie um, sind Strohpuppen, gebündelte Eisendrähte, Pappfiguren, und ich gehe weiter in dieser Welt, die nicht die Welt ist, mit geballten Fäusten, ausgestreckten Armen, um die Gegenstände, die Maschinen, abzuwehren, die auf mich auffahren und zerstieben, und wenn ich vor Angst nicht mehr weiterkann, mache ich die Augen zu, doch die Farben, leuchtend, knallig, rasend, bekleckern mich, mein Gesicht, meine nackten Füße, ich mache die Augen wieder auf, um mich zu orientieren, denn ich will hier herausfinden, dann fliege ich hoch, denn meine Finger und Zehen sind zu luftigen himmelfarbenen Ballonen angeschwollen und tragen mich in eine Nimmermehr-Höhe, in der es noch schlimmer ist, dann platzen sie alle und ich falle, falle und stehe auf, meine Zehen sind schwarz geworden, ich kann nicht mehr weitergehen.
Sire!
Mein Vater kommt aus den schweren Farbgüssen nieder, er sagt höhnisch: Geh weiter, geh nur weiter! Und ich

halte mir die Hand vor den Mund, aus dem alle Zähne gefallen sind, die liegen unübersteigbar, zwei Rundungen aus Marmorblöcken, vor mir.
Ich kann ja nichts sagen, weil ich weg von meinem Vater und über die Marmormauer muß, aber in einer anderen Sprache sage ich: Ne! Ne! Und in vielen Sprachen: No! No! Non! Non! Njet! Njet! No! Ném! Ném! Nein! Denn auch in unserer Sprache kann ich nur nein sagen, sonst finde ich kein Wort mehr in einer Sprache. Ein rollendes Gestell, vielleicht das Riesenrad, das Exkremente aus den Gondeln schüttet, fährt auf mich zu, und ich sage: Ne! Ném! Aber damit ich aufhöre, mein Nein zu rufen, fährt mir mein Vater mit den Fingern, seinen kurzen festen harten Fingern in die Augen, ich bin blind geworden, aber ich muß weitergehen. Es ist nicht auszuhalten. Ich lächle also, weil mein Vater nach meiner Zunge langt und sie mir ausreißen will, damit auch hier niemand mein Nein hört, obwohl niemand mich hört, doch eh er mir die Zunge ausreißt, geschieht das Entsetzliche, ein blauer riesiger Klecks fährt mir in den Mund, damit ich keinen Laut mehr hervorbringen kann. Mein Blau, mein herrliches Blau, in dem die Pfauen spazieren, und mein Blau der Fernen, mein blauer Zufall am Horizont! Das Blau greift tiefer in mich hinein, in meinen Hals, und mein Vater hilft jetzt nach und reißt mir mein Herz und meine Gedärme aus dem Leib, aber ich kann noch gehen, ich komme ins erste matschige Eis, bevor ich ins ewige Eis komme, und in mir hallt es: Ist denn kein Mensch mehr, ist hier kein Mensch mehr, auf dieser ganzen Welt, ist da kein Mensch und unter Brüdern, ist einer denn nichts wert, und unter Brüdern! Was von mir da ist, erstarrt im Eis, ist ein Klumpen, und ich sehe hinauf, wo sie, die anderen, in der warmen Welt wohnen, und der Große Siegfried ruft mich, erst leise, und dann doch laut,

ungeduldig hör ich seine Stimme: Was suchst du, was für ein Buch suchst du? Und ich bin ohne Stimme. Was will der Große Siegfried? Er ruft von oben immer deutlicher: Was für ein Buch wird das sein, was wird denn dein Buch sein?
Plötzlich kann ich, auf der Spitze des Poles, von der es keine Wiederkehr gibt, schreien: Ein Buch über die Hölle. Ein Buch über die Hölle!
Das Eis bricht, ich sinke unter dem Pol weg, ins Erdinnere. Ich bin in der Hölle. Die feinen gelben Flammen ringeln sich, die Locken hängen mir feurig bis zu den Füßen, ich spucke die Feuer aus, schlucke die Feuer hinunter.
Bitte befreien Sie mich! Befreien Sie mich von dieser Stunde! Ich rede mit meiner Stimme aus der Schulzeit, doch ich denke, mit einer hohen Bewußtheit, es ist mir bewußt, wie ernst es schon geworden ist, und ich lasse mich auf den qualmenden Boden fallen, weiterdenkend, liege ich auf dem Boden und denke, ich muß die Menschen noch rufen können, und mit ganzer Stimme, die mich retten können. Ich rufe meine Mutter und meine Schwester Eleonore, ich halte die Reihenfolge genau ein, also zuerst meine Mutter, und mit dem ersten Kosenamen aus der Kinderzeit, dann meine Schwester, dann – (Beim Aufwachen fällt mir ein, daß ich nicht nach meinem Vater gerufen habe.) Meine ganze Kraft nehme ich zusammen, nachdem ich vom Eis ins Feuer gekommen bin und darin vergehe, mit einem schmelzenden Schädel, daß ich rufen muß in der hierarchischen Reihenfolge, denn die Folge ist der Gegenzauber.
Es ist der Weltuntergang, ein katastrophales Fallen ins Nichts, die Welt, in der ich wahnsinnig bin, ist zu Ende, ich greife mir an den Kopf, wie so oft, erschrecke, denn ich habe Metallplättchen auf dem abrasierten Kopf und

sehe mich erstaunt um. Um mich sitzen einige Ärzte in weißen Kitteln, die freundlich aussehen. Sie sagen übereinstimmend, daß ich gerettet sei, auch die Plättchen könne man mir nun abnehmen, mein Haar werde wieder wachsen. Sie haben einen Elektroschock gemacht. Ich frage: Muß ich gleich bezahlen? mein Vater bezahlt nämlich nicht. Die Herren bleiben freundlich, das habe Zeit. Die Hauptsache ist, Sie sind gerettet. Ich falle noch einmal, ich wache zum zweiten Mal auf, aber ich bin doch noch nie aus dem Bett gefallen, und keine Ärzte sind da, meine Haare sind gewachsen. Malina hebt mich auf und legt mich zurück aufs Bett.

Malina:	Bleib ganz ruhig. Es ist nichts. Aber sag mir endlich: Wer ist dein Vater?
Ich:	(und ich weine bitterlich) Bin ich wirklich hier. Bist du wirklich da!
Malina:	Herrgott, warum sagst du immer ›mein Vater‹?
Ich:	Gut, daß du mich erinnerst. Laß mich aber lang nachdenken. Deck mich zu. Wer könnte mein Vater sein? Weißt du, zum Beispiel, wer dein Vater ist?
Malina:	Lassen wir das.
Ich:	Sagen wir, ich mache mir da eine Vorstellung. Machst du dir denn keine?
Malina:	Willst du ausweichen, willst du schlau sein?
Ich:	Vielleicht. Ich möchte auch dich einmal hinters Licht führen. Sag mir eines. Warum bist du draufgekommen, daß mein Vater nicht mein Vater ist.
Malina:	Wer ist dein Vater?
Ich:	Ich weiß es nicht, ich weiß nicht, wirklich nicht. Du bist der Klügere, du weißt doch immer

	alles, du machst mich noch ganz krank mit deinem Alleswissen. Macht es dich nicht selber oft krank? Ach nein, dich nie. Wärm mir die Füße, ja, danke, nur meine Füße sind eingeschlafen.
Malina:	Wer ist es?
Ich:	Ich werde nie reden. Ich könnte doch nicht, denn ich weiß es nicht.
Malina:	Du weißt es. Schwöre, daß du es nicht weißt.
Ich:	Ich schwöre nie.
Malina:	Dann werde ich es dir sagen, hörst du mich, ich werde es dir sagen, wer es ist.
Ich:	Nein. Nein. Nie. Sag es mir nie. Bring mir Eis, ein kaltes, feuchtes Tuch für den Kopf.
Malina:	(im Gehen) Du wirst es mir sagen, verlaß dich darauf.

Mitten in der Nacht wimmert das Telefon leise, es weckt mich mit Möwenschreien, dann fauchen die Düsen der Boeingmaschinen darin. Der Anruf kommt aus Amerika, und ich sage, erleichtert: Hallo. Es ist finster, es knistert um mich herum, ich bin auf einem See, in dem das Eis zu tauen anfängt, es war der tief-tiefgefrorene See, und ich hänge jetzt mit der Telefonschnur im Wasser, nur an diesem Kabel noch, das mich verbindet. Hallo! Ich weiß schon, daß es mein Vater ist, der mich anruft. Der See ist vielleicht bald ganz offen, doch ich bin auf einer Insel hier, die weit draußen im Wasser liegt, sie ist abgeschnitten, es gibt auch kein Schiff mehr. Ich möchte ins Telefon schreien: Eleonore! will meine Schwester rufen, aber am anderen Ende kann nur mein Vater sein, ich friere so sehr und warte mit dem Telefon, untergehend, auftauchend, die Verbindung ist aber da, ich höre Amerika gut, im Wasser kann man noch übers Wasser telefonieren. Ich sage schnell, gurgelnd, Wasser schluckend: Wann kommst du, hier bin ich, ja hier, du weißt ja, wie fürchterlich es ist, es gibt keine Verbindung mehr, ich bin abgeschnitten, ich bin allein, nein, kein Schiff mehr! Und während ich auf Antwort warte, sehe ich, wie verdüstert die Sonneninsel ist, die Oleanderbüsche sind umgesunken, der Vulkan hat Eiskristalle angesetzt, auch er ist erfroren, es ist das alte Klima nicht mehr. Mein Vater lacht ins Telefon. Ich sage: Ich bin abgeschnitten, komm doch, wann kommst du? Er lacht und lacht, er lacht wie auf dem Theater, er muß es dort erlernt haben, so grausig zu lachen: HAHAHA. Immer: HAHAHA. So lacht doch kein Mensch mehr heute, sage ich, niemand lacht so, hör auf damit. Mein Vater hört aber nicht auf, dümmlich zu lachen. Kann ich dich zurückrufen? frage ich, bloß damit dieses Theater aufhört. HAHA. HAHA. Die Insel geht unter, man kann es von jedem Kontinent aus sehen, während weitergelacht wird. Mein Vater ist zum Theater gegangen. Gott ist eine Vorstellung.

Mein Vater ist zufällig noch einmal nach Hause gekommen. Meine Mutter hat drei Blumen in der Hand, es sind die Blumen für mein Leben, sie sind nicht rot, nicht blau, nicht weiß, doch sind sie für mich bestimmt, und sie wirft die erste vor meinen Vater hin, ehe er sich uns nähern kann. Ich weiß, daß sie recht hat, sie muß sie ihm hinwerfen, aber ich weiß jetzt auch, daß sie alles weiß, Blutschande, es war Blutschande, aber bitten möchte ich sie um die anderen Blumen doch, und ich sehe meinen Vater in meiner Todesangst an, er reißt, um sich auch an meiner Mutter zu rächen, ihr die anderen Blumen aus der Hand, er tritt auf sie, er stampft auf allen drei Blumen herum, wie er oft aufgestampft hat in der Wut, er tritt und trampelt darauf, als gälte es, drei Wanzen zu zertreten, soviel geht ihn mein Leben noch an. Ich kann meinen Vater nicht mehr ansehen, ich hänge mich an meine Mutter und fange zu schreien an, ja, es war das, er war es, es war Blutschande. Aber dann merke ich, daß nicht nur meine Mutter stumm bleibt und sich nicht rührt, sondern von Anfang an gar kein Ton in meiner Stimme ist, ich schreie, aber es hört mich ja niemand, es ist nichts zu hören, es ist nur mein Mund aufgerissen, er hat mir auch die Stimme genommen, ich kann das Wort nicht aussprechen, das ich ihm zuschreien will, und in dieser Anstrengung, bei diesem trockenen, offenen Mund, kommt es wieder, ich weiß, ich werde wahnsinnig, und um nicht wahnsinnig zu werden, spucke ich meinem Vater ins Gesicht, nur habe ich keinen Speichel mehr im Mund, es trifft ihn kaum ein Hauch aus meinem Mund. Mein Vater ist unberührbar. Er ist unrührbar. Meine Mutter fegt die zertretenen Blumen, das bißchen Unrat, weg, stumm, um das Haus rein zu halten. Wo, in dieser Stunde, wo ist meine Schwester? Ich habe meine Schwester im ganzen Haus nicht gesehen.

Mein Vater nimmt mir die Schlüssel weg, er wirft meine Kleider aus dem Fenster auf die Straße, die ich aber gleich ans Rote Kreuz weitergebe, nachdem ich den Staub aus ihnen geschüttelt habe, denn ich muß noch einmal zurück ins Haus, ich habe die Spießgesellen hineingehen gesehen, und der erste zerschlägt die Teller und das Glas, aber ein paar Gläser hat mein Vater auf die Seite räumen lassen, und während ich zitternd in die Tür trete und ihm näher komme, nimmt er das erste und wirft es nach mir, dann eines vor mich auf den Boden, er wirft und wirft alle Gläser, er zielt so genau, nur wenige Splitter treffen mich, aber das Blut kommt in kleinen Rinnsalen von der Stirn, läuft vom Ohr weg, entspringt am Kinn, das Kleid verschmiert sich mit Blut, weil ein paar ganz feine Glasstücke durch den Stoff gedrungen sind, von meinen Knien tropft es stiller, aber ich will etwas, ich muß es ihm sagen. Er sagt: Bleib nur, bleib, und schau zu! Ich verstehe nun nichts mehr, aber weiß, daß Anlaß zur Furcht ist, und dann ist die Befürchtung noch nicht das schlimmste gewesen, denn mein Vater ordnet an, daß meine Büchergestelle abgerissen werden sollen, ja, er sagt ›abreißen‹, und ich will mich vor die Bücher stellen, aber die Männer stellen sich grinsend davor, ich werfe mich vor ihnen auf den Boden und sage: Nur meine Bücher laßt in Ruhe, nur diese Bücher, macht mit mir, was ihr wollt, mach, was du willst, so wirf mich doch aus dem Fenster, so versuch es doch noch einmal, wie damals! Aber mein Vater tut, als wüßte er nichts mehr von dem Versuch, von damals, und er beginnt, fünf, sechs Bücher auf einmal zu nehmen, wie einen Pakken Ziegelsteine, und er wirft sie, so daß sie auf den Kopf fallen, in einen alten Schrank. Die Gesellen mit frostigen klammen Fingern ziehen die Gestelle weg, es kracht alles nieder, die Totenmaske von Kleist flattert eine Weile vor mir und Hölderlins Bild, unter dem steht: dich Erde, lieb ich, trauerst du doch mit mir! und nur diese Bilder fange ich und drücke ich an mich, die kleinen Balzacbände wirbeln herum, die Aeneis bekommt einen Knick, die Gesellen geben Lukrez und Horaz einen Fußtritt, aber ein anderer fängt an, ohne zu wissen, was er in die Hand nimmt, wieder einiges ordentlich zu stapeln, in einer Ecke, mein Vater stößt den Mann in die Rippen (wo habe ich den Mann schon einmal gesehen, er hat mir in der Beatrixgasse ein Buch zerstört), er sagt freund-

schaftlich zu ihm: Was, das hätte dir wohl gepaßt, auch mit ihr, was? Und nun blinzelt mein Vater zu mir herüber, und ich weiß, was er meint, denn der Mann lächelt verlegen und sagt, er möchte schon, und mir zuliebe tut er auch so, als wolle er mit meinen Büchern wieder gut umgehen, aber ich reiße ihm voller Haß die französischen Bücher aus der Hand, denn Malina hat sie mir gegeben, und ich sage: Sie bekommen mich nicht! Und zu meinem Vater sage ich: Du hast uns doch immer alle verschachert. Aber mein Vater brüllt: Was, jetzt auf einmal willst du nicht, ich werde, ich werde!
Die Männer verlassen das Haus, jeder hat ein Trinkgeld bekommen, sie schwenken ihre großen Taschentücher, rufen: Buchheil, und zu den Nachbarn und allen, die neugierig herumstehen, sagen sie: Wir haben ganze Arbeit geleistet. Jetzt sind mir die HOLZWEGE heruntergefallen, auch ECCE HOMO, und ich hocke betäubt und blutend inmitten der Bücher, es hat ja so kommen müssen, denn ich habe sie gestreichelt jeden Abend vor dem Schlafengehen, und Malina hat mir die schönsten Bücher geschenkt, das verzeiht mein Vater mir nie, und unlesbar sind alle geworden, das hat ja so kommen müssen, es ist keine Ordnung mehr, und ich werde nie wieder wissen, wo der Kürnberger und wo der Lafcadio Hearn gestanden sind. Ich lege mich zwischen die Bücher, ich streichle sie wieder, eines nach dem anderen, im Anfang waren es nur drei, dann fünfzehn gewesen, dann schon über hundert, und im Pyjama lief ich zu dem ersten Regal. Gute Nacht, meine Herren, gute Nacht, Herr Voltaire, gute Nacht, Fürst, wünsche wohl zu ruhen, meine Dichter unbekannt, schöne Träume, Herr Pirandello, meine Verehrung, Herr Proust. Chaire Thukydides! Zum erstenmal sagen die Herren heute gute Nacht zu mir, ich versuche ihnen vom Leib zu bleiben, damit sie keine

Blutflecken bekommen. Gute Nacht, sagt Josef K. zu mir.

Mein Vater will meine Mutter verlassen, er kommt auf einem Planwagen aus Amerika zurück und sitzt da, als Kutscher mit einer Peitsche, die schnalzt, neben ihm sitzt die kleine Melanie, die mit mir in die Schule gegangen ist, herangewachsen. Meine Mutter möchte nicht, daß wir Freundinnen werden, aber Melanie hört nicht auf, sich an mich zu drücken, mit ihrem großen aufgeregten Busen, der meinem Vater gefällt und mich zurückschrecken läßt, sie gebärdet sich, lacht, hat braune Zöpfe, dann wieder langes blondes Haar, sie schmeichelt sich an mich heran, damit ich ihr etwas überlasse, und meine Mutter rückt immer weiter zurück auf dem Wagen, stumm. Ich lasse mich von Melanie abküssen, aber immer nur eine Wange halte ich ihr hin, ich helfe meiner Mutter beim Aussteigen und habe schon einen Verdacht, denn wir sind alle eingeladen, haben neue Kleider an, sogar mein Vater hat seinen Anzug gewechselt und sich rasiert nach der langen Fahrt, und wir halten unseren Einzug in den Ballsaal aus KRIEG UND FRIEDEN.

Malina: Steh auf, beweg dich, geh auf und ab mit mir, tief durchatmen, tief.

Ich: Ich kann nicht, bitte verzeih mir, und ich kann nicht mehr schlafen, wenn das so weitergeht.

Malina: Warum denkst du immer noch ›Krieg und Frieden‹?

Ich: Es heißt aber so, weil eines aufs andere folgt, ist es nicht so?

Malina: Du mußt nicht alles glauben, denk lieber selber nach.

Ich:	Ich?
Malina:	Es gibt nicht Krieg und Frieden.
Ich:	Wie heißt es dann?
Malina:	Krieg.
Ich:	Wie soll ich je Frieden finden. Ich will den Frieden.
Malina:	Es ist Krieg. Du kannst nur diese kurze Pause haben, mehr nicht.
Ich:	Frieden!
Malina:	In dir ist kein Frieden, auch in dir nicht.
Ich:	Sag das nicht, nicht heute. Du bist furchtbar.
Malina:	Es ist Krieg. Und du bist der Krieg. Du selber.
Ich:	Ich nicht.
Malina:	Wir alle sind es, auch du.
Ich:	Dann will ich nicht mehr sein, weil ich den Krieg nicht will, dann schläfre du mich ein, dann sorg für das Ende. Ich will, daß der Krieg ein Ende nimmt. Ich will nicht mehr hassen, ich will, ich will...
Malina:	Atme tiefer, komm. Es geht schon wieder, siehst du, es geht, ich halte dich ja, komm ans Fenster, ruhiger und tiefer atmen, eine Pause machen, nicht reden jetzt.

Mein Vater tanzt mit Melanie, es ist der Ballsaal aus KRIEG UND FRIEDEN. Melanie trägt den Ring, den mir mein Vater geschenkt hat, aber er läßt alle Leute weiter glauben, er werde mir einen wertvolleren Ring vererben, nach seinem Tod. Meine Mutter sitzt aufrecht und stumm neben mir, zwei leere Sessel sind neben uns, zwei leere auch an unserem Tisch, weil die beiden nicht aufhören zu tanzen. Meine Mutter spricht nicht mehr mit mir. Es holt mich niemand zum Tanz. Malina kommt herein, und die italienische Sängerin singt: Alfin tu giungi, alfin tu giungi! Und ich springe auf und umarme Malina, ich bitte ihn inständig, mit mir zu tanzen, ich lächle erleichtert zu meiner Mutter hin. Malina nimmt meine Hand, wir stehen aneinandergelehnt am Rand der Tanzfläche, damit mein Vater uns sehen kann, und obwohl ich sicher bin, daß wir beide nicht tanzen können, versuchen wir es, es muß uns gelingen, die Täuschung zumindest, wir bleiben immer wieder stehen, als hätten wir genug damit zu tun, einander anzuschauen, nur mit Tanzen hat das nichts zu tun. Ich sage immer leise danke zu Malina: Danke, daß du gekommen bist, ich werde es nie vergessen, oh, danke, danke. Nun möchte Melanie auch mit Malina tanzen, auch mit ihm natürlich, und ich fürchte mich einen Augenblick lang, aber ich höre Malina schon ruhig und kühl sagen: Nein, leider, wir sind im Gehen. Malina hat mich gerächt. Am Ausgang fallen mir die langen weißen Handschuhe zu Boden, und Malina hebt sie auf, sie fallen mir auf jeder Stufe zu Boden, und Malina hebt sie auf. Ich sage: Danke, danke für alles! Laß sie fallen, sagt Malina, ich hebe dir alles auf.

Mein Vater geht den Strand entlang in der Wüste, in die er mich mitgelockt hat, er hat sich verheiratet, er schreibt in den Sand den Namen dieser Frau, die nicht meine Mutter ist, und ich merke es nicht sofort, erst nach dem ersten Buchstaben. Die Sonne scheint grausam auf die Buchstaben, sie liegen wie Schatten im Sand, in der Vertiefung, und meine einzige Hoffnung ist, daß die Schrift rasch überweht sein wird, noch ehe der Abend kommt, aber mein Gott, mein Gott, mein Vater kehrt zurück mit dem großen goldenen, dem mit Edelsteinen besetzten

Stab der Wiener Universität, auf den ich geschworen habe: spondeo, spondeo, und ich will nach bestem Wissen und Gewissen, und mein Wissen niemals und unter keinen Umständen. Mit diesem ehrwürdigen Stab, der ihm nicht gehört, wagt er es wirklich, auf den ich die Schwurfinger gelegt habe, um meinen einzigen und wahrhaftigen Schwur abzulegen, mit dem Stab, auf dem noch mein Schwur brennt, schreibt er in den stehengebliebenen Sand wieder den Namen, ich kann ihn diesmal auch lesen, MelaNIE und noch einmal MelaNIE, und ich denke in der Dämmerung: NIE, nie hätte er das tun dürfen. Mein Vater ist am Wasser angelangt und stützt sich zufrieden auf den goldenen Stab, ich muß losrennen, obwohl ich weiß, daß ich schwächer bin, aber überraschen könnte ich ihn, ich springe von hinten auf seinen Rücken zu, um ihn zu Fall zu bringen, nur niederwerfen will ich ihn, wegen des Stabes aus Wien, nicht einmal weh tun möchte ich ihm, denn mit diesem Stab kann ich ihn nicht schlagen, weil ich geschworen habe, ich stehe da, mit dem erhobenen Stab, mein Vater prustet vor rasender Wut im Sand, er verflucht mich, weil er meint, ich wolle den Stab zerbrechen an ihm, ich wolle ihn totschlagen damit, aber ich halte ihn nur gegen den Himmel und lasse laut werden bis zum Horizont, über das Meer, bis zur Donau hin: Ich bringe dies zurück aus dem heiligen Krieg. Und mit einer Handvoll Sand, die mein Wissen ist, gehe ich über das Wasser, und mein Vater kann mir nicht folgen.

In der großen Oper meines Vaters soll ich die Hauptrolle übernehmen, es ist angeblich der Wunsch des Intendanten, der es bereits angekündigt hat, weil dann das Publikum scharenweise käme, sagt der Intendant, und die Journalisten sagen es auch. Sie warten mit Notizblöcken in der Hand, ich soll mich äußern über meinen Vater, auch über die Rolle, die ich nicht kenne. Der Intendant selber zwängt mich in ein Kostüm, und da es für jemand andren gemacht war, steckt er es eigenhändig mit Stecknadeln ab, die mir die Haut aufritzen; er ist so ungeschickt. Zu den Journalisten sage ich: Ich weiß gar nichts, bitte wenden Sie sich an meinen Vater, ich weiß doch nichts, es ist keine Rolle für mich, es ist nur, um das Publikum scharenweise zu locken! Aber die Journalisten schreiben etwas ganz anderes auf, und ich habe keine Zeit mehr, zu schreien und ihnen die Zettel zu zerreißen, denn es ist die letzte Minute vor dem Auftritt, und ich laufe, verzweifelt und schreiend, durch das ganze Opernhaus. Nirgends ist ein Textbuch zu bekommen, und ich weiß kaum zwei Einsätze, es ist nicht meine Rolle. Die Musik ist mir wohlbekannt, oh, ich kenne sie, diese Musik, aber die Worte weiß ich nicht, ich kann diese Rolle nicht, nie werde ich sie können, und ich frage, verzweifelter, einen Gehilfen von dem Intendanten, wie denn der erste Satz gehe von dem ersten Duett, das ich mit einem jungen Mann singen muß. Er und alle anderen lächeln enigmatisch, sie wissen etwas, was ich nicht weiß, was wissen die alle nur? Mir kommt ein Verdacht, aber der Vorhang geht auf, und unten ist diese riesige Menge, scharenweise, ich fange aufs geratewohl zu singen an, aber verzweifelt, ich singe ›Wer hülfe mir, wer hülfe mir!‹ und ich weiß, daß der Text so nicht heißen kann, aber ich merke auch, daß die Musik meine Worte, die verzweifelten, überdröhnt. Auf der Bühne sind viele Menschen, die teils wissend schweigen, teils gedämpft singen, wenn sie einen Einsatz bekommen, ein junger Mann singt sicher und laut und manchmal berät er sich rasch und heimlich mit mir, ich begreife, daß in dem Duett sowieso nur seine Stimme zu hören ist, weil mein

Vater nur für ihn die Stimme geschrieben hat und nichts natürlich für mich, weil ich keine Ausbildung habe und nur gezeigt werden soll. Singen soll ich nur, damit das Geld hereinkommt, und ich falle nicht aus der Rolle, die nicht meine Rolle ist, sondern singe um mein Leben, damit mein Vater mir nichts antun kann. ›Wer hülfe mir!‹ Dann vergesse ich die Rolle, ich vergesse auch, daß ich nicht ausgebildet bin, und zuletzt, obwohl der Vorhang schon gefallen ist und die Abrechnung gemacht werden kann, singe ich wirklich, aber etwas aus einer anderen Oper, und in das leere Haus höre ich auch meine Stimme hinausklingen, die die höchsten Höhen und tiefsten Tiefen nimmt, ›So stürben wir, so stürben wir ...‹. Der junge Mann markiert, er kennt diese Rolle nicht, aber ich singe weiter. ›Tot ist alles. Alles tot!‹ Der junge Mann geht, ich bin allein auf der Bühne, sie schalten das Licht ab und lassen mich ganz allein, in dem lächerlichen Kostüm mit den Stecknadeln darin. ›Seht ihr's Freunde, seht ihr's nicht!‹ Und ich stürze mit einer großen tönenden Klage und von dieser Insel und aus dieser Oper, immer noch singend, ›So stürben wir, um ungetrennt...‹, in den Orchesterraum, in dem kein Orchester mehr ist. Ich habe die Aufführung gerettet, aber ich liege mit gebrochenem Genick zwischen den verlassenen Pulten und Stühlen.

Mein Vater schlägt auf Melanie ein, dann, weil ein großer Hund warnend zu bellen anfängt, schlägt er diesen Hund, der sich voller Ergebenheit prügeln läßt. So haben meine Mutter und ich uns prügeln lassen, ich weiß, daß der Hund meine Mutter ist, ganz Ergebenheit. Ich frage meinen Vater, warum er auch Melanie schlägt, und er sagt, er verbitte sich diese Fragen, sie bedeute nichts für ihn, schon meine Frage nach ihr sei eine Unverschämtheit, er wiederholt immer, daß ihm Melanie nichts bedeute, er brauche sie nur noch ein paar Wochen lang, zur Auffrischung, ich müsse das verstehen. Ich denke, der Hund habe keine Ahnung, daß er meinen Vater nur ein wenig ins Bein beißen müsse, damit die Prügelei ein Ende hat, aber der Hund heult leise und beißt nicht. Danach unterhält sich mein Vater befriedigt mit mir, es hat ihn erleichtert, zuschlagen zu können, aber ich bin noch immer bedrückt, ich versuche ihm zu erklären, wie krank er mich gemacht hat, einmal muß er es doch erfahren, ich zähle mühsam auf, in wie vielen Krankenhäusern ich war, halte die Rechnungen in der Hand, von den Behandlungen, denn ich meine, wir sollten uns in sie teilen. Mein Vater ist in der besten Laune, nur versteht er den Zusammenhang nicht, weder mit der Prügelei, noch mit seinen Handlungen und meinem Wunsch, ihm das endlich alles zu sagen, es bleibt nutzlos, sinnlos, aber die Atmosphäre ist nicht gespannt, eher gut und heiter zwischen uns, denn jetzt will er doch den Vorhang zuziehen und mit mir schlafen, damit Melanie uns nicht sieht, die noch wimmernd dort liegt, aber, wie immer, nichts verstanden hat. Ich lege mich mit einer erbärmlichen Hoffnung nieder, stehe aber sofort wieder auf, ich kann es doch nicht, ich sage ihm, daß mir nichts daran liege, ich höre mich sagen: Ich lege keinen Wert darauf, ich habe nie einen Wert darauf gelegt, es ist kein Wert darauf! Mein Vater ist nicht gerade ungehalten, denn er legt auch keinen Wert darauf, er hält einen seiner Monologe, in dem erinnert er mich auch daran, daß ich einmal gesagt habe, es sei immer die gleiche Sache. Er sagt: Gleiche Sache, also keine Ausreden, rede dich nicht heraus, her mit der gleichen Sache, wenn es die gleiche Sache ist! Aber wir werden gestört, denn wir sind immer gestört worden, es ist sinnlos, ich kann ihm nicht erklären, daß es nur mit der Störung zusammenhängt und nie eine gleiche Sache ist, nur mit ihm, denn ich sehe keinen Wert darauf liegen. Melanie ist es, die stöhnt und stört, mein Vater steigt auf die Kanzel und hält seine Sonntagspredigt, über die gleiche Sache, und alle hören ihm still und fromm zu, er ist der größte Sonntagsprediger weit und breit. Am Ende verflucht er immer etwas oder jemand, damit seine Predigt an Kraft gewinnt, und er verflucht schon wieder, heute verflucht er meine Mutter und mich, er verflucht sein Geschlecht und mein Geschlecht, und ich gehe zu dem Weihwasserbecken der Katholiken und benetze meine Stirn, im Namen des Vaters, ich gehe hinaus, bevor die Predigt zu Ende ist.

Mein Vater ist mit mir in das Reich der tausend Atolle schwimmen gegangen. Wir tauchen hinunter in die See, die Schwärme der zauberischsten Fische begegnen mir, und ich möchte mit ihnen ziehen, aber mein Vater ist schon hinter mir her, ich sehe ihn bald seitwärts, bald unter mir, bald über mir, ich muß versuchen, zu den Riffen zu kommen, denn meine Mutter hat sich in dem Korallenriff versteckt und starrt stumm und mahnend auf mich, denn sie weiß, was mit mir geschehen wird. Ich tauche tiefer und schreie unter Wasser: Nein! Und: Ich will nicht mehr! ich kann nicht mehr! Ich weiß, daß es wichtig ist, unter Wasser zu schreien, weil es auch die Haie vertreibt, so muß das Schreien auch meinen Vater vertreiben, der mich anfallen will, mich zerfleischen will, oder er will wieder mit mir schlafen, mich packen vor dem Riff, damit meine Mutter es sieht. Ich schreie: Ich hasse dich, ich hasse dich, ich hasse dich mehr als mein Leben, und ich habe mir geschworen, dich zu töten! Bei meiner Mutter finde ich einen Platz, in ihrer verästelten, tausendgliedrigen, zunehmend wachsenden Tiefseestarre, ich hänge bang und furchtsam in ihrer Verästelung, ich hänge an ihr, aber mein Vater greift nach mir, er greift wieder nach mir, und ich war es also doch nicht, sondern er hat geschrien, es war seine Stimme, nicht die meine: Ich habe mir geschworen, dich zu töten! Aber ich habe geschrien: Ich hasse dich mehr als mein Leben!

Malina ist nicht da, ich rücke mir das Kissen zurecht, ich finde das Glas mit dem Mineralwasser, Guessinger, ich trinke, am Verdursten, dieses Glas Wasser. Warum habe ich das gesagt, warum? Mehr als mein Leben. Ich habe ein gutes Leben, immer besser geworden durch Malina. Es ist ein trüber Morgen, aber doch schon Licht. Was für Sprüche mache ich da, warum schläft Malina jetzt? Gerade jetzt. Er soll mir meine Worte erklären. Ich hasse mein Leben nicht, warum kann ich also mehr hassen als mein Leben. Ich kann es nicht. Nur ohne Halt bin ich nachts. Ich stehe vorsichtig auf, damit es gut bleibt, mein Leben, ich stelle das Teewasser auf, ich muß Tee trinken, in der Küche, frierend trotz des langen Nachthemds, mache ich mir diesen Tee, den ich brauche, denn wenn ich nichts mehr kann, ist Teekochen noch eine Beschäftigung. Wenn das Teewasser kocht, bin ich in keinem Atoll, ich wärme die Kanne, zähle die Löffel mit dem Earl Grey hinein, gieße ihn auf, ich kann noch Tee trinken, kann das kochende Wasser noch dirigieren bis zu meiner Kanne. Ich möchte Malina nicht wecken, aber ich bleibe wach, bis es 7 Uhr früh wird, ich wecke ihn und richte ihm das Frühstück, Malina ist auch nicht gerade in der besten Verfassung, vielleicht ist er spät nach Hause gekommen, sein Ei ist zu hart geworden, aber er sagt nichts, ich murmle eine Entschuldigung, die Milch ist sauer, aber warum schon nach zwei Tagen? sie war doch im Eisschrank, Malina sieht auf, weil kleine weiße Klumpen im Tee entstehen, und ich schütte seine Schale aus, er wird heute den Tee ohne Milch trinken müssen. Es ist alles sauer geworden. Verzeih mir, sage ich. Was ist denn? fragt Malina. Geh jetzt, bitte geh, mach dich fertig, du kommst sonst zu spät, ich kann so früh morgens nicht reden.

Ich habe den sibirischen Judenmantel an, wie alle anderen. Es ist tiefer Winter, es kommt immer mehr Schnee auf uns nieder, und unter dem Schnee stürzen meine Bücherregale ein, der Schnee begräbt sie langsam, während wir alle auf den Abtransport warten, auch die Fotografien, die auf dem Regal stehen, werden feucht, es sind die Bilder aller Menschen, die ich geliebt habe, und ich wische den Schnee ab, schüttle die Fotografien, aber es fällt weiter Schnee, meine Finger sind schon klamm, ich muß die Fotos vom Schnee begraben lassen. Ich verzweifle nur, weil mein Vater mit ansieht, was ich zuletzt noch versuche, denn er gehört nicht zu uns, ich will nicht, daß er meine Anstrengung sieht und errät, wer auf diesen Fotografien ist. Mein Vater, der auch einen Mantel anziehen möchte, obwohl er zu dick ist dafür, vergißt die Bilder, er bespricht sich mit jemand, zieht den Mantel wieder aus, um nach einem besseren zu suchen, aber dann ist zum Glück kein Mantel mehr da. Er sieht, daß ich abreise mit den anderen, und ich möchte noch einmal mit ihm reden, ihm endlich begreiflich machen, daß er nicht zu uns gehört, daß er kein Recht hat, ich sage: Ich hab keine Zeit mehr, ich habe nicht genug Zeit. Es ist einfach nicht mehr die Zeit dazu. Ringsum beschuldigen mich einige Leute, daß ich mich nicht solidarisch erkläre, ›solidarisch‹, seltsames Wort! es ist mir gleichgültig. Ich soll eine Unterschrift geben, aber mein Vater gibt sie, er ist immer ›solidarisch‹, ich weiß aber nicht einmal, was das heißt. Zu ihm rasch gesagt: Leb wohl, ich habe keine Zeit mehr, ich bin nicht solidarisch. Ich muß jemand suchen! Ich weiß noch nicht genau, wen ich suchen muß, es ist jemand aus Pécs, den ich suche zwischen allen Leuten, in diesem furchtbaren Chaos. Es vergeht auch noch die letzte Zeit, die ich habe, ich fürchte schon, daß er vor mir abtransportiert worden ist, obwohl ich nur mit ihm darüber sprechen kann, mit ihm allein und bis ins siebente Glied, für das ich nicht einstehen kann, weil nach mir nichts mehr kommen wird. In den vielen Baracken, im hintersten Zimmer, finde ich ihn, er wartet dort müde auf mich, es steht ein Strauß Türkenbund in dem leeren Zimmer, neben ihm, der auf dem Boden liegt, in seinem schwärzer als schwarzen siderischen Mantel, in dem ich ihn vor einigen tausend Jahren gesehen habe. Er richtet sich verschlafen auf, er ist ein paar Jahre älter geworden, und groß ist seine Müdigkeit. Er sagt mit seiner ersten Stimme: Ach endlich, endlich bist du gekommen! Und ich falle nieder und lache und weine und küsse ihn, da bist du ja, wenn du nur da bist, ach endlich, endlich! Ein Kind ist auch da, ich sehe nur eines, obwohl mir ist, als müßten da zwei Kinder sein, und das Kind liegt in einer Ecke. Ich habe es sofort erkannt. In einer anderen Ecke liegt die Frau, sanft und duldsam, von der sein Kind ist, sie hat nichts dagegen, daß wir uns hier miteinander vor dem Abtransport niederlegen. Plötzlich heißt es: Aufstehen! Wir stehen alle auf, brechen auf, der Kleine ist schon auf dem Lastwagen, wir müssen uns beeilen, damit wir auch hinaufkommen, ich muß nur noch die schützenden Regenschirme für uns finden, und ich finde sie auch alle, für ihn, für die sanfte Frau, für das Kind, auch für mich, aber mein Schirm gehört nicht mir, es hat ihn einmal jemand stehengelassen in Wien, und ich bin konsterniert, weil ich ihn immer zurückgeben wollte, nur jetzt bleibt uns keine Zeit mehr dazu. Es ist ein toter Fallschirm. Es ist zu spät, ich muß diesen Schirm nehmen, damit wir durch Ungarn kommen, denn ich habe meine erste Liebe wiedergefunden, es regnet, prasselnd gießt es auf uns alle nieder, vor allem auf das Kind, das so heiter und gefaßt ist. Es fängt wieder an, ich atme zu schnell, wegen des Kindes vielleicht, aber mein Geliebter sagt: Sei ganz ruhig, sei du auch ruhig wie wir! Es wird jetzt gleich der Mond aufgehen. Nur ich habe immer noch Todesangst, weil es wieder anfängt, weil ich wahnsinnig werde, er sagt: Sei ganz ruhig, denk an den Stadtpark, denk an das Blatt, denk an den Garten in Wien, an unseren Baum, die Paulownia blüht. Sofort bin ich ruhig, denn uns beiden ist es gleich ergangen, ich sehe, wie er auf seinen Kopf deutet, ich weiß, was sie mit seinem Kopf gemacht haben. Der Lastwagen muß durch einen Fluß, es ist die Donau, es ist dann doch ein anderer Fluß, ich versuche ganz ruhig zu bleiben, denn hier, in den Donauauen, sind wir einander zum erstenmal begegnet, ich sage, es geht schon, aber dann reißt es mir den Mund auf, ohne einen Schrei, denn es geht eben nicht. Er sagt zu mir, vergiß es mir nicht wieder, es heißt: Facile! Und ich verstehe es falsch, ich schreie, ohne Stimme, es heißt: Facit! Im Fluß, im tiefen Fluß. Kann ich Sie sprechen, einen Augenblick? fragt ein Herr, ich muß Ihnen eine Nachricht überbringen. Ich frage: Wem, wem haben Sie eine Nachricht zu geben? Er sagt: Nur der Prinzessin von Kagran. Ich fahre ihn an: Sprechen Sie diesen Namen nicht aus, niemals. Sagen Sie mir nichts! Aber er zeigt mir ein vertrocknetes Blatt, und da weiß ich, daß er wahr gesprochen hat. Mein Leben ist zu Ende, denn er ist auf dem Transport im Fluß ertrunken, er war mein Leben. Ich habe ihn mehr geliebt als mein Leben.

Malina hält mich, er ist es, der sagt: Bleib ganz ruhig! Ich muß ruhig bleiben. Aber ich gehe auf und ab mit ihm in der Wohnung, er möchte, daß ich mich hinlege, aber ich kann mich nicht mehr auf das zu weiche Bett legen. Ich lege mich auf den Boden, stehe sofort wieder auf, weil ich so auf einem andren Boden gelegen bin, unter dem sibirischen Mantel, der warm war, und ich gehe, sprechend, redend, Worte auslassend, Worte einlassend, mit ihm auf und ab. Ich lege meinen Kopf verzweifelt an seine Schulter, da, in dieser Schulter muß Malina ein gebrochenes Schlüsselbein mit einem Stück Platin haben, seit einem Autounfall, er hat es mir einmal erzählt, und ich merke, daß mir kalt wird, ich fange wieder zu zittern an, es kommt der Mond hervor, er ist von unsrem Fenster aus zu sehen, siehst du den Mond? Ich sehe einen anderen Mond und eine siderische Welt, aber es ist nicht der andere Mond, von dem ich sprechen will, nur reden muß ich, immerzu reden, um mich zu retten, um Malina das nicht anzutun, mein Kopf, mein Kopf, ich werde wahnsinnig, aber Malina soll das nicht wissen. Trotzdem weiß Malina es, und ich bitte ihn, während ich, an ihn gekrampft, auf und ab renne in der Wohnung, mich niederfallen lasse, wieder aufstehe, mir das Hemd aufmache, mich wieder hinfallen lasse, denn ich verliere den Verstand, es kommt über mich, ich verliere den Verstand, ich bin ohne Trost, ich werde wahnsinnig, aber Malina sagt noch einmal: Sei ganz ruhig, laß dich ganz fallen. Ich lasse mich fallen und ich denke an Ivan, ich atme etwas regelmäßiger, Malina massiert meine Hände und meine Füße, die Gegend um das Herz, aber ich werde ja wahnsinnig, nur eines bitte, ich bitte dich nur um eines ... Aber Malina sagt: Warum denn bitten, doch nicht bitten. Ich sage aber, wieder mit meiner heutigen Stimme: Bitte, Ivan darf das nie erfahren, nie wissen (und benommen weiß ich doch, daß Malina nichts von Ivan weiß, warum jetzt über Ivan reden?) – Ivan darf nie, versprich es mir, und solange ich noch reden kann, rede ich, es ist wichtig, daß ich rede, weißt du, ich rede nur noch, und bitte, red du doch mit mir, Ivan darf nie, nie etwas wissen, bitte erzähl mir etwas, rede mit mir über das Abendessen, wo warst du essen, mit wem, rede zu mir, über die neue Schallplatte, hast du sie mitgebracht, O alter Duft! rede mit mir, es ist gleichgültig, was wir miteinander reden, nur irgend etwas, reden, reden, reden, dann sind wir nicht mehr in Sibirien, nicht mehr in dem Fluß, nicht mehr in den Auen, den Donauauen, dann sind wir wieder da, in der Ungargasse, du mein gelobtes Land, mein Ungarland, rede mit mir, mach überall Licht an, denk nicht an unsre Lichtrechnung, es muß überall Licht sein, dreh alle Schalter an, gib mir Wasser, mach Licht, mach das ganze Licht an! Zünd auch den Leuchter an.

Malina macht Licht, Malina bringt das Wasser, die Verstörung läßt nach, die Benommenheit nimmt zu, habe ich etwas zu Malina gesagt, habe ich Ivans Namen genannt? Habe ich ›Leuchter‹ gesagt? Weißt du, sage ich, weniger aufgeregt, du mußt es nicht zu ernst nehmen, Ivan lebt und er hat früher einmal gelebt, seltsam, nicht? Vor allem, mach dir nichts daraus, nur ich mache mir heute alles daraus, ich bin deswegen sehr müde, laß das Licht aber brennen. Ivan lebt noch, er wird mich anrufen. Wenn er anruft, dann sag ihm – Malina geht wieder mit mir auf und ab, weil ich nicht still liegen kann, er weiß nicht, was er Ivan sagen soll, ich höre das Telefon läuten.

Sag ihm, sag ihm, bitte sag ihm! Sag ihm nichts. Am besten: Ich bin nicht zu Hause.

Mein Vater muß uns die Füße waschen, wie alle unsere Apostolischen Kaiser ihren Armen, an einem Tag im Jahr. Ivan und ich nehmen schon ein Fußbad, das Wasser läuft schwarz schäumend und schmutzig an, wir haben uns lange die Füße nicht gewaschen. Wir waschen sie uns besser selber, denn mein Vater hält sich nicht mehr an die ehrwürdige Pflicht. Ich bin froh, daß unsere Füße jetzt rein sind, daß sie sauber riechen, ich trockne Ivan die Füße und dann mir, wir sitzen auf meinem Bett und sehen einander voller Freude an. Aber jetzt kommt jemand, zu spät, die Tür fliegt auf, es ist mein Vater. Ich zeige auf Ivan, ich sage: Er ist es! Ich weiß nicht, ob ich deswegen die Todesstrafe zu erwarten habe oder nur in ein Lager komme. Mein Vater sieht das schmutzige Wasser, aus dem ich meine weißen, wohlriechenden Füße hebe, und ich mache ihn stolz auch auf Ivans reine Füße aufmerksam. Mein Vater soll nicht merken, trotz allem, obwohl er seine Pflicht wieder nicht getan hat, daß ich froh bin, alles abgewaschen zu haben von dem langen Weg. Es war ein zu langer Weg von ihm zu Ivan, und meine Füße sind schmutzig geworden. Nebenan spielt es aus dem Radio: dadim, dadam. Mein Vater brüllt: Das Radio aus! Es ist nicht das Radio, du weißt es genau, sage ich bestimmt, denn ich habe nie eines gehabt. Mein Vater brüllt wieder: Deine Füße sind ja völlig verdreckt, und das habe ich jetzt auch allen Leuten gesagt. Damit du es nur weißt. Verdreckt, verdreckt! Ich sage lächelnd: Meine Füße sind gewaschen, ich hoffe, daß alle so reine Füße haben.

Was ist das für eine Musik, Schluß mit der Musik! Mein

Vater tobt wie noch nie. Und sag sofort, am wievielten hat Columbus Amerika erreicht? Wie viele Grundfarben gibt es? Wie viele Farbtöne? Drei Grundfarben. Ostwald gibt sie mit 500 an. Alle meine Antworten kommen rasch und richtig, aber sehr leise, ich kann nichts dafür, wenn mein Vater sie nicht hört. Er schreit schon wieder, und jedesmal wenn er die Stimme erhebt, fällt ein Stück Mörtel von der Wand oder es springt ein Stück Holz aus dem Parkettboden. Wie kann er bloß fragen, wenn er die Antworten doch nicht hören will.

Es ist finster vor dem Fenster, ich kann es nicht öffnen und drücke das Gesicht an die Scheibe, es ist fast nichts zu sehen. Langsam kommt es mir in den Sinn, daß die düstere Lache ein See sein könnte, und ich höre die betrunkenen Männer einen Choral auf dem Eis singen. Ich weiß, daß hinter mir mein Vater eingetreten ist, er hat geschworen, mich zu töten, und ich stelle mich rasch zwischen den langen schweren Vorhang und das Fenster, damit er mich nicht überrascht beim Hinausschauen, aber ich weiß schon, was ich nicht wissen soll: am Seeufer liegt der Friedhof der ermordeten Töchter.

Auf einem kleinen Schiff beginnt mein Vater seinen großen Film zu drehen. Er ist der Regisseur, und es geht alles nach seinem Willen. Ich habe auch schon wieder klein beigegeben, denn mein Vater möchte ein paar Sequenzen mit mir drehen, er beteuert, ich werde nicht zu erkennen sein, er hat den besten Maskenbildner. Mein Vater hat sich einen Namen zugelegt, niemand weiß welchen, er war schon manchmal in Leuchtschriften über den Kinos der halben Welt zu sehen. Ich sitze wartend herum, bin noch nicht angezogen und geschminkt, habe Lockenwickler auf dem Kopf, nur ein Handtuch über den Schultern, aber plötzlich entdecke ich, daß mein Vater die Situation ausnutzt und heimlich schon dreht, ich springe empört auf, finde nichts, um mich zu bedecken, ich laufe trotzdem zu ihm und dem Kameramann hinüber und sage: Hör auf damit, hör sofort auf! Ich sage, dieser Filmstreifen müsse sofort vernichtet werden, das habe nichts mit Film zu tun, denn es ist gegen die Abmachung, der Streifen müsse entfernt werden. Mein Vater antwortet, gerade das wolle er, es werde die interessanteste Stelle im ganzen Film werden, er dreht weiter. Ich höre mit Entsetzen das Summen der Kamera und verlange noch einmal, daß er aufhört und das Stück Film herausgibt, aber er filmt unbewegt weiter und sagt wieder nein. Ich werde immer aufgeregter und rufe, er habe noch eine Sekunde, es sich zu überlegen, ich hätte keine Angst mehr vor Erpressung, ich werde mir selber zu helfen wissen, wenn niemand mir hilft. Da er wieder nicht reagiert und die Sekunde vorbei ist, schaue ich über die Schornsteine des Schiffs und die Apparate, die überall auf Deck herumstehen, ich stolpere über die Kabel und suche und suche, denn wie kann ich das bloß verhindern, was er tut, ich stürze zurück in die Garderobe, deren Türe ausgehoben ist, damit ich mich nicht einschließen kann, mein Vater lacht, aber in diesem Moment sehe ich die kleine Schale mit dem seifigen Wasser, das für die Manicure dasteht vor dem Spiegel, und blitzschnell kommt mir der Einfall, ich nehme die Schale und schütte die Lauge auf die Apparate und in die Rohre des Schiffes, überall fängt es zu dampfen an, mein Vater steht erstarrt da, und ich sage ihm, daß ich ihn ja gewarnt hätte, ich sei ihm nicht mehr zu Willen, ich sei verändert, ich werde es jedem von nun an, wie ihm, sofort vergelten, was er gegen die Abmachung tut. Das ganze Schiff dampft immer mehr, die Filmarbeiten sind kaputt, die Arbeit muß hastig abgebrochen werden, alle stehen ängstlich und diskutierend beisammen, sie sagen aber, sie hätten den Regisseur sowieso nicht gemocht, sie sind froh darüber, daß dieser Film nicht zustande kommt. Wir verlassen über Strickleitern das Schiff, schaukeln in kleinen Rettungsbooten davon und werden auf ein großes Schiff gebracht. Während ich auf dem großen Schiff erschöpft auf einer Bank sitze und die Rettungsarbeiten beobachte für das kleine Schiff, kommen Menschenleiber angeschwommen, sie sind zwar lebendig, haben aber Brandwunden, wir müssen zusammenrücken, sie sollen alle von diesem Schiff aufgenommen werden, denn weiter weg von unsrem untergehenden Schiff ist ein zweites Schiff explodiert, das auch meinem Vater gehörte, mit vielen Passagieren darauf, und dort gab es die vielen Verletzten. Ich bekomme eine grundlose Angst, daß meine kleine Seifenschale auch die Explosion des anderen Schiffes verursacht hat, ich rechne schon damit, wegen Mordes unter Anklage gestellt zu werden, wenn wir an Land kommen. Es treiben immer mehr Menschenleiber auf uns zu, die herausgefischt werden, auch tote. Dann aber höre ich erleichtert, daß das andere Schiff aus ganz anderen Ursachen untergegangen ist. Ich habe nichts damit zu tun, es war eine Fahrlässigkeit meines Vaters.

Mein Vater will mich aus Wien wegbringen, in ein anderes Land, er redet mir gut zu, ich müsse weg von hier, die Freunde hätten alle einen schlechten Einfluß auf mich, aber ich merke schon, er will keine Zeugen, er will nicht, daß ich mit irgend jemand reden kann und daß es herauskommt. Es könnte ja doch herauskommen. Ich setze mich nicht mehr zur Wehr, frage nur, ob ich Briefe schreiben darf, nach Hause, er sagt, das werde man noch sehen, es sei nicht günstig für mich. Wir sind abgereist in ein fremdes Land, ich habe sogar die Erlaubnis, auf die Straße zu gehen, aber ich kenne niemand und ich verstehe die Sprache nicht. Wir wohnen hoch oben, wo mir schwindlig wird, so hoch kann kein Haus sein, ich habe nie so hoch oben gewohnt und liege den ganzen Tag auf dem Bett, vorbeugend, ich bin gefangen und nicht gefangen, mein Vater sieht nur selten zu mir herein, er schickt meistens eine Frau mit einem verbundenen Gesicht, nur ihre Augen kann ich sehen, sie weiß etwas. Sie stellt mir das Essen hin und den Tee, bald kann ich nicht mehr aufstehen, weil sich alles um mich dreht, schon beim ersten Schritt. Mir fallen die anderen Fälle ein, ich muß also aufstehen, denn das Essen muß vergiftet sein oder der Tee, ich komme noch bis ins Bad und schütte das Essen und den Tee ins Klosett, weder die Frau noch mein Vater haben es bemerkt, sie vergiften mich, es ist furchtbar, ich muß einen Brief schreiben, es entstehen lauter Briefanfänge, die ich verstecke, in der Handtasche, in der Lade, unter dem Kopfpolster, aber ich muß schreiben und einen Brief aus dem Haus bringen. Ich fahre zusammen und lasse den Kugelschreiber fallen, denn mein Vater steht in der Tür, längst hat er das erraten, er sucht alle Briefe, er nimmt einen aus dem Papierkorb heraus und schreit: Mach den Mund auf! Was soll das heißen! Den Mund auf, sag ich! Er schreit stundenlang und hört nicht auf, er läßt mich nicht sprechen, ich weine immer lauter, er schreit besser, wenn ich weine, ich kann ihm nicht sagen, daß ich nichts mehr esse, daß ich das Essen wegschütte, daß ich schon dahintergekommen bin, ich gebe auch noch den zerknitterten Brief heraus, der unter dem Polster liegt, und schluchze. Den Mund auf!

Mit den Augen sage ich ihm: Ich habe Heimweh, ich möchte nach Hause! Mein Vater sagt spöttisch: Heimweh! Das ist mir ein schönes Heimweh! Briefe sind das, aber die werden mir nicht spediert, deine werten Briefe an deine werten Freunde.

Ich bin abgemagert bis auf die Knochen und kann mich nicht aufrechthalten, aber es geht dann doch, ich hole meine Koffer herunter vom Dachboden, leise, mitten in der Nacht, mein Vater schläft fest, ich höre ihn schnarchen, er schnauft und röchelt. Trotz der Höhe habe ich mich hinausgebeugt und hinuntergesehen, auf der andren Straßenseite steht Malinas Auto. Malina, der keinen Brief bekommen hat, muß es begriffen haben, er hat mir seinen Wagen geschickt. Ich tue die wichtigsten Dinge in die Koffer, oder gerade nur, was zu erreichen ist, es muß leise und in der größten Eile geschehen, es muß heute nacht sein, sonst wird es mir nie mehr gelingen. Ich wanke mit den Koffern auf die Straße, ich muß sie alle paar Schritte absetzen und warten, bis ich wieder atmen und sie tragen kann, dann sitze ich im Auto, die Koffer habe ich auf die hinteren Plätze geschoben, der Autoschlüssel steckt, ich fahre an, ich fahre im Zickzack die leere nächtliche Straße, ich weiß ungefähr, wo die Ausfallstraße nach Wien sein muß, die Richtung weiß ich, aber ich kann nicht fahren und bleibe stehen, es geht nicht. Wenigstens bis zu einem Postamt müßte ich kommen, Malina sofort telegrafieren, damit er mich holen kommt, aber es geht nicht. Ich muß wenden, es wird schon hell, das Auto habe ich nicht mehr in der Gewalt, es gleitet auf den Platz zurück, an dem es gestanden ist, steht dort verkehrt, ich möchte noch einmal Gas geben und gegen die Mauer fahren, mich zu Tode fahren, weil

Malina nicht kommt, es ist Tag, ich liege über dem Volant. Jemand zieht mich an den Haaren, es ist mein Vater. Die Frau, der sich das Tuch auf ihrem Gesicht verschiebt, schleppt mich aus dem Auto und führt mich ins Haus zurück. Ich habe ihr Gesicht gesehen, sie zieht rasch wieder das Tuch vor, während ich aufheule, denn ich habe sie erkannt. Sie beide werden mich töten.

Mein Vater hat mich in ein hohes Haus gebracht, auch ein Garten ist oben, er läßt mich darin Blumen und kleine Bäume pflanzen, zum Zeitvertreib, er macht Witze über die vielen Christbäume, die ich aufziehe, sie sind aus den Weihnachten meiner Kinderzeit, aber solange er Witze macht, geht es gut, es gibt Silberkugeln und es blüht violett und gelb, es sind nur nicht die richtigen Blumen. Auch in viele Keramiktöpfe pflanze ich, säe ich, immer kommen Blumen mit verkehrten ungewünschten Farben heraus, ich bin nicht zufrieden, und mein Vater sagt: Du hältst dich wohl für eine Prinzessin, was! Für wen hältst du dich eigentlich, für etwas Besseres, was! Das wird dir noch vergehen, das wird dir ausgetrieben, und das und das – er zeigt auf meine Pflanzen – das wird auch bald ein Ende haben, was ist das für ein schwindelhafter Zeitvertreib, dieses Grünzeug! Ich halte den Gartenschlauch in der Hand, ich könnte ihm den vollen Wasserstrahl ins Gesicht fahren lassen, damit er aufhört, mich zu beleidigen, denn er hat mir den Garten zugeteilt, aber ich lasse den Schlauch fallen, ich schlage mir die Hände vors Gesicht, er soll mir doch sagen, was ich tun soll, das Wasser läuft auf dem Boden, und ich mag die Pflanzen nicht mehr gießen, ich drehe den Hahn ab und gehe ins Haus. Die Gäste meines Vaters sind gekommen, ich muß mich abmühen, die vielen Teller und die Tabletts mit den Gläsern hin und her tragen, dann dasitzen, zuhören, ich weiß nicht einmal, worüber sie reden, ich soll auch antworten, aber wenn ich nach einer Antwort suche, werde ich scharf angesehen, ich stottere, es ist nichts mehr richtig. Mein Vater lächelt und ist charmant mit allen, mir schlägt er auf die Schulter, er sagt: Die will Ihnen vorspielen, daß sie bei mir nur im Garten arbeiten darf, sehen Sie sich einmal diese schwerarbeitende Gärtnerin an, zeig deine Hände, mein Kind, zeig deine weißen schönen Pfötchen! Alle lachen, ich lache auch mühsam, mein Vater lacht am lautesten, er trinkt sehr viel und noch viel mehr, nachdem die Leute gegangen sind. Ich muß ihm noch einmal meine Hände zeigen, er dreht sie um, verdreht sie mir und ich springe auf, ich komme noch los von ihm, weil er betrunken schwankt beim Aufstehen, ich laufe hinaus und will die Tür zuwerfen, mich verstecken im Garten, aber mein Vater kommt mir nach, und schrecklich sind seine Augen, sein Gesicht ist rotbraun angelaufen vor Wut, er treibt mich an ein Geländer, es wird doch hier nicht wieder das Haus hoch oben sein, er zerrt an mir, wir ringen miteinander, er will mich über das Geländer werfen, wir kommen beide ins Rutschen, und ich werfe mich auf die andere Seite, ich muß bis zur Mauer kommen oder auf das Dach daneben springen oder doch zurück ins Haus gelangen, ich fange an, den Verstand zu verlieren, ich weiß nicht, wie ich entkommen kann, und mein Vater, der vielleicht auch Angst vor dem Geländer hat, will nicht mehr mit mir zum Geländer, er hebt einen Blumentopf auf, er schleudert ihn gegen mich, der Topf zerbricht an der Wand hinter mir, mein Vater nimmt noch einen, es platscht mir die Erde ins Gesicht, es kracht und splittert, ich habe die Augen voller Erde, so kann mein Vater nicht sein, so darf mein Vater nicht sein! Es läutet an der Haustüre, zu meinem

Glück, jemand ist also alarmiert, es läutet schon wieder, oder einer von den Gästen ist zurückgekommen. Es kommt jemand, flüstere ich, hör auf! Mein Vater sagt höhnisch: Da kommt jemand für dich, jawohl, für dich natürlich, aber du bleibst, hörst du! Weil es immer noch läutet, weil es die Rettung sein muß, weil ich mit meinem erdverschmierten Gesicht nichts sehe und versuche, die Tür zu finden, fängt mein Vater an, was ihm an Blumentöpfen unterkommt, über das Geländer zu werfen, damit die Leute weggehen, anstatt mich zu retten. Trotzdem muß ich entkommen sein, denn ich stehe plötzlich am Tor auf der Straße, mit Malina vor mir in der Dunkelheit, ich wispere, er versteht noch nicht, ich hauche, komm nicht jetzt, nicht heute, und Malina, den ich noch nie bleich und fassungslos gesehen habe, fragt fassungslos, was ist denn, ist etwas? Bitte geh, ich muß ihn beruhigen, flüstere ich. Ich höre die Polizeisirene, die Polizisten springen schon aus einem Streifenwagen, ich sage in höchster Angst, hilf mir jetzt, wir müssen die loswerden, wir müssen. Malina spricht mit den Polizisten und erklärt, es gebe hier ein Fest und Übermut, Übermut und sehr viel gute Laune. Mich hat er ins Dunkel geschoben. Die Polizei fährt wirklich wieder weg, Malina kommt zurück, er sagt eindringlich, ich habe verstanden, das kommt von ihm da oben geflogen, er hat mich nur um ein Haar verfehlt, du kommst jetzt mit mir, oder wir sehen einander nie wieder, das muß ein Ende haben. Aber ich flüstere, ich kann nicht mitkommen, laß es mich nur noch einmal versuchen, ich will ihn beruhigen, er hat es getan, weil du geläutet hast, ich muß sofort zurück. Bitte nicht mehr läuten! Versteh doch, wir sehen einander wieder, sagt Malina, aber nicht, eh das ein Ende hat, denn er hat mich töten wollen. Ich widerspreche leise, nein, nein, er hat nur mich, ich fange zu weinen an, denn Malina ist gegangen, ich weiß nicht mehr, was ich tun soll, ich muß die Spuren verwischen, ich sammle die Scherben auf der Straße ein, schiebe mit den Händen die Blumen und die Erde zum Rinnstein, ich habe heute nacht Malina verloren und Malina hätte aufs Haar heute nacht sterben müssen, wir beide, Malina und ich, aber es ist stärker als ich und meine Liebe zu Malina, ich werde weiter leugnen, im Haus brennt Licht, mein Vater ist auf dem Boden eingeschlafen, inmitten der Verwüstung, alles ist zerstört, verwüstet, ich lege mich neben meinen Vater, in die Verwüstung, denn hier ist mein Platz, neben ihm, der schlaff und traurig und alt schläft. Und obwohl es mich anwidert, ihn anzusehen, muß ich es tun, wissen muß ich, welche Gefahr noch in sein Gesicht geschrieben ist, wissen muß ich, woher das Böse kommt, und ich erschrecke, aber anders als sonst, denn das Böse ist in einem Gesicht, das ich nicht kenne, ich krieche auf einen fremden Mann zu, dem die Erde an den Händen klebt. Wie bin ich hierhergeraten, wie in seine Macht, in wessen Macht? Mir kommt in meiner Erschöpfung ein Verdacht, aber der Verdacht ist zu groß, ich schlage den Verdacht sofort nieder, es darf nicht ein fremder Mann sein, es darf nicht vergeblich und nie ein Betrug gewesen sein. Es darf nicht wahr sein.

Malina öffnet eine Flasche mit Mineralwasser, aber er hält mir auch ein großes Glas mit einem Schluck Whisky vors Gesicht, er besteht darauf, daß ich es trinke. Ich mag nicht mitten in der Nacht Whisky trinken, aber da Malina so besorgt aussieht, seine Finger in mein Handgelenk gedrückt sind, nehme ich an, daß es mir nicht gutgeht. Er sucht meinen Puls, zählt und sieht nicht zufrieden aus.

Malina: Hast du mir noch immer nichts zu sagen?

Ich: Mir zeigt sich etwas, ich fange auch an, eine Logik darin zu sehen, aber ich verstehe im einzelnen nichts. Einiges ist ja halbwegs wahr, etwa daß ich auf dich gewartet habe, auch daß ich einmal eine Stiege hinuntergegangen bin, um dich aufzuhalten, auch das mit den Polizisten stimmt beinahe, nur hast nicht du ihnen gesagt, sie sollten gehen, es sei ein Mißverständnis, sondern ich selber habe es ihnen gesagt, ich habe sie weggeschickt. Oder? Die Angst war größer im Traum. Würdest du denn je die Polizei holen? Ich kann das nicht. Ich hatte sie ja auch nicht geholt, das haben die Nachbarn getan, ich habe die Spuren verwischt, falsch ausgesagt, das gehört sich doch, nicht wahr?

Malina: Warum hast du ihn gedeckt?

Ich: Ich habe gesagt, es sei ein Fest, ein turbulentes, ein übliches Fest. Alexander Fleisser und der junge Bardos sind unten gestanden, sie waren im Auseinandergehen, dann hätte Alexander beinahe ein Gegenstand getroffen, ich sage dir nicht welcher, er war groß genug, um jemand zu töten. Flaschen sind auch heruntergeworfen worden, natürlich keine Blumentöpfe. Ich habe gesagt, irrtümlich. Das kann doch vorkommen. Zugegeben, es kommt nicht häufig vor, nicht in allen Familien, nicht jeden Tag, nicht überall, aber vorkommen kann es ja, bei einem Fest, stell dir die Laune der Leute vor.

Malina: Ich spreche nicht von Leuten, das weißt du. Und ich frage nicht nach Launen.

Ich: Auch hat man keine Angst, wenn man weiß,

daß es wirklich passieren könnte, es ist ganz anders, die Angst kommt später, in einer anderen Gestalt, sie kommt heute nacht. Ach ja, du willst etwas anderes wissen. Ich bin am Tag darauf zu Alexander gegangen, auch den jungen Bardos, den ich kaum kannte, hätte es treffen können, aber der war schon hundert Meter weg gewesen. Zu Alexander sagte ich, ich sei dermaßen, gewissermaßen, ich sei einigermaßen niedergeschlagen, einfach sprachlos, aber ich redete eine ganze Menge, denn Alexander hatte sich sein Teil schon gedacht, und ich fühlte es, er werde eine Anzeige machen, aber das durfte doch nicht geschehen, begreif doch! Ich sagte auch, ›man‹ hätte die Straße leer geglaubt, wer konnte schon ahnen, daß auch Bardos in dieser späten Stunde da unten stand, und gesehen hatte ›man‹ ihn vielleicht, sogar sicher, aber das wußte nur ich, darum kam ich auf schwere Zeiten zu sprechen, nur in Alexanders Mienen war zu lesen, daß er derartige Vorfälle nicht mit schweren Zeiten entschuldigen konnte, so erfand ich noch zu den schweren Zeiten eine schwere Krankheit, so erfand ich immerzu eine Menge. Überzeugt war Alexander nicht. Meine Absicht war es auch nicht, überzeugend zu wirken, sondern das Schlimmste im Moment zu verhindern.

Malina: Warum hast du das getan?

Ich: Ich weiß nicht. Ich habe es getan. Damals war es richtig für mich, es zu tun. Später weiß man nichts mehr. Nicht einmal einen Grund, da jeder hinfällig geworden ist.

Malina: Wie würdest du ausgesagt haben?

Ich: Gar nicht. Mit einem Wort höchstens, das ich noch aussprechen konnte – aber da wußte ich schon nicht mehr, was es bedeutet –, hätte ich alle Fragen zunichte gemacht. (Ich mache Malina mit den Fingern ein Zeichen, in der Taubstummensprache.) Wäre ich damit nicht ganz gut durchgekommen? Oder mit der Behauptung: Angehörigkeit. Du hast leicht lachen, es ist dir ja nichts passiert, du bist nicht an dem Tor gestanden.

Malina: Lache ich denn? Du lachst. Du solltest schlafen, es ist sinnlos, mit dir zu reden, solange du zurückhältst mit der Wahrheit.

Ich: Der Polizei habe ich Geld gegeben, alle sind ja nicht bestechlich, aber diese Burschen waren es, das ist wahr. Die sind froh gewesen, daß sie zurück ins Revier oder in die Betten konnten.

Malina: Was gehen mich diese Geschichten an. Dir träumt ja.

Ich: Ich träume, aber ich versichere dir, daß ich zu begreifen anfange. Damals fing ich auch an, alles, was ich las, entstellt zu lesen. Wenn irgendwo stand ›Sommermoden‹, habe ich gelesen ›Sommermorde‹. Das ist nur ein Beispiel. Ich könnte dir Hunderte nennen. Glaubst du das?

Malina: Natürlich, aber ich glaube schon einiges, was du selber noch immer nicht glauben willst.

Ich: Und das wäre ...

Malina: Du vergißt, daß ich morgen Journaldienst habe. Steh bitte rechtzeitig auf. Ich bin todmüde. Auch wenn das Frühstücksei einmal weder zu weich, noch zu hart sein könnte, wäre ich dir dankbar. Gute Nacht.

Die neuen Wintermorde sind angekommen, sie werden schon in den wichtigsten Mordhäusern vorgeführt. Mein Vater ist der erste Couturier der Stadt. Ich weigere mich, aber ich soll die Braut-Modelle vorführen. Es gibt in diesem Jahr sowieso nur weiße und nur wenige schwarze Morde, die weißen im Eispalast, bei 50 Grad Kälte, man wird dort lebend für das Publikum und vor dem Publikum getraut, in Eisschleiern und mit Eisblumen. Die Brautleute müssen nackt sein. Der Eispalast steht an der Stelle, an dem der alte Eislaufverein war und wo im Sommer die Ringkämpfe stattfinden, aber mein Vater hat den ganzen Platz gemietet, ich soll getraut werden mit dem jungen Bardos, eine Musikkapelle ist bestellt, die sich auch zu Tode fürchtet, bei dieser Temperatur spielen zu müssen, doch mein Vater läßt die Witwen versichern. Noch sind es die Frauen der Musikanten.

Mein Vater ist aus Rußland zurückgekommen, es hat ihm geschadet. Er hat nicht die Eremitage gesehen, sondern die Torturen studiert, er hat die Zarin Melanie mitgebracht. Ich muß mit Bardos auf das Eis, in einen graziösen, kunstvollen Eispavillon, beklatscht von ganz Wien und der Welt, denn die Vorstellung wird über den Satelliten übertragen, es soll an dem Tag sein, an dem die Amerikaner oder die Russen oder alle miteinander zum Mond fahren. Meinem Vater kommt es nur darauf an, daß die Wiener Eisschau die ganze Welt den Mond und die Weltmächte vergessen läßt. Er jagt in einer pelzbeschlagenen Kutsche um den ersten und dritten Bezirk, läßt sich noch einmal bestaunen mit der jungen Zarin, ehe das große Spektakel beginnt.
Zuerst werden alle über Lautsprecher aufmerksam gemacht auf die erfinderischen Details des Eispalastes, auf

Fenster, die dünnste Eisplatten, durchsichtig wie das schönste Glas, als Scheiben haben. Hunderte von Eiskandelabern erleuchten den Platz, und zum Staunen ist die Einrichtung, die Diwane, Taburette, die Kredenzen mit dem zerbrechlichsten Service, Gläsern und Teegeschirr, alles aus Eis gefertigt und in lebhaften Farben, bemalt wie das Augarten-Porzellan. Im Kamin liegt Holz aus Eis, das, mit Nafta überstrichen, zu brennen scheint, und über das große Himmelbett kann man durch die spitzenartigen Eisvorhänge sehen. Die Zariza, die meinen Vater ihren ›Bären‹ nennt, neckt ihn, sie meint, es müsse ein Vergnügen sein, in diesem Palast zu wohnen, aber doch etwas zu kalt zum Schlafen sein. Mein Vater beugt sich zu mir und sagt im frivolsten Ton: Ich bin überzeugt, daß du nicht erfrieren wirst, wenn du mit deinem Herrn Bardos heute dieses Lager teilst, er soll doch dafür sorgen, daß zwischen euch das Feuer der Liebe nicht zum Erlöschen kommt! Ich werfe mich vor meinem Vater nieder, ich bitte nicht um mein Leben, sondern um Gnade für den jungen Bardos, den ich kaum kenne, der mich kaum kennt und mich verständnislos, am Erfrieren schon ohne Verstand, ansieht. Ich verstehe nicht, warum auch Bardos mitgeopfert werden soll bei dieser Volksbelustigung. Mein Vater erklärt der Zariza, daß auch mein Mitschuldiger sich ausziehen müsse und so lange mit den Wassern aus der Donau und aus der Newa begossen werde, bis wir beide zu Eisstatuen werden. Aber das ist ja entsetzlich, antwortet Melanie affektiert, mein großer Bär, du wirst die Unglücklichen doch früher töten lassen. Nein, meine kleine Bärin, erwidert mein Vater, denn sonst würden den beiden die natürlichen Bewegungen, die nach dem Gesetz der Schönheit unerläßlich sind, fehlen, ich werde sie lebendig begießen lassen, wie könnte ich mich bloß an der Todesangst belustigen! Du bist grausam, sagt Melanie, aber mein Vater verspricht ihr eine Ekstase, er weiß, wie verwandt die Grausamkeit und die Wollust sind. Wenn man in einen Pelz gehüllt ist, ließe sich das leicht und gut ansehen, verspricht er und hofft, Melanie werde auch an Grausamkeit einmal alle anderen Frauen übertreffen. Die Leute von der Straße und die Wiener Gesellschaft jubeln: So was sieht man nicht alle Tage!

Wir stehen bei 50 Grad Kälte, entkleidet, vor dem Palast, müssen die befohlenen Positionen einnehmen, im Publikum seufzen manche, doch jeder denkt, daß Bardos, der unschuldig ist, mitschuldig ist, weil man anfängt, die Ströme eisigen Wassers über uns zu gießen. Ich höre mich noch wimmern und eine Verwünschung ausstoßen, das letzte, was ich wahrnehme, ist das triumphierende Lächeln meines Vaters, und sein befriedigtes Seufzen ist das letzte, was ich höre. Ich kann nicht mehr um das Leben von Bardos bitten. Ich werde zu Eis.

Meine Mutter und meine Schwester haben einen internationalen Parlamentär zu mir geschickt, sie wollen wissen, ob ich ›nach‹ diesem Vorfall bereit wäre, mit meinem Vater die Beziehungen weiterzuführen. Ich sage dem Zwischenträger: Um nichts in der Welt! Der Mann, der ein alter Freund von mir sein muß, ist konsterniert deswegen und meint, das sei aber schade. Er findet meinen Standpunkt zu hart. Nachher gehe ich von meiner Mutter und meiner Schwester, die stumm und hilflos herumstehen, weg in das Nebenzimmer, um selbst mit meinem Vater darüber zu sprechen. Obwohl ich unbeugsam denke, unbeugsam urteile, mein ganzer Körper unbeugsam geworden ist, werde ich die Vorstellung nicht los, daß ich meine Pflicht tun müsse, ich werde wieder mit ihm schlafen, mit den zusammengebissenen Zähnen, dem unbewegten Körper. Er soll aber wissen, daß ich es nur den anderen zuliebe tue und damit kein internationales Aufsehen erregt wird. Mein Vater ist sehr niedergeschlagen, er macht Andeutungen, daß er sich krank fühle, allem nicht mehr gewachsen sei, und ich kann die Aussprache wieder nicht herbeiführen, er steigert sich in eine Krankheit hinein, die er gar nicht hat, damit er nicht über Melanie und mich nachdenken muß. Es geht mir ein Licht auf, warum er alles mögliche vorschiebt, denn er lebt jetzt mit meiner Schwester. Ich kann nichts mehr tun für Eleonore, sie schickt mir einen Zettel zu: Bete für mich, bitte für mich!

Ich sitze auf dem Bett, mir ist zu warm und mir ist zu kalt, ich greife nach einem Buch, das ich vor dem Einschlafen auf den Boden gelegt habe, GESPRÄCH MIT DER ERDE, ich habe vergessen, bei welchem Kapitel ich es zugeschlagen habe, suche planlos im Inhaltsverzeichnis, im Anhang, Erläuterung der Fach- und Fremdwörter, die Kräfte und Vorgänge unterirdischen Ursprungs, Innere Dynamik. Malina nimmt mir das Buch aus der Hand und legt es weg.

Malina: Warum kommt deine Schwester vor, wer ist deine Schwester?

Ich: Eleonore? Ich weiß nicht, ich habe keine Schwester, die Eleonore heißt. Aber wir haben doch alle eine Schwester, nicht wahr? Verzeih. Wie konnte ich nur! Aber du willst ja etwas von meiner wirklichen Schwester wissen. In der Kinderzeit waren wir natürlich immer beisammen, dann noch eine Weile in Wien, am Sonntagvormittag gingen wir zu den Konzerten im Musikverein, manchmal verabredeten wir uns mit denselben Männern, lesen konnte sie auch, einmal schrieb sie drei traurige Seiten, die gar nicht zu ihr paßten, wie eben vieles nicht zu uns paßt, und ich habe das nicht ernst genommen. Ich habe etwas versäumt. Was wird meine Schwester getan haben? Ich hoffe, sie hat sich bald danach verheiratet.

Malina: Du sollst nicht so von deiner Schwester sprechen, es strengt dich nur an, sie zu verbergen. Und Eleonore?

Ich: Ich hätte es ernst nehmen müssen, aber ich war noch so jung damals.

Malina: Eleonore?

Ich: Sie ist viel älter als meine Schwester, sie muß in einer anderen Zeit gelebt haben, in einem anderen Jahrhundert sogar, Bilder kenne ich von ihr, aber ich erinnere mich nicht, erinnere mich nicht... Gelesen hat sie auch, einmal hat mir geträumt, sie liest mir vor, mit einer Geisterstimme. Vivere ardendo e non sentire il male. Wo steht das?

Malina: Was ist aus ihr geworden?

Ich: Sie ist in der Fremde gestorben.

Mein Vater hält meine Schwester gefangen, er läßt nichts durchblicken, er verlangt von mir meinen Ring für sie, denn meine Schwester soll diesen Ring tragen, er zieht mir den Ring vom Finger und sagt: Das genügt wohl, das reicht wohl! ihr seid ja eine wie die andere, ihr werdet beide noch etwas erleben. Melanie hat er ›abgesetzt‹, manchmal sagt er, sie sei ›entlassen‹, er habe sie durchschaut, ihren Ehrgeiz und ihre Sucht, durch ihn glänzen zu wollen. Die Tiraden, in denen er mir ihre Sucht begreiflich machen will, sind aber eigenartig, das Wort ›Schnee‹ kommt vor, sie wolle mit ihm durch meinen Schnee fahren, auch durch unseren gemeinsamen Schnee aus den Voralpen, und ich frage ihn, ob er meine Briefe schon bekommen habe, aber es stellt sich heraus, daß sie im Schnee steckengeblieben sind. Noch einmal bitte ich ihn um die wenigen Dinge, die ich bis zuletzt brauchen werde, um die zwei Kaffeeschalen von Augarten, weil ich noch einmal Kaffee trinken will, sonst könne ich meine Pflicht nicht tun, die Kaffeeschalen sind nämlich weg, das ist das Bitterste, ich werde meiner Schwester sagen müssen, daß sie mir wenigstens diese Schalen zurückgeben soll. Mein Vater hat eine kleine Lawine ins Rollen gebracht, damit ich erschrecke und diesen Wunsch nicht mehr äußere, die Schalen sind unter dem Schnee. Nur täuschen wollte er mich, er löst eine zweite Lawine aus, ich verstehe langsam den Schnee, denn es soll mich der Schnee begraben, es soll mich keiner mehr finden. Auf die Bäume zulaufend, wo Rettung und Halt ist, versuche ich feige zu schreien, ich wolle nichts mehr, er soll es vergessen, ich will überhaupt nichts mehr, es ist Lawinengefahr, man muß rudern mit den Armen, man muß schwimmen im Schnee, um oben zu bleiben, man muß treiben über dem Schnee. Aber mein Vater tritt auf ein Schneebrett und löst eine dritte Lawine aus, sie reißt unsere ganzen Wälder nieder, die ältesten Bäume, die stärksten, die fällt nun ihre unheimliche Kraft, ich kann meine Pflicht nicht mehr tun, ich bin einverstanden, daß der Kampf ein Ende hat, mein Vater sagt zu der Suchmannschaft, sie bekämen ein Freibier, sie dürften nach Hause gehen, vor dem nächsten Frühjahr sei nichts zu machen. Ich bin unter die Lawine meines Vaters gekommen.

Auf dem leicht verschneiten Hang hinter unserem Haus fahre ich zum erstenmal Ski. Ich muß versuchen, die Schwünge so zu machen, daß ich nicht auf die aperen Stellen komme und, hinuntergleitend, auf einem in den Schnee geschriebenen Satz bleibe. Der Satz könnte aus der früheren Zeit sein, weithin geschrieben mit einer ungeschickten Kinderhandschrift, in dem liegengebliebenen Schnee aus meiner Jugend. Es kommt mir eine Ahnung, daß er aus dem braunen Schulheft ist, auf dessen erste Seite ich in der Neujahrsnacht geschrieben habe: Wer ein Warum zu leben hat, erträgt fast jedes Wie. Aber in dem Satz heißt es auch, daß ich noch immer Schwierigkeiten mit meinem Vater habe und nicht damit rechnen kann, jetzt aus diesem Unglück herauszukommen. Eine ältere Frau, eine Wahrsagerin, bringt mir und einer abseits stehenden Gruppe, an die ich mich nicht anschließe, das Skifahren bei. Sie achtet darauf, daß jeder zum Stehen kommt, wo der Hang zu Ende ist. Wo ich zum Stehen komme, in der größten Erschöpfung, liegt ein Brief, er betrifft den 26. Jänner und hat etwas mit einem Kind zu tun, der Brief ist sehr kompliziert zusammengefaltet und mehrfach verschlossen. Er darf noch eine Weile nicht geöffnet werden – ist ganz von Eis verkrustet –, denn er enthält eine Wahrsagung. Ich mache mich auf den Weg durch den großen Wald, steige dann aus den Skiern und lege die Stöcke dazu, ich gehe zu Fuß weiter, in Richtung Stadt, bis zu den Häusern meiner Wiener Freunde. Auf den Hausschildern fehlen die Namen aller Männer. Ich versuche mit der letzten Kraft bei Lily zu läuten, ich läute, obwohl sie nie gekommen ist, noch immer verzweifelt über ihr Nichtkommen, aber ich gebe mich ruhig und erzähle ihr schon in der Tür, daß meine Mutter und Eleonore heute ankämen, um mich unterzubringen, in einer guten Anstalt, ich bräuchte keine Unterkunft und müsse sofort zum Flugplatz, ich weiß aber plötzlich nicht, ob ich nach Schwechat oder nach Aspern fahren muß, ich kann nicht auf beiden Flugplätzen gleichzeitig sein, ich weiß nicht einmal mehr, ob meine Mutter und meine Schwester wirklich mit den Flugzeugen kommen, ob es heute Flugzeuge gibt, ob meine Mutter und meine Schwester überhaupt kommen können und benachrichtigt sind. Benachrichtigt war ja nur Lily. Ich bringe den Satz nicht zustande, ich möchte schreien: Benachrichtigt warst ja nur du! und was hast du getan, du hast nichts getan, du hast es nur ärger gemacht!

Da alle Männer aus Wien verschwunden sind, muß ich mich einmieten bei einem jungen Mädchen, in einem Zimmer, das nicht größer als mein Kinderzimmer ist, auch mein erstes großes Bett steht darin. Plötzlich verliebe ich mich in das Mädchen, ich umarme sie, während Frau Breitner, meine Hausmeisterin aus der Ungargasse (oder die Baronin aus der Beatrixgasse), nebenan liegt, dick und schwer, sie merkt schon, daß wir einander umarmen, obwohl wir mit meiner großen blauen Decke zugedeckt sind. Sie ist nicht empört, aber sie sagt, das habe sie nie für möglich gehalten, sie kenne mich doch und sie habe auch meinen Vater gut gekannt, sie hat nur bis heute nicht gewußt, daß mein Vater nach Amerika gegangen ist. Frau Breitner beschwert sich, denn sie hat mich für eine ›Heilige‹ gehalten, sie wiederholt mehrmals ›eine Art Heilige‹, und damit ich nicht gekündigt werde, versuche ich, ihr zu erklären, daß es doch verständlich und natürlich sei, nach dem großen Unglück mit meinem Vater, ich könne nicht anders. Ich sehe das Mädchen genauer an, es ist mir nie begegnet, sie ist sehr zart und sehr jung und sie erzählt mir von einer Seepromenade am Wörthersee, ich bin überwältigt, weil sie vom Wörthersee spricht, aber ich traue mich nicht, du zu ihr zu sagen, weil sie sonst dahinterkäme, wer ich bin. Sie soll es nie erfahren. Eine Musik beginnt, mild und leise, und abwechselnd versuchen wir, einige Worte zu dieser Musik zu singen, auch die Baronin versucht es, sie ist meine Hausmeisterin, die Breitner, wir irren uns immer wieder, ich singe ›All meinen Unmut geb' ich preis‹, das Mädchen singt ›Seht ihr's Freunde, seht ihr's nicht?‹. Frau Breitner singt aber ›Habet acht! habet acht! Bald entweicht die Nacht!‹.

Auf dem Weg zu meinem Vater treffe ich eine Gruppe von Studenten, die auch zu ihm wollen, den Weg kann ich ihnen zeigen, aber ich möchte nicht gleichzeitig mit ihnen vor der Tür ankommen. Ich warte, an die Wand gedrückt, während die Studenten läuten. Melanie öffnet, sie ist in einem langen Hauskleid, ihr Busen ist schon wieder zu groß und für alle zu sehen, sie begrüßt überschwenglich die Studenten und gibt vor, sich an alle zu erinnern, sie habe sie in allen Vorlesungen gesehen, und sagt strahlend, heute sei sie noch Fräulein Melanie, aber nicht mehr lange, denn sie will Frau Melanie sein. Nie, denke ich. Dann erblickt sie mich, ich habe ihr den Auftritt verdorben, wir begrüßen einander oberflächlich, geben einander die Hand, aber nur so, daß die Hände sich flach berühren und keine der anderen die Hand drückt. Sie geht voraus im Korridor, es ist schon die neue

Wohnung, und es ist mir klar, daß Melanie schwanger ist. In der Wohnung steht meine Lina mit gesenktem Kopf, mit meinem Kommen hat sie nicht mehr gerechnet, denn in dieser Wohnung wird sie Rita genannt, damit nichts mehr an mich erinnert. Die Wohnung ist riesig, besteht aber nur aus einem ganz schmalen und einem immensen Raum, die Aufteilung geht auf die Architekturideen meines Vaters zurück, ich kenne seine Ideen, sie sind nicht zu verkennen. Unter den Möbeln sehe ich mein blaues Sofa aus der Beatrixgasse, und da mein Vater mit dem Einrichten beschäftigt ist, spreche ich ihn an, in dem großen Raum. Mein Vater, dem ich Vorschläge mache, wegen des blauen Sofas und einiger anderer Dinge, hört nicht zu, er geht mit einem Zollstab auf und ab, mißt die Wände, die Fenster und die Türen, denn er hat wieder etwas Großes vor. Ich frage ihn, ob ich es ihm jetzt mündlich oder später schriftlich erklären soll, welche Ordnung ich wünsche, und wie es ihm lieber sei. Er bleibt beschäftigt und gleichgültig und sagt nur: Beschäftigt, ich bin beschäftigt! Ehe ich die Wohnung verlasse, sehe ich mir einiges an, hoch oben an der Wand ist ein gefiederter komischer Wandschmuck, viele kleine tote Vögel stehen ausgestopft in einer Nische, die rot beleuchtet ist, und ich sage vor mich hin, wie geschmacklos, es ist geschmacklos wie eh und je. Es war schon immer der Geschmack, der uns getrennt hat. Seine Gleichgültigkeit, seine Geschmacklosigkeit waren es, beide Worte verwirren sich in eines für mich, und Lina, die sich Rita nennen läßt, begleitet mich hinaus, ich sage, geschmacklos, hier hat nichts einen Geschmack, es ist gleichgültig hier, es wird immer gleich bleiben mit meinem Vater. Lina nickt verlegen, sie gibt mir heimlich die Hand, und jetzt möchte ich den Mut haben, ich möchte und muß die Tür laut zuwerfen, laut, wie mein Vater immer alle

Türen zugeworfen hat, damit auch er einmal weiß, was es heißt, jemand DIE TÜR ZUWERFEN. Doch die Tür schnappt sanft ein, ich kann die Tür noch immer nicht zuwerfen. Vor dem Haus drücke ich mich an die Wand, ich hätte nicht in dieses Haus kommen dürfen, nie zu Melanie, mein Vater hat das Haus schon umstellen lassen, ich kann nicht zurück und ich kann nicht weg, aber über den Zaun könnte ich noch klettern, wo das Gebüsch sehr dicht ist, und in meiner Todesangst laufe ich auf den Zaun zu und klettere hinauf, es ist die Rettung, es wäre die Rettung, aber oben am Zaun verfange ich mich, es ist Stacheldraht, es sind Stacheln, mit 100 000 Volt geladen, die 100 000 Schläge, elektrisch, bekomme ich, mein Vater hat die Drähte geladen, in alle meine Fasern rasen die vielen Volt. Ich bin an der Raserei meines Vaters verglüht und gestorben.

Ein Fenster geht auf, draußen liegt ein finsteres, wolkiges Land und ein See darin, der immer kleiner wird. Um den See herum liegt ein Friedhof, die Gräber sind genau zu erkennen, die Erde tut sich über den Gräbern auf, und für einen Augenblick stehen mit wehenden Haaren die gestorbenen Töchter auf, ihre Gesichter sind nicht auszumachen, die Haare fallen ihnen bis über die eine Hand, die rechte Hand aller Frauen ist erhoben und im Weißlicht zu sehen, sie spreizen die wächsernen Hände, es fehlen die Ringe, es fehlt der Ringfinger an jeder Hand. Mein Vater läßt den See über die Ufer treten, damit nichts herauskommt, damit nichts zu sehen ist, damit die Frauen über den Gräbern ertrinken, damit die Gräber ertrinken, mein Vater sagt: Es ist eine Vorstellung: WENN WIR TOTEN ERWACHEN.

Als ich aufwache, weiß ich, daß ich viele Jahre lang in keinem Theater mehr war. Vorstellung? Ich kenne keine Vorstellung, ich habe keine Vorstellung, aber es muß eine Vorstellung gewesen sein.

Malina: Du hast dir immer zuviel vorgestellt.

Ich: Aber damals konnte ich mir gar nichts vorstellen. Oder wir sprechen von Vorstellen und von Vorstellungen und meinen nicht das gleiche.

Malina: Ich gehe der Sache nach. Warum fehlt dein Ring? Hast du je einen Ring getragen? Du trägst doch nie einen Ring. Mir hast du gesagt, es sei dir unmöglich, einen am Finger zu tragen, etwas um den Hals oder um das Handgelenk oder meinetwegen um die Fesseln zu haben.

Ich: Im Anfang hatte er mir einen kleinen Ring gekauft, ich wollte ihn in der Ringschachtel steckenlassen, aber er fragte mich jeden Tag, wie mir der Ring gefalle und immer erinnerte er mich daran, daß ich diesen Ring von ihm bekommen hätte, er redete jahrelang ununterbrochen von diesem Ring, als könnte ich von einem Ring leben, und wenn ich nicht jeden Tag freiwillig davon redete, fragte er, wo hast du denn meinen Ring, Kind? Und ich, das Kind, ich sagte, um Gottes willen, ich werde doch den Ring nicht, nein, ich bin jetzt ganz sicher, ich habe ihn nur im Bad liegengelassen, ich will ihn sofort holen und an den Finger stecken oder neben mich legen auf die kleine Kommode, unweit vom Bett, ich kann nur mit deinem Ring in der Nähe einschlafen. Es gab ein entsetzliches Theater um diesen Ring herum, er erzählte auch allen Leuten, er habe mir einen Ring geschenkt, und die Leute meinten am Ende schon, er habe mir das Leben oder zumindest einen Monatswechsel oder ein Haus und einen Garten und die Luft zum Atmen dazu geschenkt, ich konnte diesen verdammten Ring kaum mehr tragen, und als der Ring nicht mehr gelten sollte, hätte ich ihm den Ring gerne ins Gesicht geschmissen, auch weil er ihn mir nämlich gar nicht geschenkt hatte, freiwillig, ich hatte ihn gedrängt, mir eine Bestätigung zu geben, weil nie ein Zeichen kam, weil ich ein Zeichen wollte, und schließlich habe ich den Ring bekommen, von dem immerwährend die Rede war. Man kann aber einen Ring nicht jemand ins Gesicht werfen, und vor die Füße, das wäre zur Not gegangen, doch es ist leichter gesagt als getan, denn wenn jemand sitzt oder auf und ab geht, kann man ihm nicht etwas so Kleines vor die Füße werfen und damit erreichen, was man will. Darum ging ich zuerst ins Bad und wollte ihn in die Klosettmuschel werfen, aber dann kam es mir zu einfach, zu praktisch und zu richtig vor, ich wollte mein Drama haben, auch ich wollte dem Ring jetzt eine Bedeutung geben, und ich fuhr mit dem Auto bis Klosterneuburg, dort stand ich stundenlang auf der Donaubrücke im ersten Winterwind, dann holte ich die Ringschachtel aus der Manteltasche und den Ring aus der Ringschachtel, denn ich trug ihn schon einige Wochen lang nicht mehr, es war der 19. September. An einem kalten Nachmittag, als es noch hell war, warf ich ihn in die Donau.

Malina: Das erklärt doch gar nichts. Die Donau ist voll von Ringen, jeden Tag wird ein Ring von den Donaubrücken zwischen Klosterneuburg und Fischamend im kalten Winterwind oder im heißen Sommerwind von einem Finger gezogen und hineingeworfen.

Ich: Ich habe meinen Ring nicht vom Finger gezogen.

Malina: Darum geht es nicht, ich will deine Geschichte nicht, du weichst mir immerzu aus.

Ich: Das seltsamste war, daß ich es wußte, die ganze Zeit, daß er mit Mordgedanken um mich herumging, ich wußte nur nicht, auf welche Art er mich beseitigen wollte. Möglich war alles. Aber ausgedacht haben konnte er sich nur eine Möglichkeit, und eben diese eine konnte ich nicht erraten. Ich wußte nicht, daß es das heute und hier noch gibt.

Malina: Gewußt hast du es vielleicht nicht, aber du warst einverstanden.

Ich: Ich schwöre dir, ich war nicht einverstanden, man kann doch nicht einverstanden sein, man will weg, man flieht. Was willst du mir einreden? ich war nie einverstanden!

Malina: Schwör nicht. Vergiß nicht, daß du nie schwörst.

Ich: Natürlich wußte ich, er würde mich an der Stelle treffen wollen, wo ich am verletzlichsten bin, denn dann brauchte er nichts mehr zu tun, er mußte nur noch warten, abwarten, bis ich selber, bis ich mich selber ...

Malina: Hör auf zu weinen.

Ich: Ich weine doch nicht, das willst du mir einreden, du bringst mich noch zum Weinen. Es war aber ganz anders. Dann habe ich mich umgesehen, und in meiner Umgebung, und auch fern von meiner Umgebung, habe ich bemerkt, daß alle abwarten, sie tun nichts weiter, tun nichts Besonderes, sie drücken den anderen die Schlafmittel in die Hand, das Rasiermesser, sie sorgen dafür, daß man kopflos an einem Felsenweg spazierengeht, daß man in einem fahrenden Zug betrunken die Tür aufmacht oder daß sich einfach eine Krankheit einstellt. Wenn man lange genug wartet, kommt ein Zusammenbruch, es kommt ein langes oder ein kurzes Ende. Manche überleben das ja, aber man überlebt es eben nur.

Malina: Wie einverstanden aber muß man sein?

Ich: Ich habe zu sehr gelitten, ich weiß nichts mehr, ich gebe nichts zu, wie soll ich das wissen, ich weiß zuwenig, ich hasse meinen Vater, ich hasse ihn, Gott allein weiß, wie sehr, ich weiß nicht, warum das so ist.

Malina: Wen hast du zu deinem Götzen gemacht?

Ich: Niemand. So geht es nicht weiter, ich komme nicht weiter, es zeigt sich nichts, ich höre immer nur, leiser oder lauter, eine Stimme zu den Bildern, die sagt: Blutschande. Das ist doch nicht zu verwechseln, ich weiß, was es heißt.

Malina: Nein, nein, du weißt es eben nicht. Wenn man überlebt hat, ist Überleben dem Erkennen im Wege, du weißt nicht einmal, welche deine Leben früher waren und was dein Leben heute ist, du verwechselst sogar deine Leben.

Ich: Ich habe nur ein Leben.

Malina: Überlaß es mir.

Es ist vor dem Schwarzen Meer, und ich weiß, daß die Donau ins Schwarze Meer münden muß. Ich werde münden wie sie. Ich bin alle Ufer gut hinuntergekommen, aber vor dem Delta sehe ich, halb vom Wasser bedeckt, einen feisten Körper, ich kann aber nicht ausweichen und bis in die Mitte des Flusses waten, weil der Fluß hier zu tief und zu weit ist und voller Wirbel. Mein Vater hat sich vor der Mündung im Wasser versteckt, er ist ein riesiges Krokodil, mit müden herabhängenden Augen, das mich nicht vorbeilassen wird. Es gibt jetzt keine Krokodile mehr am Nil, man hat das letzte an die Donau gebracht. Mein Vater öffnet manchmal ein wenig die Augen, es sieht aus, als läge er nur träge da, als wartete er auf nichts, aber er wartet natürlich auf mich, er hat gewußt, daß ich heimkehren will, daß es für mich die Rettung ist. Das Krokodil öffnet manchmal schmachtend den großen Rachen, es hängen die Fetzen, Fleischfetzen von den anderen Frauen darin, und mir fallen die Namen aller Frauen ein, die es zerrissen hat, es schwimmt altes Blut auf dem Wasser, aber auch frisches Blut; ich weiß nicht, wie hungrig mein Vater heute ist. Neben ihm sehe ich plötzlich ein kleines Krokodil liegen, er hat jetzt ein zu ihm passendes Krokodil gefunden. Das kleine Krokodil funkelt aber mit den Augen und ist nicht träge, es schwimmt auf mich zu und will mich, mit falscher Freundlichkeit, auf die rechte und auf die linke Wange küssen. Bevor es mich küssen kann, schreie ich: Du bist ein Krokodil! Gehen Sie zurück zu Ihrem Krokodil, ihr gehört doch zueinander, ihr seid ja Krokodile! Denn ich habe Melanie sofort erkannt, die wieder scheinheilig ihre Augen halb zufallen läßt und nicht mehr funkelt mit ihren Menschenaugen. Mein Vater schreit zurück: Sag das noch einmal! Aber ich sage es nicht noch einmal, obwohl ich es sagen sollte, weil er es befiehlt. Ich habe nur die Wahl, von ihm zerrissen zu werden oder in den Fluß zu gehen, wo er am tiefsten ist. Ich bin vor dem Schwarzen Meer im Rachen meines Vaters verschwunden. Ins Schwarze Meer sind aber drei Blutstropfen von mir, meine letzten, gemündet.

Mein Vater kommt ins Zimmer, er pfeift und singt, er steht da in den Pyjamahosen, ich hasse ihn, ich kann ihn nicht ansehen, ich mache mich zu schaffen an meinem Koffer. Bitte zieh dir doch etwas an, sage ich, zieh dir etwas anderes an! Denn er trägt einen Pyjama, den ich ihm zum Geburtstag geschenkt habe, er trägt ihn absichtlich, und ich möchte ihm den Pyjama herunterreißen, aber plötzlich fällt mir etwas ein, und ich sage beiläufig: Ach, nur du bist es! Ich fange zu tanzen an, ich tanze einen Walzer ganz allein, und mein Vater sieht mir etwas überrascht zu, denn auf dem Bett liegt sein kleines Krokodil, das Samt und Seide anhat, und er fängt an, sein Testament für Samt und Seide zu machen, er schreibt es auf einen großen Bogen und sagt: Du wirst nichts bekommen, hörst du, denn du tanzt ja! Ich tanze wirklich, didam dadam, ich tanze durch alle Räume und fange an, mich auf dem Teppich zu drehen, den er mir nicht wegziehen kann unter den Füßen, es ist der Teppich aus KRIEG UND FRIEDEN. Mein Vater ruft nach meiner Lina: Ziehen Sie ihr doch den Teppich weg! Aber Lina hat Ausgang, und ich lache, tanze und rufe plötzlich: Ivan! Es ist unsere Musik, ist jetzt ein Walzer für Ivan, immer wieder für Ivan, es ist die Rettung, denn mein Vater hat Ivans Namen nie gehört, er hat mich nie tanzen gesehen, er weiß nicht mehr, was er machen soll, man kann mir den Teppich nicht

wegziehen, man kann mich nicht aufhalten bei den schnellen Umdrehungen in diesem wirbelnden Tanz, ich rufe Ivan, aber er muß nicht kommen, muß mich nicht halten, denn mit einer Stimme, die noch nie jemand gehabt hat, mit der Sternstimme, der siderischen Stimme, erzeuge ich den Namen Ivan und seine Allgegenwart.
Mein Vater ist außer sich, er schreit empört: Diese Wahnsinnige soll endlich aufhören oder verschwinden, sie soll sofort verschwinden, sonst wacht mein kleines Krokodil auf! Tanzend nähere ich mich dem Krokodil, ich ziehe ihm mein gestohlenes Hemd aus Sibirien und meine Briefe nach Ungarn weg, ziehe ihm, was mir gehört, aus seinem schläfrigen, gefährlichen Rachen, auch den Schlüssel möchte ich wiederhaben, und ich will schon lachen, ihn von dem Krokodilszahn nehmen und weitertanzen, aber mein Vater nimmt mir den Schlüssel. Er nimmt mir, zu allem anderen, auch noch den Schlüssel, es ist der einzige Schlüssel! Mir bleibt die Stimme weg, ich kann nicht mehr rufen: Ivan, so hilf mir doch, er will mich töten! An dem größten Zahn von dem Krokodil hängt noch ein Brief von mir, kein sibirischer Brief, kein ungarischer Brief, ich sehe mit Entsetzen, an wen dieser Brief gerichtet ist, denn ich kann den Anfang lesen: Mein geliebter Vater, du hast mir das Herz gebrochen. Krakkrak gebrochen damdidam meines gebrochen mein Vater krak krak rrrrak dadidam Ivan, ich will Ivan, ich meine Ivan, ich liebe Ivan, mein geliebter Vater. Mein Vater sagt: Schafft dieses Weib fort!

Mein Kind, das jetzt etwa vier oder fünf Jahre alt ist, kommt zu mir, ich erkenne es sofort, weil es mir ähnlich sieht. Wir sehen in einen Spiegel und vergewissern uns.

Der Kleine sagt leise zu mir, mein Vater werde heiraten, diese Masseuse, die so schön, aber aufdringlich sei. Er möchte deswegen nicht mehr bei meinem Vater bleiben. Wir sind in einer großen Wohnung bei Fremden, in einem Zimmer höre ich meinen Vater mit einigen Leuten sprechen, es ist eine gute Gelegenheit, und ich beschließe, ganz plötzlich, das Kind zu mir zu nehmen, obwohl es bei mir sicher auch nicht gerne bleibt, da mein Leben so ungeordnet ist, da ich noch keine Wohnung habe, weil ich erst den Obdachlosenverein verlassen muß, den Rettungsdienst und die Suchmannschaft bezahlen muß, und ich habe kein Geld, aber ich halte das Kind fest an mich gedrückt und verspreche ihm, alles zu tun. Der Kleine scheint einverstanden, wir versichern einander, daß wir beisammenbleiben müssen, ich weiß, daß ich von nun an um das Kind kämpfen werde, da mein Vater kein Recht auf unser Kind hat, ich verstehe mich selber nicht mehr, denn er hat ja kein Recht, ich nehme jetzt das Kind an der Hand und will sofort zu ihm gehen, aber dazwischen sind andere Zimmer. Mein Kind hat noch keinen Namen, ich fühle, daß es namenlos ist wie die Ungeborenen, ich muß ihm bald einen Namen geben und meinen Namen dazu, ich schlage ihm flüsternd vor: Animus. Das Kind möchte keinen Namen, aber es versteht. In jedem Zimmer spielen sich die übelsten Szenen ab, ich halte meinem Kind eine Hand vor die Augen, denn ich habe im Klavierzimmer meinen Vater entdeckt, er liegt unter dem Klavier mit einer jungen Frau, sie könnte diese Masseuse sein, mein Vater hat ihr die Bluse aufgeknöpft und zieht ihr den Büstenhalter aus, und ich fürchte, daß das Kind trotzdem die Szene gesehen hat. Wir drängen uns durch die Gäste, die alle Champagner trinken, in das nächste Zimmer, mein Vater muß vollkommen betrunken sein, wie könnte er sonst das Kind so vergessen. In dem anderen Zimmer, in dem wir Schutz suchen, liegt eine Frau, auch auf dem Boden, die mit einem Revolver alle bedroht, ich errate, daß es ein gefährliches Fest ist, ein Revolverfest, ich versuche auf die skurrilen Einfälle der Frau einzugehen, sie zielt auf den Plafond, dann durch die Tür auf meinen Vater, ich weiß nicht, ob sie es im Ernst oder im Spaß tut, sie könnte diese Masseuse sein, denn plötzlich fragt sie gemein, was ich hier zu suchen habe und wer dieser kleine Bastard sei, und ich frage, während sie den Revolver auf mich richtet, ob es nicht umgekehrt sei, ob nicht sie es sei, die nichts hier zu suchen habe, sie aber fragt schrill zurück: Wer ist dieser Bastard, der mir im Weg ist? In meiner Todesangst weiß ich nicht, ob ich das Kind an mich reißen soll oder ob ich es wegschicken soll, ich will rufen: Lauf, lauf! lauf weg von hier! Denn die Frau spielt nicht mehr mit dem Revolver, sie will uns beide aus dem Weg haben, es ist der 26. Jänner, und ich reiße das Kind an mich, damit wir miteinander sterben, die Frau überlegt einen Augenblick, dann zielt sie genau und erschießt das Kind. Sie muß mich nicht mehr treffen. Mein Vater hat ihr nur einen Schuß freigegeben. Während ich über das Kind falle, läuten die Neujahrsglocken, und alle stoßen mit den Champagnergläsern an, sie verschütten auch viele Gläser, der Champagner rinnt über mich, seit der Neujahrsnacht, und ich habe mein Kind nicht im Beisein meines Vaters begraben.

Ich bin ins Zeitalter der Stürze gekommen, die Nachbarn lassen manchmal nachfragen, ob etwas passiert sei. Ich bin in ein kleines Grab gefallen und habe mir den Kopf angeschlagen und die Arme ausgerenkt, bis zum nächsten Sturz muß alles geheilt sein, und ich muß diese Zeit in der Gruft zubringen, ich fürchte mich schon vor dem nächsten Sturz, aber ich weiß, da es eine Wahrsagung ist, daß ich dreimal stürzen werde, ehe ich wieder aufstehen kann.

Mein Vater hat mich ins Gefängnis gebracht, ich bin nicht allzu überrascht, denn ich kenne ja seine guten Verbindungen. Zuerst hoffe ich, daß man mich gut behandeln und mich zumindest schreiben lassen wird. Immerhin habe ich hier Zeit und bin vor seinen Nachstellungen sicher. Ich könnte das Buch fertigschreiben, das ich gefunden habe, schon vorher auf dem Weg zum Gefängnis, in diesem Polizeiwagen habe ich einige Sätze im kreisenden Blaulicht gesehen, zwischen den Bäumen hängend, in den Abflußwässern schwimmend, von vielen Autoreifen in einen zu heißen Asphalt gedrückt. Ich habe mir auch alle Sätze gemerkt, und andere sind auch noch im Kopf geblieben, aber aus der früheren Zeit. Ich werde durch lange Gänge geführt, man will ausprobieren, in welche Zelle ich passe, aber dann stellt sich heraus, daß ich keine Vergünstigungen bekomme. Es gibt ein langes Hin und Her zwischen verschiedenen Behörden. Mein Vater steckt dahinter, er hat einen Teil der Akten verschwinden lassen, es verschwinden immer mehr für mich günstige Akten, und zuletzt stellt sich heraus, daß Schreiben für mich nicht zugelassen ist. Ich bekomme jetzt zwar eine Einzelzelle, wie ich es mir gewünscht habe im geheimen, man schiebt auch einen Blechnapf mit Wasser herein, und obwohl es zu schmutzig und finster ist in der Zelle, denke ich nur an das Buch, ich bitte um Papier, ich trommle an die Tür, um Papier, weil ich etwas schreiben muß. Es wird mir leichtfallen in der Zelle, ich bedaure es nicht, hier gefangen zu sein, ich finde mich sofort ab damit, nur rede ich dauernd auf die Leute ein, die draußen vorübergehen und mich nicht verstehen, sie meinen, ich protestiere und wehre mich gegen die Haft, während ich sagen will, daß mir die Haft nichts ausmacht, aber ich möchte ein paar Blätter Papier und einen Stift zum Schreiben. Ein Wärter reißt die Tür auf und sagt: Daraus wird nichts, Sie dürfen an Ihren Vater nicht schreiben! Er schlägt die Tür zu und mir die Tür gegen den Kopf, obwohl ich schon schreie: Doch nicht an meinen Vater, ich verspreche es, nicht an meinen Vater! Mein Vater hat für die Justiz verbreiten lassen, daß ich gefährlich sei, weil ich wieder schreiben wolle an ihn. Es ist aber nicht wahr, ich will nur den Satz vom Grunde schreiben. Ich bin vernichtet und ich schütte deswegen auch noch den Blechnapf mit dem Wasser um, denn lieber will ich verdursten, weil es nicht wahr ist, und während ich verdurste und verdurste, umjubeln mich die Sätze, sie werden immer zahlreicher. Einige sind nur zu sehen, andere nur zu hören wie in der Gloriastraße, nach der ersten Morphiuminjektion. In eine Ecke gekauert, ohne Wasser, weiß ich, daß meine Sätze mich nicht verlassen und daß ich ein Recht habe auf sie. Mein Vater schaut durch eine Luke, es sind nur seine trüben Augen zu sehen, er möchte mir meine Sätze abschauen und sie mir nehmen, aber im größten Durst, nach den letzten Halluzinationen, weiß ich noch, daß er mich ohne Worte sterben sieht, ich habe die Worte im Satz vom Grunde verborgen, der vor meinem Vater für immer sicher und geheim ist, so sehr halte ich den Atem an. Es hängt mir die Zunge weit heraus, er kann aber kein Wort darauf lesen. Man durchsucht mich, weil ich ohne Bewußtsein bin, man will mir den Mund befeuchten, die Zunge nässen, damit die Sätze auf ihr zu finden sind, damit man sie sicherstellen kann, aber dann findet man nur drei

Steine neben mir und weiß nicht, woher sie gekommen sind und was sie bedeuten. Es sind drei harte, leuchtende Steine, die mir zugeworfen worden sind von der höchsten Instanz, auf die auch mein Vater keinen Einfluß hat, und ich allein weiß, welche Botschaft durch jeden Stein kommt. Der erste rötliche Stein, in dem immerzu junge Blitze zucken, der in die Zelle gefallen ist, vom Himmel, sagt: Staunend leben. Der zweite blaue Stein, in dem alle Blaus zucken, sagt: Schreiben im Staunen. Und ich halte schon den dritten weißen strahlenden Stein in der Hand, dessen Niederfallen niemand aufhalten konnte, auch mein Vater nicht, aber da wird es so finster in der Zelle, daß die Botschaft von dem dritten Stein nicht laut wird. Der Stein ist nicht mehr zu sehen. Ich werde die letzte Botschaft nach meiner Befreiung erfahren.

Mein Vater hat jetzt auch das Gesicht meiner Mutter. Es ist ein riesiges, verwaschenes, altes Gesicht, in dem aber doch seine Krokodilsaugen sind, der Mund ähnelt aber schon dem Mund einer alten Frau, und ich weiß nicht, ob er sie ist oder sie er, aber ich muß meinen Vater sprechen, es ist wahrscheinlich zum letzten Mal. Sire! Erst antwortet er nicht, dann greift er zum Telefon, dann diktiert er jemand, zwischendurch sagt er, es sei zu früh für mich, ich hätte noch kein Recht zu leben, und ich sage, noch immer mühsam und angestrengt: Aber es ist mir gleichgültig, du mußt wissen, es ist mir gleichgültig geworden, was du denkst. Wieder sind Leute da, Professor Kuhn und der Dozent Morokutti drängen sich zwischen mich und meinen Vater, Herr Kuhn bezeugt seine Devotion, und ich sage scharf: Bitte würden Sie mich zehn Minuten allein mit meinem Vater lassen? Auch alle meine

Freunde sind aufgetaucht, die Wiener Bevölkerung steht erwartungsvoll, aber still am Straßenrand, einige deutsche Gruppen recken die Köpfe, ungeduldig, es geht ihnen immer alles zu langsam bei uns. Ich sage entschieden: Es muß möglich sein, ein einziges Mal zehn Minuten mit seiner eigenen Mutter über etwas Wichtiges sprechen zu können. Mein Vater sieht erstaunt auf, doch er versteht immer noch nicht. Manchmal bleibt mir die Stimme weg: Ich habe mir erlaubt, trotzdem zu leben. Manchmal kommt meine Stimme und ist für alle zu hören: Ich lebe, ich werde leben, ich nehme mir das Recht auf mein Leben.

Mein Vater unterzeichnet ein Schriftstück, das sicher wieder mit meiner Entmündigung zu tun hat, doch die anderen fangen an, mich zur Kenntnis zu nehmen. Er setzt sich mit einem schwerfälligen, lustvollen Schnaufen zum Essen nieder, ich weiß, daß ich wieder nichts zu essen bekomme, und ich sehe ihn in seiner ganzen grenzenlosen Eigensucht, ich sehe den Teller mit der Frittatensuppe, dann wird ihm ein Teller mit dem panierten Schnitzel gereicht und eine Schüssel mit unserem Apfelkompott, ich gerate außer mir, ich nehme die großen gläsernen Aschenbecher aus allen Büros und die Briefbeschwerer wahr, die vor mir stehen, denn ich bin unbewaffnet gekommen, ich nehme den ersten schweren Gegenstand und werfe ihn genau in den Suppenteller, meine Mutter wischt sich überrascht das Gesicht mit der Serviette ab, ich nehme einen schweren Gegenstand und ziele auf den Teller mit dem Schnitzel, der Teller zerbricht und das Schnitzel fliegt meinem Vater ins Gesicht, er springt auf, er drängt die Leute weg, die sich zwischen uns geschoben haben, und bevor ich zum dritten Mal einen Gegenstand werfe, kommt er auf mich zu. Er ist jetzt bereit mich anzuhören. Ich bin ganz ruhig, ich fürchte mich nicht mehr, und ich sage ihm: Nur zeigen habe ich wollen, daß ich kann, was du kannst. Du sollst es nur wissen, mehr nicht. Obwohl ich kein drittes Mal geworfen habe, rinnt meinem Vater der klebrige Kompottsaft übers Gesicht. Er hat mir, auf einmal, nichts mehr zu sagen.

Ich bin erwacht. Es regnet. Malina steht am offenen Fenster.

Malina: Es war zum Ersticken bei dir. Geraucht hast du auch zuviel, ich habe dich zugedeckt, die Luft wird dir guttun. Wieviel hast du von allem verstanden?

Ich: Beinahe alles. Einmal glaubte ich nichts mehr zu verstehen, meine Mutter hat mich ganz verwirrt. Warum ist mein Vater auch meine Mutter?

Malina: Warum wohl? Wenn jemand alles ist für einen anderen, dann kann er viele Personen in einer Person sein.

Ich: Willst du damit sagen, jemand war einmal alles für mich? Was für ein Irrtum! Das ist ja das Bitterste.

Malina: Ja. Aber du wirst handeln, du wirst etwas tun müssen, du wirst alle Personen in einer Person vernichten müssen.

Ich: Ich bin doch vernichtet worden.

Malina: Ja. Auch das ist richtig.

Ich: Wie leicht wird es, darüber zu reden, es wird schon viel leichter. Aber wie schwer ist es, damit zu leben.

Malina: Darüber hat man nicht zu sprechen, man lebt eben damit.

Mein Vater hat diesmal auch das Gesicht meiner Mutter, ich weiß nie genau, wann er mein Vater und wann er meine Mutter ist, dann verdichtet sich der Verdacht, und ich weiß, daß er keiner von beiden ist, sondern etwas Drittes, und so warte ich, zwischen den anderen Leuten, in höchster Erregung, unser Zusammentreffen ab. Er leitet ein Unternehmen oder eine Regierung, er inszeniert an einem Theater, er hat Tochterrechte und Tochtergesellschaften, er gibt dauernd Befehle, spricht über mehrere Telefone, und deswegen kann ich mich noch nicht hörbar machen, nur in dem Augenblick, in dem er sich eine Zigarre anzündet. Ich sage: Mein Vater, du wirst diesmal mit mir sprechen und mir antworten auf meine Fragen! Mein Vater winkt gelangweilt ab, er kennt das schon, mein Kommen und Fragenstellen, er telefoniert wieder. Ich trete zu meiner Mutter, sie hat die Hosen meines Vaters an, und ich sage zu ihr: Heute noch wirst du mit mir sprechen und mir Antwort stehen! Aber meine Mutter, die auch die Stirn meines Vaters hat und sie genauso wie er hochzieht in zwei Falten über den müden, trägen Augen, murmelt etwas von ›später‹ und ›keine Zeit‹. Nun trägt mein Vater ihre Röcke, und ich sage zum dritten Mal: Ich glaube, ich weiß es bald, wer du bist, und noch heute nacht, ehe die Nacht um ist, werde ich es dir selber sagen. Doch der Mann setzt sich seelenruhig an den Tisch und bedeutet mir, zu gehen, aber an der Türe, die man mir aufhält, drehe ich mich um und komme langsam zurück. Ich gehe mit meiner ganzen Kraft und bleibe an dem großen Tisch in dem Gerichtssaal stehen, während der Mann auf dem Tisch

gegenüber sein Schnitzel unter dem Kreuz zu zerschneiden anfängt. Ich sage noch nichts, lasse aber meinen Abscheu erkennen darüber, wie er mit der Gabel in das Kompott fährt und mir jovial zulächelt, nicht anders als dem Publikum, das plötzlich den Saal räumen muß, er trinkt Rotwein, daneben liegt schon wieder eine Zigarre, und ich sage noch immer nichts, aber es ist doch unmißverständlich für ihn, was mein Schweigen heißt, denn jetzt gilt es. Ich nehme den ersten schweren Aschenbecher aus Marmor, wiege ihn in der Hand und hebe ihn hoch, der Mann ißt ruhig weiter, ich ziele und treffe den Teller. Dem Mann fällt die Gabel aus der Hand, das Schnitzel fliegt auf den Boden, er hält noch das Messer und hebt es, aber gleichzeitig hebe ich schon den nächsten Gegenstand, da er noch immer nicht antwortet, und ziele genau in die Kompottschüssel, er wischt sich mit einer Serviette den Saft aus dem Gesicht. Jetzt weiß er, daß ich kein Gefühl mehr habe für ihn und daß ich ihn töten könnte. Ich werfe ein drittes Mal, ich ziele und ziele, ich ziele genau, und der Gegenstand wischt flach über den Tisch hin, so daß alles wegfliegt, Brot, Weinglas, Scherben und eine Zigarre. Mein Vater hält sich die Serviette vors Gesicht, er hat mir nichts mehr zu sagen.
Und?
Und?
Ich selber wische ihm das Gesicht sauber, nicht aus Mitleid, sondern um ihn besser zu sehen. Ich sage: Ich werde leben!
Und?
Die Leute haben sich zerstreut, sie sind nicht auf ihre Kosten gekommen. Ich bin mit meinem Vater allein unter dem Himmel, und wir stehen so weit auseinander, daß es durch den Raum hallt:
Und!

Mein Vater legt zuerst die Kleider meiner Mutter ab, er steht so weit weg, daß ich nicht weiß, welches Kostüm er darunter anhat, er wechselt in einem fort die Kostüme, er trägt den blutbefleckten weißen Schlächterschurz, vor einem Schlachthaus im Morgengrauen, er trägt den roten Henkersmantel und steigt die Stufen hinauf, er trägt Silber und Schwarz mit schwarzen Stiefeln vor einem elektrisch geladenen Stacheldraht, vor einer Verladerampe, auf einem Wachtturm, er trägt seine Kostüme zu den Reitpeitschen, zu den Gewehren, zu den Genickschußpistolen, die Kostüme werden in der untersten Nacht getragen, blutbefleckt und zum Grauen.
Und?
Mein Vater, der nicht die Stimme meines Vaters hat, fragt von weit her:
Und?
Und ich sage weithin, weil wir immer weiter auseinanderkommen und weiter auseinander und weiter:
Ich weiß, wer du bist.
Ich habe alles verstanden.

Malina hält mich, er sitzt auf dem Bettrand, und wir sprechen beide eine Weile nicht. Mein Puls geht nicht schneller, nicht langsamer, der Paroxysmus tritt nicht ein, mir ist nicht kalt, es bricht mir kein Schweiß aus, Malina hält und hält mich, wir kommen nicht voneinander los, denn seine Ruhe ist auf mich übergegangen. Dann löse ich mich von ihm, ich rücke die Kopfpolster selber zurecht, ich lege meine Hände um Malinas Hände, nur ansehen kann ich ihn nicht, ich schaue auf unsere Hände nieder, die immer fester ineinandergreifen, ich kann ihn nicht ansehen.

Ich: Es ist nicht mein Vater. Es ist mein Mörder.

Malina antwortet nicht.

Ich: Es ist mein Mörder.

Malina: Ja, das weiß ich.

Ich antworte nicht.

Malina: Warum hast du immer gesagt: mein Vater?

Ich: Habe ich das wirklich gesagt? Wie konnte ich das nur sagen? Ich habe es doch nicht sagen wollen, aber man kann doch nur erzählen, was man sieht, und ich habe dir genau erzählt, wie es mir gezeigt worden ist. Ich habe ihm auch noch sagen wollen, was ich längst begriffen habe – daß man hier eben nicht stirbt, hier wird man ermordet. Darum verstehe ich auch, warum er in mein Leben hat treten können. Einer mußte es tun. Er war es.

Malina: Du wirst also nie mehr sagen: Krieg und Frieden.

Ich: Nie mehr.
Es ist immer Krieg.
Hier ist immer Gewalt.
Hier ist immer Kampf.
Es ist der ewige Krieg.

Drittes Kapitel

Von letzten Dingen

Den größten Schrecken jagt mir im Moment vielleicht das Los unserer Postbeamten ein. Malina weiß, daß ich, außer für Straßenarbeiter, eine besondere Schwäche für Postbeamte habe, und dies aus mehreren Gründen. Während meine Neigung für die Straßenarbeiter mich beschämen sollte, obwohl ich mir nie etwas habe zuschulden kommen lassen, weil es immer bei einem freundlichen Gruß blieb oder beim flüchtigen Zurückschauen aus einem Auto auf eine Gruppe von gebräunten, in der Sonne schwitzenden Männern mit nacktem Oberkörper, die Kies aufschütten, den Teer aufspritzen oder ihre Jause verzehren. Jedenfalls habe ich mich nie getraut anzuhalten, selbst Malina, der von meiner weiter nicht erklärbaren Schwäche doch weiß und sie begreiflich findet, habe ich nie gebeten, mir behilflich zu sein, mit einem Straßenarbeiter ins Gespräch zu kommen.

Meine Zuneigung für Briefträger ist aber von jeder tadelnswerten Beimengung unlauterer Gedanken frei. Ich erkenne nicht einmal ihre Gesichter nach Jahren wieder, denn ich unterschreibe rasch an der Tür die Zettel, die sie mir hinreichen, oft noch mit einem dieser altmodischen Tintenstifte, die sie mit sich tragen. Ich bedanke mich auch herzlich für die Expreßbriefe und Telegramme, die sie mir aushändigen, und geize nicht mit Trinkgeldern. Aber ich kann mich nicht bedanken, wie ich es möchte, für Briefe, die sie mir nicht zustellen. Trotzdem gilt meine Herzlichkeit, meine Überschwenglichkeit an der Tür auch dem Nichtzugestellten oder der verlorenen und der vertauschten Post. Jedenfalls habe ich das Wundersame des Briefezustellens und des Päckchenaustragens schon sehr früh erkannt. Auch der Briefkasten im Hausflur, in einer Briefkastenreihe, von den modernsten Designern entworfen für die weitvorausschauende Briefkastenindustrie, ausgeführt vermutlich für Wolkenkratzer, wie wir in Wien noch keine haben, die im schärfsten Kontrast zu der marmornen Niobe aus der Jahrhundertwende und der großräumigen feierlichen Eingangshalle stehen, läßt mich nie gleichgültig an die Männer denken, die meinen Kasten füllen mit Todesanzeigen, mit Briefkarten, in denen sich Galerien und Institute empfehlen, Reisebüros mit Werbeprospekten, die nach Istanbul, auf die Kanarischen Inseln und nach Marokko rufen. Sogar eingeschriebene Briefe werden von einem vernünftigen Herrn Sedlacek oder dem jüngeren Herrn Fuchs eingeworfen, damit ich nicht auf das Postamt in der Rasumofskygasse laufen muß, und die Geldanweisungen, die mein Herz sinken oder steigen lassen, werden so früh am Morgen gebracht, daß ich, barfuß und im Schlafrock, für den Geldbriefträger immer zur Unterschrift parat bin. Die Abendtelegramme hingegen, wenn sie noch vor acht Uhr abends vom Telegrammboten gebracht werden, erreichen mich auch in einem Zustand der Auflösung oder der Neukomposition. Wenn ich an die Tür gehe, ein Aug noch gerötet von den Augentropfen, ein Handtuch über den Kopf geworfen, der frisch gewaschenen Haare wegen, die noch nicht trocken sind, fürchtend, daß Ivan zu früh gekommen sein könnte, ist es nur ein neuer oder alter Freund mit einem Abendtelegramm. Was ich diesen Männern verdanke, die, wie die Beuteltiere, kostbarste Freudenbotschaften oder unerträgliche Hiobsbotschaften mit sich herumtragen, auf Fahrrädern radelnd, auf

Motorrädern heraufknatternd vom Heumarkt, Stiegen steigend, unter Lasten läutend, in der größten Unsicherheit, ob der Weg sich gelohnt hat, ob der Adressat anwesend ist, ob der Adressat nur einen Schilling oder vier Schilling ausläßt, was ihm die Nachricht überhaupt wert ist – was wir also alle diesen Männern verdanken, bleibt noch zu sagen.

Heute endlich ist ein Satz gefallen, nicht von Herrn Sedlacek und nicht von dem jungen Fuchs, sondern von einem Briefträger, den ich nicht zu kennen glaube, der auch noch nie zwischen Weihnachten und Neujahr mit Glückwünschen aufgetaucht ist, der also wenig Grund hat, zu mir freundlich zu sein. Der Briefträger von heute sagt: Sie bekommen aber sicher nur schöne Post, und an der trag ich mich schwer! Ich habe erwidert: Ja, schwer tragen Sie, aber wir werden erst einmal nachsehen, ob Sie wirklich die schöne Post bringen, leider muß ich manchmal unter Ihrer Post leiden, und Sie leiden eben auch für meine Post. Dieser Briefträger ist wenn nicht ein Philosoph, so doch gewiß ein Filou, denn es macht ihm Spaß, mir gleich vier schwarzgerandete Kuverts auf zwei übliche Briefe draufzulegen. Vielleicht hofft er, daß eine Todesanzeige mich freut. Aber diese eine kommt nicht, nie ist sie dabei, ich brauche nicht nachzusehen, ich werfe die vier Kuverts ungelesen in den Papierkorb. Ich würde es fühlen, wenn die richtige dabei ist, und dieser Schmeichler von einem Briefträger hat mich vielleicht durchschaut, es gibt Mitwisser nur unter den Menschen, die man kaum kennt, unter irregulären Briefträgern, wie diesem. Ich möchte ihn nie wiedersehen. Ich werde Herrn Sedlacek fragen, warum wir noch länger einen Aushilfsbriefträger brauchen, der unsere Häuser kaum kennt, der mich kaum kennt und Bemerkungen macht. In dem einen Brief liegt eine Mahnung, in dem anderen schreibt jemand, er treffe morgen um 8 h 20 ein, auf dem Südbahnhof, die Schrift kommt mir nicht bekannt vor, die Unterschrift ist unleserlich. Ich muß Malina fragen.

Die Briefträger sehen an manchen Tagen im Jahr unser Erblassen und unser Erröten, und gerade deswegen bittet man sie vielleicht nicht, einzutreten, Platz zu nehmen, einen Kaffee zu trinken. Sie sind zu eingeweiht in die Dinge, die furchtbar sind, die sie aber furchtlos durch die Straßen tragen, und so fertigt man sie ab vor der Tür, mit Trinkgeld, ohne Trinkgeld. Ihr Schicksal ist ein ganz und gar unverdientes. Die Behandlung, die selbst ich ihnen zukommen lasse, ist eine törichte, hochmütige, völlig unzumutbare. Nicht einmal nach dem Eintreffen von Ivans Ansichtskarten lade ich Herrn Sedlacek zu einer Flasche Champagner ein. Allerdings haben Malina und ich keine Champagnerflaschen im Haus herumstehen, aber für Herrn Sedlacek sollte ich eine bereithalten, denn er sieht mich blaß und rot werden, er ahnt etwas, er muß etwas wissen.

Daß man Briefträger aus Berufung werden kann, daß man das Austragen von Post nur mißverständlich als beliebigen Beruf wählt oder ihn dafür hält, hat der berühmte Briefträger Kranewitzer in Klagenfurt bewiesen, dem man dann allerdings den Prozeß gemacht hat und ihn, einen völlig verkannten, von der Öffentlichkeit und dem Gericht mißhandelten Mann, hat man wegen Veruntreuung und Amtsmißbrauch zu einigen Jahren Gefängnis verurteilt. Die Prozeßberichte über den Fall

Kranewitzer habe ich aufmerksamer gelesen als die der aufsehenerregendsten Mordprozesse in all diesen Jahren, und der Mann, der mich damals nur erstaunte, hat heute meine tiefste Sympathie. Von einem bestimmten Tag an, ohne daß er Gründe anzugeben vermochte, hat Otto Kranewitzer die Post nicht mehr ausgetragen und wochenlang, monatelang in der von ihm allein bewohnten Dreizimmer-Altwohnung die Post aufgestapelt, bis zur Decke, er hatte fast alle Möbel verkauft, um Platz zu finden für den anwachsenden Postberg. Briefe und Pakete hat er nicht geöffnet, Wertpapiere und Schecks nicht an sich genommen, keine Geldscheine von Müttern an ihre Söhne entwendet, nichts dergleichen war ihm nachzuweisen. Er konnte nur plötzlich die Post nicht mehr austragen, ein empfindlicher, zarter, großer Mann, dem die ganze Tragweite seines Unterfangens aufgegangen war, und eben deswegen mußte der kleine Beamte Kranewitzer mit Schimpf und Schande die Österreichische Post verlassen, die sich etwas darauf zugute hält, daß sie nur zuverlässige, rührige und ausdauernde Briefträger beschäftige. In jedem Beruf muß es jedoch zumindest einen Menschen geben, der in einem tiefen Zweifel lebt und in einen Konflikt gerät. Gerade das Briefaustragen bedürfte einer latenten Angst, eines seismografischen Auffangens von Erschütterungen, das sonst nur höheren und höchsten Berufen zugestanden wird, als dürfte es nicht auch eine Krise der Post geben, für sie kein Denken – Wollen – Sein, kein skrupulöses und erhabenes Entsagen, das doch sonst allen möglichen Leuten zugestanden wird, die, besser bezahlt und auf Lehrstühlen sitzend, über die Gottesbeweise nachdenken dürfen, sinnieren dürfen über das Ontos On, die Aletheia oder meinetwegen die Erdentstehung und die Entstehung des Alls! Einem unbekannten schlechtbezahlten Otto Kranewitzer wurde aber nur Niedrigkeit und Pflichtvergessenheit nachgesagt. Nicht wurde bemerkt, daß er ins Sinnieren gekommen war, daß ihn das Staunen erfaßt hatte, das ja der Anfang alles Philosophierens und der Menschwerdung überhaupt ist, und angesichts der Dinge, über die er aus der Fassung geriet, war ihm die Kompetenz gar nicht abzusprechen, denn niemand als er, der dreißig Jahre lang in Klagenfurt die Post ausgetragen hatte, war fähiger, das Problem der Post, das Problematische daran zu erkennen.

Ihm waren unsere Straßen vollkommen vertraut, es war ihm klar, welche Briefe, welche Drucksachen, welche Pakete richtig frankiert waren. Auch feinere und feinste Unterschiede bei der Adreßschreibung, ein ›Hwg‹ oder ein Name ohne ›Herrn‹ oder ›Frau‹ dazu, ein ›Prof. Dr. Dr.‹ sagten ihm mehr über Attitüden, Generationskonflikte, soziale Alarmzeichen, als unsere Soziologen und Psychiater je herausfinden werden. Bei falscher oder mangelhafter Absenderangabe war ihm im Nu alles klar, selbstverständlich unterschied er ohne weiteres einen Familienbrief von einem Geschäftsbrief, Briefe fast freundschaftlicher von solchen ganz intimer Natur, und dieser bedeutende Briefträger, der das ganze Risiko seines Berufs für alle anderen mit als Kreuz auf sich genommen hat, muß in seiner Wohnung, vor dem anwachsenden Postberg, vom Grauen befallen worden sein, unsägliche Gewissensqualen erlitten haben, die anderen Menschen, für die ein Brief einfach ein Brief ist und eine Drucksache gleich Drucksache, gar nicht einsehbar wären. Wer hingegen, wie ich, auch nur den Versuch macht, die eigene Post aus einigen Jahren zusammenzutragen und sich davor hinzusetzen (und der wäre noch immer befangen, weil es bloß die eigene Post ist, die nicht ganz befähigt, größere Zusammenhänge zu sehen), würde wohl begreifen, daß eine postalische Krise, selbst wenn sie nur in einer kleineren Stadt und wenige Wochen lang stattgefunden hat, dem Anfang einer erlaubten, öffentlichen, weltweiten Krise, wie sie oft leichtfertig heraufbeschworen wird, überlegen ist durch ihre Moral, und daß das Denken, das immer seltener wird, nicht nur einer privilegierten Schicht und ihren fragwürdigen Vertretern, den beamtet Reflektierenden, sondern auch einem Otto Kranewitzer zugestanden werden muß.

Seit dem Fall Kranewitzer hat sich in mir unmerklich vieles verändert. Malina muß ich es erklären, und ich erkläre es schon.

Ich: Seither weiß ich, was das Briefgeheimnis ist. Heute vermag ich schon, es mir ganz vorzustellen. Nach dem Fall Kranewitzer habe ich meine Post aus vielen Jahren verbrannt, danach fing ich an, ganz andere Briefe zu schreiben, meistens spät nachts, bis acht Uhr früh. Auf diese Briefe, die ich alle nicht abschickte, kommt es mir aber an. Ich muß in diesen vier, fünf Jahren etwa zehntausend Briefe geschrieben haben, für mich allein, in denen alles stand. Ich öffne auch viele Briefe nicht, ich versuche, mich im Briefgeheimnis zu üben, mich auf die Höhe dieses Gedankens von Kranewitzer zu bringen, das Unerlaubte zu begreifen, das darin bestehen könnte, einen Brief zu lesen. Aber immer noch habe ich Rückfälle, weil ich plötzlich doch einen aufmache und lese, ihn dann sogar herumliegen lasse, so daß du ihn, zum Beispiel, lesen könntest, während ich in der Küche bin. Mit so wenig Sorgfalt hüte ich die Briefe. Es ist also nicht die Krise der Post und des Schreibens, der ich nicht ganz gewachsen bin. Ich falle in die Neugier zurück, ich reiße hin und wieder ein Päckchen auf, besonders zur Weihnachtszeit, und packe beschämt ein Halstuch aus, eine Kerze aus Bienenwachs, eine versilberte Haarbürste von meiner Schwester, einen neuen Kalender von Alexander. So inkonsequent bin ich immer noch, obwohl der Fall Kranewitzer mich hätte bessern können.

Malina: Warum liegt dir soviel an dem Briefgeheimnis?

Ich: Nicht wegen dieses Otto Kranewitzer. Meinetwegen. Auch deinetwegen. Und in der Wiener Universität habe ich auf einen Stab geschworen. Es war mein einziger Schwur. Keinem Menschen, keinem Stellvertreter einer Religion oder Politik war ich je fähig zu schwören. Schon als Kind, da ich mich anders nicht wehren konnte, wurde ich sofort schwer krank, ich bekam regelrechte Krankheiten mit hohem Fieber, und man konnte mich nicht auf den Weg schicken, zu schwören. Alle Leute mit nur einem einzigen Schwur haben es eben schwerer. Mehrere Schwüre kann man sicher brechen, aber einen nicht.

Da Malina mich kennt und mein Herumstolpern von einer Sache zur anderen ihm geläufig ist, glaubt er mir, daß ich trotzdem den Willen habe, alles viel weiterzutreiben, als ich es in unserer alltäglichen, eingeschränkten Möglichkeit zu erkennen gebe, daß ich also auch dem Briefgeheimnis zuletzt noch auf die Spur kommen möchte und daß ich es wahren werde.

Die Briefträger in Wien sollen heute nacht alle gefoltert werden, man will wissen, ob sie dem Briefgeheimnis gewachsen sind. Einige wiederum sollen nur auf Krampfadern, Plattfüße und andere physische Deformationen untersucht werden. Es ist möglich, daß man von morgen an das Militär einsetzen wird, um die Post auszutragen, weil die Briefträger geschunden, verletzt, gequält, gefoltert oder, nach dem Injizieren des Wahrheitsserums, zusammengebrochen, nichts mehr werden austragen können. Ich überlege mir eine flammende Rede, einen Brief, ja, einen flammenden Brief an den Postminister, um meine und alle anderen Briefträger zu schützen. Einen Brief, der vielleicht schon von den Soldaten abgefangen und verbrannt wird, es werden die Flammen die Worte wegbrennen oder anschwärzen, und es könnte sein, daß auf den Korridoren des Ministeriums die Amtsdiener nur noch mit einem Stück verkohlten Papiers weiterjagen, um es dem Postminister zu überreichen.

Ich: Verstehst du, meine flammenden Briefe, meine flammenden Aufrufe, meine flammenden Begehren, das ganze Feuer, das ich zu Papier gebracht habe, mit meiner verbrannten Hand – von allem fürchte ich, daß es zu einem verkohlten Stück Papier werden könnte. Alles Papier in der Welt ist ja zuletzt verkohlt oder vom Wasser aufgeweicht worden, denn über das Feuer schicken sie das Wasser.

Malina: Die Alten haben von jemand, der dumm war, gesagt, er habe kein Herz. Sie haben den Sitz der Intelligenz in das Herz verlegt. Du mußt nicht dein Herz an alles hängen und alle deine Reden flammen lassen und deine Briefe.

Ich: Wie viele aber haben Köpfe, nichts weiter als Köpfe? und nämlich kein Herz. Ich sage dir, was jetzt wirklich passiert: morgen wird Wien, und mit allen Kräften und mit Hilfe des Militärs, an die Donau verlegt werden. Sie wollen Wien an der Donau haben. Sie wollen das Wasser, sie wollen das Feuer nicht. Noch eine Stadt mehr, durch die ein Fluß fließt. Es wäre entsetzlich. Bitte, ruf doch sofort den Sektionschef Matreier an, ruf den Minister an!

Aber Wien hat nicht mehr viel Zeit, es gleitet aus, die Häuser schlafen ein, die Leute machen immer früher das Licht aus, es ist niemand mehr wach, ganze Stadtviertel werden von einer Apathie erfaßt, man kommt nicht mehr zueinander, man geht nicht mehr auseinander, die Stadt gleitet in den Untergang, aber es entstehen noch einsame Überlegungen und die erratischen Monologe in der Nacht. Und manchmal Malinas und meine letzten Dialoge.

Ich bin allein zu Hause, Malina läßt lange auf sich warten, ich sitze mit dem SCHACH FÜR ANFÄNGER vor dem Brett und spiele eine Partie. Niemand sitzt mir gegenüber, ich wechsle andauernd den Platz, Malina wird

nicht sagen können, daß ich diesmal am Verlieren bin, denn am Ende gewinne und verliere ich gleichzeitig. Malina aber kommt nach Hause und sieht nur ein Glas, er schaut nicht auf das Schachbrett, diese Partie interessiert ihn nicht.
Malina sagt, was ich erwartet habe: Wien brennt!

Immer habe ich mir gewünscht, einen jüngeren Bruder zu haben, vielmehr einen jüngeren Mann, Malina müßte das verstehen, eine Schwester haben wir schließlich alle, aber nicht jeder hat Brüder. Ich habe nach diesen Brüdern Ausschau schon in der Kinderzeit gehalten, nicht ein, sondern zwei Stück Zucker habe ich deswegen abends ins Fenster gelegt, denn zwei Stück Zucker sind für einen Bruder. Eine Schwester hatte ich ja. Jeder ältere Mann entsetzt mich, auch wenn er nur einen Tag älter ist, und ich würde es nie über mich bringen, ich würde mir lieber den Tod geben, als mich ihm anzuvertrauen. Das Gesicht allein, das sagt noch nichts. Ich muß die Daten wissen, ich muß wissen, daß er fünf Tage jünger ist, sonst werde ich heimgesucht von diesen Zweifeln, es könnten Angehörigkeiten bestehen, ich komme unter den größten Fluch, denn so könnte mir noch einmal etwas geschehen, und ich muß mich mehr und mehr fernhalten von der Hölle, in der ich schon einmal gewesen sein muß. Aber ich erinnere mich nicht.

Ich: Ich muß mich freiwillig unterwerfen können, du bist ja etwas jünger als ich, und ich habe dich erst später getroffen. Früh oder spät war nicht so wichtig, aber dieser Unterschied ja. (Und von Ivan will ich gar nicht reden, damit

Malina nichts erfährt, denn wenn mir Ivan auch das Alter austreiben will, so möchte ich es doch behalten, damit mir Ivan nie älter wird.) Du bist eben doch ein ganz klein wenig jünger als ich, das gibt dir eine ungeheure Macht, nütz sie doch aus, ich werde mich unterwerfen, ich kann es schon zuweilen. Es kommt aus keiner vernünftigen Überlegung. Ekel oder Zuneigung sind ihr vorausgegangen, ich kann es nicht mehr ändern, ich habe Angst.

Malina: Ich bin vielleicht älter als du.

Ich: Gewiß nicht, das weiß ich. Du bist nach mir gekommen, du kannst nicht vor mir dagewesen sein, du bist überhaupt erst denkbar nach mir.

Zu den letzten Junitagen habe ich kein besonderes Zutrauen, aber oft habe ich festgestellt, daß ich Personen besonders gern habe, die im Sommer geboren sind. Beobachtungen dieser Art tut Malina verachtungsvoll ab, denn eher dürfte ich ihm noch mit Fragen nach der Astrologie kommen, von der ich nichts verstehe. Frau Senta Novak, die in Schauspielerkreisen sehr gefragt ist, aber auch von Industriellen und Politikern konsultiert wird, hat einmal in Kreise und Quadrate meine Aspekte und alle möglichen Tendenzen eingezeichnet, sie zeigte mir mein Horoskop, das ihr ungemein merkwürdig erschien, ich müsse es direkt selber sehen, wie scharf es gezeichnet sei, sie sagte, eine unheimliche Spannung sei schon auf den ersten Blick daraus zu lesen, es sei eigentlich nicht das Bild von einem Menschen, sondern von zweien, die in einem äußersten Gegensatz zueinander stünden, es müsse eine dauernde Zerreißprobe für mich sein, bei diesen Aspekten, falls ich die Daten genau angegeben hätte. Ich fragte höflich: Der Zerrissene, die Zerrissene, nicht wahr? Getrennt, meinte Frau Novak, wäre das lebbar, aber so, wie es sei, kaum, auch das Männliche und das Weibliche, der Verstand und das Gefühl, die Produktivität und die Selbstzerstörung träten auf eine merkwürdige Weise hervor. Ich müsse mich geirrt haben mit den Daten, denn ich sei ihr sofort sympathisch gewesen, ich sei eine so natürliche Frau, sie mag natürliche Menschen.

Malina wendet sich allem mit einem gleichmäßigen Ernst zu, auch Aberglauben und Pseudowissenschaften findet er nicht lächerlicher als die Wissenschaften, von denen sich in jedem Jahrzehnt herausstellt, auf wieviel Aberglauben und Pseudowissenschaftlichkeit sie beruht haben und auf wie viele Ergebnisse sie verzichten müssen, um weiterzukommen. Daß Malina sich allem leidenschaftslos zuwendet, den Menschen und den Sachen, das charakterisiert ihn am besten, und darum gehört er auch zu den seltenen Menschen, die weder Freunde noch Feinde haben, ohne selbstgenügsam zu sein. Zuwendung ist es auch, was er mir gegenüber hat, manchmal eine abwartende, manchmal eine aufmerksame, er läßt mich tun und lassen, was ich will, er sagt, man begreife die Menschen überhaupt nur, wenn man nicht in sie dringe, wenn man nichts fordere von ihnen und sich nicht herausfordern lasse, es zeige sich alles ohnedies. Dieses Gleichgewicht, dieser Gleichmut, der in ihm ist, wird mich noch zur Verzweiflung treiben, weil ich in allen Situationen reagiere, mich an jedem Gefühlsaufruhr beteiligen lasse und die Verluste erleide, die Malina unbeteiligt zur Kenntnis nimmt.

Es gibt Leute, die meinen, Malina und ich seien verheiratet. Daß wir es sein könnten, daß es diese Möglichkeit gäbe, darauf sind wir nie gekommen, nicht einmal, daß die anderen so etwas von uns denken könnten. Die längste Zeit sind wir nicht einmal auf den Gedanken gekommen, daß wir, wie andere auch, überall als Mann und Frau auftauchen. Es war der reinste Fundgegenstand für uns, aber wir wußten damit nichts anzufangen. Wir haben sehr gelacht.

An einem Morgen, an dem ich erschöpft herumgehe und zerstreut das Frühstück herrichte, ist Malina zum Beispiel fähig, sich für das Kind zu interessieren, das uns gegenüber im Hinterhof wohnt und schon ein Jahr lang nur zwei Worte schreit: Hallo, hallo! holla, holla! Ich wollte schon einmal hinübergehen, mich einmischen und mit der Mutter dieses Kindes sprechen, weil sie offenbar kein Wort mit ihm spricht und hier etwas im Gange ist, was mich ängstigt für die Zukunft, weil auch jeden Tag schon dieses Hallo und Holla eine marternde Belastung für mein Gehör ist, schlimmer als Linas Staubsaugen, Wasserrauschen, Tellerschlagen. Aber Malina muß etwas anderes daraus hören und meint nicht, daß man sofort die Ärzte oder die Kinderfürsorge verständigen müsse, er hört sich dieses rufende Kind an, als wäre hier nur ein Wesen anderer Art entstanden, das ihm auch nicht sonderbarer erscheint als Wesen, die über hundert oder tausend oder vieltausend Worte verfügen. Ich glaube, daß Malina Änderung und Veränderung in jeder Hinsicht kalt lassen, weil er ja auch nirgends etwas Gutes oder Schlechtes sieht und schon gar nicht etwas Besseres. Für ihn ist offenbar die Welt, wie sie eben ist, wie er sie vorgefunden hat. Und doch erschrecke ich manchmal vor ihm, weil sein Blick auf einen Menschen von dem größten, umfassendsten Wissen ist, das man nirgends und zu keiner Zeit seines Lebens erwirbt und das man an andere nicht weitergeben kann. Sein Zuhören beleidigt mich tief, weil er hinter allem, was gesprochen wird, das Unausgesprochene mitzuhören scheint, aber auch das zu oft Gesagte. Ich bilde mir ja oft zuviel ein, und auf viele Einbildungen macht Malina mich auch aufmerksam, trotzdem kann ich mir von ihm Blick und Gehör gar nicht genau und ungewöhnlich genug vorstellen. Ich habe den Verdacht, daß er die Menschen nicht durchschaut, demaskiert, denn das wäre sehr gewöhnlich und billig, es ist auch nichtswürdig den Menschen gegenüber. Malina erschaut sie, und das ist etwas ganz anderes, die Menschen werden nicht kleiner, sondern größer davon, unheimlicher, und mein Einbildungsvermögen, das er belächelt, ist wahrscheinlich eine sehr niedere Abart von seinem Vermögen, mit dem er alles ausbildet, auszeichnet, auffüllt, vollendet. Ich spreche zu Malina darum nicht mehr von den drei Mördern und noch weniger will ich über den vierten sprechen, von dem ich ihm nichts zu erzählen brauche, denn ich habe meine Art des Ausdrukkes und nur sehr wenig Geschick für die Schilderung. Malina will keine Schilderungen und Eindrücke von irgendwelchen Abendessen, die ich einmal mit Mördern verbracht habe. Er wäre aufs Ganze gegangen und nicht mit einer Impression zurückgeblieben oder mit dieser dumpfen Beunruhigung, sondern er hätte mir den wirklichen Mörder vorgeführt und mich durch die Konfrontierung zu einer Erkenntnis gebracht.

Da ich den Kopf hängen lasse, sagt Ivan: Du hast eben nichts, wofür du dasein mußt!

Er wird recht bekommen, denn wer will schon etwas von mir, wer braucht mich? Aber Malina sollte mir helfen, nach einem Grund für mein Hiersein zu suchen, da ich keinen alten Vater habe, dessen Stütze ich im Alter sein muß, keine Kinder habe, die immerzu etwas brauchen, wie Ivans Kinder, Wärme, Wintermäntel, Hustensäfte, Turnschuhe. Auch das Gesetz von der Erhaltung der Energie ist nicht anwendbar auf mich. Ich bin die erste vollkommene Vergeudung, ekstatisch und unfähig, einen vernünftigen Gebrauch von der Welt zu machen, und auf dem Maskenball der Gesellschaft kann ich auftauchen, aber ich kann auch wegbleiben, wie jemand, der verhindert ist oder vergessen hat, sich eine Maske zu machen, aus Nachlässigkeit sein Kostüm nicht mehr finden kann und darum eines Tags nicht mehr aufgefordert wird. Wenn ich vor einer mir noch bekannten Wohnungstür in Wien stehe, weil ich vielleicht verabredet bin, fällt es mir im letzten Moment ein, daß ich mich in der Tür geirrt haben könnte oder doch im Tag und in der Stunde, und ich kehre um und fahre zurück in die Ungargasse, zu rasch ermüdet, zu sehr im Zweifel.

Malina fragt: Hast du nie daran gedacht, welche Mühe die anderen sich oft mit dir gegeben haben? Ich nicke dankbar. O ja, sie haben mir sogar Eigenschaften gegeben, auch diese Mühe haben sie nicht gescheut, sie haben mich mit Geschichten versehen, außerdem aber auch mit etwas Geld, damit ich in Kleidern herumlaufen kann, die Reste aufessen kann, damit es weitergeht mit mir und nicht auffällt, wie es weitergeht. Zu rasch ermüdet kann ich mich ins Café Museum setzen und in Zeitungen und Zeitschriften blättern. Es kommt wieder Hoffnung in mir auf, ich bin angeregt, aufgeregt, denn es gibt jetzt zweimal in der Woche einen Direktflug nach Kanada, mit der Quantas geht es bequem nach Australien, die Großwildjagden werden billiger, Doro-Kaffee aus den sonnigen mittelamerikanischen Hochebenen mit seinem einzigartigen Aroma müßten wir auch schon in Wien haben, Kenia inseriert, Henkell Rosée erlaubt den Flirt mit einer neuen Welt, für Hitachi-Aufzüge ist kein Haus zu hoch, Männer-Bücher, die auch Frauen begeistern, sind erschienen. Damit Ihnen Ihre Welt nie zu eng wird, gibt es PRESTIGE, eine Brise von Weite und Meer. Alle sprechen vom Pfandbrief. Bei uns in guter Hut, erklärt eine Hypothekenbank, In diesen Schuhen können Sie weit gehen, TARRACOS, Damit Sie Flexalum-Rolladen nie wieder lackieren müssen, lackieren wir sie zweimal, Ein RUF-Computer ist nie allein! Und dann die Antillen, le bon voyage. Deswegen ist der Bosch EXQUISIT einer der besten Geschirrspüler der Welt. Der Augenblick der Wahrheit kommt, wenn Kunden unserem Fachmann Fragen stellen, wenn Verfahrenstechnik, Kalkulation, Rendite, Verpackungsmaschinen, Lieferzeiten zur Debatte stehen, VIVIOPTAL für den Kann-mich-an-nichts-erinnern-Typ. Nehmen Sie morgens ... und der Tag gehört Ihnen! Ich brauche also nur Vivioptal.

Siegen wollte ich in einem Zeichen, aber da ich nicht gebraucht werde, da es mir gesagt worden ist, bin ich besiegt worden von Ivan und von diesen gyerekek, mit denen ich vielleicht doch wieder ins Kino gehen darf, es gibt jetzt im Burgkino Micky Maus von Walt Disney. Wer sollte siegen, wenn nicht sie. Aber es ist vielleicht nicht Ivan allein, sondern etwas mehr, das mich besiegt hat, es muß wohl etwas Größeres sein, da alles uns einer

Bestimmung zutreibt. Manchmal überlege ich noch, was ich für Ivan tun könnte, da es ja nichts gibt, was ich nicht für ihn täte, aber Ivan verlangt nicht, daß ich mich aus dem Fenster stürze, daß ich für ihn in die Donau springe, daß ich mich vor ein Auto werfe, vielleicht um Béla und András zu retten, er hat so wenig Zeit und keine Bedürfnisse. Er will auch nicht, daß ich, an Stelle von Frau Agnes, seine beiden Zimmer aufräume und seine Wäsche wasche und bügle, er will nur rasch auf einen Sprung vorbeischauen, drei Stück Eis in sein Glas Whisky bekommen und fragen, wie es so geht, er wird mich fragen lassen, wie es so geht bei ihm und auf der Hohen Warte. Am Kärntnerring ist es immer dasselbe, viel Arbeit, aber nichts Besonderes. Für eine Schachpartie ist zu wenig Zeit, ich mache keine Fortschritte mehr im Schach, weil wir immer seltener spielen. Ich weiß nicht, seit wann wir seltener spielen, wir spielen eigentlich überhaupt nicht mehr, die Satzgruppen für Schachspielen liegen brach, einige andere Satzgruppen erleiden auch Einbußen. Es kann doch nicht sein, daß die Sätze, zu denen wir so langsam gefunden haben, uns auch langsam verlassen. Aber eine neue Satzgruppe entsteht.

Ich habe leider, ich bin mit der Zeit
Wenn du natürlich in so einem Zeitdruck bist
Nur heute habe ich besonders wenig Zeit
Selbstverständlich, wenn du jetzt keine Zeit hast
Wenn ich dann wieder mehr Zeit habe
Mit der Zeit werden wir ja, es ist nur jetzt
Dann können wir ja, wenn du einmal Zeit hast
Gerade in dieser Zeit, wenn es wieder geht
Du mußt eben mit der Zeit etwas weniger
Wenn ich nur noch zur rechten Zeit

Aber du liebe Zeit, du darfst nicht zu spät
Ich habe noch nie so wenig Zeit, das ist leider
Wenn du dann wieder mehr Zeit hast, vielleicht
Später werde ich dann mehr Zeit haben!

Jeden Tag grübeln Malina und ich, manchmal sogar angeheitert, darüber nach, was heute nacht noch an Furchtbarem in Wien geschehen könnte. Denn wenn man sich hat hinreißen lassen, eine Zeitung zu lesen, wenn man ein paar Nachrichten gläubig aufgenommen hat, kommt ja die Vorstellungskraft auf Hochtouren (ein Ausdruck, nicht von mir, auch nicht geradezu von Malina, aber Malina hat ihn belustigt als Fundgegenstand von einer Deutschlandreise mitgebracht, denn Wörter wie ›Hochtouren‹ kann man nur in solchen tätigen, bewegten Ländern auflesen). Aber immer kann ich die Abstinenz von Zeitungen nicht durchhalten, obwohl es immer größere Zeiträume gibt, in denen ich keine mehr lese oder mir nur aus dem Abstellkabinett, wo, neben unseren Koffern, ein Packen von alten Zeitschriften und Zeitungen liegt, eine herausgreife und bestürzt auf ein Datum sehe: 3. Juli 1958. Was für eine Anmaßung! auch an diesem Tag, der längst vergangen ist, haben sie uns überflüssigerweise drogiert mit Nachrichten, mit Meinungen zu Nachrichten, haben uns benachrichtigt von Erdbeben, Flugzeugabstürzen, innenpolitischen Skandalen, außenpolitischen Fehltritten. Wenn ich heute auf die Ausgabe vom 3. Juli 1958 niedersehe, an das Datum zu glauben versuche, auch an einen Tag dazu, den es vielleicht wirklich gegeben hat, an dem ich in eine Agenda nichts eingeschrieben finde, keine abgekürzten Zeichen ›15 h R! 17 h B angerufen, abends Gösser, Vortrag K.‹ – alles Eintragungen, die unter dem 4. Juli stehen, aber nicht unter dem 3., an dem das Blatt leer geblieben ist. Ein vielleicht rätselloser Tag, sicher noch ohne Kopfschmerzen, ohne Angstzustände, ohne unerträgliche Erinnerungen, mit wenigen erst, aufgestiegen aus verschiedenen Zeiten, vielleicht aber bloß ein Tag, an dem Lina einen sommerlichen Großputz veranstaltet hat und ich, aus dem Haus vertrieben, in Kaffeehäusern herumgesessen bin, eine Zeitung vom 3. Juli lesend, von dem ich heute eine wiederlese. Damit wird der Tag erst zum Rätsel, es ist ein leerer oder ausgeraubter Tag, an dem ich älter geworden bin, an dem ich mich nicht gewehrt habe und etwas geschehen ließ.

Von einem 3. Juli finde ich auch noch eine Illustrierte und in Malinas Regalen die Julinummer einer Zeitschrift für Kultur und Politik, und ich fange kreuz und quer zu lesen an, weil ich etwas über diesen Tag herausfinden möchte. Bücher sind angekündigt worden, die ich nie gesehen habe. WOHIN MIT ALLDEM GELD? ist einer der unverständlichsten Titel; nicht einmal Malina wird ihn mir erklären können. Wo ist denn das Geld, und mit welchem Geld wollte man wohin? das fängt ja gut an, solche Titel können mich zum Vibrieren, zum Erzittern bringen. WIE INSZENIERT MAN EINEN STAATSSTREICH? Mit souveräner Sachkenntnis und trockenem, beiläufig sarkastischem Witz geschrieben ... Lesetips für Leser, die politisch denken wollen, die aufgeklärt werden wollen ... Brauchen wir das, Malina? Ich nehme einen Kugelschreiber und fange an, einen Fragebogen auszufüllen. Ich bin hinreichend, bin gut, sehr gut, überdurchschnittlich informiert. Der Kugelschreiber schmiert zuerst, dann scheint er leer zu sein, dann schreibt er wieder dünn. In kleine leere Kästchen mache ich Kreuze. Macht Ihr Mann Ihnen nie, selten, überraschend oder nur an Geburtstagen und am Hochzeitstag ein Geschenk? Ich

muß sehr vorsichtig sein, alles hängt davon ab, ob ich an Malina denke oder an Ivan, und ich kreuze für beide weiter an, für Ivan zum Beispiel nie, für Malina überraschend, aber darauf ist auch kein Verlaß. Ziehen Sie sich an, um für andere gut auszusehen oder um IHM zu gefallen? Gehen Sie regelmäßig zum Friseur, wöchentlich, einmal im Monat oder nur, wenn die Not am höchsten ist? Welche Not ist gemeint? Welcher Staatsstreich? Meine Haare hängen über dem Staatsstreich und sind in der größten Not, weil ich nicht weiß, ob ich sie schneiden lassen soll oder nicht. Ivan meint, ich solle sie wachsen lassen. Malina findet, sie müssen geschnitten werden. Ich zähle seufzend die Kreuze. Am Ende hat Ivan 26 Punkte, Malina auch 26 Punkte, obwohl ich für jeden in ganz verschiedene Kästchen Kreuze machen mußte. Ich addiere noch einmal. Es bleibt bei 26 Punkten für jeden. ›Ich bin 17 Jahre alt und habe das Gefühl, nicht lieben zu können. Ich interessiere mich ein paar Tage lang für einen Mann, aber dann gleich wieder für einen anderen. Bin ich ein Ungeheuer? Mein derzeitiger Freund ist 19 Jahre alt und verzweifelt, denn er will mich heiraten.‹ Blauer Blitz rast in Roten Blitz, 107 Tote und 80 Verletzte.
Es sind aber schon Jahre her, und nun wird es wieder aufgetischt, Autozusammenstöße, einige Verbrechen, Ankündigungen von Gipfeltreffen, Vermutungen über das Wetter. Kein Mensch weiß heute mehr, warum das einmal hat berichtet werden müssen. Panteen Spray, das man damals empfohlen hat, benutze ich erst seit wenigen Jahren, das muß man mir nicht an einem so vergangenen 3. Juli anraten und heute schon gar nicht.
Zu Malina sage ich am Abend: Was geblieben ist, dürfte ein Haarspray sein, und darauf bezieht sich vielleicht alles, denn ich weiß noch immer nicht, wohin mit alldem

Geld und wie man einen Staatsstreich inszeniert, jedenfalls wird zuviel Geld hinausgeschmissen. Jetzt haben sie es erreicht. Wenn meine Spraydose leer ist, wird diesmal keine mehr gekauft. Du hast 26 Punkte, mehr kannst du nicht verlangen, mehr kann ich dir einfach nicht geben. Mach damit, was du willst. Erinnerst du dich daran, wie der Blaue Blitz in den Roten Blitz gerast ist? Ich danke! das habe ich mir gedacht, das ist also deine Anteilnahme an den Katastrophen, du bist auch nicht besser als ich. Wahrscheinlich aber ist es ein unglaublicher Betrug.

Da Malina kein Wort verstanden hat, ich im Schaukelstuhl wippe und er es sich gemütlich macht, nachdem er uns etwas zu trinken geholt hat, fange ich an zu erzählen:
Es ist ein unglaublicher Betrug, ich habe einmal im Nachrichtendienst gearbeitet, ich habe den Betrug aus der Nähe gesehen, die Entstehung der Bulletins, das wahllose Zusammensetzen der aus den Fernschreibern herausquellenden Sätze. Ich sollte eines Tages, weil jemand erkrankt war, in den Nachtdienst hinüberwechseln. Um elf Uhr abends holte mich ein großes schwarzes Auto ab, der Chauffeur machte einen kleinen Umweg im III. Bezirk, und in der Nähe der Reisnerstraße stieg ein junger Mann zu, ein gewisser Pittermann, wir wurden in die Seidengasse gefahren, in der alle Büros dunkel und verlassen waren. Auch in den Nachtredaktionen der Zeitungen, die im selben Haus untergebracht waren, zeigte sich nur selten jemand. Über Bretter, weil die Gänge aufgerissen waren, führte uns der Nachtportier zu den hintersten Räumen, in einem Stockwerk, das ich vergessen habe, ich erinnere mich nicht, erinnere nichts ... Wir

waren jede Nacht zu viert, ich kochte Kaffee, manchmal ließen wir uns ein Eis holen um Mitternacht, der Nachtportier wußte eine Quelle für Eis. Die Männer lasen in den Bögen, die die Fernschreiber ausspuckten, sie schnitten aus, sie klebten und stellten zusammen. Wir flüsterten nicht eigentlich, aber laut zu reden in der Nacht, wenn alles schläft in einer Stadt, ist fast unmöglich, es gab manchmal wohl ein Gelächter zwischen den Männern, aber ich trank meinen Kaffee still für mich und rauchte, sie warfen mir die Nachrichten auf meinen kleinen Tisch mit der Schreibmaschine herüber, von einer zufälligen Laune ausgewählte Nachrichten, und ich schrieb sie ins reine. Ich bin damals, weil ich über nichts mitzulachen wußte, völlig ins Bild gekommen darüber, was am nächsten Morgen die Menschen als Nachricht aufweckt. Am Ende schlossen die Männer immer mit einem kurzen Absatz, der ein Baseballspiel oder einen Boxkampf betraf, von jenseits des Atlantik.

Malina: Wie hast du damals gelebt?

Ich: Gegen drei Uhr früh wurde mein Gesicht immer grauer, langsam bin ich verfallen, es hat mich gebeugt, ich bin damals gebeugt worden, ich habe einen sehr wichtigen Rhythmus verloren, man gewinnt ihn nie mehr wieder. Ich habe noch einmal einen Kaffee getrunken, wieder einen, ich fing immer öfter zu zittern an mit der Hand beim Schreiben, und später habe ich meine Handschrift ganz verdorben.

Malina: Darum bin ich wohl der einzige, der sie noch lesen kann.

Ich: Der zweite Teil der Nacht hat mit dem ersten

Teil der Nacht nichts zu tun, es sind zwei verschiedene Nächte in einer Nacht untergebracht, die erste Nacht mußt du dir launig vorstellen, es werden noch Witze gemacht, die Finger drücken schnell auf die Tasten, jeder ist noch in Bewegung, die zwei kleinen schlanken Eurasier kommen sich gescheiter und extravaganter vor als der umständliche Herr Pittermann, der sich nur plump und laut zu bewegen weiß. Wichtig ist die Bewegung, denn man könnte sich vorstellen, daß anderswo in der Nacht noch getrunken und gebrüllt wird oder daß aus dem Überdruß des Tages und dem Ekel vor dem kommenden Tag noch Umarmungen möglich sind oder daß bis zur Erschöpfung getanzt wird. In der ersten Nacht ist es noch der Tag mit seinen Ausschweifungen, der die Nacht bestimmt. Erst in der zweiten Nacht fällt dir auf, daß es Nacht ist, es sind alle stiller geworden, hin und wieder ist einer aufgestanden, um sich zu strecken, um sich heimlich eine andere Bewegung zu verschaffen, obwohl wir doch ausgeschlafen angekommen waren im Nachrichtendienst. Gegen fünf Uhr früh war es entsetzlich, jeder gebeugt von einer Last, ich ging mir die Hände waschen und rieb mir die Finger mit dem alten schmutzigen Handtuch. Das Gebäude in der Seidengasse hatte die Unheimlichkeit eines Mordschauplatzes. Wo ich Schritte hörte, waren dann doch keine Schritte, die Fernschreiber stockten, ratterten wieder, ich rannte zurück in unser großes Zimmer, in dem die Ausdünstung schon zu spüren war, selbst durch den Qualm vom Zigarettenrauchen. Es war der Anfang der Übernächtigkeit. Um sieben Uhr früh grüßten wir einander kaum beim Auseinandergehen, ich stieg mit dem jungen Pittermann in das schwarze Auto, wir sahen wortlos aus dem Fenster. Frische Milch und frische Semmeln wurden von den Frauen getragen, die Männer hatten einen zielsicheren Schritt, Aktentaschen unter dem Arm, aufgestellte Mantelkragen und eine kleine morgenfrühe Wolke vor dem Mund. Wir drinnen in der Limousine hatten schmutzige Fingernägel und jeder hatte einen bitteren bräunlichen Mund, der junge Mann stieg wieder in der Nähe der Reisnerstraße aus und ich in der Beatrixgasse. Am Geländer zog ich mich hinauf bis zur Wohnungstür und fürchtete, im Vorzimmer die Baronin zu treffen, die um diese Zeit aus dem Haus ging, in das städtische Fürsorgeamt, denn sie mißbilligte mein mysteriöses Heimkommen um diese Stunde. Danach konnte ich lange nicht einschlafen, ich lag angezogen, übelriechend auf dem Bett, gegen Mittag fand ich aus den Kleidern heraus und schlief dann wirklich, aber es war kein guter Schlaf, weil die Tagesgeräusche ihn dauernd unterbrachen. Das Bulletin zirkulierte bereits, die Nachrichten wirkten schon, ich habe sie niemals gelesen. Zwei Jahre lang war ich ohne Nachrichten.

Malina: Du hast also nicht gelebt. Wann hast du versucht zu leben, worauf hast du gewartet?

Ich: Höchst Ehrenwerter Malina, es muß auch ein paar Stunden und einen freien Tag in der Woche gegeben haben, für geringfügige Unternehmungen. Aber ich weiß nicht, wie man den ersten Teil seines Lebens lebt, er muß sein wie der erste Teil der Nacht, mit launigen Stunden, ich kann sie nur schwer zusammensuchen, da mir damals der Verstand gekommen ist, das muß den Rest meiner Zeit beansprucht haben.

Mir graute vor dem großen schwarzen Auto, das mich denken ließ an geheimnisvolle Fahrten, an Spionage, an unheilvolle Verwicklungen, es gingen damals immer Gerüchte durch Wien, daß es ein Umschlagplatz wäre, daß ein Menschenhandel getrieben würde, daß, in Teppiche gewickelt, Menschen und Papiere verschwänden, daß jeder, auch ohne es zu wissen, für irgendwelche Seiten tätig wäre. Von keiner Seite gab sich etwas zu erkennen. Jeder, der arbeitete, war, ohne es zu wissen, ein Prostituierter, wo habe ich das schon einmal gehört? warum habe ich darüber gelacht? Es war der Anfang einer universellen Prostitution.

Malina: Du hast mir das einmal ganz anders erzählt. Nach der Universität hättest du in einem Büro eine Arbeit gefunden, es reichte gerade so, aber doch nicht ganz, und deswegen bist du später in den Nachtdienst gegangen, weil es etwas mehr Geld gab als für einen Tagdienst.

Ich: Ich erzähle nicht, ich werde nicht erzählen, ich kann nicht erzählen, es ist mehr als eine Störung in meiner Erinnerung. Sag mir lieber, was hast du heute getan in deinem Arsenal?

Malina: Nichts Besonderes. Das übliche, und dann sind

Leute vom Film gekommen, die brauchen eine Türkenschlacht. Der Kurt Swoboda sucht Vorlagen, er hat einen Auftrag. Außerdem haben wir noch für einen anderen Film zugesagt, den wollen die Deutschen in der Ruhmeshalle drehen.

Ich: Ich würde gerne einmal zuschauen beim Filmen. Oder in der Statisterie mitmachen. Würde mich das nicht zur Abwechslung auf andre Gedanken bringen?

Malina: Es ist nur langweilig, es dauert stundenlang, tagelang, man stolpert über Kabel, alle stehen herum, und es geschieht meistens überhaupt nichts. Ich habe am Sonntag Dienst. Ich sage es nur, damit du dich einrichtest.

Ich: Wir können also essen gehen, ich bin aber noch nicht fertig. Bitte, laß mich noch einmal telefonieren, es dauert nur einen Moment. Einen Moment, ja?

Es ist eine Störung in meiner Erinnerung, ich zerbreche an jeder Erinnerung. In den Ruinen war damals gar keine Hoffnung, das hat man einander eingeredet, nachgeredet, man hat es mit Darstellungen versucht von einer Zeit, die man die erste Nachkriegszeit nannte. Von einer zweiten hörte man nie etwas. Auch das war ein Betrug. Ich habe mir beinahe auch weismachen lassen, wenn die Türstöcke und Fensterstöcke erst wieder eingesetzt werden, wenn die Schutthaufen verschwinden, dann wird sogleich etwas besser werden, man wird wieder wohnen und weiter wohnen können. Aber allein die Tatsache, daß ich jahrelang etwas über das Wohnen und Weiterwohnen sagen wollte, wie unheimlich es mir war, obwohl niemand Lust hatte, mir zuzuhören, ist ja recht aufschlußreich. Niemals hätte ich gedacht, daß zuerst alles geplündert, gestohlen, verhandelt und dreimal ums Eck wieder verkauft und erkauft werden muß. Am Resselpark soll der größte Schwarzmarkt gewesen sein, man mußte weit ausweichen, schon am späten Nachmittag, auf den Karlsplatz, vieler Gefahren wegen. Eines Tages soll angeblich kein schwarzer Markt mehr existiert haben. Aber ich bin davon nicht überzeugt. Ein universeller schwarzer Markt ist daraus entstanden, und wenn ich mir Zigaretten kaufe oder Eier hole, weiß ich, aber erst heute, sie kommen von dem schwarzen Markt. Der Markt überhaupt ist schwarz, so schwarz kann er damals gar nicht gewesen sein, weil ihm eine universelle Dichte gefehlt hat. Später, nachdem alle Auslagen wieder voll waren und alles sich stapelte, die Konserven, die Kisten, die Kartons, konnte ich nichts mehr kaufen. Kaum war ich hineingegangen in die großen Kaufhäuser auf der Mariahilfer Straße, zu Gerngroß etwa, wurde mir übel, damals hatte mir Christine geraten, nicht in die kleinen teuren Geschäfte zu gehen, Lina war für Herzmansky, nicht so sehr für Gerngroß, und ich versuchte es ja, aber es ging nicht, ich kann nicht mehr als ein Ding auf einmal sehen. Tausende von Stoffen, Tausende von Konservendosen, von Würsten, von Schuhen und Knöpfen, diese ganze Anhäufung von Waren, machen die Ware schwarz vor meinen Augen. In einer großen Zahl ist alles zu sehr bedroht, eine Menge muß etwas Abstraktes bleiben, muß eine Formel aus einer Lehre sein, etwas Operables, muß die Reinheit der Mathematik haben, nur die Mathematik läßt die Schönheit von Milliarden zu, eine Milliarde Äpfel aber ist ungenießbar, eine Tonne Kaffee spricht schon von zahllosen Verbrechen, eine Milliarde Menschen ist etwas unvorstellbar Verdorbenes, Erbärmliches, Ekliges, in einen schwarzen Markt Verstricktes, mit dem täglichen Bedürfnis nach Milliarden von Broten, Erdäpfeln und Reis-Rationen. Auch als es längst genug zu essen gab, konnte ich noch lange nicht richtig essen, und ich kann jetzt auch nur essen, wenn jemand anderer mit mir ißt, oder allein, wenn nur ein Apfel daliegt und ein Stück Brot, wenn eine Scheibe Wurst übriggeblieben ist. Es muß etwas übriggeblieben sein.

Malina: Dann bekommen wir heute abend wohl kaum mehr etwas zu essen, wenn du nicht aufhörst, darüber zu reden. Ich könnte mit dir auf den Cobenzl fahren, steh auf, zieh dich an, es wird sonst zu spät.

Ich: Bitte nicht dort hinauf. Ich will nicht zu Füßen die Stadt, was brauchen wir gleich eine ganze Stadt zu Füßen zu haben, wenn wir nur essen wollen. Gehen wir ein paar Schritte. Zum Alten Heller.

Schon damals, in Paris, nach der ersten Flucht aus Wien, hatte es angefangen, mit dem linken Fuß konnte ich vorübergehend nur schlecht auftreten, er schmerzte, und der Schmerz wurde von einem Stöhnen begleitet, ach Gott, o Gott. So kommt es oft im Körper zuerst zu diesen gefährlichen, folgenreichen Anwandlungen, die einen gewisse Worte aussprechen lassen, denn vorher hatte ich nur in einigen philosophischen Seminaren eine begriffliche Bekanntschaft mit Gott gemacht, wie mit dem Sein, dem Nichts, der Essenz, der Existenz, dem Brahma.

In Paris hatte ich meistens kein Geld, aber immer, wenn das Geld zu Ende ging, mußte ich damit etwas Besonderes machen, auch heute übrigens noch, es darf nicht einfach ausgegeben werden, sondern ich muß einen abschließenden Einfall haben, wie es auszugeben ist, denn wenn mir etwas einfällt, dann weiß ich einen Augenblick lang, wie ich die Welt mitbevölkere und der Teil einer ständig stark zunehmenden, leicht abnehmenden Bevölkerung bin, und wie die Welt, überfüllt mit einer bedürftigen Bevölkerung, einer nicht satt zu bekommenden, immer im Notstand lebenden Bevölkerung, sich durch das All dreht, und wenn ich auf ihr, mit einer leeren Tasche und mit einem Einfall im Kopf, hänge durch die Schwerkraft, weiß ich, was zu tun ist.
Damals, in der Nähe der Rue Monge, auf dem Weg zur Place de la Contrescarpe, kaufte ich in dem kleinen Bistro, das die ganze Nacht auf hatte, zwei Flaschen Rotwein, aber dann auch noch eine Flasche Weißwein. Ich dachte, vielleicht mag einer keinen Rotwein, man kann schließlich niemand zu Rotwein verurteilen. Die Männer schliefen oder taten, als schliefen sie, und ich schlich zu ihnen hin und legte die Flaschen nieder, nahe genug, daß ein Irrtum ausgeschlossen war. Sie mußten verstehen, daß sie rechtens ihnen gehörten. In einer anderen Nacht, als ich es wieder tat, wachte einer der clochards auf und sagte etwas von Gott, ›que dieu Vous …‹, und später hörte ich in England etwas wie ›… bless you‹. Die Zusammenhänge habe ich natürlich vergessen. Ich nehme an, daß die Blessierten manchmal so zu den Blessierten sprechen und dann weiterleben irgendwo, so wie auch ich irgendwo weiterlebe, bedeckt von allen möglichen Blessierungen.

Unter den Männern in Paris, aber ich weiß nicht, ob es der in der Nacht aufgewachte war, hieß einer Marcel, nur sein Name blieb mir in Erinnerung, ein Stichwort neben anderen Stichworten wie Rue Monge, wie zwei oder drei Hotelnamen und die Zimmernummer 26. Von Marcel aber weiß ich, daß er nicht mehr lebt, und er ist auf eine ungewöhnliche Art gestorben...
Malina unterbricht mich, er schützt mich, aber ich glaube, sein Beschützenwollen führt dazu, daß ich nie zum Erzählen kommen werde. Es ist Malina, der mich nicht erzählen läßt.

Ich: Du glaubst, daß sich an meinem Leben nichts mehr ändern wird?

Malina: Woran denkst du wirklich? An Marcel, oder doch immer nur an das Eine oder an alles, was dich aufs Kreuz gelegt hat.

Ich: Was soll das jetzt wieder mit dem Kreuz? Seit wann gebrauchst du Redensarten wie alle anderen?

Malina: Bisher hast du noch immer ganz gut verstanden, mit oder ohne Redensarten.

Ich: Gib mir die Zeitung von heute. Du hast mir die ganze Geschichte verdorben, du wirst es noch bereuen, daß du das sehr wunderliche Ende von Marcel nicht erfahren hast, denn außer mir könnte es heute schon niemand mehr erzählen. Die anderen leben ja irgendwo oder sind irgendwo gestorben. Vergessen ist Marcel sicherlich.

Malina hat mir die Zeitung herübergereicht, die er manchmal aus dem Museum mitbringt. Ich überschlage die ersten Seiten und schaue ins Horoskop. ›Mit etwas mehr Mut können Sie die aufkommenden Schwierigkeiten meistern. Achtung im Straßenverkehr. Schlafen Sie ausgiebig.‹ In Malinas Horoskop steht etwas von Herzensangelegenheiten, die einen stürmischen Verlauf nehmen, aber das dürfte ihn kaum interessieren. Außerdem soll er seine Bronchien schonen. Ich habe nie daran gedacht, daß Malina Bronchien haben könnte.

Ich: Was machen denn deine Bronchien? Hast du überhaupt Bronchien?

Malina: Warum nicht? Wieso nicht? Jeder Mensch hat Bronchien. Seit wann bist du um meine Gesundheit besorgt?

Ich: Ich frage ja bloß. Wie war es denn heute, ist es sehr stürmisch zugegangen?

Malina: Wo? Doch wohl nicht im Arsenal. Nicht daß ich wüßte. Ich habe Akten abgelegt.

Ich: Nicht ein bißchen stürmisch? Vielleicht, wenn du genau nachdenkst, war es ein klein wenig stürmisch.

Malina: Warum siehst du mich so mißtrauisch an? Glaubst du mir nicht? Das ist doch einfach lächerlich, und was starrst du immerzu vor dich hin, was siehst du? Hier ist keine Spinne und keine Tarantel, den Fleck hast du selber vor ein paar Tagen gemacht, beim Kaffeeeingießen. Was siehst du?

Ich sehe, daß auf dem Tisch etwas fehlt. Was ist es bloß? Hier ist sehr oft etwas gelegen. Hier ist fast immer eine halbvolle Zigarettenschachtel von Ivan gelegen, der immer eine absichtlich vergessen hat, um notfalls bei mir sofort eine Zigarette zu finden. Ich sehe, daß hier schon längere Zeit von ihm kein Paket mehr vergessen worden ist.

Ich: Hast du dir nie überlegt, daß man auch woanders wohnen könnte? Mehr im Grünen. Zum Beispiel ist in Hietzing bald eine sehr schöne Wohnung frei, die Christine weiß es von Freunden, deren Freunde dort wegziehen. Du hättest mehr Platz für deine Bücher. Hier ist doch überhaupt kein Platz mehr, es quillt doch aus allen Regalen, wegen deiner Manie, ich habe ja nichts gegen deine Manie, aber es ist manisch. Und behauptet hast du auch, daß du den Katzenurin von Frances und Trollope noch immer riechst im Gang. Lina sagt, sie merke nichts mehr, aber es ist eben deine Sensibilität, du bist eben sehr sensibel.

Malina: Ich habe kein Wort verstanden. Warum sollen wir auf einmal umziehen nach Hietzing? Nie wollte einer von uns in Hietzing oder auf der Hohen Warte oder in Döbling wohnen.

Ich: Bitte nicht Hohe Warte! Ich habe Hietzing gesagt. Mir war so, als hättest du nie etwas gegen Hietzing gehabt!

Malina: Das ist doch eins wie das andere, und es kommt überhaupt nicht in Frage. So fang doch nicht gleich zu weinen an.

Ich: Ich habe kein Wort von der Hohen Warte gesagt, und bilde dir nicht ein, daß ich zu weinen anfange. Ich habe einen Schnupfen. Ich muß ausgiebiger schlafen. Wir bleiben selbstverständlich in der Ungargasse. Es kommt gar nichts anderes in Frage.

Worauf ich heute Lust hätte? Laß mich überlegen! Ausgehen will ich nicht, lesen oder Musik hören möchte ich auch nicht. Ich glaube, ich werde mit dir vorliebnehmen. Ich werde dich aber unterhalten, denn mir ist aufgefallen, daß wir noch nie über Männer geredet haben, daß du nie nach den Männern fragst. Du hast aber dein altes Buch nicht sehr klug versteckt. Ich habe heute darin gelesen, es ist nicht gut, du beschreibst zum Beispiel einen Mann, dich selber vermutlich, vor dem Einschlafen, aber dafür könnte höchstens ich Modell gestanden sein. Männer fallen immer sofort in den Schlaf. Aber weiter: warum findest du die Männer nicht so ungemein interessant wie ich?
Malina sagt: Vielleicht stelle ich mir alle Männer wie mich selber vor.
Ich erwidere: Das ist die verkehrteste Vorstellung, die du dir machen kannst. Eher dürfte sich eine Frau vorstellen, sie sei wie alle anderen, und das aus besseren Gründen. Es hängt nämlich wieder mit den Männern zusammen.
Malina hebt zum Schein entrüstet die Hände: Bitte aber keine Geschichten oder nur einige Stellen aus ihnen, wenn sie komisch genug sind. Sag, was sich ohne Indiskretion sagen läßt.
Malina sollte mich doch kennen!
Ich fahre fort: Die Männer sind nämlich verschieden voneinander, und eigentlich müßte man in jedem einzel-

nen einen unheilbaren klinischen Fall sehen, es reicht also keineswegs aus, was in den Lehrbüchern und in den Sachbüchern steht, um auch nur einen einzigen Mann in seiner Elementarität zu erklären und zu verstehen. Tausendmal besser läßt sich das Zerebrale an einem Mann verstehen, für mich jedenfalls. Nur das, was allen gemeinsam sein soll, ist es ganz gewiß nicht. Was für ein Irrtum! Dieses Material, das eine Generalisierung zuließe, könnte man in Jahrhunderten nicht zusammentragen. Eine einzige Frau muß schon mit zuviel Merkwürdigkeiten fertig werden, und das hat ihr vorher niemand gesagt, auf welche Krankheitserscheinungen sie sich einstellen muß, man könnte sagen, die ganze Einstellung des Mannes einer Frau gegenüber ist krankhaft, obendrein ganz einzigartig krankhaft, so daß man die Männer von ihren Krankheiten gar nie mehr wird befreien können. Von den Frauen könnte man höchstens sagen, daß sie mehr oder weniger gezeichnet sind durch die Ansteckungen, die sie sich zuziehen, durch ein Mitleiden an dem Leiden.
Du bist heute ja in einer sehr mutwilligen Stimmung. Es fängt mich jetzt doch zu amüsieren an.
Ich sage glücklich: Es muß ja einen Menschen schon in die Krankheit führen, wenn er selber so wenig Neues erlebt, sich immerzu wiederholen muß, ein Mann zum Beispiel beißt mich ins Ohrläppchen, aber nicht weil es mein Ohrläppchen ist oder weil er, vernarrt in das Ohrläppchen, unbedingt hineinbeißen muß, sondern er beißt, weil er alle anderen Frauen auch in die Ohrläppchen gebissen hat, in kleine oder größere, in rotblaue, in blasse, in fühllose, in gefühlvolle, es ist ihm völlig gleich, was die Ohrläppchen dazu meinen. Du mußt zugeben, daß das ein folgenreicher Zwang ist, wenn man sich, ausgerüstet mit einem mehr oder weniger großen Wissen und

einer in jedem Fall geringen Anwendungsmöglichkeit dieses Wissens, auf eine Frau stürzen muß, womöglich jahrelang, einmal, das geht ja noch, einmal hält das ja jede aus. Das erklärt auch einen insgeheimen dumpfen Verdacht der Männer, denn sie können sich nicht eigentlich vorstellen, daß eine Frau sich natürlich ganz anders verhalten muß mit einem anderen kranken Mann, weil ihm die Verschiedenheiten nur ganz oberflächlich und äußerlich vorschweben, eben diejenigen, die von Mund zu Mund gehen oder die von der Wissenschaft in ein verschlimmerndes falsches Licht gerückt werden. Malina kennt sich wirklich nicht aus. Er sagt: Ich habe mir gedacht, einige unter den Männern müßten doch besonders begabt sein, jedenfalls erzählt man es manchmal von jemand weiter oder man spricht im allgemeinen davon – sagen wir einmal von den Griechen. (Malina sieht mich so listig an, dann lacht er, ich lache auch.) Ich bemühe mich, ernst zu bleiben: In Griechenland habe ich zufällig Glück gehabt, aber auch nur einmal. Glück hat man manchmal, die meisten Frauen haben aber bestimmt nie Glück. Was ich meine, hat nichts damit zu tun, daß es angeblich einige gute Liebhaber gibt, es gibt nämlich keine. Das ist eine Legende, die muß einmal zerstört werden, es gibt höchstens Männer, mit denen es völlig hoffnungslos ist, und einige, mit denen es nicht ganz so hoffnungslos ist. Darin ist der Grund dafür zu suchen, nach dem noch niemand gesucht hat, warum nur die Frauen immerzu den Kopf voll haben mit ihren Gefühlen und ihren Geschichten, mit ihrem Mann oder ihren Männern. Das Denken daran nimmt tatsächlich den größten Teil der Zeit jeder Frau in Anspruch. Sie muß aber daran denken, weil sie sonst buchstäblich, ohne ihr nie erlahmendes Gefühlstreiben, Gefühlantreiben, es niemals mit einem Mann aushalten könnte, der ja ein Kran-

ker ist und sich kaum mit ihr beschäftigt. Für ihn ist es ja leicht, wenig an die Frauen zu denken, denn sein krankes System ist unfehlbar, er wiederholt, er hat sich wiederholt, er wird sich wiederholen. Wenn er gerne die Füße küßt, wird er noch fünfzig Frauen die Füße küssen, warum soll er sich also beschäftigen in Gedanken, bedenklich wegen eines Geschöpfs, das sich zur Zeit gern von ihm die Füße küssen läßt, so meint er jedenfalls. Eine Frau muß aber damit fertig werden, daß jetzt ausgerechnet ihre Füße an der Reihe sind, sie muß sich unglaubliche Gefühle erfinden und den ganzen Tag ihre wirklichen Gefühle in den erfundenen unterbringen, einmal damit sie das mit den Füßen aushält, dann vor allem, damit sie den größeren fehlenden Rest aushält, denn jemand, der so an Füßen hängt, vernachlässigt sehr viel anderes. Überdies gibt es noch die ruckartigen Umstellungen, von einem Mann zum andern muß sich ein Frauenkörper alles abgewöhnen und wieder an etwas ganz Neues gewöhnen. Aber ein Mann zieht mit seinen Gewohnheiten friedlich weiter, manchmal hat er eben Glück damit, meistens keines.
Malina ist nicht zufrieden mit mir: Das ist mir aber ganz neu, ich war so überzeugt, du magst Männer, und es haben dir immerzu Männer gefallen, allein ihre Gesellschaft war dir unentbehrlich, wenn schon nicht mehr...

Natürlich haben mich immer Männer interessiert, aber eben deswegen, man muß sie ja nicht gleich mögen, die meisten habe ich überhaupt nicht gemocht, nur fasziniert haben sie mich immer, schon weil man denkt: wie wird das jetzt nach dem Biß in die Schulter weitergehen, was verspricht er sich davon? Oder jemand dreht dir einen Rücken zu, über den einmal eine Frau, lange vor dir, mit den Fingernägeln, mit fünf Krallen, diese fünf Striemen, für immer sichtbar, gezogen hat, du bist völlig verstört, zumindest verlegen, was sollst du anfangen mit diesem Rücken, der dir immerzu etwas vorhält, die Erinnerung an eine Ekstase oder einen Schmerzanfall, welchen Schmerz sollst du noch empfinden, in welche Ekstase noch geraten? Ich habe die längste Zeit überhaupt keine Gefühle gehabt, denn es war mir in diesen Jahren der Verstand gekommen. Nur im Kopf hatte ich natürlich, wie alle anderen Frauen, trotzdem immer die Männer, aus den schon erwähnten Gründen, und ich bin sicher, die Männer wiederum hatten mich sehr wenig in ihrem Kopf, nur nach Feierabend, an einem freien Tag vielleicht.

Malina: Keine Ausnahme?
Ich: Doch. Eine Ausnahme
Malina: Wie kommt es zu einer Ausnahme?

Das ist doch ganz einfach. Du mußt nur zufällig jemand unglücklich genug machen, jemand zum Beispiel nicht helfen, eine Dummheit wiedergutzumachen. Wenn du sicher bist, daß du dem anderen ein rechtes Unglück angerichtet hast, dann denkt er auch an dich. Sonst machen die meisten Männer aber die Frauen unglücklich, und eine Gegenseitigkeit ist nicht da, denn wir haben es mit dem natürlichen Unglück, dem unabwendbaren, das von der Krankheit der Männer kommt, zu tun, deretwegen die Frauen soviel nachdenken müssen und, kaum angelernt, wieder umlernen müssen, denn wenn man über jemand immerzu nachdenken muß und für ihn Gefühle erzeugen muß, dann wird man regelrecht unglücklich.

Das Unglück verdoppelt, verdreifacht, verhundertfacht sich mit der Zeit obendrein. Jemand, der dem Unglück ausweichen möchte, bräuchte nur nach ein paar Tagen jedes Mal Schluß zu machen. Es ist unmöglich, unglücklich zu sein, jemandem nachzuweinen, wenn er einen nicht schon gründlich unglücklich gemacht hat. Niemand weint dem jüngsten oder schönsten Mann, dem besten Mann oder dem klügsten Mann schon nach wenigen Stunden nach. Aber ein halbes Jahr, mit einem ausgemachten Schwätzer, einem notorischen Dummkopf verbracht, mit einem widerwärtigen, von den seltsamsten Gewohnheiten beherrschten Schwächling, das hat schon recht starke und vernünftige Frauen ins Wanken gebracht, in den Selbstmord getrieben, bitte, denk nur an die Erna Zanetti, die wegen dieses Dozenten für Theaterwissenschaft, man bedenke nur, wegen eines Theaterwissenschaftlers! vierzig Schlaftabletten geschluckt haben soll, und sie wird ja nicht die einzige sein, er hat ihr auch noch das Rauchen abgewöhnt, weil er keinen Rauch verträgt. Ob sie vegetarisch essen mußte, weiß ich nicht, aber es werden schon noch ein paar schlimme Dinge gewesen sein. Anstatt sich nun darüber zu freuen, daß sie, nachdem dieser Dummkopf sie glücklicherweise verlassen hat, am nächsten Tag wieder zwanzig Zigaretten rauchen kann und essen darf, was sie will, versucht sie, kopflos, sich umzubringen, es fällt ihr nichts Besseres ein, weil sie ein paar Monate immerzu an ihn gedacht und unter ihm gelitten hat, auch unter dem Entzug des Nikotins natürlich und an diesen Salatblättern und Karotten.

Malina muß lachen, aber entsetzt tun: Du willst doch nicht behaupten, daß die Frauen unglücklicher sind als die Männer!

Nein, natürlich nicht, ich sage ja nur, daß das Unglück der Frauen ein besonders unvermeidliches und ganz und gar unnützes ist. Nur von der Art des Unglücks wollte ich sprechen. Vergleichen kann man ja nicht, und über das allgemeine Unglück, das alle Menschen so schwer trifft, wollten wir ja heute nicht sprechen. Ich will dich nur unterhalten und dir sagen, was alles komisch ist. Ich, zum Beispiel, war sehr unzufrieden, weil ich nie vergewaltigt worden bin. Als ich nach Wien kam, hatten die Russen überhaupt keine Lust mehr, die Wienerinnen zu vergewaltigen, und auch die betrunkenen Amerikaner wurden immer weniger, die aber sowieso niemand recht schätzte als Vergewaltiger, weswegen auch soviel weniger von ihren Taten die Rede war als von denen der Russen, denn ein geheiligter frommer Schrecken, der hat natürlich seine Gründe. Von den fünfzehnjährigen Mädchen bis zu den Greisinnen, hieß es. Manchmal las man noch in den Zeitungen von zwei Negern in Uniform, aber ich bitte dich, zwei Neger im Salzburgischen, das ist doch reichlich wenig für soviel Frauen in einem Land, und die Männer, die ich kennenlernte oder auch nicht kennenlernte und die nur im Wald an mir vorübergingen oder mich auf einem Stein sitzen sahen an einem Bach, wehrlos, einsam, hatten nie den Einfall. Man hält es nicht für möglich, aber außer ein paar Betrunkenen, ein paar Lustmördern und anderen Männern, die auch in die Zeitung kommen, bezeichnet als Triebverbrecher, hat kein normaler Mann mit normalen Trieben die naheliegende Idee, daß eine normale Frau ganz normal vergewaltigt werden möchte. Es liegt natürlich daran, daß die Männer nicht normal sind, aber an ihre Verirrungen, ihre phänomenale Instinktlosigkeit hat man sich schon dermaßen gewöhnt, daß man sich das Krankheitsbild in seinem ganzen Ausmaß gar nicht mehr vor Augen halten kann.

In Wien könnte es aber anders sein, es müßte weniger arg sein, denn es ist eine Stadt, geschaffen für die universelle Prostitution. Du wirst dich nicht mehr erinnern können an die ersten Jahre nach dem Krieg. Wien war, gelinde gesagt, eine Stadt mit den sonderbarsten Einrichtungen. Diese Zeit ist aber aus ihren Annalen getilgt worden, es gibt keine Leute mehr, die noch darüber sprechen. Verboten ist es nicht direkt, aber man spricht trotzdem nicht darüber. An Feiertagen, sogar wenn es Marientage oder Himmelfahrtstage oder Republiktage waren, wurden die Bürger gezwungen, in den Teil des Stadtparks, der an die Ringstraße grenzt, an den Parkring, in diesen grauenvollen Park zu gehen und dort öffentlich zu tun, was sie tun wollten oder tun konnten, besonders in der Zeit, in der die Kastanien blühten, aber auch noch später, als sie reiften und die Roßkastanien aufplatzten und herabfielen. Es kann kaum jemand gegeben haben, der dort nicht jeden mit jeder angetroffen hat. Obwohl alles schweigend vor sich ging, mit der größten Gleichgültigkeit beinahe, könnte man von alptraumhaften Szenen sprechen, es haben alle Leute in der Stadt an dieser universellen Prostitution teilgehabt, es muß jede einmal mit jedem auf dem niedergetretenen Rasen gelegen sein oder, gegen die Mauern gelehnt, gestöhnt, gekeucht haben, manchmal einige gleichzeitig, abwechselnd, durcheinander. Miteinander haben alle geschlafen, alle haben einen Gebrauch voneinander gemacht, und so sollte es heute niemand mehr wundern, daß kaum noch Gerüchte zirkulieren, denn dieselben Frauen und Männer begegnen einander heute höflich, als wäre nichts geschehen, die Männer ziehen den Hut, küssen die Hände, die Frauen gehen mit leichten Schritten und gehauchten Grüßen am Stadtpark vorbei, tragen elegante Taschen und Regenschirme, sehen geschmeichelt aus. Es rührt aber aus dieser

Zeit, daß der Reigen begonnen hat, der heute nicht mehr anonym ist. Aus dieser Seuche hervorgegangen muß man sich die Verhältnisse denken, die heute herrschen, warum Ödön Patacki etwa zuerst mit Franziska Ranner zu sehen war, dann Franziska Ranner aber mit Leo Jordan, warum Leo Jordan, der vorher mit Elvira verheiratet war, die dann dem jungen Marek geholfen hat, noch zweimal heiratete, warum der junge Marek dann Fanny Goldmann ruinierte, und sie wiederum vorher mit Harry sich zu gut vertrug und dann mit Milan wegging, aber der junge Marek dann mit dieser Karin Krause, der kleinen Deutschen, danach aber dieser Marek auch mit der Elisabeth Mihailovics, die dann an den Bertold Rapatz geraten ist, der wiederum... Ich weiß das jetzt alles, auch warum Martin diese groteske Affäre mit der Elfi Nemec hatte, die später auch an den Leo Jordan geraten ist, und warum also jeder mit jedem zusammenhängt auf die absonderlichste Weise, wenn man es auch nur in wenigen Fällen weiß. Die Gründe dafür sind natürlich niemand bekannt, aber ich sehe sie schon, und man wird ja überhaupt einmal sehen! Aber ich kann das gar nicht erzählen, weil ich keine Zeit dazu habe. Wenn ich auch nur dran denke, welche Rolle das Altenwylsche Haus dabei gespielt hat, obwohl die Altenwyls sich dessen gar nie bewußt waren, man sich überhaupt in keinem Haus bewußt war, auch nicht bei der Barbara Gebauer, welche Anfänge zu welchem Ende dort stattfanden, durch welche törichten Redereien und zu welchem Ende sie das alles miteinander angerichtet haben. Die Gesellschaft ist der allergrößte Mordschauplatz. In der leichtesten Art sind in ihr seit jeher die Keime zu den unglaublichsten Verbrechen gelegt worden, die den Gerichten dieser Welt für immer unbekannt bleiben. Ich habe das nicht in Erfahrung gebracht, weil ich nie so genau hinsah und hinhörte, immer weniger hinhöre, aber je weniger ich hinhöre, desto erschreckender treten die Zusammenhänge für mich hervor. Ich habe über Gebühr gelebt, darum habe ich alle diese Friedensspiele, so geben sie sich nämlich aus, als wären es keine Kriegsspiele, in ihrer ganzen Ungeheuerlichkeit zu spüren bekommen. Die weltweit weltbekannten, auch die stadtbekannten Verbrechen erscheinen mir daneben so einfach, brutal, geheimnislos, sie sind etwas für die Massenpsychologen, für die Psychiater, die sie auch nicht eindämmen werden, sie geben den allzu Fleißigen und Kundigen nur plumpe Rätsel auf, ihrer grandiosen Primitivität wegen. Was sich hingegen hier abgespielt hat und noch abspielt, ist nie primitiv gewesen. Erinnerst du dich an jenen Abend? Einmal ging Fanny Goldmann überraschend früh und allein nach Hause, sie stand auf von einem Tisch, es war nichts vorgefallen, aber heute weiß ich, ich weiß ja. Es gibt Worte, es gibt Blicke, die töten können, niemand bemerkt es, alle halten sich an die Fassade, an eine gefärbte Darstellung. Und Klara und Haderer, ehe er gestorben ist, aber ich höre ja schon auf...

Eine Zeitlang, es war in Rom, sah ich nur Matrosen, sie stehen dort am Sonntag herum auf einem Platz, ich glaube, auf der Piazza del Popolo, wo nachts Leute vom Land mit verbundenen Augen versuchen, geradeaus zu gehen, von dem Brunnen mit dem Obelisken aus, zum Corso. Es ist eine unlösbare Aufgabe. Auch in der Villa Borghese stehen Matrosen herum, aber noch viel mehr Soldaten. Sie schauen vor sich hin, sie haben diesen ernsten, gierigen Blick, in einen Sonntag gerichtet, der gleich vorüber sein wird. Es ist faszinierend, diese jungen Männer zu sehen. Eine Weile aber war ich einfach vor einem

Mechaniker aus dem hinteren Erdberg befangen, er mußte einen Kotflügel von meinem Auto ausbiegen und die Karosserie vorn neu spritzen. Für mich war er undurchschaubar, von einem ganz tiefen Ernst, denk dir diese Blicke und diese vielleicht mühsamen, stockenden Gedanken! Ich ging noch einige Male in die Werkstatt und sah ihm zu bei allen möglichen Arbeiten. Ich habe nie mehr soviel Qual in jemand gesehen, soviel ernstes Nichtwissen. Etwas Undurchdringliches. In mir sind traurige aufzuckende Hoffnungen entstanden, traurige beklemmende Wünsche, mehr nicht, diese Burschen würden es ja nie verstehen, aber man will ja nicht verstanden werden. Wer will das schon!
Ich war immer sehr furchtsam, eben nicht mutig, ich hätte ihm meine Telefonnummer, meine Adresse zustecken müssen, aber ich war vor ihm zu versunken in ein Rätsel und konnte es nicht tun. Leicht mag es ja sein, nicht gerade jeden Gedanken, aber jeden zweiten Gedanken von einem Einstein, einem Faraday, irgendeinem Leuchtfeuer, einem Freud oder Liebig zu erraten, denn das sind doch Männer ohne wirkliche Geheimnisse. Die Schönheit aber und ihre Stummheit sind durchaus überlegen. Dieser Mechaniker, den ich nie vergessen werde, zu dem ich gepilgert bin, um die Rechnung am Ende doch zu verlangen, mehr nicht, er war mir wichtiger. Für mich war er wichtig. Denn es ist die Schönheit, die mir fehlt, sie ist wichtiger, ich will die Schönheit verführen. Manchmal gehe ich in einer Straße, und kaum sehe ich jemand, der mir überlegen ist, zieht es mich hinüber, hinunter, aber ist das natürlich oder normal? Bin ich eine Frau oder etwas Dimorphes? Bin ich nicht ganz eine Frau, was bin ich überhaupt? In den Zeitungen stehen oft diese gräßlichen Nachrichten. In Pötzleinsdorf, in den Praterauen, im Wienerwald, an jeder Peripherie ist eine Frau ermor-

det worden, stranguliert – mir ist das ja auch beinahe geschehen, aber nicht an der Peripherie –, erdrosselt von einem brutalen Individuum, und ich denke mir dann immer: das könntest du sein, das wirst du sein. Unbekannte von unbekanntem Täter ermordet.

Unter einem Vorwand bin ich zu Ivan gegangen. Ich drehe so gern an seinem Transistor herum. Ich bin seit Tagen wieder ohne Nachricht. Ivan rät mir, doch endlich ein Radio zu kaufen, wenn ich schon so gerne Nachrichten oder Musik höre. Er meint, daß mir dann das Aufstehen am Morgen leichter fiele, wie ihm zum Beispiel, und in der Nacht hätte ich etwas gegen die Stille. Ich probiere, den Knopf langsam zu drehen, und suche vorsichtig, um zu erfahren, was herauskommen kann gegen die Stille.
Eine aufgeregte Männerstimme ist im Zimmer: Liebe Hörerinnen und Hörer, wir haben jetzt also London an der Leitung, unser ständiger Berichterstatter Doktor Alfons Werth, Herr Werth wird uns jetzt gleich berichten aus London, noch einen Augenblick Geduld, wir schalten auf London um, lieber Herr Doktor Werth, wir hören Sie schon ganz klar, ich möchte Sie für unsere Hörer in Österreich über die Stimmung in London nach der Pfundabwertung, Herr Werth hat jetzt das Wort...
Bitte stell doch diesen Kasten ab! sagt Ivan, der jetzt kein Interesse für Stellungnahmen aus London oder Athen hat.
Ivan?
Was willst du denn sagen?
Warum läßt du mich nie reden?
Ivan muß eine Geschichte hinter sich haben, in einem Zyklon gewesen sein, und er denkt, auch ich hätte eine

Geschichte hinter mir, die übliche, in der zumindest ein Mann vorzukommen hat und eine gehörige Enttäuschung, aber ich sage: Ich? Nichts, ich will doch gar nichts sagen, ich wollte nur zu dir ›Ivan‹ sagen, mehr nicht. Und fragen könnte ich dich, was du über Flitspritzen denkst? Hast du Fliegen im Haus?
Nein. Ich versuche, mich in das Leben einer Fliege hineinzudenken oder in das Leben eines Kaninchens, das im Labor für einen Versuch mißbraucht wird, in eine Ratte, die man abspritzt, aber die doch noch einmal haßvoll zum Sprung ansetzt.
Ivan sagt: Mit solchen Gedanken wirst du wieder nicht dazukommen, dich zu freuen.
Ich freue mich jetzt eben nicht, ich habe manchmal keine Freude. Ich weiß, ich sollte mich öfter freuen.
(Ich kann nur meiner Freude und meinem Leben, das Ivan heißt, nicht sagen: du allein bist die Freude und das Leben! da Ivan mir sonst noch schneller abhanden kommen könnte, der mir manchmal schon abhanden kommt, und das merke ich an diesem ständigen Entzug von Freude in diesen Tagen. Ich weiß nicht, seit wann Ivan mein Leben kürzt, und ich muß einmal anfangen, mit ihm zu reden.)
Weil mich jemand getötet hat, weil mich jemand immerzu töten wollte, und dann habe ich angefangen, jemand in Gedanken zu töten, das heißt, nicht in Gedanken, es war etwas anders, es ist mit Gedanken nie viel zu tun, es ist dann anders gekommen, ich habe es sogar überwunden, ich tue auch nichts mehr in Gedanken.
Ivan schaut auf und sagt ungläubig, während er die Verlängerungsschnur des Telefons reparieren will und mit dem Schraubenzieher eine Schraube lockert: Du? ach was, ausgerechnet du, meine sanfte Irre? Ja wen denn, wieso denn! Ivan lacht und beugt sich wieder über den An-

schlußstecker, er biegt die Drähte vorsichtig um die Schraube.
Erstaunt dich das?
Aber nein, warum denn? In Gedanken habe ich schon Dutzende auf dem Gewissen, die mich geärgert haben, sagt Ivan. Die Reparatur ist ihm gelungen, es kann ihm jetzt völlig gleichgültig sein, was ich über mich sagen wollte. Ich ziehe mich rasch an, ich murmle, ich müsse heute früher zu Hause sein. Wo ist Malina? Mein Gott, wenn ich nur schon bei Malina wäre, denn es ist wieder nicht auszuhalten, ich hätte nicht reden sollen, und ich sage zu Ivan: Bitte verzeih, es ist mir einfach schlecht, nein, ich habe etwas vergessen, macht es dir etwas aus, würde es dir etwas ausmachen? Ich muß sofort nach Hause, ich glaube, ich habe den Kaffee auf der Herdplatte stehenlassen, ich habe die Platte sicher nicht abgedreht!
Nein, es macht Ivan nie etwas aus.
Zu Hause lege ich mich auf den Boden und warte und atme, veratme mich und veratme mich immer mehr, es sind mehr als ein paar Extrasystolen, und ich möchte nicht sterben, ehe Malina kommt, ich schaue auf die Weckeruhr, es vergeht fast keine Minute, und für mich vergeht hier das Leben. Ich weiß nicht, wie ich ins Bad gekommen bin, ich halte die Hände unter das kalte fließende Wasser, es rinnt die Arme bis zum Ellbogen hinauf, ich reibe die Arme und die Füße und die Beine mit einem eiskalten Lappen, aufwärts zum Herzen, es vergeht keine Zeit, aber jetzt muß Malina kommen, und dann ist Malina da, und ich lasse mich sofort fallen, endlich, mein Gott, warum kommst du so spät nach Hause!

Einmal war ich auf einem Schiff, in der Bar saßen wir herum, eine Gruppe von Leuten, die nach Amerika fuhren, ein paar kannte ich schon. Aber dann fing einer an, sich mit seiner glühenden Zigarette Löcher in den Handrücken zu brennen. Nur er hat darüber gelacht, wir wußten nicht, ob wir auch lachen durften. Meistens weiß man nicht, warum die Leute sich etwas antun, sie sagen es einem doch nicht oder sie sagen etwas ganz anderes, damit man den wirklichen Grund nicht erfährt. In einer Berliner Wohnung habe ich einmal einen Mann getroffen, der ein Glas Wodka nach dem anderen trank, aber er wurde nie betrunken, er redete noch nach Stunden mit mir, furchtbar nüchtern, und als niemand zuhörte, fragte er mich, ob er mich wiedersehen könne, denn er wolle mich unbedingt wiedersehen, und ich sagte so deutlich nichts darauf, daß es ein Einverständnis war. Es wurde dann von der Weltlage gesprochen, und jemand legte eine Platte auf den Plattenspieler, L'ASCENSEUR A L'ECHAFAUD. Als ein paar Töne nur leise klimperten und die Rede auf den heißen Draht zwischen Washington und Moskau gekommen war, fragte der Mann, auf die leichteste Weise, wie vorhin, als er fragte, ob ich nicht besser Samtkleider tragen solle, er sähe mich am liebsten in Samt: Haben Sie schon einmal jemand ermordet? Ich sagte auf die leichteste Weise: Nein, natürlich nicht, und Sie? Der Mann sagte: Ja, ich bin ein Mörder. Ich sagte eine Weile nichts, er sah mich sanft an und sprach noch einmal: Sie dürfen es ruhig glauben! Ich glaubte es ihm auch, weil es wahr sein mußte, es war der dritte Mörder, mit dem ich an einem Tisch gesessen bin, nur war er der erste und einzige, der es ausgesprochen hat. Die beiden anderen Male geschah es an Abenden in Wien, und ich erfuhr es nachher, beim Nachhausegehen. Hie und da wollte ich etwas aufschreiben über diese drei Abende, die

viele Jahre auseinanderliegen, und über ein einzelnes Blatt schrieb ich versuchsweise: Drei Mörder. Aber ich bin dann damit nicht zu Rande gekommen, denn ich wollte über diese drei nur etwas aufzeichnen, um hinzudeuten auf einen vierten, denn die Geschichte von meinen drei Mördern ergibt keine Geschichte, ich habe keinen mehr wiedergesehen, sie leben heute noch irgendwo und essen mit anderen zu Abend und tun sich etwas an. Einer ist nicht mehr interniert in Steinhof, einer ist in Amerika und hat seinen Namen geändert, einer trinkt, um immer nüchterner zu werden, und ist nicht mehr in Berlin. Von dem vierten kann ich nicht reden, ich erinnere mich nicht an ihn, ich vergesse, ich erinnere mich nicht…
(Ich bin aber gegen den elektrischen Stacheldraht gelaufen.) Ich erinnere mich doch an eine Kleinigkeit. Ich habe einmal Tag für Tag mein Essen weggeschüttet, ich habe heimlich auch den Tee weggeschüttet, ich muß gewußt haben, warum.

Marcel aber ist so gestorben:
Eines Tages sollten alle clochards von Paris aus dem Stadtbild entfernt werden. Die Fürsorge, die alleröffentlichste Fürsorge, die auch für ein anständiges Stadtbild sorgt, ist zusammen mit der Polizei gekommen in die Rue Monge, und weiter wollte man nichts, nur die alten Männer zurückführen in das Leben und deswegen zuerst einmal waschen und säubern für das Leben. Marcel ist aufgestanden und mitgegangen, ein sehr friedlicher Mann, auch nach ein paar Gläsern Wein noch ein weiser, widerstandsloser Mann. Es war ihm vermutlich völlig gleichgültig an diesem Tag, daß sie kamen, und vielleicht dachte er auch, daß er wieder zurückkönne auf seinen

guten Platz auf der Straße, wo die warme Luft der Metro durch die Schächte heraufkommt. Aber in dem Waschsaal, für das Gemeinwohl, mit den vielen Duschen, kam auch die Reihe an ihn, sie haben ihn unter die Dusche gestellt, die sicher nicht zu heiß und nicht zu kalt war, nur ist er zum ersten Mal nackt gewesen nach vielen Jahren und unter das Wasser gekommen. Ehe es jemand begreifen und nach ihm langen konnte, war er schon umgefallen und auf der Stelle tot. Du siehst, was ich meine! Malina sieht mich etwas unsicher an, obwohl er sonst nie unsicher ist. Ich hätte mir die Geschichte ersparen können. Aber ich spüre wieder einmal die Dusche, ich weiß, was man Marcel nicht hätte wegwaschen dürfen. Wenn jemand in der Ausdünstung seines Glücks lebt, wenn für jemand nicht mehr viel Worte da sind, sondern nur das ›Vergelts Gott‹, ›Gott soll es Ihnen vergelten‹, soll man ihn nicht zu waschen versuchen, nicht wegwaschen, was für jemand gut ist, jemand säubern wollen, für ein neues Leben, das es nicht gibt.

Ich: An Marcels Stelle wäre ich auch beim ersten Strahl tot umgefallen.

Malina: So war das Glück ja stets ...

Ich: Warum mußt du immer meine Gedanken vorwegnehmen? Ich denke doch jetzt wirklich an Marcel, nein, ich denke fast nie mehr an ihn, es ist eine Episode, ich denke an mich und schon an etwas anderes, Marcel ist mir nur zu Hilfe gekommen.

Malina: – es ist des Geistes schönes Morgen, das niemals kommt.

Ich: Du mußt mich nicht immmer an mein Schulheft erinnern. Es muß noch eine ganze Menge darin gestanden sein, aber ich habe es verbrannt in der Waschküche. Ich muß jetzt noch von einer dünnen Glücksschicht bedeckt sein, es soll nur kein Guß kommen und einen bestimmten Geruch abspülen, ohne den ich nicht sein kann.

Malina: Seit wann stehst du so gut mit der Welt, seit wann bist du glücklich?

Ich: Du beobachtest zuviel, deswegen bemerkst du nichts.

Malina: Es ist umgekehrt. Ich habe doch alles bemerkt, aber beobachtet habe ich dich nie.

Ich: Aber ich habe dich zeitweise sogar leben lassen, wie du wolltest, ohne dich zu stören, das ist mehr, das ist großmütiger.

Malina: Auch das habe ich bemerkt, und einmal wirst du ja wissen, ob es gut war, mich zu vergessen, oder ob es nicht besser ist, mich wieder wahrzunehmen. Nur wirst du wahrscheinlich keine Wahl haben, du hast schon jetzt keine mehr.

Ich: Ich dich vergessen, wie könnt ich dich je vergessen! ich habe es bloß versucht, habe mir diesen Anschein gegeben, um dir zu beweisen, daß es auch ohne dich geht.

Malina hält diese Heuchelei für keiner Antwort wert, er wird mir nicht vorrechnen, wie viele Tage und Nächte ich ihn vergessen habe, aber auch er ist ein Heuchler, denn er weiß, wieviel schlimmer als jeder Vorwurf für mich seine Rücksicht war und noch manchmal sein wird. Aber wir finden schon zueinander, denn ich brauche mein Doppelleben, mein Ivanleben und mein Malinafeld, ich kann nicht sein, wo Ivan nicht ist, aber ebensowenig kann ich heimkommen, wenn Malina nicht da ist.

Ivan sagt: Hör bloß auf damit!
Ich sage noch einmal: Ivan, ich möchte dir gerne einmal etwas sagen, es muß ja nicht heute sein, aber einmal muß ich es dir sagen.
Du hast keine Zigaretten mehr?
Ja, das wollte ich dir sagen, mir sind wieder einmal meine Zigaretten ausgegangen.
Ivan ist bereit, mit mir ein Stück herumzufahren in der Stadt, um nach Zigaretten zu suchen, und weil es nirgends welche gibt, halten wir vor dem Hotel Imperial, beim Portier bekommt Ivan endlich diese Zigaretten. Ich stehe mit der Welt wieder einmal gut. Auch wenn man sie nur auf Abruf liebt, kann man die Welt lieben, und ein Mensch ist dazwischen, der den Transformator macht, aber das muß Ivan nicht wissen, da er wieder zu fürchten beginnt, daß ich ihn liebe, und da er mir Feuer gibt und ich wieder rauchen kann und warten, brauche ich nicht zu sagen: Mach dir bloß keine Sorgen, du bist nur da für mich zum Feuergeben, danke für das Feuer, danke für jede angezündete Zigarette, danke für das Herumfahren in der Stadt, danke für das Nachhausefahren!

Malina: Gehst du zum Begräbnis von Haderer?

Ich: Nein, warum sollte ich auf den Zentralfriedhof gehen und mich erkälten? Ich kann ja morgen in den Zeitungen lesen, wie es war, was sie gesagt haben, und außerdem habe ich eine Abneigung gegen Begräbnisse, es weiß heute einfach kein Mensch mehr, wie man sich bei einem Todesfall benimmt und wie auf einem Friedhof. Ich will auch nicht, daß man mir immerzu mitteilt, Haderer oder sonst irgend jemand sei gestorben. Man teilt mir ja auch nicht immerzu mit, daß jemand am Leben ist. Für mich bleibt sowieso alles gleich, ob ich jemand einmal gemocht oder nicht gemocht habe, und daß ich nur noch bestimmte Personen treffe, treffen kann, weil einige nicht mehr am Leben sind, das wundert mich nicht, aber aus anderen Gründen. Willst du mir erklären, warum ich darüber informiert sein muß, daß Herr Haderer oder eine andere Berühmtheit, ein Dirigent oder ein Politiker, ein Bankier oder ein Philosoph, seit gestern oder seit heute plötzlich tot sind. Es interessiert mich nicht. Für mich ist nie jemand gestorben und selten lebt jemand, außer auf meiner Gedankenbühne.

Malina: Ich lebe also meistens für dich nicht?

Ich: Du lebst. Du lebst sogar meistens, aber du beweist mir auch, daß du lebst. Was beweisen mir die anderen? Doch nichts.

Malina: ›Der Himmel ist von einem tiefen Schwarz.‹

Ich: Man könnte es verwenden. Es klingt, als lebte derjenige, der es geschrieben hat. Das ist endlich einmal eine Überraschung.

Malina: ›Der Himmel ist von einem kaum vorstellbaren tiefen Schwarz. Die Sterne sind sehr hell, flimmern aber nicht, wegen der fehlenden Atmosphäre.‹

Ich: Oh! Der nimmt es genau.

Malina: ›Die Sonne ist eine glühende Scheibe, die in den schwarzen Samt des Himmels eingedrückt ist. Ich war sehr ergriffen von der Endlosigkeit des kosmischen Raumes, von dieser unvorstellbaren Weite ...‹

Ich: Wer ist dieser Mystiker?

Malina: Alexej Leonow, der für zehn Minuten in den Weltraum gegangen ist.

Ich: Nicht schlecht. Aber Samt, ich weiß nicht, ob ich Samt gesagt hätte. Ist der Mensch ein Poet nebenbei?

Malina: Nein, er malt in seiner freien Zeit. Er wußte die längste Zeit nicht, ob er Maler oder Kosmonaut werden wollte.

Ich: Ein verständlicher Zweifel in der Berufswahl. Aber dann wie ein romantischer Wanderbursche über den Weltraum zu reden...

Malina: Die Menschen ändern sich nicht so sehr. Irgend etwas ergreift sie immer, wenn es nur endlos oder unvorstellbar oder unergründlich ist, von tiefem Schwarz, sie spazieren im Wald oder gehen im Weltraum mit ihrem eigenen Geheimnis in einem Geheimnis herum.

Ich: Und das kommt dann auf die Nachwelt! Man könnte also aufhören, sich zu wundern über den Fortschritt. Später wird Leonow eine Datscha bekommen und Rosen pflanzen, und nach Jahren wird man ihm milde lächelnd zuhören, wenn er noch einmal über den Woschod 2 spricht. Großväterchen Leonow, erzähl bitte, wie das damals war, diese ersten Minuten dort draußen! Es war einmal ein Mond, zu dem alle fliegen wollten, und der Mond war weit weg und unwirtlich, aber eines schönen Tages kam Alexej im Glück an, und sieh da...

Malina: Ziemlich seltsam ist, daß er den Ural nicht bemerkte, weil er sich gerade in diesem Moment neben dem Schiff im Raum überschlug.

Ich: So mußte es ja kommen. Man überschlägt sich meistens gerade, wenn man etwas in den Blick bekommen oder zu fassen bekommen möchte, den Ural oder das Wort dafür, einen Gedanken oder die Worte dafür. Mir ergeht es genauso wie unserem Großväterchen, immer entgeht mir etwas, aber inwendig, wenn ich diesen unendlichen Raum exploriere, der in mir ist. Es hat sich nicht viel geändert seit der guten alten Zeit, als man die ersten Male in den Weltraum ging.

Malina: Unendlich?

Ich: Gewiß. Wie sollte dieser Raum anders als unendlich sein?

Ich muß mich nur eine Stunde hinlegen, aus der dann zwei werden, denn ich halte mit Malina das Reden nicht lange aus.

Malina: Du mußt unbedingt einmal aufräumen bei dir, in diesen ganzen staubigen verbleichten Blättern und Papierfetzen, darin wird sich eines Tages kein Mensch auskennen.

Ich: Wie bitte? Was soll das heißen? Hier braucht sich kein Mensch auszukennen. Ich werde schon meine Gründe haben, alles immer mehr und mehr durcheinanderzubringen. Wenn aber jemand ein Recht hat, sich diese ›Fetzen‹ anzusehen, dann bist du es. Du wirst dich aber nicht auskennen, mein Lieber, nach Jahren würdest du nicht verstehen, was das eine und das andere bedeutet.

Malina: Laß es mich doch einmal versuchen.

Ich: Dann erklär dir, warum hier schon wieder ein

alter Zettel auftaucht, ich könnte schon am Format des Papiers erraten, DIN A 4, wo ich es gekauft habe, in einer Krämerei auf dem Land, in der Nähe von einem See, und es ist die Rede von dir, von einer Fahrt nach Niederösterreich. Ich lasse es dich aber nicht lesen, du darfst nur auf das eine Wort, das darübergeschrieben ist, schauen.

Malina: Todesarten.

Ich: Aber auf dem nächsten Zettel, DIN A 2, zwei Jahre später geschrieben, steht ›Todesraten‹. Was wollte ich nur sagen? Ich könnte mich verschrieben haben. Wieso, wann und wo? Rate aber, was ich über dich und Atti Altenwyl geschrieben habe! Du errätst es eben nicht! Es ist damals ein großer Lastwagen mit Baumstämmen vor euch langsam in einer Kurve aufwärts gefahren, du hast gemerkt, wie die schlecht verketteten Stämme ins Rutschen kamen, du hast gesehen, wie die ganze Fuhre nach rückwärts rutschte, auf euren Wagen zu, und dann und dann ... So sag schon!

Malina: Wie kommst du dazu, dir das einzubilden? Du mußt ja verrückt gewesen sein.

Ich: Ich weiß es auch nicht, aber ich bilde es mir nicht ein, denn kurz danach ist doch wieder etwas geschehen, du warst mit Martin und Atti schwimmen in der Nacht im Wolfgangsee, du bist am weitesten hinausgeschwommen, und in deinem linken Fuß fing der Krampf an, und dann und dann ... Weißt du etwas mehr darüber?

Malina: Wie kommst du nur darauf, es ist ganz unmöglich, daß du etwas weißt, du bist ja nicht dabeigewesen.

Ich: Wenn ich aber nicht dabeigewesen bin, dann

gibst du doch etwas zu, ich könnte nämlich dabeigewesen sein, auch wenn ich nicht dabei war. Und wie war das mit der Steckdose? Warum hast du damals in der Nacht den Stecker in deinem Zimmer nicht mehr in die Dose drükken wollen, warum bist du im Dunkeln gesessen, was war in alle Lichtschalter gefahren, daß du so oft im Dunkeln bleiben mußtest?

Malina: Ich bin oft im Dunkel geblieben. Du standst ja damals im Licht.

Ich: Nein, das habe ich mir so ausgedacht.

Malina: Es ist aber wahr. Und, woher weißt du es?

Ich: Ich kann es doch nicht wissen, wie kann es also wahr sein?

Ich kann nicht mehr weiterreden, weil Malina zwei Blätter nimmt, sie zerknüllt und mir ins Gesicht wirft. Obwohl ein Papierknäuel nicht weh tut und sofort niederfällt auf den Fußboden, fürchte ich es kommen. Malina nimmt mich an den Schultern und schüttelt mich, er könnte mir auch mit der Faust ins Gesicht schlagen, aber das wird er nicht tun, er wird es ohnedies noch zu hören bekommen. Aber dann kommt ein flacher Schlag, der mich wach macht, ich weiß wieder, wo ich bin.

Ich: (accelerando) Ich schlafe dir nicht ein.

Malina: Wo war es vor Stockerau?

Ich: (crescendo) Hör auf damit, es war irgendein Ort vor Stockerau, schlag mich nicht, bitte nicht schlagen, es war kurz vor Korneuburg, aber hör auf, mich zu fragen. Ich bin zermalmt worden, du ja nicht!

Mit einem brennenden, heißer werdenden Gesicht sitze ich da und bitte Malina, mir die Puderdose aus der Handtasche zu geben. Ich trete auf die zerknüllten Papiere und schiebe sie weg mit dem Fuß, aber Malina hebt sie auf und glättet sie sorgsam. Ohne sie anzusehen, legt er sie zurück in die Lade. Ich muß doch ins Bad gehen, denn wenn ich so aussehe, können wir nicht mehr ausgehen, ich werde hoffentlich kein blaues Auge bekommen, es sind auch nur rote Fecken auf dem Gesicht, und ich möchte jetzt unbedingt zu den Drei Husaren, weil Malina es mir versprochen hat und Ivan keine Zeit hat. Malina meint, es werde schon gehen, ich solle mir mehr von dieser bräunlichen Creme auf das Gesicht tun, ich schmiere noch etwas fond de teint über die Wangen, er hat ja recht, es wird schon gehen, und auf dem Weg in der Luft wird alles vergehen. Malina verspricht mir Spargel mit Sauce Hollandaise und auch Schneeballen mit Schokolade. Ich traue diesem Abendessen nicht mehr. Während ich zum zweitenmal die Wimperntusche auftrage, fragt Malina: Warum weißt du das alles?
Heute soll er mich nicht mehr fragen.

Ich: (presto, prestissimo) Ich will aber Spargel mit Sauce Mousseline und eine Crème Caramel. Ich kann nicht hellsehen. Ich habe es nur ausgestanden. Ich bin beinahe ertrunken, doch nicht du. Ich will keine Crème Caramel, sondern Crêpes surprise, irgendwas mit surprise.

Denn aus solchen Wünschen entsteht noch Leben in diesen Minuten, wenn ich zu kurz komme mit meinem Leben neben Malinas Leben.

Malina: Was verstehst du unter Leben? Ich denke, du willst noch jemand anrufen oder wir gehen heute besser zu dritt in die Drei Husaren. Wen möchtest du dabei haben, Alexander oder Martin, vielleicht fällt dir dann ein, was du unter Leben verstehst.

Ich: Ja, wenn ich darunter noch etwas verstünde... Du hast recht, es käme besser jemand dazu. Ich ziehe das alte Schwarze an, mit dem neuen Gürtel.

Malina: Aber nimm auch den Schal, du weißt schon welchen. Tu mir diesen einen Gefallen, wenn du schon das gestreifte Kleid nie anziehst. Warum ziehst du es nie an?

Ich: Ich werde es noch einmal anziehen. Bitte frag jetzt nicht. Ich muß mich überwinden. Aber sonst mag ich nur noch das Leben mit dir, mit dem Schal, den du mir zuerst geschenkt hast, mit allen Gegenständen danach. Leben ist eine Seite lesen, die du gelesen hast, oder dir über die Schulter sehen beim Lesen, mitlesen und nichts vergessen davon, weil du nichts vergißt. Es ist auch ein Umhergehen in diesem Hohlraum, in dem das Ganze schon Platz hat, ein Weg zur Glan und die Wege entlang der Gail, auf die ganze Goria liege ich hingestreckt mit meinen Heften, ich kritzle sie wieder voll: Wer ein Warum zu leben hat, erträgt fast jedes Wie. Ich lebe schon die frühesten Zeiten, als wärs seit jeher, mit dir, immer gleichzeitig mit heute, passiv, ohne etwas anzugreifen, etwas heraufzurufen. Ich lasse mich nur mehr leben. Es muß einfach alles gleichzeitig aufkommen und auf mich Eindruck machen.

Malina: Was ist Leben?
Ich: Es ist das, was man nicht leben kann.
Malina: Was ist es?
Ich: (più mosso, forte) Laß mich in Ruh.
Malina: Was?
Ich: (molto meno mosso) Was du und ich zusammenlegen können, das ist das Leben. Genügt dir das?
Malina: Du und ich? Warum nicht gleich ›wir‹?
Ich: (tempo giusto) Ich mag kein Wir, kein Man, kein Beide und so weiter und so weiter.
Malina: Ich hätte beinahe gedacht, du magst vor allem kein Ich mehr.
Ich: (soavemente) Ist das ein Widerspruch?
Malina: Doch.
Ich: (andante con grazia) Es ist kein Widerspruch, solange ich dich will. Nicht mich möchte ich, sondern dich, und wie findest du das?
Malina: Es wäre ein Abenteuer, das dein gefährlichstes wird. Es hat aber schon angefangen.
Ich: (tempo) Ja eben, es hat längst angefangen, war längst das Leben. (vivace) Weißt du, was ich eben an mir gesehen habe? daß meine Haut nicht mehr wie früher ist, sie ist einfach anders, obwohl ich nicht eine Falte mehr entdecken kann. Es sind immer dieselben da, die ich schon mit zwanzig bekommen habe, sie werden nur tiefer, genauer. Ist das ein Hinweis, und was bedeutet er? Im allgemeinen weiß man ja, wohin es führt, nämlich zum Ende. Aber wohin führt es uns? in welche Faltengesichter wirst du, werde ich verschwinden? Nicht das Älterwerden verwundert mich, sondern die Unbekannte, die auf eine Unbekannte folgen wird.

Wie werde ich dann sein? Ich frage es mich, wie man sich vor Zeiten einmal gefragt hat, was nach dem Tode sein wird, mit einem gleich großen Fragezeichen, das sinnlos ist, weil man es sich nicht vorzustellen vermag. Vernünftigerweise kann ich mir darunter auch nichts vorstellen. Ich weiß nur, daß ich nicht mehr bin, wie ich früher war, mir um kein Haar bekannter, mir um nichts näher. Es ist mir nur eine Unbekannte immer nachgeglitten in eine weitere Unbekannte.

Malina: Vergiß nicht, diese Unbekannte heute hat noch etwas im Sinn, sie hat noch jemand im Sinn, sie liebt vielleicht, wer weiß, sie haßt vielleicht, sie möchte vielleicht noch einmal telefonieren.

Ich: (senza pedale) Das geht dich nichts an, denn es gehört nicht dazu.

Malina: Es gehört sehr dazu, denn es wird alles sehr beschleunigen.

Ich: Ja, das möchtest du wohl. (piano) Noch eine Niederlage mitansehen. (pianissimo) Noch diese.

Malina: Ich habe dir doch nur gesagt, es wird eine Beschleunigung sein. Du wirst dich nicht mehr brauchen. Ich werde dich auch nicht mehr brauchen.

Ich: (arioso dolente) Jemand hat mir schon gesagt, ich habe eben niemand, der mich braucht.

Malina: Damit wird ein jemand etwas anderes gemeint haben. Vergiß nicht, daß ich anders denke. Du hast zu lange vergessen, wie ich existiere neben dir in dieser Zeit.

Ich: (cantabile) Ich und vergessen? Ich dich vergessen!

Malina: Wie gut du mich mit einem Tonfall belügen kannst und wie hinterrücks du zugleich die Wahrheit sagen kannst!
Ich: (crescendo) Ich dich vergessen!
Malina: Komm schon. Hast du alles?
Ich: (forte) Ich habe nie alles. (rubato) Denk du an alles. An den Schlüssel, ans Absperren, ans Lichterausmachen.
Malina: Wir werden heute abend einmal über die Zukunft reden. Es muß unbedingt einmal aufgeräumt werden bei dir. In diesem ganzen Durcheinander wird sich sonst niemand auskennen.

Malina ist schon an der Tür, aber ich gehe rasch noch einmal zurück durch den Korridor, denn ich muß vor dem Ausgehen noch einmal telefonieren, und deswegen kommen wir nie rechtzeitig aus dem Haus. Ich muß die Nummer wählen, es ist ein Zwang, ein Einfall, ich habe nur eine Nummer im Kopf, es ist nicht meine Paßnummer, keine Zimmernummer in Paris, nicht mein Geburtsdatum, nicht das Datum von heute, und ich wähle, trotz Malinas Ungeduld, 726893, keine Zahl, die sonst in irgend jemandes Kopf ist, aber ich kann sie aufsagen, singen, pfeifen, herausweinen, in mich hineinlachen, es können sie meine Finger im Dunkeln auf der Wählscheibe finden, ohne daß ich mir die Nummer vorsagen muß.

Ja, ich bin es
Nein, nur ich
Nein. Ja?

Ja, im Gehen
Ich rufe dich später
Ja, sehr viel später
Ich rufe dich noch später an!

Malina: Sag mir endlich, wie du auf solche Gedanken gekommen bist. Ich bin doch nie nach Stockerau gefahren mit Atti, ich war nie im Wolfgangsee mit Martin und Atti schwimmen in der Nacht.

Ich: Ich sehe immer alles ganz deutlich vor mir, ich male es mir aus, so sagt man doch, zum Beispiel genau diese vielen langen Baumstämme auf dem Auto, die alle ins Rutschen kommen, und ich sitze mit Atti Altenwyl im Auto, während sie auf uns zurutschen und wir nicht zurücksetzen können, weil dicht hinter uns ein Auto nach dem anderen steht, und ich weiß jetzt, es kommen die Raummeter Holz auf mich nieder.

Malina: Aber wir sitzen doch beide hier, und ich sage dir noch einmal, ich bin nie mit ihm nach Stockerau gefahren.

Ich: Woher weißt du dann, daß ich mir die Straße nach Stockerau vorgestellt habe? Ich habe nämlich zuerst gar nichts von Stockerau gesagt, nur im allgemeinen von Niederösterreich gesprochen und auch nur daran gedacht, wegen Tante Marie.

Malina: Ich fürchte wirklich, du bist verrückt.

Ich: Nicht so sehr. Und nicht sprechen wie (piano, pianissimo) Ivan.

Malina: Nicht sprechen wie wer?

Ich: (abbandonandosi, sotto voce) Lieb mich, nein, mehr als das, lieb mich mehr, lieb du mich ganz, damit es bald zu Ende ist.

Malina: Du weißt alles von mir? Und auch alles von allen anderen?

Ich: (presto alla tedesca) Aber nein, ich weiß nichts. Von den anderen schon gar nichts! (non troppo vivo) Mit dem Ausmalen, das war ein Gerede, ich habe gar nicht von dir sprechen wollen, nicht ausdrücklich von dir. Denn gerade du hast nie Angst, nie Angst gehabt. Wir sitzen beide wirklich hier, aber ich habe Angst. (con sentimento ed espressione) Ich hätte dich nicht vorhin um etwas gebeten, wenn du je solche Angst gehabt hättest.

Ich habe meinen Kopf in eine Hand von Malina gelegt, Malina sagt nichts, er bewegt sich nicht, aber er findet auch keine Zärtlichkeit für meinen Kopf. Mit der anderen Hand zündet er sich die Zigarette an. Mein Kopf ist nicht mehr auf seiner Handfläche, und ich versuche, gerade zu sitzen und mir nichts anmerken zu lassen.

Malina: Warum legst du schon wieder die Hand an den Nacken?

Ich: Ja, ich glaube, das mache ich oft.

Malina: Ist es davon gekommen, ist es aus jener Zeit?

Ich: Ja. Ja, ich bin jetzt sicher. Es ist bestimmt davon gekommen, und dann ist immer mehr dazugekommen. Es kommt eben immer wieder. Ich muß meinen Kopf halten. Ich mache es aber so, daß man es möglichst nicht merkt. Unter den Haaren fahre ich mit der Hand durch und stütze den Kopf. Der andere denkt dann, ich höre ganz besonders genau zu und es sei eine Art von Bewegung, wie Beineübereinanderschlagen oder das Kinn in die Hand stützen.

Malina: Es kann aber wie eine Unart aussehen.

Ich: Es ist meine Art, mich an mich zu klammern, wenn ich mich nicht an dich klammern kann.

Malina: Was hast du in den Jahren danach erreicht?

Ich: (legato) Nichts. Zuerst nichts. Dann habe ich angefangen, die Jahre abzutragen. Das war das schwerste, weil in mir diese Zerfahrenheit war, ich habe nicht mehr die Kraft gehabt, auch nur die Akzidentien meines Unglücks wegzuräumen. Weil ich an das Unglück nicht herangekommen bin, war soviel Nebensächliches zu beseitigen, Flugplätze, Straßen, Lokale, Geschäfte, bestimmte Gerichte und Weine, sehr viele Leute, alles mögliche Gerede und Geschwätz. In der Hauptsache aber eine Fälschung. Ich war ganz verfälscht, man hat mir falsche Papiere in die Hand gedrückt, hat mich deportiert dahin und dorthin, dann wieder angestellt zum Danebensitzen, zum Zustimmen, wo ich früher nie zugestimmt hätte, zum Bestätigen, zum Rechtgeben. Es waren lauter mir völlig fremde Denkweisen, die ich hätte nachahmen müssen. Am Ende war ich eine einzige Fälschung, kenntlich darunter vielleicht nur noch für dich.

Malina: Was hast du daraus gelernt?

Ich: (con sordina) Nichts. Es ist nichts dabei für mich herausgekommen.

Malina: Das ist nicht wahr.

Ich: (agitato) Es ist aber wahr. Ich habe noch einmal angefangen, zu reden, zu gehen, etwas zu empfinden, mich zu erinnern an die Zeit vorher, die also vor der Zeit liegt, an die ich mich nicht erinnern will. (tempo giusto) Und eines Tages ging es ja wieder gut mit uns beiden. Seit wann stehen wir eigentlich so gut miteinander?

Malina: Seit immer, denke ich.

Ich: (leggermente) Wie höflich, wie nett, wie liebenswürdig ist es von dir, mir das zu sagen. (quasi una fantasia) Ich habe manchmal gedacht, du hättest meinetwegen so oft, an mindestens dreihundertsechzig Tagen im Jahr einmal am Tag Todesangst gehabt. Du wärest bei jedem Klingeln zusammengefahren, hättest in jedem Schatten neben dir einen gefährlichen Menschen gesehen, es wären die Holzfuhren vor dir auf einem Lastwagen ganz besonders bedrohlich gewesen. Beim Hören von Schritten hinter dir wärest du beinahe umgekommen. Wenn du ein Buch gelesen hast, schien plötzlich die Tür aufzugehen, und du hast es in Todesangst fallen gelassen, weil ich keine Bücher mehr lesen durfte. Ich habe gedacht, du bist viele hundertmal, nein, tausendmal gestorben, und das hätte dich später so ungewöhnlich ruhig gemacht. (ben marcato) Wie sehr habe ich mich getäuscht.

Malina weiß zwar, daß ich gerne mit ihm komme an den Abenden, aber er erwartet es nicht, er ist nicht überrascht, wenn es einen Grund für Absagen gibt, einmal wegen der Strümpfe, die zerrissen sind, dann natürlich ist oftmals Ivan an meinem Zögern schuld, weil Ivan nicht weiß, noch nicht weiß, wie sein Abend aussieht, und dann gibt es auch Schwierigkeiten in der Wahl der Lokale, weil Malina in einige niemals gehen würde, er kann Krach nicht leiden, Zigeunermusik und Altwiener Lieder nicht vertragen, schlechte Luft und Nachtclubbeleuchtungen sind nicht nach seinem Geschmack, er kann nicht essen, unvernünftig wie Ivan, er ißt, ohne ersichtlichen Grund, mit Maßen, er kann nicht trinken wie Ivan, er raucht nur gelegentlich, fast mir zuliebe.

An den Abenden, wo Malina ohne mich bei Leuten ist, weiß ich, daß Malina dort wenig sagt. Er wird schweigen, zuhören, jemand zum Reden bringen und jedem am Ende das Gefühl geben, einmal etwas gesagt zu haben, was klüger ist als die sonstigen Sätze, etwas bedeutender gewesen zu sein, weil Malina den anderen heraufhebt zu sich selber. Dennoch wird er immer Distanz halten, weil er ganz Distanz ist. Er wird nie ein Wort aus seinem Leben sagen, nie über mich sprechen, aber trotzdem nicht den Eindruck erwecken, er verschweige etwas. Malina verschweigt auch wirklich nichts, denn er hat, im besten Sinn, nichts zu sagen. Er webt nicht an dem großen Text mit, an der Textur des Verbreitbaren, das ganze Wiener Gewebe hat ein paar kleine Löcher, die nur durch Malina entstanden sind. Er ist darum auch die äußerste Negation des Anstoßens, des Verursachens, des Ausbreitens, des Ausbrechens, des Rechtfertigens – wofür auch soll Malina sich rechtfertigen! Er kann Charme haben, er sagt höfliche, schimmernde Sätze, die nie zu freundlich sind, er hat, bei einem Abschied etwa, eine winzige Herzlichkeit, sie lugt aus ihm heraus und versteckt sich sofort wieder, weil er sich danach gleich umdreht und geht, er geht immer sehr rasch, er küßt Frauen die Hand, und wenn er ihnen behilflich sein muß, nimmt er sie einen Augenblick am Arm, er berührt sie so leicht, daß keine sich dabei etwas denken kann und doch etwas denken muß. Malina ist schon im Aufbruch, die Leute schauen ihn nur überrascht an, weil sie nicht wissen, aus welchem Grund er geht, denn er sagt nicht verlegen, warum, wohin, weshalb gerade jetzt. Es wagt ihn aber auch niemand zu fragen. Es ist ausgeschlossen, daß Malina jemand mit diesen Fragen kommt, wie man sie mir andauernd stellt: Was machen Sie denn morgen abend? Um Himmels willen, Sie werden doch nicht jetzt schon gehen! Sie müssen unbedingt den Sowieso, die Sowieso kennenlernen! Nein, Malina passiert so etwas nicht, er hat eine Tarnkappe, ein fast immer geschlossenes Visier. Ich beneide Malina und versuche, ihn nachzumachen, aber ich kann es nicht erreichen, in jedem Netz fange ich mich, jede Erpressung führe ich herbei, ich bin schon in der ersten Stunde Aldas Sklavin, keineswegs ihr Patient, obwohl sie eine Ärztin sein soll, ich erfahre nur sogleich, was Alda fehlt, was sie durchmacht, und in einer weiteren halben Stunde muß ich, Aldas wegen, für einen gewissen Herrn Kramer, nein, für dessen Tochter, weil die nichts mehr mit ihrem Vater, diesem Herrn Kramer, zu tun haben will, einen Gesangslehrer suchen. Ich kenne keine Gesangslehrer, habe nie welche gebraucht, aber halb und halb habe ich schon gestanden, daß ich jemand wüßte, der bestimmt Gesangslehrer kennt, kennen müßte, denn ich wohne doch in einem Haus mit der Kammersängerin, ich kenne sie zwar nicht, aber es wird sich ein Weg finden, der Tochter dieses Herrn Kramer zu helfen, dem Alda behilflich sein will, oder vielmehr seiner Tochter. Was tun? Ein Doktor Wellek, einer von den vier

Wellek-Brüdern, ausgerechnet derjenige, aus dem nichts geworden ist, hat jetzt eine Chance beim Fernsehen, es hängt alles für ihn davon ab, und wenn ich vielleicht ein kleines Wort, obwohl ich nie das kleinste Wort an irgendwelche Herren vom Österreichischen Fernsehen gerichtet habe, fallen ließe, dann... Soll ich auf den Rosenhügel gehen und dort ein kleines Wort fallen lassen? Kann Herr Wellek ohne mich nicht leben, bin ich seine letzte Hoffnung?
Malina sagt: Du bist nicht einmal meine letzte Hoffnung. Und Herr Wellek wird sich auch ohne dich noch unbeliebt genug machen. Wenn ihm noch einer hilft, weiß er sich bald überhaupt nicht mehr selber zu helfen. Du bringst ihn nur um mit deinem kleinen Wort.

Heute warte ich bei Sacher in der Blauen Bar auf Malina. Er kommt lange nicht und kommt dann doch. Wir gehen in den großen Speisesaal, und Malina bespricht sich mit dem Ober, aber dann höre ich mich plötzlich sagen: Nein, ich kann nicht, bitte nicht hier, ich kann mich nicht an diesen Tisch setzen! Malina meint, es sei ein ganz angenehmer Tisch, der kleine Ecktisch, den ich oft den größeren Tischen vorgezogen hätte, weil ich hier mit dem Rücken gegen das vorspringende Stück Wand sitzen kann, und der Ober meint es auch, er kenne mich doch, ich möge diesen geschützten Platz. Ich sage atemlos: Nein, nein! siehst du es denn nicht! Malina fragt: Was soll es hier besonderes zu sehen geben? Ich drehe mich um und gehe langsam hinaus, damit wir kein Aufsehen erregen, ich grüße zu den Jordans hinüber und zu Alda, die mit amerikanischen Gästen an dem größten Tisch sitzt, und dann noch diese Menschen, die ich auch kenne, aber deren Namen mir entfallen sind. Malina geht ruhig hinter mir her, ich spüre es, daß er einfach nachkommt, auch grüßt. An der Garderobe lasse ich mir von ihm den Mantel über die Schulter legen, ich schaue ihn verzweifelt an. Versteht er denn nicht? Malina fragt leise: Was hast du gesehen?

Ich weiß es noch nicht, was ich gesehen habe, und ich gehe plötzlich zurück ins Restaurant, weil ich denke, daß Malina hungrig sein muß, daß wir schon spät daran sind, ich erkläre es hastig: Verzeih, wir gehen wieder zurück, ich kann essen, es war nur einen Moment lang nicht auszuhalten! Ich setze mich wirklich an diesen Tisch, und nun weiß ich es doch, daß es der Tisch ist, an dem Ivan mit jemand anderem sitzen wird, Ivan wird an Malinas Stelle dasitzen und bestellen, und jemand anderer wird, so wie ich an Malinas Seite, an seiner Seite sitzen zur Rechten. Es wird zur Rechten gesessen sein, es wird einmal rechtens so gesessen werden. Es ist der Tisch, an dem ich heute meine Henkersmahlzeit esse. Es ist wieder ein Tafelspitz mit Apfelkren und mit einer Schnittlauchsauce. Dann kann ich noch einen kleinen Schwarzen trinken, nein, kein Dessert, ich will heute das Dessert auslassen. Das ist der Tisch, an dem es geschieht und später geschehen wird, und so ist es, bevor einem der Kopf abgeschlagen wird. Man darf noch einmal essen zuvor. Mein Kopf rollt im Restaurant Sacher auf den Teller, das Blut spritzt über das blütenweiße Damasttischtuch, mein Kopf ist gefallen und wird den Gästen gezeigt.

Heute bleibe ich an der Ecke Beatrixgasse–Ungargasse stehen und ich kann nicht weiter. Ich sehe auf meine Füße nieder, die ich nicht mehr bewegen kann, dann rundum auf das Trottoir und auf die Straßenkreuzung, wo sich alles verfärbt hat. Ich weiß genau, das wird diese wichtige Stelle sein, aus der braunen Verfärbung quillt es schon feucht hervor, ich stehe in einer Blutlache, es ist ganz deutlich Blut, ich kann nicht ewig hier so stehenbleiben und mir an den Nacken greifen, ich kann es nicht sehen, was ich sehe. Ich rufe leiser und lauter: Hallo! Bitte! Hallo! So bleiben Sie doch bitte stehen! Eine Frau mit einer Einkaufstasche, die schon an mir vorübergegangen ist, wendet sich um und schaut mich fragend an. Ich frage verzweifelt: Können Sie mir bitte, bitte haben Sie die Güte, bleiben Sie einen Augenblick bei mir, ich muß mich verlaufen haben, ich finde nicht mehr weiter, ich kenne mich hier nicht aus, bitte, wissen Sie, wo die Ungargasse ist?

Denn die Frau könnte wissen, wo die Ungargasse ist, sie sagt: Hier sind Sie schon in der Ungargasse, zu welcher Nummer müssen Sie denn? Ich deute ums Eck, nach unten, aber ich wechsle die Seite, hinüber zu dem Beethovenhaus, ich bin bei Beethoven in Sicherheit, und ich schaue von Nummer 5 hinüber zu einem mir fremd gewordenen Haustor, auf dem die Nummer 6 steht, ich sehe Frau Breitner vor dem Tor, ich möchte jetzt nicht mit Frau Breitner zusammenstoßen, aber Frau Breitner ist ein Mensch, es sind Menschen um mich, es kann mir nichts passieren, und ich sehe ans andere Ufer hinüber, ich muß vom Trottoir herunter und das andere Ufer erreichen, der O-Wagen fährt klingelnd vorbei, es ist der O-Wagen von heute, es ist alles wie immer, ich warte, bis er vorbei ist, und zitternd vor Anstrengung nehme ich den Schlüssel aus der Handtasche, ich setze zur Überquerung an, ich setze auch ein Lächeln schon auf, damit es bei Frau Breitner ankommt, ich habe das andere Ufer erreicht, ich schlendere an Frau Breitner vorbei, für die auch mein schönes Buch sein soll, Frau Breitner lächelt nicht zurück, aber sie grüßt immerhin, und ich habe das Haus wieder erreicht. Ich habe nichts gesehen. Ich bin nach Hause gekommen.

In der Wohnung lege ich mich auf den Boden, ich denke an mein Buch, es ist mir abhanden gekommen, es gibt kein schönes Buch, ich kann das schöne Buch nicht mehr schreiben, ich habe vor langem aufgehört, an das Buch zu denken, grundlos, mir fällt kein Satz mehr ein. Ich war aber so sicher, daß es das schöne Buch gibt und daß ich es finden werde für Ivan. Kein Tag wird kommen, es werden die Menschen niemals, es wird die Poesie niemals und sie werden niemals, die Menschen werden schwarze, finstere Augen haben, von ihren Händen wird die Zerstörung kommen, die Pest wird kommen, es wird diese Pest, die in allen ist, es wird diese Pest, von der sie alle befallen sind, sie dahinraffen, bald, es wird das Ende sein.

Das Schöne kommt nicht mehr aus mir, es hätte aus mir kommen können, es ist in Wellen von Ivan zu mir gekommen, der schön ist, ich habe einen einzigen schönen Menschen gekannt, ich habe immerhin noch die Schönheit gesehen, zuletzt bin ich doch ein einziges Mal schön geworden, durch Ivan.

Steh auf! sagt Malina, der mich auf dem Boden findet, und es ist ernst gemeint. Was redest du da von der Schönheit? Was ist schön? Aber ich kann nicht aufstehen, ich habe den Kopf auf DIE GROSSEN PHILOSOPHEN gestützt, die hart sind. Malina zieht das Buch weg und hebt mich auf.

Ich: (con affetto) Ich muß es dir einmal sagen. Nein, du mußt es mir erklären. Wenn jemand vollkommen schön und gewöhnlich ist, warum setzt er allein die Fantasie in Bewegung. Ich habe es dir nie gesagt, ich war ja nie glücklich, überhaupt nie, nur in wenigen Momenten, aber ich habe doch zuletzt die Schönheit gesehen. Du wirst fragen, wofür es ausreicht? Es reicht ganz allein aus. Ich habe soviel anderes gesehen, es hat nie ausgereicht. Der Geist setzt keinen Geist in Bewegung, nur der Geist vom gleichen Geist, verzeih, die Schönheit ist für dich das Mindere, sie setzt aber den Geist in Bewegung. Je suis tombée mal, je suis tombée bien.

Malina: Fall nicht immer. Steh auf. Zerstreu dich, geh aus, vernachlässige mich, tu etwas, tu irgendwas!

Ich: (dolcissimo) Ich etwas tun? Ich dich verlassen? Ich dich lassen?

Malina: Habe ich etwas von mir gesagt?

Ich: Du nicht, aber ich rede von dir, ich denke an dich. Ich stehe auf, dir zu Gefallen, ich werde noch einmal essen, ich esse nur noch dir zu Gefallen.

Malina wird mit mir ausgehen wollen, mich ablenken wollen, zwingen wird er mich, zwingend wird er sein, bis zuletzt. Wie soll ich ihm etwas von meinen Geschichten begreiflich machen. Weil Malina sich wahrscheinlich umzieht, ziehe ich mich auch um, ich kann wieder weiter, ich hole mir ein Aussehen vor dem Spiegel und lächle ihn pflichtschuldig an. Aber Malina sagt: (Sagt Malina etwas?) Malina sagt: Töte ihn! töte ihn!

Ich sage etwas. (Aber sage ich wirklich etwas?) Ich sage: Ihn allein kann ich nicht töten, ihn allein nicht. Zu Malina sage ich scharf: Du irrst dich, er ist mein Leben, meine einzige Freude, ich kann ihn nicht töten.
Aber Malina sagt unhörbar und unüberhörbar: Töte ihn!

Ich zerstreue mich und lese nur mehr wenig. Am späten Abend erzähle ich Malina, während leise das Grammophon läuft:
Im Psychologischen Institut in der Liebiggasse haben wir immer Tee oder Kaffee getrunken. Einen Mann kannte ich dort, der stenografierte immer, was alle redeten, und manchmal auch andere Dinge. Ich kann keine Stenografie. Manchmal testeten wir einander mit dem Rohrschachtest, dem Szonditest, dem TAT und stellten Charakter- und Persönlichkeitsdiagnosen, trieben Leistungs- und Verhaltensbeobachtung und Ausdrucksuntersuchungen. Einmal fragte er, mit wie vielen Männern ich schon geschlafen hätte, und mir fiel nichts ein außer diesem einbeinigen Dieb, der im Gefängnis saß, und einer von Fliegen verdreckten Lampe in einem Stundenhotel in Maria Hilf, aber ich sagte aufs geratewohl: mit sieben! Er lachte überrascht und sagte, dann würde er mich natürlich gerne heiraten, wir würden sicher gescheite Kinder bekommen, auch sehr hübsche Kinder, und was ich davon hielte. Wir fuhren in den Prater, und ich wollte auf das Riesenrad, denn damals hatte ich nie Angst, aber oft Glücksgefühle wie beim Segelfliegen und beim Skilaufen später, ich konnte vor lauter Glück stundenlang lachen. Dann haben wir natürlich nie mehr darüber gesprochen. Kurz danach mußte ich mein Rigorosum machen, und an dem Morgen vor den drei großen

Prüfungen ist im Philosophischen Institut aus dem Ofen die ganze Glut herausgefallen, ich habe einige Kohle- oder Holzstücke zertreten, ich lief um eine Schaufel und einen Besen, denn die Bedienerinnen waren noch nicht gekommen, es glühte und rauchte so fürchterlich, ich wollte nicht, daß ein Brand entstünde, ich habe mit den Füßen auf der Glut herumgetreten, es hat noch tagelang danach gestunken im Institut, meine Schuhe waren versengt, aber es ist nichts abgebrannt. Auch die Fenster habe ich noch alle aufgemacht. Trotzdem kam ich noch zurecht, zur ersten Prüfung um acht Uhr morgens, ich sollte mit einem anderen Kandidaten dort sein, der kam aber nicht, in der Nacht hatte ihn der Gehirnschlag getroffen, ich erfuhr es, noch ehe ich hineinging, um über Leibniz, Kant und Hume abgeprüft zu werden. Der alte Hofrat, der damals auch Rektor war, trug einen schmutzigen Schlafrock, er hatte zuvor noch einen Orden aus Griechenland bekommen, wofür weiß ich nicht, und er fing zu fragen an, sehr verärgert über das Ausbleiben eines Kandidaten durch Ableben, aber ich zumindest war ja erschienen und noch nicht tot. Er hatte nur vor Ärger vergessen, welches Gebiet ausgemacht war, und zwischendurch rief jemand an, ich glaube, seine Schwester, wir waren einmal bei den Neukantianern, dann wieder bei den englischen Deïsten, aber noch immer recht weit weg von Kant selber, und ich wußte nicht sehr viel. Nach dem Telefonieren ging es besser, ich kam geradewegs auf das Vereinbarte zu sprechen, und er bemerkte es nicht. Ich stellte ihm eine furchtvolle Frage, die das Raum- und Zeitproblem betraf, eine, zugegeben, damals für mich noch bedeutungslose Frage, ihm aber schmeichelte es sehr, daß ich eine Frage hatte, und dann war ich entlassen. Ich rannte zurück in unser Institut, es brannte nicht, und ich ging in die zwei nächsten Prüfungen. Ich habe sie alle bestanden. Ich bin mit dem Raum- und Zeitproblem aber später nie fertig geworden. Es wuchs und wuchs.

Malina: Warum fällt dir das ein? Ich dachte, diese Zeit sei ganz unwichtig für dich gewesen.

Ich: Unwichtig war das Rigorosum, aber als es vorbei war, immerhin ein Rigorosum, das Wort sagt ja schon alles, und den anderen hatte ein Gehirnschlag getötet, dreiundzwanzigjährig, mußte ich den Weg vom Institut zur Universitätsstraße gehen, an der ganzen Seitenmauer der Universität vorbei, und ich tastete mich an der Mauer entlang, über die Straße kam ich auch noch, denn sie warteten im Café Bastei auf mich, Eleonore und Alexander Fleisser, ich muß am Umfallen gewesen sein, mit einem niedergeschlagenen Gesicht, sie hatten mich durch die Fenster schon gesehen, ehe ich sie sah. Als ich zum Tisch kam, sagte keiner ein Wort, sie dachten, ich hätte das Rigorosum nicht bestanden, ich habe es auch nur in gewisser Hinsicht bestanden, dann schoben sie mir einen Kaffee hin, und ich sagte, in ihre bestürzten Gesichter hinein, es sei ganz einfach gewesen, kinderleicht. Sie fragten mich noch eine Weile, dann glaubten sie es endlich, ich dachte an die Glut, an den möglichen Brand, aber ich erinnre mich nicht, erinnre mich nicht genau... Gefeiert haben wir sicher nicht. Kurze Zeit später mußte ich zwei Finger auf einen Stab legen und ein lateinisches Wort sagen. Ich hatte ein von Lily geliehenes, zu kurzes schwarzes Kleid an, im Auditorium Maximum standen aufgereiht einige junge Männer und ich, damals habe ich einmal meine Stimme fest und laut gehört, die anderen Stimmen hörte man kaum. Ich aber war nicht erschrocken über mich, und später sprach ich wieder leise.

Ich: (lamentandosi) Was habe ich nun erlernt, erfahren, in all diesen Jahren, unter so vielen Opfern, und denk an die Mühe, die ich mir gegeben habe!

Malina: Nichts natürlich. Du hast erlernt, was schon in dir war, was du schon gewußt hast. Ist dir das zuwenig?

Ich: Vielleicht hast du recht. Ich denke jetzt manchmal, daß ich mich einfach zurückbekomme, so wie ich einmal war. Ich denke zu gern an die Zeit, in der ich alles gehabt habe, in der die Heiterkeit die richtige Heiterkeit war, in der ich ernst war von der guten Art des Ernstes. (quasi glissando) Dann ist alles lädiert, beschäftigt, gebraucht, benutzt und schließlich zerstört worden. (moderato) Langsam habe ich mich gebessert, ich habe ergänzt, was immer mehr fehlte, und ich komme mir geheilt vor. Nun bin ich also beinahe wieder, wie ich gewesen bin. (sotto voce) Aber wozu war der Weg gut?

Malina: Der Weg ist zu nichts gut, er ist da für jeden, es muß ihn aber nicht jeder gehen. Man sollte aber eines Tages hin- und herwechseln können, zwischen dem wiedergefundenen Ich und einem künftigen, das nicht mehr das alte Ich sein kann. Ohne Anstrengung, ohne Krankheit, ohne Bedauern.

Ich: (tempo giusto) Ich bedaure mich nicht mehr.

Malina: Das zumindest habe ich erwartet, es ist schon ein sicheres Ergebnis. Wer hätte Lust, über dich, über unsereins, zu weinen?

Ich: Aber weinen über die anderen, warum tut man denn das?

Malina: Es müßte auch das noch aufhören, denn die anderen verdienen es so wenig, daß man über sie weint, wie du es verdienst, daß ich über dich weine. Was hätte es dir genützt, wenn damals jemand in Timbuktu oder in Adelaide geweint hätte über ein Kind in Klagenfurt, das verschüttet worden ist, das unter den Bäumen vor der Seepromenade auf dem Boden gelegen ist, bei einem Tieffliegerangriff, und dann die ersten Toten und Verletzten sehen mußte um sich. Wein also nicht über andere, die haben genug zu tun, sich ihrer Haut zu wehren oder mit den Stunden vor ihrer Ermordung fertig zu werden. Sie brauchen nicht Tränen made in Austria. Außerdem weint man später, mitten im Frieden, so nanntest du doch einmal diese Zeit, in einem bequemen Sessel, wenn die Schüsse nicht fallen und wenn es nicht brennt. Man hungert auch zu einer anderen Zeit, auf der Straße, zwischen den wohlgenährten Passanten. Im Kino, während einer dummen Vorführung von Schrecken, fürchtet man sich erst. Man friert nicht im Winter, sondern an einem Sommertag am Meer. Wo war es? Wann hat dich am meisten gefroren? Es war doch an einem schönen, selten warmen Oktobertag am

	Meer. Du kannst also ruhig bleiben für die anderen oder immerzu unruhig sein. Du änderst nichts.
Ich:	(più mosso) Wenn man aber nichts tun könnte, nichts vermitteln kann, was ist dann trotzdem zu tun? Denn es wäre unmenschlich, so gar nichts zu tun.
Malina:	Ruhe in die Unruhe bringen. Unruhe in die Ruhe.
Ich:	(dolente, molto mosso) Wann wird bloß die Zeit kommen, in der ich es erreichen kann, in der ich tun und nichts mehr tun kann, zur selben Zeit? Wann wird die Zeit kommen, in der ich die Zeit dazu finde! Wann wird es Zeit sein, nicht mehr falsch zu unterscheiden, nicht mehr falsch zu fürchten und zu leiden, sich sinnlos hineinzudenken, immer sinnlos nachzudenken! (una corda) Ich will mich langsam herausdenken. (tutte le corde) Ist es so?
Malina:	Wenn du es willst.
Ich:	Soll ich dich nicht mehr fragen?
Malina:	Auch das ist noch eine Frage.
Ich:	(tempo giusto) Geh du noch arbeiten bis zum Abendessen, ich rufe dich dann. Nein, ich koche nicht, warum sollte ich damit meine Zeit verlieren. Ich möchte ausgehen, das ist es, ein paar Schritte gehen, bis zu einem kleinen Beisel, irgendwohin, wo es laut ist, wo gegessen und getrunken wird, damit ich mir die Welt noch einmal vorstellen kann. Zum Alten Heller.
Malina:	Verfüg über mich.
Ich:	(forte) Ich werde noch über dich verfügen. Auch über dich.

Malina: Meine Liebe, wir wollen es abwarten!

Ich: Es wird nämlich so enden, daß ich über alles verfügen kann.

Malina: Das ist Größenwahn. So kommst du nur von einem Wahn in einen anderen Wahn.

Ich: (senza licenza) Nein. Wirken ist Nichtwirken, falls es weitergeht, wie du es mir zeigst. Es ist dann nicht mehr der größer werdende Wahn, es ist ein abnehmender Wahn.

Malina: Nein. Du nimmst insgesamt zu, und wenn du zu erwägen aufhörtest, wenn du dich nicht mehr wiegst, dann könntest du noch mehr zunehmen, immer mehr und mehr.

Ich: (tempo) Woran zunehmen, wenn keine Kraft mehr da ist?

Malina: Man nimmt an Schrecken zu.

Ich: Ich erschrecke dich also.

Malina: Mich nicht, aber dich schon. Die Wahrheit erzeugt diesen Schrecken. Aber du wirst dir zusehen können. Du wirst kaum beteiligt sein, nicht mehr hier.

Ich: (abbandonandosi) Warum nicht hier? Nein, ich verstehe dich nicht! Aber dann verstehe ich gar nichts mehr... Ich müßte mich ja selber beseitigen!

Malina: Weil du dir nur nützen kannst, indem du dir schadest. Das ist der Anfang und das Ende aller Kämpfe. Du hast dir jetzt genug geschadet. Es wird dir sehr nützen. Aber nicht dir, wie du denkst.

Ich: (tutto il clavicembalo) Ach! Ich bin eine Andere, du willst sagen, ich werde noch eine ganz Andere sein!

Malina: Nein. Wie unsinnig. Du bist ganz gewiß du,

das änderst du auch nicht mehr. Aber ein Ich ist ergriffen, und ein Ich handelt. Du aber wirst nicht mehr handeln.

Ich: (diminuendo) Ich habe doch nie gern gehandelt.

Malina: Aber gehandelt hast du. Und hast mit dir handeln und dich behandeln lassen, auch über dich verhandeln lassen.

Ich: (non troppo vivo) Auch das wollte ich nie. Nicht einmal gegen meine Feinde habe ich gehandelt.

Malina: Nie hat dich einer deiner Feinde gesehen, das darfst du nicht vergessen, und nie hast du einen von ihnen gesehen.

Ich: Das glaube ich nicht. (vivacissimamente) Ich habe einen gesehen, er hat auch mich gesehen, aber noch immer nicht richtig.

Malina: Was für eine seltsame Bemühung! Sogar richtig willst du gesehen werden? Vielleicht auch von deinen Freunden?

Ich: (presto, agitato) Hör auf, wer hat je daran geglaubt, man hat keine Freunde, vorübergehend vielleicht, im Augenblick ja! (con fuoco) Aber man hat Feinde.

Malina: Vielleicht nicht einmal das ... nicht einmal das.

Ich: (tempo) Doch, ich weiß es.

Malina: Es schließt ja nicht aus, daß du den Feind vor Augen hast.

Ich: Dann müßtest du es sein. Aber du bist es nicht.

Malina: Du sollst nicht mehr kämpfen. Wogegen kämpfen? Du sollst jetzt weder vor- noch zurückgehen, sondern lernen, anders zu kämpfen. Es ist die einzige Art des Kampfes, die dir erlaubt ist.

Ich: Aber ich weiß doch schon wie. Ich werde endlich zurückschlagen, denn ich gewinne an Boden. Ich habe viel Boden gewonnen in diesen Jahren.

Malina: Und das macht dich froh?

Ich: (con sordina) Wie bitte?

Malina: Was für eine anmutige Art, immer auszuweichen in Fragen! Du mußt auf der Stelle bleiben. Es muß deine Stelle sein. Du sollst nicht vordringen und nicht zurückgehen. Dann wirst du, auf dieser Stelle, auf der einzigen, auf die du gehörst, siegen.

Ich: (con brio) Siegen! Wer spricht denn hier noch von siegen, wenn das Zeichen verloren ist, in dem man siegen könnte.

Malina: Es heißt immer noch: siegen. Es wird dir ohne einen einzigen Kunstgriff gelingen und ohne Gewalt. Du wirst aber auch nicht mit deinem Ich siegen, sondern –

Ich: (allegro) Sondern – siehst du?

Malina: Du wirst es nicht mit deinem Ich tun.

Ich: (forte) Was ist an meinem Ich schlechter als an anderen?

Malina: Nichts. Alles. Denn du kannst nur Vergebliches tun. Das ist das Unverzeihliche.

Ich: (piano) Auch wenn es das Unverzeihliche ist, will ich mich immer verzetteln, verirren, verlieren.

Malina: Was du willst, zählt nicht mehr. An der richtigen Stelle hast du nichts mehr zu wollen. Du wirst dort so sehr du sein, daß du dein Ich aufgeben kannst. Es wird die erste Stelle sein, auf der die Welt von jemand geheilt ist.

Ich: Muß ich damit anfangen?

Malina: Du hast mit allem angefangen, darum mußt du auch damit anfangen. Und du wirst mit allem aufhören.

Ich: (pensieroso) Ich?

Malina: Du magst es noch immer in den Mund nehmen, dieses Ich? Erwägst du es noch? Wieg es doch!

Ich: (tempo giusto) Aber ich fange es doch erst zu lieben an.

Malina: Wie sehr meinst du, es lieben zu können?

Ich: (appassionato e con molto sentimento) Sehr. Nur zu sehr. Ich werde es lieben wie meinen Nächsten, wie dich!

Heute gehe ich durch die Ungargasse und denke an Umzug, es soll eine Wohnung in Heiligenstadt frei werden, dort zieht jemand aus, Freunde von Freunden, die Wohnung ist allerdings nicht sehr geräumig, und wie soll ich das Malina beibringen, dem ich schon einmal eine größere Wohnung suggerieren wollte, seiner vielen Bücher wegen. Er wird aber niemals aus dem III. Bezirk wegziehen. Eine einzige Träne, nur im Winkel des einen Augs, entsteht, kommt aber nicht ins Rollen, kristallisiert sich in der kalten Luft, wird immer größer und größer, eine zweite riesige Kugel, die nicht mit der Welt herumkreisen möchte, sondern sich von der Welt löst und in den unendlichen Raum stürzt.

Ivan ist nicht mehr Ivan, ich sehe ihn an wie ein Kliniker, der eine Röntgenaufnahme studiert, ich sehe sein Skelett, Flecken in seiner Lunge vom Rauchen, ich sehe ihn selber nicht mehr. Wer gibt mir Ivan zurück? Warum läßt er sich plötzlich so ansehen von mir? Ich möchte

über den Tisch fallen, während er die Rechnung verlangt, oder unter den Tisch fallen und das Tischtuch mit herunterreißen, mit allen Tellern und Gläsern und dem Besteck darauf, auch mit dem Salz, obwohl ich so abergläubisch bin. Tu das nicht mit mir, werde ich sagen, tu das nicht mit mir, oder ich sterbe.
Gestern war ich tanzen, in der Eden-Bar.
Ivan hört mir zu, aber hört er mir wirklich zu? er sollte doch hören, daß ich sage, ich war tanzen, ich wollte etwas zerstören, denn ich habe zuletzt nur noch mit einem widerwärtigen jungen Mann getanzt, und ihn habe ich angesehen, wie ich Ivan nie angesehen habe, während er immer wilder und deutlicher tanzte und in die Hände klatschte oder mit den Fingern schnalzte. Zu Ivan sage ich: Ich bin furchtbar müde, ich war zu lange auf, ich halte das gar nicht mehr aus.
Aber hört Ivan mir zu?
Ivan fragt beiläufig, weil wir einander schon lange nicht gesehen haben, ob ich nicht mit ihnen ins Burgkino kommen möchte, es gibt MICKY MAUS, von Walt Disney. Ich habe leider keine Zeit, denn ich möchte die Kinder jetzt nicht mehr sehen, vor allem die Kinder nicht, Ivan immer, aber nicht die Kinder, die er mir nehmen wird. Ich kann Béla und András nicht mehr sehen. Sie sollen ihre Weisheitszähne allein bekommen. Ich werde nicht mehr dabei sein, wenn man sie ihnen herauszieht.
Malina flüstert in mir: Töte sie, töte sie.
Aber in mir flüstert es lauter: Ivan und die Kinder nie, sie gehören zusammen, ich kann sie nicht töten. Wenn es kommt, wie es kommen wird, dann wird Ivan, wenn er jemand anderen berührt, nicht mehr Ivan sein. Ich habe wenigstens niemand berührt.
Ich sage: Ivan.
Ivan sagt: Zahlen bitte!

Es muß ein Irrtum sein, es ist doch Ivan, nur ich sehe immer an ihm vorbei, auf das Tischtuch, auf das Salzfaß, ich starre die Gabel an, ich könnte mir die Augen ausstechen, ich schaue über seine Schultern zum Fenster hinaus und gebe ihm nachlässige Antworten.
Ivan sagt: Du siehst ja totenbleich aus, bist du nicht gesund?
Nur etwas übernächtig, ich sollte Ferien machen, Freunde von mir fahren nach Kitzbühel, Alexander und Martin gehen nach St. Anton, ich erhole mich sonst einfach nicht mehr, die Winter werden immer länger, wer übersteht diese Winter!
Ivan denkt also wirklich, daß es der Winter ist, denn er rät mir sehr zu, bald zu fahren. Ich sehe ihn einfach nicht mehr an, ich sehe etwas anderes, neben ihm ist ein Schatten, Ivan lacht und redet mit einem Schatten, er ist viel lustiger, ausgelassener, so schrecklich ausgelassen war er nie mit mir, und ich sage, daß Martin oder Fritz sicherlich, aber noch hätte ich so furchtbar viel zu tun, nein, ich wisse es nicht. Wir telefonieren ja.
Ob Ivan auch denkt, daß es früher nicht so war, oder scheint es nur mir, daß es früher anders war als heute. In meinem Hals steckt ein wahnsinniges Lachen, aber weil ich fürchte, daß ich dann nie mehr aufhören könnte zu lachen, sage ich nichts und werde immer düsterer. Nach dem Kaffee bin ich ganz verstummt, ich rauche.
Ivan sagt: Du bist sehr fad heute.
Ich frage: Ja? ja? bin ich denn immer so gewesen?
Vor dem Haustor bleibe ich zögernd im Auto sitzen und schlage vor, daß wir doch gelegentlich telefonieren sollten. Ivan widerspricht nicht, er sagt nicht, du bist wahnsinnig, wie redest du denn, was heißt denn gelegentlich. Er findet es schon natürlich, daß wir gelegentlich miteinander telefonieren werden. Wenn ich nicht sofort aus-

steige, aber ich steige schon aus, wird er zustimmen, aber ich schlage jetzt die Tür zu und rufe: Ich habe in diesen Tagen besonders viel zu tun!

Ich schlafe nie mehr, nur noch am späten Morgen. Wer möchte schlafen in einem Nachtwald voller Fragen? Ich liege wach in der Nacht da und denke, die Hände hinter dem Kopf verschlungen, wie glücklich war ich, glücklich, und ich habe mir doch versprochen, ich will nie mehr klagen, niemand anklagen, wenn ich nur ein einziges Mal habe glücklich sein dürfen. Aber jetzt will ich dieses Glück verlängern, ich will es wie jeder, dem es widerfahren ist, dieses sich verabschiedende Glück, das seine Zeit gehabt hat. Ich bin nicht mehr glücklich. Es ist des Geistes schönes Morgen, das niemals kommt... Nur war es keinesfalls mein Morgen, es war das schöne Heute meines Geists, meiner Erwartung zwischen sechs und sieben Uhr nach dem Büro, meiner Erwartung bis nach Mitternacht vor einem Telefon, und Heute darf nicht vorbei sein. Es darf nicht wahr sein.

Malina sieht herein zu mir. Du bist noch wach?
Ich bin zufällig wach, ich muß über etwas nachdenken, es ist furchtbar.
Malina sagt: So, und warum ist es furchtbar?

Ich:	(con fuoco) Es ist furchtbar, es ist die Furchtbarkeit noch gar nicht enthalten in einem Wort, es ist zu furchtbar.
Malina:	Ist das alles, was dich wachhält? (Töte ihn! töte ihn!)

Ich: (sotto voce) Ja, es ist alles.
Malina: Und was wirst du tun?
Ich: (forte, forte, fortissimo) Nichts.

Am frühen Morgen bin ich im Schaukelstuhl zusammengesunken, ich starre die Wand an, die einen Sprung bekommen hat, es muß ein alter Sprung sein, der sich jetzt leicht weitet, weil ich ihn immerzu anstarre. Es ist so spät, daß ich schon gelegentlich anrufen könnte, und ich hebe das Telefon ab und will sagen, schläfst du schon? aber mir fällt noch rechtzeitig ein, daß ich fragen müßte, bist du schon wach? Aber es ist heute zu schwer für mich, guten Morgen zu sagen, und ich lege den Hörer leise nieder, ich habe so deutlich den Geruch in meinem ganzen Gesicht, daß ich meine, jetzt in Ivans Achsel vergraben zu sein, in den Geruch, der für mich der Zimtgeruch heißt und der mich schläfrig noch wach gehalten hat, weil es der einzige, unerläßliche Geruch zum Aufatmen war. Die Wand gibt nicht nach, sie will nicht nachgeben, aber ich werde es erzwingen, daß die Wand sich öffnet, wo dieser Sprung ist. Wenn Ivan mich jetzt nicht sofort anruft, wenn er nie mehr anruft, wenn er erst Montag anruft, was mache ich dann? Nicht eine Formel hat die Sonne und die anderen Sterne bewegt, ich allein habe sie, solange Ivan näher war, zu bewegen vermocht, nicht nur für mich, nicht nur für ihn, auch für die anderen, und ich muß erzählen, ich werde erzählen, bald gibt es nichts mehr, was mich in meiner Erinnerung stört. Nur Ivans Geschichte mit mir, da wir keine haben, die wird nie zu erzählen sein, es wird darum nicht 99mal Liebe geben und keine sensationellen Enthüllungen aus den österreichisch-ungarischen Schlafzimmern.

Ich verstehe Malina nicht, der jetzt seelenruhig frühstückt, bevor er aus dem Haus geht. Wir werden einander nie verstehen, wir sind wie Tag und Nacht, er ist unmenschlich mit seinen Einflüsterungen, seinem Schweigen und mit seinen gelassenen Fragen. Denn wenn Ivan nicht zu mir gehören sollte, wie ich zu ihm gehöre, dann wird er eines Tages existieren in einem gewöhnlichen Leben, und er wird davon gewöhnlich werden, nicht mehr gefeiert werden, aber Ivan will vielleicht nichts anderes als sein einfaches Leben, und ich habe ihm mit meinem stummen Aufschauen, mit meinem offenkundigen Nichtspielenkönnen, mit meinem Einbekennen aus Wortscherben ein Stück Leben schwierig gemacht.
Ivan sagt lachend, aber nur einmal: Ich kann dort nicht atmen, wo du mich hinstellst, bitte nicht so hoch hinauf, trag niemand mehr in die dünne Luft, das rat ich dir, das lern noch für später! Ich habe nicht gesagt: Aber wen soll ich denn nach dir? aber du denkst doch nicht, daß ich nach dir? ich lerne lieber noch alles für dich. Für sonst niemand mehr.

Malina und ich sind eingeladen bei den Gebauers, aber wir reden nicht mehr mit den anderen, die im Salon herumstehen, trinken und in die hitzigen Gespräche gekommen sind, sondern finden uns plötzlich allein in dem Zimmer, in dem der Bechsteinflügel steht, auf dem Barbara übt, wenn wir nicht da sind. Mir fällt ein, was Malina zum erstenmal für mich gespielt hat, ehe wir anfingen, miteinander wirklich zu reden, und ich möchte ihn bitten, es noch einmal für mich zu tun. Aber dann gehe ich selber zum Flügel und fange ungeschickt an, ein paar Töne zusammenzusuchen, im Stehen.

Malina rührt sich nicht, zumindest tut er, als sähe er sich die Bilder an, ein Porträt von Kokoschka, das Barbaras Großmutter zeigen soll, ein paar Zeichnungen von Swoboda, die zwei kleinen Plastiken von Wantschura, die er längst kennt.

Malina dreht sich nun doch um, kommt zu mir, drängt mich weg und setzt sich auf den Hocker. Ich stelle mich wieder hinter ihn, wie damals. Er spielt wirklich und spricht halb und singt halb und nur hörbar für mich:

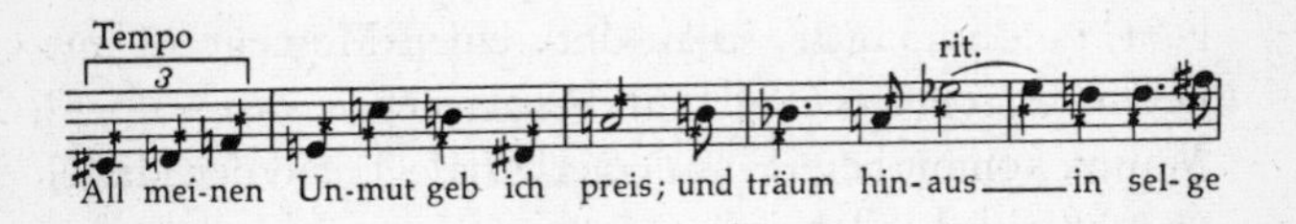

Wir haben uns schnell verabschiedet und gehen zu Fuß nach Hause und im Dunkeln sogar durch den Stadtpark, in dem die finsteren schwarzen Riesenfalter kreisen und die Akkorde stärker zu hören sind unter dem kranken Mond, es ist wieder der Wein im Park, den man mit Augen trinkt, es ist wieder die Seerose, die als Boot dient, es ist wieder das Heimweh und eine Parodie, eine Gemeinheit und die Serenade vor dem Heimkommen.

Nach dem langen heißen Bad in der Früh merke ich, daß meine Schränke leer sind, auch im Kasten sind nur noch ein Paar Strumpfhosen zu finden und ein Büstenhalter. Auf einem Kleiderbügel hängt einsam ein Kleid, es ist das Kleid, das Malina mir zuletzt geschenkt hat und das ich nie anziehe, es ist schwarz, mit bunten Querstreifen oben. Im Kasten liegt, in einer Plastikhülle, noch ein anderes schwarzes Kleid, es ist schwarz oben, mit bunten Längsstreifen unten, es ist ein altes Kleid, in dem mich Ivan zum erstenmal gesehen hat. Ich habe es nie mehr angezogen und aufbewahrt wie eine Reliquie. Was ist nur geschehen in der Wohnung? Was hat Lina mit allen meinen Kleidern und meiner Wäsche gemacht? Soviel war doch nicht in die Wäscherei oder in die Reinigung zu geben. Ich gehe nachdenklich mit dem Kleid in der Hand herum und mich friert. Ehe Malina aus dem Haus geht, sage ich: Bitte, schau doch einen Moment zu mir herein, es ist etwas Unglaubliches geschehen.
Malina kommt herein, mit einer Schale Tee in der Hand, er muß sich beeilen, er trinkt in kleinen Schlucken den Tee und fragt: Was ist denn? Ich ziehe mir das Kleid vor ihm über den Kopf und atme zu rasch, veratme mich, ich kann kaum mehr reden. Es ist dieses Kleid, es kann nur an diesem Kleid liegen, ich weiß plötzlich, warum ich es nie anziehen konnte. Siehst du denn nicht, mir ist zu heiß in dem Kleid, man zerschmilzt darin, es muß eine zu warme Wolle sein, ist denn kein anderes Kleid mehr hier! Malina sagt: Ich finde, daß es dir gut steht, du siehst gut darin aus, wenn du meine Ansicht wirklich hören willst, es steht dir ungewöhnlich gut.
Malina hat den Tee ausgetrunken, und ich höre ihn noch herumgehen, die paar üblichen Schritte tun, den Regenmantel, den Schlüssel, ein paar Bücher und Papiere zusammensuchen. Ich gehe zurück ins Bad und schaue in

den Spiegel, das Kleid knistert und rötet mir die Haut bis zu den Handgelenken, es ist furchtbar, es ist zu furchtbar, es muß ein höllischer Faden gewebt sein in dieses Kleid. Es ist mein Nessusgewand, ich weiß nicht, was in dieses Kleid gefahren ist. Ich wollte es nie anziehen, ich muß gewußt haben, warum.
Und wie lange lebe ich schon, mit einem toten Telefon? Darüber tröstet kein neues Kleid. Wenn der Apparat schrillt, ruft, stehe ich manchmal noch auf mit einer unsinnigen Hoffnung, aber dann sage ich: Hallo? mit einer verstellten, tieferen Stimme, weil am anderen Ende immer jemand ist, den ich gerade nicht sprechen will oder kann. Danach lege ich mich hin und möchte gestorben sein. Aber das Telefon läutet heute, das Kleid scheuert meine Haut auf, ich gehe beklommen zum Telefon, verstelle meine Stimme nicht, aber wie gut, daß ich sie nicht verstellt habe, denn das Telefon lebt. Es ist Ivan. Es konnte ja nicht anders kommen, es mußte ja endlich Ivan sein. Nach einem Satz schon hat mich Ivan wieder erhöht, mich aufgehoben, meine Haut besänftigt, ich sage dankbar zu, ich sage ja. Ja, ja habe ich gesagt.

Für diesen Abend muß ich Malina loswerden, ich rede ihm etwas ein, er hat schließlich Verpflichtungen, er kann nicht immerzu absagen, er hat dem Kurt versprochen, an einem dieser Abende zu kommen, Kurt wäre heute besonders froh, er möchte ihm seine neuen Zeichnungen zeigen, und Wantschuras kommen zu Kurt, er müsse schon darum unbedingt hingehen, denn wenn Wantschura trinkt, dann wird es so einfach nicht sein, und ohne ihn, Malina, werden dann die alten Streite wieder hervorgeholt. Ich verspreche dafür Malina, an einem dieser Abende zu den Jordans mitzukommen, denn wir können nicht länger absagen, zu Leo Jordan müssen wir zweimal im Jahr. Malina macht keine Schwierigkeiten, er sieht es sofort ein, daß er heute den Abend bei Swoboda zubringen muß. Ich habe ja immer recht. Wenn ich nicht daran dächte, so hätte Malina es einfach vergessen. Er ist richtig froh, daß er mich hat, er geht nicht einmal aus dem Haus ohne einen dankbaren Blick, und ich sage aufs zärtlichste: Verzeih mir das mit dem Kleid, ich habe heute die größte Lust auf das Kleid, es muß mir zumute sein danach! Wie triffst du nur immer das richtige, wie du die Maße nur weißt? ich dank dir tausendmal für das Kleid!

Ich lese in einem Buch, bis es acht Uhr wird. Denn das Essen ist bereit, ich bin geschminkt und gekämmt. ›Es ist umsonst, Gleichgültigkeit in Ansehung solcher Nachforschungen erkünsteln zu wollen, deren Gegenstand der menschlichen Natur nicht gleichgültig sein kann.‹
Danach habe ich mich bei der entschiedenen Bekämpfung angeborener Ideen festgerannt. Ich grüble auch, weil ich nicht mehr alle Bücher habe, ob der moralische Sinn von Hutcheson ist oder doch von Shaftesbury, aber ich habe keinen Orientierungssinn heute, dafür ein summa cum laude, obwohl ich immer aussehe, als wäre ich durchgefallen. Das Palatale der Sprache. Ich weiß noch die Worte, die rosten, seit vielen Jahren, auf meiner Zunge, und ich weiß die Worte ganz gut, die mir jeden Tag zergehen auf der Zunge oder die ich kaum hinunterschlukken kann, kaum hervorstoßen kann. Es waren auch nicht eigentlich die Dinge, die ich mit der Zeit immer weniger einkaufen oder sehen konnte, es waren die Worte dafür, die ich nicht hören konnte. Zwanzig Deka Kalbfleisch. Wie bringt man das über die Zunge? Nicht daß mir etwas

Besonderes an Kälbern liegt. Aber auch: Weintrauben, ein halbes Kilo. Frische Milch. Ein Ledergürtel. Alles aus Leder. Eine Münze, ein Schilling etwa, rollt für mich auch nicht das Problem des Geldverkehrs, einer Entwertung oder der Golddeckung auf, sondern ich habe plötzlich einen Schilling im Mund, leicht, kalt, rund, einen störenden Schilling zum Ausspucken.

Ivan liegt noch immer auf dem Bett, mit einem Ausdruck im Gesicht, den ich noch nie gesehen habe. Er denkt angestrengt nach, er scheint keine Eile zu haben, er hat plötzlich Zeit, hier still liegenzubleiben, und ich beuge mich über ihn, die Arme über der Brust verschränkt, aber dann sinke ich in mich zusammen, damit Ivan sagen kann: Ich muß heute unbedingt mit dir sprechen.
Danach schweigt er wieder. Ich lege mir die Hände aufs Gesicht, damit ich ihn nicht störe, weil er mit mir sprechen muß.
Ivan beginnt: Ich muß mit dir sprechen. Erinnerst du dich? ich habe dir einmal gesagt, ich werde dir aber einiges nicht sagen. Wenn ich aber ... was würdest du, wenn ich?
Wenn du? frage ich. Es ist fast kaum zu hören.
Und wenn du? wiederhole ich.
Ivan sagt: Ich glaube, ich muß es dir jetzt sagen.
Ich frage nicht: Was mußt du mir sagen? Denn er könnte sonst weiterreden. Aber auch wenn ich noch länger schweige, könnte er fragen: Was würdest du dann ...
Weil das Schweigen nicht zu lange dauern darf, schüttle ich den Kopf und lege mich neben ihn, ich streiche ihm sanft über das Gesicht, immerzu, damit er aufhört, angestrengt nachzudenken, und damit er die Worte nicht findet für das Ende.

Heißt es, daß du ... was weißt du?
Ich schüttle wieder den Kopf, es heißt gar nichts, ich weiß auch nichts, und wenn ich es wüßte oder er es mir sagte, es gäbe keine Antwort darauf, nicht hier und nicht jetzt und nicht mehr auf Erden. Solange ich lebe, gibt es keine Antwort darauf. Einmal muß dieses Stilliegen aufhören, ich muß nach einer Zigarette für ihn suchen und nach einer für mich, ich muß beide anzünden, und wir dürfen noch einmal rauchen, denn Ivan muß schließlich gehen. Ich kann nicht mitansehen, wie er es vermeidet, mich anzusehen, ich schaue auf die Wand und suche nach etwas auf der Wand. Es sollte nicht so lange dauern, bis jemand angezogen ist, es könnte ja sein, daß man es nicht überlebt, und während Ivan, vielleicht noch immer angestrengt, nicht weiß, wie er gehen soll, mit welchem Wort, drehe ich rasch das Licht aus, und er findet schon hinaus, weil das Licht im Korridor brennt. Hinter Ivan höre ich die Tür zufallen.

Es erschreckt mich das gewohntere Geräusch, Malina sperrt die Tür auf. Er bleibt einen Moment vor meiner Schlafzimmertür stehen, und weil ich etwas Freundliches sagen möchte, auch wissen möchte, ob ich die Stimme verloren habe, ob ich meine Stimme noch habe, sage ich: Ich bin gerade schlafen gegangen, ich war beinahe schon am Einschlafen, sicher bist du auch sehr müde, geh nur schlafen. Aber Malina kommt nach einer Weile aus seinem Zimmer zurück und kommt durch das Dunkel zu mir. Er knipst das Licht an, und ich erschrecke wieder, er nimmt die kleine Blechbüchse mit den Schlaftabletten und zählt sie nach. Es sind meine Schlaftabletten, es macht mich zornig, aber ich sage nichts, ich sage heute überhaupt nichts mehr.

Malina sagt: Du hast schon drei genommen, ich glaube, das genügt.
Wir fangen zu streiten an, ich sehe es kommen, daß wir aneinandergeraten. Wir werden jetzt unvermeidlich aneinandergeraten.
Ich sage: Nein, erst eineinhalb, du siehst doch, daß die eine halbiert ist.
Malina sagt: Ich habe sie heute morgen gezählt, es fehlen drei.
Ich sage: Es waren höchstens zweieinhalb, und eine halbe zählt nicht ganz mit.
Malina nimmt die Tabletten, steckt sie in seine Rocktasche und geht aus dem Zimmer.
Gute Nacht.
Ich springe aus dem Bett, sprachlos, hilflos, er hat die Tür zugeworfen, ich kann es nicht ertragen, daß eine Tür zugeworfen wird, daß er nachzählt, ich habe ihn heute morgen nicht gebeten, nachzusehen, es könnte zwar sein, daß ich ihn gerade heute gebeten habe darum, sie mir in diesen Tagen nachzuzählen, weil ich mir nichts mehr merken kann. Aber wie kann Malina es wagen, mir jetzt diese Tabletten vorzurechnen, er weiß doch nicht, was geschehen ist, und ich schreie plötzlich, die Tür aufreißend: Aber du weißt doch gar nichts!
Er öffnet seine Tür und fragt: Hast du etwas gesagt?
Ich bitte Malina: Gib mir noch eine, ich brauche sie wirklich!
Malina sagt endgültig: Du bekommst keine mehr. Wir gehen schlafen.

Seit wann behandelt mich Malina so? Was will er? Daß ich Wasser trinke und auf und ab gehe, Tee koche und auf und ab gehe, Whisky trinke und auf und ab gehe, aber es ist auch keine Whiskyflasche in der ganzen Wohnung zu finden. Eines Tages wird er noch von mir verlangen, daß ich nicht mehr telefoniere und daß ich Ivan nicht mehr sehe, aber das wird er nie erreichen. Ich liege wieder da und stehe wieder auf und überlege. Leise gehe ich in Malinas Zimmer, ich suche im Dunkeln nach seiner Jacke, greife in alle Taschen, aber ich finde die Tabletten nicht, ich taste jeden Gegenstand in seinem Zimmer ab, und dann greife ich sie endlich, auf einem Bücherstapel, und lasse aus der Blechschachtel zwei Stück in meine Hand gleiten, eine für jetzt und eine für später in der Nacht, zur Vorsicht, und ich bringe es auch fertig, die Tür wieder so leise zuzumachen, daß er mich unmöglich hören kann. Die beiden Tabletten liegen neben mir auf dem Nachttisch, das Licht brennt, ich nehme sie nicht, es sind viel zuwenig, und ich bin bei Malina eingedrungen und habe ihn betrogen, er wird es bald wissen. Ich habe es aber nur getan, um ruhiger zu werden, aus keinem anderen Grund. Wir werden bald alles wissen. Denn lange kann es so nicht mehr weitergehen. Ein Tag wird kommen. Ein Tag wird kommen, und es wird nur die trockene heitere gute Stimme von Malina geben, aber kein schönes Wort mehr von mir, in großer Erregung gesagt. Malina macht sich viel zu viele Sorgen. Schon Ivans wegen, damit auf Ivan nichts fällt, damit Ivan nichts trifft, kein Schatten einer Schuld, da Ivan keine Schuld hat, würde ich keine vierzig Tabletten nehmen, aber wie sage ich es Malina, daß ich nur ruhig bleiben will, daß ich mir nichts antue, um Ivan nichts anzutun. Ich muß nur ruhiger werden, denn es ist nicht gesagt, daß Ivan nicht gelegentlich anrufen wird.

Exzellenz, Generalissimus, Malina Esqu., ich muß dich noch einmal etwas fragen. Gibt es ein Vermächtnis?
Was willst du mit einem Vermächtnis? Was meinst du damit?
Ich möchte das Briefgeheimnis wahren. Aber ich möchte auch etwas hinterlassen. Verstehst du mich denn absichtlich nicht?

Da Malina schläft, fange ich zu schreiben an. Fräulein Jellinek ist längst verheiratet, es kann niemand mehr Briefe für mich schreiben, einordnen und abheften.

Sehr geehrter Herr Richter,
Sie waren so gütig, mir in einigen, für mich völlig belanglosen Rechtsfragen auf das freundlichste beizustehen. Ich denke da vor allem an die Affäre B. Sie ist mir natürlich nicht wichtig. Aber da Sie ein Jurist sind, ich mich schon damals vertrauensvoll an Sie wenden durfte, und Sie mir, ohne Rechnungen zu stellen, so überaus großzügig geholfen haben, und ich heute, hier in Wien, niemand fragen kann, möchte ich Sie fragen, wie man ein Testament macht. Es gibt einiges für mich zu ordnen, ich habe ja immerzu in der größten Unordnung gelebt, aber die Zeit ist wohl gekommen, in der auch ich in eine Ordnung kommen muß. Meinen Sie, daß es zum Beispiel genügt, handschriftlich oder daß ich mich mit Ihnen treffen oder daß ich...

Lieber Herr Doktor Richter,
ich schreibe Ihnen in höchster Angst und fliegender Eile, denn ... ich schreibe Ihnen in höchster Angst, ich möchte noch einige Dinge in Ordnung bringen, sie betreffen ja

nicht vieles, nur meine Papiere, einige wenige Gegenstände, an denen ich allerdings sehr hänge, und ich möchte nicht, daß sie, diese Gegenstände, in fremde Hände kommen. Ich weiß mir leider keinen Rat, ich darf Ihnen aber sagen, daß ich mir alles sehr genau überlegt habe. Da ich keine Angehörigen habe, wünsche ich (ist das schon rechtskräftig?), daß ein blauer Glaswürfel, insbesondere eine kleine grün gerandete Kaffeeschale und ein alter chinesischer Glücksbringer, der weiter nichts darstellt als Himmel, Erde und Mond, jemand für immer gehören sollen. Ich führe dann noch den Namen auf. Meine Papiere hingegen, und soweit dürften selbst Sie meine unhaltbare Lage kennen... Ich habe seit Tagen nichts mehr gegessen, ich kann nicht mehr essen, nicht mehr schlafen, es handelt sich auch nicht um Geld, da ich keines mehr habe, ich bin ja in Wien völlig isoliert, abgetrennt von dem Rest der Welt, in dem man Geld verdient und ißt, und da Sie meine Lage vielleicht...

Sehr geehrter und lieber Herr Doktor Richter,
niemand als Sie wird besser wissen, daß ich gezwungen bin, verschiedener Umstände wegen, ein Testament zu machen. Testamente, Friedhöfe, letzte Verfügungen haben mir in jedem Fall, seit jeher, das größte Grausen eingejagt, es bedarf ja wohl keiner Testamente. Trotzdem wende ich mich heute an Sie, weil Sie, als Jurist, vielleicht imstande sein werden, meine gänzlich ungeklärte Lage, meine vielleicht auch unklärbare Lage zu verstehen und in eine Ordnung zu bringen, nach der ich das größte Verlangen habe. Alle meine persönlichen, meine privatesten Dinge sind zu übergeben an jemand, ich füge den Namen bei auf einem Extrablatt. Eine andere Frage stellt sich mir, der Papiere wegen. Es sind keine un-

beschriebenen Papiere, es sind allerdings Papiere ohne Wert, Wertpapiere habe ich nie besessen. Trotzdem ist es sehr wichtig für mich, daß meine Papiere nur Herrn Malina übergeben werden dürfen, den Sie, meines Wissens, bei Ihrem so kurzen Aufenthalt in Wien, einmal gesehen haben. Aber ich erinnere mich nicht mehr sehr genau, ich mag mich da irren, in jedem Fall, für einen äußersten Fall, nenne ich Ihnen diesen Namen...

Lieber Herr Doktor Richter,
ich schreibe Ihnen heute in höchster Angst und fliegender Eile, ich bin völlig unfähig, auch nur einen klaren Gedanken zu fassen, aber wer hat je einen klaren Gedanken gefaßt? Meine Situation ist eine völlig unhaltbare geworden, sie war vielleicht überhaupt nie haltbar. Es soll zuletzt aber noch heißen: Es war nicht Herr Malina, es war auch nicht Ivan, ein Name, der Ihnen nichts sagt. Ich erkläre es Ihnen später, inwiefern er mit meinem Leben zu tun hat. Was mit meinen persönlichsten Gegenständen geschieht, hat heute keine Bedeutung mehr für mich.

Sehr verehrter und lieber Herr Richter,
ich mute Ihnen vielleicht zuviel zu, aber ich schreibe Ihnen in höchster Angst und fliegender Eile. Können Sie mir, Sie, ein Jurist von so großen Kenntnissen im Recht, verraten, wie man ein gültiges Testament macht? Ich weiß es leider nicht, aber ich bin, aus verschiedenen Gründen, gezwungen...
Bitte antworten Sie mir sofort, wenn möglich sofort, nachdem Sie meinen Brief erhalten haben!
Wien, den...

Eine Unbekannte.

Es ist Malinas freier Tag, ich hätte den Tag lieber alleine verbracht, aber Malina ist durch nichts zu bewegen, aus dem Haus zu gehen, obwohl etwas Feindliches zwischen uns ist. Es beginnt schon damit, daß er ungehalten und hungrig ist, wir essen früher als sonst, ich zünde den Leuchter an, der sonst nur für Ivan brennt. Der Tisch scheint mir richtig gedeckt zu sein, aber es gibt nur Aufschnitt, und leider habe ich das Brot vergessen. Malina sagt zwar nichts, aber ich weiß, was er denkt.

Ich: Seit wann haben wir einen Sprung in der Wand?

Malina: Ich erinnere mich nicht, es muß ihn schon lange geben.

Ich: Seit wann haben wir dunkle Schatten über der Zentralheizung?

Malina: Etwas müssen wir doch an der Wand haben, wenn wir schon keine Bilder aufhängen.

Ich: Ich brauche weiße Wände, schadlose Wände, ich sehe mich sonst gleich wohnen in Goyas letztem Raum. Denk an den Hundekopf aus der Tiefe, all die finsteren Umtriebe auf der Wand, aus seiner letzten Zeit. Nie hättest du mir in Madrid diesen Raum zeigen dürfen.

Malina: Ich war doch nie in Madrid mit dir. Erzähl keine Märchen.

Ich: Das ist doch völlig gleichgültig, ich war jedenfalls dort, Monseigneur, mit oder ohne deine Erlaubnis. Ich entdecke Spinnweben oben an den Wänden, schau bitte, wie verwebt alles ist!

Malina: Hast du denn nichts anzuziehen, warum trägst du meinen alten Morgenrock?

Ich: Weil ich eben nichts mehr anzuziehen habe. Ist

dir nicht einmal der Satz untergekommen: siam contenti, sono un uomo, ho fatto questa caricatura.

Malina: Ich glaube, es heißt, sono dio. Die Götter sterben viele, viele Tode.

Ich: Die Menschen, nicht die Götter.

Malina: Warum bringst du immerzu solche Korrekturen an?

Ich: Ich darf sie doch anbringen, weil ich zu einer Karikatur geworden bin, im Geist und im Fleisch. Sind wir nun zufrieden?

Malina geht aus dem Zimmer, in sein Zimmer, und kommt mit einer Zündholzschachtel wieder. Die Kerze im Leuchter ist niedergebrannt. Ich habe vergessen, neue Kerzen zu kaufen. Malina muß zufrieden sein. Ich könnte ihn noch einmal um Rat fragen, was vor sich geht und wie es vor sich geht, obwohl die Spannung und die Feindseligkeiten für mich immer deutlicher zu spüren sind.

Ich: Es muß schon etwas bei den Primaten und spätestens bei den Hominiden danebengegangen sein. Ein Mann, eine Frau... seltsame Worte, seltsamer Wahn! Wer von uns beiden wird summa cum laude bestehen? Ich, das ist ein Irrtum für mich gewesen. Ist es vielleicht ein Gegenstand?

Malina: Nein.

Ich: Es ist aber doch hier und heute?

Malina: Ja.

Ich: Hat es eine Geschichte?

Malina: Nicht mehr.

Ich: Kannst du es berühren?

Malina: Niemals.

Ich: Aber du mußt mich behalten!

Malina: Muß ich? Wie willst du denn genommen werden?

Ich: (con fuoco) Ich hasse dich.

Malina: Sprichst du zu mir, hast du etwas gesagt?

Ich: (forte) Herr von Malina, Euer Gnaden, Magnifizenz! (crescendo) Eure Herrlichkeit und Allmächtigkeit, ich hasse Sie! (fortissimo) Tausch mich meinetwegen um, tauschen wir ab, Euer Ehren! (tutto il clavicembalo) Ich hasse dich! (perdendo le forze, dolente) Bitte, behalt mich doch. Ich habe dich nie gehaßt.

Malina: Ich glaube dir kein einziges Wort, ich glaub dir nur alle Worte zusammen.

Ich: (dolente) Verlaß mich nicht! (cantabile assai) Du mich verlassen! (senza pedale) Ich wollte erzählen, aber ich werde es nicht tun. (mesto) Du allein störst mich in meiner Erinnerung. (tempo giusto) Übernimm du die Geschichten, aus denen die große Geschichte gemacht ist. Nimm sie alle von mir.

Ich habe den Tisch abgeräumt, aber es bleibt noch mehr aufzuräumen. Es werden keine Briefe, Telegramme und Ansichtskarten mehr kommen. Ivan fährt zudem in der nächsten Zeit nicht weg aus Wien. Aber auch später und noch sehr viel später – es wird nichts mehr kommen. Ich suche nach einem besonderen Platz in der Wohnung, nach einem Geheimfach, denn ich gehe mit einem kleinen Bündel in den Händen auf und ab. Es müßte ein Fach im Sekretär geben, das nachher nie mehr aufspringt, sich von niemand öffnen läßt. Oder ich könnte ein Stück Parkett mit einem Stemmeisen aus dem Boden lösen, die Briefe dort verstecken, das Parkett wieder schließen und versiegeln, solange ich noch mit an der Herrschaft bin. Malina liest in einem Buch, vermutlich: ›Es ist umsonst, Gleichgültigkeit in Ansehung solcher Nachforschungen erkünsteln zu wollen, deren Gegenstand der menschlichen Natur nicht gleichgültig sein kann.‹ Er sieht ab und zu ärgerlich auf, als wüßte er nicht, daß ich herumgehe mit einem Päckchen von Briefen und dafür ein Versteck suche.

Ich knie auf dem Boden, es sind nicht Mekka und nicht Jerusalem, in deren Richtung ich mich verbeuge. Ich verbeuge mich vor nichts mehr, ich muß nur die unterste Lade, die klemmt und so schwer zu öffnen ist, aus dem Sekretär ziehen. Damit Malina nicht merkt, für welchen Platz ich mich entschieden habe, darf ich kein Geräusch machen, aber nun geht die Spagatschleife auf, die Briefe rutschen durcheinander, ich binde sie ungeschickt wieder zusammen, zwänge sie in einen Spalt der Lade, ziehe sie aber sofort wieder heraus, vor Furcht, die Briefe könnten schon verschwunden sein. Ich habe vergessen, auf das Packpapier etwas zu schreiben, falls diese Briefe doch einmal gefunden werden, von Fremden, nach einer Auktion, auf der mein Sekretär versteigert werden wird. Eine Wichtigkeit müßte hervorgehen aus wenigen Worten. Jetzt also noch wenige Worte: Es sind dies die einzigen Briefe... diese Briefe sind die einzigen Briefe... die Briefe, die mich erreicht haben... Meine einzigen Briefe!

Für die Einzigartigkeit von Ivans Briefen finde ich den Satz nicht, und ich muß es aufgeben, ehe ich hier überrascht werde. Die Lade klemmt. Mit meinem ganzen Gewicht, aber leise, drücke ich sie zu, schließe sie ab und stecke den Schlüssel in Malinas alten, um mich schlotternden Morgenmantel.

Ich sitze Malina im Wohnzimmer gegenüber, er klappt das Buch zu und sieht mich fragend an.
Bist du fertig?
Ich nicke, denn ich bin fertig.
Warum sitzt du dann hier herum, anstatt uns endlich einen Kaffee zu machen?
Ich sehe Malina sanft an und ich denke, daß ich ihm jetzt etwas Entsetzliches sagen müßte, etwas, das uns für immer trennt und jedes weitere Wort zwischen uns unmöglich macht. Aber ich stehe auf und gehe langsam aus dem Zimmer, in der Tür drehe ich mich um und ich höre mich nicht etwas Entsetzliches, sondern etwas anderes sagen, cantabile und dolcissimo:
Wie du willst. Ich koche sofort den Kaffee.

Ich stehe vor dem Herd und warte, bis das Wasser zu kochen anfängt, ich fülle einige Löffel Kaffee in den Filter und denke und denke noch immer, ich habe einen Grad von Denkenmüssen erreicht, an dem Denken nicht mehr möglich ist, ich sinke in den Schultern ein, es wird mir so heiß, weil ich das Gesicht zu nahe an der Herdplatte habe. Nous allons à l'Esprit! Ich kann aber diesen Kaffee noch kochen. Wissen möchte ich nur, was Malina im Zimmer tut, was er über mich denkt, weil ich auch ein wenig über ihn nachdenke, obwohl mein Denken schon weit hinausgeht über ihn und über mich. Ich hantiere herum, wärme die Kaffeekanne vor und stelle die beiden kleinen Schalen aus Augartenporzellan auf das Tablett, sie stehen so unübersehbar vor mir, wie es unübersehbar sein müßte, daß ich hier stehe und noch denke.

Es war einmal eine Prinzessin, es sind einmal die Ungarn heraufgeritten aus dem ins Unerforschbare reichenden weiten Land, es war einmal an der Donau und es zischelten die Weiden, es war einmal ein Strauß Türkenbund und ein schwarzer Mantel... Mein Königreich, mein Ungargassenland, das ich gehalten habe mit meinen sterblichen Händen, mein herrliches Land, jetzt nicht mehr größer als meine Herdplatte, die zu glühen anfängt, während der Rest des Wassers durch diesen Filter tropft... Ich muß aufpassen, daß ich mit dem Gesicht nicht auf die Herdplatte falle, mich selber verstümmle, verbrenne, denn Malina müßte sonst die Polizei und die Rettung anrufen, er müßte die Fahrlässigkeit eingestehen, ihm sei da eine Frau halb verbrannt. Ich richte mich auf, glühend im Gesicht von der rotglühenden Platte, auf der ich nachts so oft Fetzen von Papier angezündet habe, nicht etwa um etwas Geschriebenes zu verbrennen, sondern um Feuer zu bekommen für eine letzte und allerletzte Zigarette. Aber ich rauche ja nicht mehr, ich habe es mir heute abgewöhnt. Ich kann den Schalter noch auf 0 zurückstellen. Es war einmal, aber ich verbrenne nicht, halte mich gerade, der Kaffee ist fertig, der Deckel auf die Kanne getan. Ich bin fertig. Von einem Hoffenster herüber ist eine Musik zu hören, qu'il fait bon, fait bon. Meine Hände zittern nicht, ich trage das Tablett ins Zimmer, ich schenke gehorsam den Kaffee ein, wie immer, ich gebe in Malinas Schale zwei Löffel Zucker und keinen Zucker in meine. Ich setze mich Malina gegenüber, es ist totenstill, und wir trinken unseren Kaffee. Was hat Malina? Er dankt nicht, er lächelt nicht, er bricht das Schweigen nicht, er macht keine Vorschläge für den Abend. Es ist aber sein freier Tag, und er will nichts von mir.

Ich sehe Malina unverwandt an, aber er sieht nicht auf. Ich stehe auf und denke, wenn er nicht sofort etwas sagt, wenn er mich nicht aufhält, ist es Mord, und ich entferne mich, weil ich es nicht mehr sagen kann. Es ist nicht mehr ganz furchtbar, nur unser Auseinandergeraten ist furchtbarer als jedes Aneinandergeraten. Ich habe in Ivan gelebt und ich sterbe in Malina.

Malina trinkt noch immer seinen Kaffee. Es ist ein ›Holla‹ zu hören vom anderen Hoffenster herüber. Ich bin an die Wand gegangen, ich gehe in die Wand, ich halte den Atem an. Ich hätte noch auf einen Zettel schreiben müssen: Es war nicht Malina. Aber die Wand tut sich auf, ich bin in der Wand, und für Malina kann nur der Riß zu sehen sein, den wir schon lange gesehen haben. Er wird denken, daß ich aus dem Zimmer gegangen bin.

Das Telefon läutet, Malina hebt es ab, er spielt mit meiner Sonnenbrille und zerbricht sie, er spielt dann mit einem blauen Glaswürfel, der doch mir gehört. Nie gedankt dem Absender, Spender unbekannt. Er spielt aber nicht nur, denn er rückt schon meinen Leuchter weg. Er sagt: Hallo! Eine Weile sagt Malina nichts, dann kalt und ungeduldig: Sie haben sich in der Nummer geirrt.

Er hat meine Brille zerbrochen, er wirft sie in den Papierkorb, es sind meine Augen, er schleudert den blauen Glaswürfel nach, es ist der zweite Stein aus einem Traum, er läßt meine Kaffeeschale verschwinden, er versucht, eine Schallplatte zu zerbrechen, sie bricht aber nicht, sie biegt sich und leistet den größten Widerstand, und dann kracht es doch, er räumt den Tisch ab, er zerreißt ein paar Briefe, er wirft mein Vermächtnis weg, es fällt alles in den Papierkorb. Er läßt eine Blechbüchse mit Schlaftabletten zwischen die Papierfetzen fallen, sucht noch etwas und schaut um sich, er räumt den Leuchter noch weiter weg, versteckt ihn zuletzt, als könnten die Kinder ihn jemals erreichen, und es ist etwas in der Wand, es kann nicht mehr schreien, aber es schreit doch: Ivan!

Malina sieht genau um sich, er sieht alles, aber er hört nicht mehr. Nur seine kleine grüngerandete Schale steht noch da, sie allein, das Beweisstück, daß er allein ist. Das Telefon läutet wieder. Malina zögert, aber er geht doch wieder hin. Er weiß, es ist Ivan. Malina sagt: Hallo? Und wieder sagt er eine Weile nichts.

Wie bitte?
Nein?
Dann habe ich mich nicht richtig ausgedrückt.
Es muß ein Irrtum sein.
Die Nummer ist 723144.
Ja, Ungargasse 6.
Nein, gibt es nicht.
Hier ist keine Frau.
Ich sage doch, hier war nie jemand dieses Namens.
Es gibt sonst niemand hier.

Meine Nummer ist 723144.
Mein Name?
Malina.

Schritte, immerzu Malinas Schritte, leiser die Schritte, leiseste Schritte. Ein Stillstehen. Kein Alarm, keine Sirenen. Es kommt niemand zu Hilfe. Der Rettungswagen nicht und nicht die Polizei. Es ist eine sehr alte, eine sehr starke Wand, aus der niemand fallen kann, die niemand aufbrechen kann, aus der nie mehr etwas laut werden kann.

Es war Mord.

Inhalt

Die Notenbeispiele auf den Seiten 12 und 337
stammen aus Pierrot lunaire op. 21 von Schoenberg

Zeittafel

1926	am 25. Juni in Klagenfurt geboren
1932–1936	Besuch der Volksschule
1936–1938	Besuch des Bundesrealgymnasiums
1938–1944	Oberschule für Mädchen in der Ursulinengasse. Matura
1944–1945	Abiturientenkurs an der Lehrerbildungsanstalt, bei Kriegsende abgebrochen
1945–1946	Studium der Philosophie in Innsbruck
1946	ein Semester Philosophie und Jura in Graz Veröffentlichung der ersten Erzählung *Die Fähre*
1946–1950	Fortsetzung des Philosophiestudiums in Wien, Nebenfächer Germanistik und Psychologie
1948–1949	die ersten Gedichte erscheinen in der Zeitschrift *Lynkeus. Dichtung, Kunst, Kritik,* Wien
1949	Praktikum in der Nervenheilanstalt Steinhof bei Wien
1950	Dissertation über *Die kritische Aufnahme der Existentialphilosophie Martin Heideggers.* Promotion am 25. März
1950–1951	Reisen nach Paris und London. Rückkehr nach Wien und Anstellung im Sekretariat der amerikanischen Besatzungsbehörde. Seit Herbst als script-writer und später als Redakteurin beim Sender Rot-Weiß-Rot
1952	Ursendung des Hörspiels *Ein Geschäft mit Träumen* (Sender Rot-Weiß-Rot, Wien) der Gedichtzyklus *Ausfahrt* erscheint in dem Jahrbuch *Stimmen der Gegenwart,* Wien im Mai Einladung zu einer Lesung bei der 10. Tagung der Gruppe 47 in Niendorf/Ostsee im September erste Reise nach Italien
1953	Beendigung der Arbeit beim Sender Rot-Weiß-Rot bei der 12. Tagung der Gruppe 47 im Mai in Mainz erhält Ingeborg Bachmann den Preis der Gruppe 47
1953–1957	seit dem Spätsommer 1953 lebt sie als freie Schriftstellerin in Italien, auf Ischia, in Neapel und Rom
1953	der Gedichtband *Die gestundete Zeit* erscheint
1954	Fördergabe des Kulturkreises im Bundesverband der Deutschen Industrie
1955	Ursendung des Hörspiels *Die Zikaden* mit der Musik von Hans Werner Henze im Nordwestdeutschen Rundfunk Hamburg

	Einladung zum internationalen Seminar der Harvard Summer School of Arts and Sciences und of Education, Harvard University, Cambridge/Mass.
1956	der Gedichtband *Anrufung des großen Bären* erscheint
1957	Literaturpreis der Freien Hansestadt Bremen (Rudolf-Alexander-Schröder-Stiftung) für *Anrufung des großen Bären* (zusammen mit Gerd Oelschlegel)
	korrespondierendes Mitglied der Deutschen Akademie für Sprache und Dichtung in Darmstadt
	Vertonung der Gedichte *Im Gewitter der Rosen* und *Freies Geleit* durch Hans Werner Henze
1957–1958	Dramaturgin beim Bayerischen Fernsehen in München
1958	Ursendung des Hörspiels *Der gute Gott von Manhattan*, Gemeinschaftsproduktion des Bayerischen Rundfunks und des Norddeutschen Rundfunks Hamburg
1958–1962	lebt Ingeborg Bachmann abwechselnd in Rom und Zürich
1959	erhält sie den Hörspielpreis der Kriegsblinden für *Der Gute Gott von Manhattan*
1959–1960	erste Dozentin der neugegründeten Gastdozentur für Poetik an der Universität Frankfurt am Main
1960	Uraufführung der Oper *Der Prinz von Homburg*, Libretto von Ingeborg Bachmann, Musik von Hans Werner Henze, an der Hamburger Staatsoper
1961	der Erzählungsband *Das dreißigste Jahr* erscheint. Für diese Erzählungen erhält Ingeborg Bachmann den Literaturpreis 1960/61 des Verbandes der Deutschen Kritiker (Berliner Kritikerpreis)
	außerordentliches Mitglied der Abteilung Literatur an der Akademie der Künste Berlin
1963	im Frühjahr Einladung der Ford-Foundation zu einem einjährigen Aufenthalt in Berlin
	Umzug nach Berlin
1964	Reisen nach Prag, nach Ägypten und in den Sudan
	Verleihung des Georg-Büchner-Preises durch die Deutsche Akademie für Sprache und Dichtung, Darmstadt
1965	Uraufführung der Oper *Der junge Lord*, Libretto von Ingeborg Bachmann, Musik von Hans Werner Henze, an der Deutschen Oper Berlin
	Übersiedlung nach Rom, wo sie fortan wohnt
1968	Verleihung des Großen Österreichischen Staatspreises für Literatur

1971	der Roman *Malina* erscheint (erstes Buch des Romanzyklus *Todesarten*)
1972	der Erzählungsband *Simultan* erscheint Auszeichnung durch den Anton-Wildgans-Preis 1971 der Vereinigung Österreichischer Industrieller
1973	Einladung des Österreichischen Kulturinstituts nach Warschau. Fahrt zu den Konzentrationslagern Auschwitz und Birkenau. Lesungen in Warschau und an den Universitäten Krakau, Breslau, Thorn und Posen Ingeborg Bachmann stirbt am 26. September durch einen Brandunfall in ihrer römischen Wohnung. Sie ist auf dem Friedhof Klagenfurt-Annabichl begraben

Neue deutschsprachige Literatur in den suhrkamp taschenbüchern

250/1/8.90

Neue deutschsprachige Literatur in den suhrkamp taschenbüchern

250/2/8.90

Neue deutschsprachige Literatur in den suhrkamp taschenbüchern

Stark, Angelika: Liebe über Leichen. st 1099
Strätz, Harald: Frosch im Hals. Erzählungen. st 938
Struck, Karin: Lieben. Roman. st 567
– Die Mutter. Roman. st 489
– Trennung. Erzählung. st 613
Wachenfeld, Volker: Camparirot. Eine sizilianische Geschichte. st 1608
– Keine Lust auf Pizza. Roeders Story. st 1347
Wigger, Daniel: Auch Spinnen vollführen Balzgesänge. st 1550
Winkler, Josef: Der Ackermann aus Kärnten. Roman. st 1043
– Menschenkind. Roman. st 1042
– Muttersprache. Roman. st 1044
Zschorsch, Gerald: Glaubt bloß nicht, daß ich traurig bin. Prosa, Lieder, Gedichte. Mit einem Text von Rudi Dutschke. st 1784

250/3/8.90